Una Mannion
Licht zwischen den Bäumen

UNA MANNION

LICHT ZWISCHEN DEN BÄUMEN

Aus dem Englischen von Tanja Handels

Roman

Steidl

Für meine Mutter

1

An dem Abend, als wir Ellen am Straßenrand zurückließen, fuhren wir die 252 in nördlicher Richtung entlang, ungefähr dort, wo sie auf die 202 trifft und den Pennsylvania Turnpike überquert. Im Westen offene Felder, endlose Weiten aus goldenem Präriegras und Seidenpflanzen, durch die der letzte Streifen Sonne sein splitterndes Licht schickte. Im Osten King of Prussia – graue Industriegelände in der Abenddämmerung, Betonmischer, Kräne und ein Labyrinth aus Fern- und Schnellstraßen. Irgendwo da drüben lag, wie ein abgetrennter Körperteil, auch die Blue Route, die Interstate 476, 1967 begonnen, aber vierzehn Jahre später noch immer nicht fertig: am Ende der Asphaltdecke plötzlich Bäume und hohes Gras – weiter hatte das Geld nicht gereicht. Jugendliche ließen sich dort das Autofahren beibringen oder feierten bis spät in die Nacht. Bei uns hieß sie nur die Straße ins Nichts. So fuhren wir. Die ersten Autos schalteten ihre Scheinwerfer ein, die Anhöhen von Valley Forge direkt vor uns waren nur noch Schatten, die Bäume verwandelten sich in dunkle Umrisse.

Wir waren zu sechst im Auto, Marie saß vorn auf dem Beifahrersitz, Ellen zwischen mir und Thomas auf der Rückbank, und hintendrin, zwischen unseren Taschen und den gesammelten Arbeitsmappen des kompletten Schuljahrs, lag Beatrice. Es war der letzte Schultag, die Sommerferien hatten offiziell begonnen. Unsere Mutter fuhr. Ruppig. Sie trat auf die Bremse, beschleunigte, ließ den Motor im ersten Gang aufheulen und schaltete dann erst hoch. Sie war wütend. Das schreckliche Geruckel des Wagens sprach Bände, und außerdem konnte ich von meinem Platz hinter ihr sehen, wie ihr Kiefer unter der Haut mahlte und zuckte, obwohl sie gar nichts sagte. Ellen und sie hatten gestritten, weil Ellen ihr mit einem Kunstcamp in den Ohren lag, in das sie unbedingt wollte.

»Ich habe nein gesagt.« Die Kinder einfach mit Broschüren im Schulranzen nach Hause zu schicken, grenzte für unsere Mutter an Erpressung. Es machte sie zornig. »Ich habe so schon genug um die Ohren.«

Mir graute vor dem Sommer, der vor uns lag.

Ich drückte die Stirn an die Scheibe und sah hinüber zu dem letzten Faden Sonnenlicht. Sage war jetzt schon bei der Arbeit in der Mall, wo sie im Diner des J.C. Penney kellnerte. Während der Ferien hatte sie dort eine Vollzeitstelle. Es gab kaum einen Sommer, den ich nicht mit ihr verbracht hatte. Vielleicht sollte ich die Unterschrift meiner Mutter fälschen, um an eine Arbeitserlaubnis zu kommen. Mit fünfzehn hätte ich zwar offiziell arbeiten dürfen, aber mir war klar, dass sie mir das nie erlauben würde, weil sie mich brauchte, um auf die Kleinen aufzupassen, während sie im Krankenhaus war. Sie arbeitete am Empfang der Notaufnahme im Paoli Memorial Hospital. Sage meinte, ich solle doch froh sein. Sie beklagte sich ständig über ihre Kolleginnen, die Stützstrümpfe und Gesundheitsschuhe trugen und den Kaffee für andere alte Schachteln verschütteten, die ihrerseits um sieben Uhr morgens ihre Spiegeleier auf Toast mit Parfümpröbchen besprühten. Aber ich beneidete sie trotzdem um ihren richtigen Job mit Stammgästen und Trinkgeld und Zechprellern, beneidete sie um die Geschichten, die sie zu erzählen hatte. Eine Kundin um die neunzig trank jeden Morgen die Kaffeesahne direkt aus dem weißen Porzellankännchen, das auf der Theke stand, und hinterließ einen verschmierten, leuchtend orangefarbenen Lippenstiftabdruck darauf. Mir ging es weder um das Geld noch um die Arbeit – ich war ja jeden Freitagabend zum Babysitten bei den Bouchers. Aber ich hatte Angst vor den vielen einsamen Tagen, die vor mir lagen.

Rechts neben Ellen sagte Thomas flüsternd das Periodensystem auf. »Holmium, Hafnium, Erbium …«

»Lass es«, sagte sie.

»… Phosphor, Franzium, Fluor, Terbium.«

»Sei still. Sei einfach still!« Ellen ließ den Kopf auf die Knie sinken und schlang die verschränkten Arme um die Schienbeine. Sie weinte. Ein pochender Schmerz, der in meinem Nacken begonnen hatte, war über den Schädel bis zur Stirn gewandert. Wenn sie doch beide still wären!

»Du nervst uns alle, Thomas«, sagte ich. »Lass es einfach.«

»Habt ihr gewusst, dass Tränen Glukose, Natrium und Kalium enthalten?«

»Halt's Maul, du blöder Wissenschaftsfreak!« Ellen trat ihm zwei Mal mit der Ferse gegen das Schienbein und ruckelte dabei am Fahrersitz, an dem sie sich festgehalten hatte.

»Schluss jetzt, sofort! Wollt ihr, dass ich einen Unfall baue?« Unsere Mutter war fuchsteufelswild.

»Außerdem enthalten Tränen ein natürliches Schmerzmittel, Enkephalin«, murmelte Thomas. »Hinterher geht's dir also sicher besser.«

»Er soll aufhören!« Ellens Stimme klang dumpf.

Ihr Gejammer und sein Gemurmel weckten den Drang in mir, ihm oder sonst wem eine zu kleben. Ellen hatte den Kopf wieder auf den Knien. Ich reckte mich über sie hinweg und bohrte ihm unsanft die Fingerknöchel in die Schulter.

»Sei still, Thomas. Was weißt du schon von Tränen?«

Noch während ich es aussprach, wünschte ich mir schon, ich hätte es nicht getan, denn irgendwas stimmte ja nicht mit ihm, schließlich hatte er, trotz allem, was uns passiert war, nie geweint, hatte sich einfach nur in sein Zimmer und in sich selbst zurückgezogen. Wenn er Ellen ärgerte, war er wenigstens wieder ein bisschen der alte Thomas.

Er erwiderte nichts, drehte sich nur zum Fenster. Lieber wäre mir gewesen, er wäre richtig wütend geworden. Ich wollte es wiedergutmachen, und zum Glück fiel mir ein Witz ein. »Hey, Thomas, was ist ein Chemiker, der sich nichts sagen lassen will?«

Er drehte sich zu mir, sah mich abwartend an. »Was?«

»BOR-niert.«

»Sehr witzig, Libby, aber du weißt ja gar nicht, was Bor ist. Du hast mich gerade zum Element einer Supernova erklärt und damit für nicht von dieser Welt.«

»Jetzt hört ihr alle aber mal auf«, sagte Marie und drehte sich auf ihrem Sitz zu uns herum. Ihr Haar war auf der einen Seite schwarz gefärbt und stand stachlig ab wie bei Siouxsie Sioux. Kurz vor der Abschlussmesse an der Schule hatte sie sich die Wange durchstechen lassen und sich die andere Kopfseite kahl rasiert, dort wuchs das Haar jetzt in blonden Stoppeln nach. Thomas und ich waren sofort still. Marie war fast achtzehn, nur ein Jahr älter als Thomas, aber wir hörten auf sie, vor allem, seit sie angefangen hatte, die Rockplatten zu verschenken, aus denen sie sich nichts mehr machte. Mir hatte sie *Who's Next?* aufs Kopfkissen gelegt, nachdem ich einmal zu Hause geblieben war, um auf Beatrice aufzupassen, während sie sich zu einer Party fortschlich, und Thomas hatte *Quadrophenia* bekommen, weil er Klassenbester geworden war. Jetzt waren wir beide scharf auf *Tommy*. Thomas fand, die Platte stehe ihm zu, schon wegen des Namens und so. Ich verkniff mir den Hinweis auf weitere Ähnlichkeiten, den toten Vater, die Mutter mit dem heimlichen Liebhaber, das Verbot, über diese Dinge zu reden. Wir beide hatten ja nicht mal einen Plattenspieler. Marie besaß einen tragbaren, den wir alle benutzten.

Draußen, wo der Wald in die Felder überging, säumten Hartriegelbüsche das Unterholz, und sogar im schwindenden Licht sah ich, dass sie all ihre Blüten verloren hatten. *Cornus Florida.* Ovale Blätter mit ausgeprägten Adern, die sich entlang der sanft gewellten Ränder zur Spitze hin biegen. Kugelige Blüten, von weißen Hochblättern umringt, die viele fälschlich für die Blüten halten. Am letzten Weihnachten vor seinem Tod hatte unser Vater mir das *Brevier der Bäume Nordamerikas* geschenkt. Ich hatte das Buch immer und immer wieder gelesen, mir so viel über die einzelnen Bäume eingeprägt, wie ich nur konnte. Auch ein Baum-Notizbuch hatte ich mir angelegt, in das ich alle Bäume eintrug, die ich sah, sie bestimmte und zu den verschiedenen Jahreszeiten beschrieb; ich zeichnete sie, pauste ihre Rinde ab, trocknete ihre Blüten.

Das Geschenk kam in einem großen Päckchen, aufgegeben in New York, wo er damals lebte und für seinen Cousin arbeitete, der wie er aus Irland eingewandert war. Er hatte für jeden von uns eine persönliche Karte ausgesucht. Meine zeigte einen Fichtenwald, und ganz vorne stand ein einzelner Baum mit einem Stern auf der Spitze. Dads Handschrift war klein und ungelenk, als wäre er es nicht gewohnt, Karten zu schreiben, was wahrscheinlich auch so war.

Für Libby, die immer unter Bäumen ist. Frohe Weihnachten! Alles Liebe, Dad

Ich kann gar nicht sagen, ob ich so viel Zeit mit Bäumen verbracht habe, weil ich sie liebte, oder weil es ihn so freute, dass ich sie liebte, das kann ich nicht voneinander trennen. Als ich vielleicht sechs war, und er noch hin und wieder bei uns wohnte, kam ich nach einem Tag im Wald abends immer barfuß und verdreckt nach Hause. Einmal setzte er mich auf die Waschmaschine, drehte den Wasserhahn am Becken daneben auf und wusch mir die Füße. Er schäumte sie mit Seife ein, schrubbte sie und bearbeitete meine Fersen, wo sich der Schmutz tief in die Hornhaut gegraben hatte, mit der Nagelbürste.

»Im Wald gibt's Mokassinschlangen, Libby – du musst dir Turnschuhe anziehen. Du kannst nicht immer barfuß herumlaufen.« Meine Schienbeine waren mit rissigem Schorf verziert, weil ich auf Bäume geklettert und im Dickicht aus Lorbeer- und Rhododendronbüschen herumgekrochen war.

Er nahm meine Hand und führte meinen Zeigefinger über eine besonders dicke Kruste.

»Fühl mal! Du wirst schon ein richtiger Baum. Deine Beine entwickeln Rinde.«

Der furchige Schorf war dunkel und erhaben. Ich ertastete seine Form und Beschaffenheit, ließ die Hände an beiden Schienbeinen hinaufwandern, strich über die Krusten.

»Stimmt«, sagte ich und sah glücklich zu ihm auf, und er lachte und trocknete mir sorgsam Beine und Füße ab, auch zwischen den Zehen. Dann zog er mir Strümpfe über die sauberen Füße.

»Jetzt kannst du rauf zu Ihrer Ladyschaft, ohne Ärger zu kriegen. Und halt gefälligst deine Füße sauber!« Aber ich wusste, er liebte meine dreckigen Füße.

An seinem letzten Weihnachten hatte er für uns alle ein Buch ausgesucht. Noch heute stelle ich ihn mir vor, wie er dort in dem New Yorker Buchladen steht und die Bücher aussucht, die uns gefallen könnten, die Karten auswählt und das Geschenkpapier, und wie er die Geschenke dann schließlich einpackt: das Papier faltet, den Tesafilm abreißt und Schleifen bindet, mit seinen dicken Fingern, die sich eher dafür eignen, Maschinen zu bedienen und Betonblöcke zu schleppen. Für Marie hatte er den zweiten Band von *Rock On!* gekauft, einem illustrierten Lexikon der

Rockmusik. Ich brachte Stunden damit zu, mir die Bilder darin anzusehen. Es deckte die Jahre 1964-1978 ab und damit praktisch alle meine Lieblingsbands. Thomas bekam *Sterne und Planeten: Die Geheimnisse des Nachthimmels*, das er auch weiterhin im Geschenkpapier eingeschlagen ließ - keine von uns durfte es auch nur berühren. Ellens Buch handelte von Kunstgeschichte und war mit einem Aquarellkasten und Pinseln versehen; für Beatrice hatte er ein Buch über die verschiedenen Hunderassen mit Aufklebern besorgt. Mir schoss auf einmal die Frage durch den Kopf, ob er an der Kasse wohl erzählt hatte, dass die Bücher für seine Kinder waren. Ich stellte mir vor, wie er mit seiner Tüte voller Geschenke in der U-Bahn zurück in die Bronx saß, zwischen all den anderen Weihnachtseinkäufern, und plötzlich war mir dort im Auto, als bekäme ich keine Luft mehr. Wenn ich ihm bloß erzählen könnte, dass jedes dieser Bücher inzwischen für uns stand, dass wir das Bild, das er jeweils von uns hatte, nicht mehr abstreifen konnten, nicht aufhören konnten, ihm zu entsprechen.

Neben mir saß Ellen immer noch vorgebeugt, die Knubbel ihres knochigen Rückgrats zeichneten sich unter dem Oberteil ihrer Schuluniform ab. »Was für ein spilleriges Dingelchen«, hatte Tante Rosie über sie gesagt, als sie zur Beisetzung unseres Vaters aus Irland gekommen war. Sie schickte uns Lebensmittelpakete und zu Weihnachten eine Flasche Sherry, um Ellens Appetit anzuregen; sie »gedeihe« nicht gut, meinte sie, ein Ausdruck, über den wir alle lachen mussten, weil es klang, als spräche sie über ein Stück Vieh auf dem Bauernhof. Aber sie hatte natürlich recht, Ellen war schmächtig. Mit ihren zwölf Jahren maß sie gerade einmal einen Meter zwanzig und wog keine dreißig Kilo. Sie sah so schmal und unglücklich aus, und ich wollte ihr den Rücken tätscheln.

»Lass mich«, knurrte sie, versuchte, mich abzuwehren und ruckelte dabei wieder am Fahrersitz.

Mom machte einen Schlenker Richtung Böschung und fuhr dann wieder zurück auf die Fahrbahn, bauschte die Heftigkeit von Ellens Geruckel an ihrer Rückenlehne künstlich auf. »Damit bringst du uns noch alle um! Ist dir das klar? Es reicht jetzt wirklich. Wenn wir zu Hause sind, kannst du erstmal unten staubsaugen und die Wäsche zusammenlegen.«

»Nein, mach ich nicht«, gab Ellen zurück. »Beatrice kann zur Abwechslung auch mal was tun.«

»Halt Beatrice da raus.« Ich sah Moms dicken Haarknoten, ein Auge im Rückspiegel, mit dem sie Ellen musterte.

»Schon gut. Klar kann ich das machen.« Beatrice beugte sich von ganz hinten vor, voller Sorge, sie könnte irgendwie schuld an dem sein, was da gerade passierte.

»Danke, Beatrice. Wenn Ellen nur auch mal so nett zu anderen wäre.«

»Du hasst uns doch sowieso alle, nur sie hast du lieb. Und deinen fetten Freund.« Ellen überspannte den Bogen. Ich stieß sie in die Seite, damit sie den Mund hielt.

»Noch ein Wort, und du kannst zu Fuß gehen.«

»Ist doch wahr. Du hasst uns!« Ellen brüllte jetzt. »Dad hast du auch gehasst, und ich hasse dich!«

Bei der Erwähnung unseres Vaters blieb uns allen die Luft weg. Vor unserer Mutter sprachen wir nie über ihn. Das Auto kam schlitternd auf dem Seitenstreifen zum Stehen, genau an der Stelle, wo die 252 über den Turnpike führt.

»Raus. Steig aus.« Mom sagte es mit ihrer leisen Stimme, woran wir merkten, dass sie es ernst meinte. Ellen griff über Thomas hinweg, öffnete die Autotür und kletterte hinaus.

»Du kannst sie hier doch nicht einfach raussetzen«, sagte Marie. »Es wird schon dunkel. Ich gehe mit.« Sie griff nach ihrer Schultasche, die vorne im Fußraum stand.

»Das wirst du schön bleiben lassen.«

»Warte mal«, sagte Thomas. Er sah erschrocken aus, machte sich Vorwürfe wegen seiner Sticheleien. Ellen stand auf dem Kiesstreifen am Rand der Überführung, in Schulkleid, Polohemd und Kniestrümpfen. Marie hatte die Beifahrertür schon halb offen, aber unsere Mutter legte den Gang ein und trat aufs Gas.

Ich schaute zurück. Ellen stand von uns abgewandt, sie blickte über das Brückengeländer nach unten, wo die Autoschlangen auf den Turnpike drängten.

»Mom, mach das nicht. Bitte!«, sagte Thomas, aber sie reagierte nicht. Wir sausten die 252 entlang bis zum Nationalpark und bogen dann nach links ab, Richtung Valley Forge Mountain, wo wir wohnten. Vor uns war die Sonne hinter den Feldern verschwunden.

»Du kannst sie nicht einfach da stehen lassen. Es ist dunkel«, sagte Marie.

Wir waren noch mindestens acht oder neun Kilometer von zu Hause weg. Ich hatte nichts gesagt, um unsere Mutter aufzuhalten. Wir rasten die Straße entlang, über die Brücke mit dem Dach hinweg, vorbei an Äckern und Zäunen. Meine Mutter fuhr weiter und neben uns flossen die Schatten der Hartriegelbüsche im Dunkeln ineinander, jeder Strauch umgeben von einem weißen Heiligenschein aus herabgefallenen Hochblättern.

2

Valley Forge war vor allem dafür bekannt, dass George Washington, zusammen mit den zwölftausend Soldaten seiner Kontinentalarmee, einen Winter hier verbracht und in improvisierten Holzhütten ums nackte Überleben gekämpft hatte. Die Soldaten waren unterernährt, zerlumpt und barfuß gewesen. Mehr als zweitausend starben an Unterkühlung, an Krankheiten oder Verletzungen, weitere dreitausend wurden dienstuntauglich. In der neunten Klasse hatte unsere Geschichtslehrerin, Miss Esposito, uns erklärt, Valley Forge sei der Wendepunkt des Unabhängigkeitskriegs gewesen, ein Symbol für den revolutionären Geist und das amerikanische Selbstverständnis. Ich war die Einzige in der Klasse, die tatsächlich dort lebte. Wenn ich durch die Wälder am Berg streifte, dachte ich an die halb erforenen Männer, die hier heraufgekommen waren, um ganze Stämme oder abgebrochene Äste hinunter ins Lager zu schleifen, an die Männer, die sich als Deserteure zwischen die Bäume geflüchtet hatten, oder an die, die vielleicht gerade noch hierher gekrochen waren, um sich zum Sterben hinzulegen. Einige waren nicht einmal Männer gewesen, sondern Jungen, so alt wie Thomas.

Das Armeelazarett lag in Yellow Springs, auf der anderen Seite des Bergs, die Kranken und Sterbenden mussten also durch unsere Wälder gekommen sein, wenn sie vom Lager dorthin wollten, über diese Wege. Kranke Männer, die ohne Schuhe durch den Schnee stapften, durch dieselben Wälder wie ich gingen oder getragen wurden. Was hatten sie von der Krankenbahre aus gesehen, wenn sie nach oben schauten, im Winter, ohne Blätterdach? Nichts als schwarze, nackte Äste vor einem grauen Himmel, dazu der Gedanke, dass sie diese Welt vielleicht gerade zum letzten Mal sahen und die Sonne es nicht für nötig hielt, sich zu zeigen. Vielleicht hatten sie nicht einmal Bäume gesehen; irgendwo hatte ich gelesen, dass die Soldaten fast alles abgeholzt hatten, um es warm zu haben und ihre Hütten zu bauen.

Der Valley Forge Mountain war weniger ein Berg als ein Hügel. Wenn man die Abkürzung durch den Wald nahm, war Washingtons Hauptquartier keine drei Kilometer von unserem Haus entfernt. In den Fünfzigerjahren war der Berg zum Wohngebiet umgewidmet worden, der Wald allerdings blieb als Teil des Nationalparks erhalten. Hinter unserem Haus führte der Horseshoe Trail entlang, ein Wander- und Reitweg, der im Nationalpark begann und dann über zweihundert Kilometer weiterging, bis er in Harrisburg auf den Appalachian Trail traf.

Der Weg zerschnitt den Berg in zwei Verwaltungsbezirke: Tredyffrin, wo Sage wohnte, und Schuylkill auf unserer Seite. Sages Teil des Bergs wirkte damals wohlhabender - die Häuser waren größer und besser in Schuss. Die größte Ortschaft in Schuylkill war Phoenixville, ein altes Eisen- und Stahlarbeiterstädtchen am Fuß des Bergs. Im Lauf unserer Kindheit wurden die Stahlwerke verkleinert, bauten Personal ab, schlossen. Phoenixville litt. Marie meinte, die Stadt hänge in einer Zeitschleife fest: Die Achtziger hatten begonnen, aber in Phoenixville herrschten immer noch die Sechziger und für junge Leute gab es kaum Perspektiven dort. Kinder, die am Berg wohnten und aus Schuylkill kamen, gingen auf die Phoenixville High School und die aus Tredyffrin auf die Conestoga, eine der besten staatlichen Schulen in ganz Pennsylvania. Wir besuchten keine von beiden. Wir gingen auf katholische Schulen, die näher an Philadelphia lagen.

Ich verbrachte meine Zeit am Berg meistens damit, durch die Wälder zu streifen oder zu Washingtons Hauptquartier hinunterzuwandern. Thomas und ich hatten auch mal versucht, im Schuylkill River zu angeln, der gleich daneben entlangfloss. Er meinte, wir könnten vielleicht Welse oder Barsche erwischen. Aber wir fingen nie etwas, am Flussufer roch es nach Abwasser und an den seichteren Stellen sahen wir Radkappen, kaputte Toaster und anderen Müll herumliegen. Oben am Berg, abseits des Weges, konnte man im Wald noch die Überreste alter Steinbrüche ausmachen, und am Ende unserer Straße, knapp einen halben Kilometer entfernt, lag eine tiefe Schlucht, die einmal zu einer Quarzmine gehört hatte. Dort wurden Quarz-Erze abgebaut und irgendwo zu Sand verarbeitet. Überall am Berg fand sich Quarz - riesige glitzernde Steine, die einfach so auf der Erde lagen, oder schimmernde Quarzkanten, die aus dem Boden ragten, als würden sie dort wachsen. Dad hatte mir erzählt, im prähistorischen Irland habe der Quarz als heiliger Stein gegolten und sei mit den sterblichen Überresten der Toten begraben worden.

Nachdem wir Ellen an der Straße zurückgelassen hatten, fuhren wir schweigend den Berg hinauf. Ich sah, wie das Scheinwerferlicht des Wagens auf die Bäume traf, wenn wir um eine Kurve bogen. Jedes Mal, wenn unsere Mutter runterschaltete und langsamer wurde, hoffte ich, sie würde sich besinnen, würde wenden, zurückfahren und Ellen von der Straße holen, und keiner von uns würde mehr wütend sein, weil wir alle so dankbar wären, sie wieder sicher bei uns im Auto zu haben. Aber wir fuhren weiter. Beatrice hintendrin war die Einzige, die etwas sagte.

»Da sind keine Straßenlaternen. Wie soll sie denn nach Hause finden?« Niemand gab eine Antwort.

Wir hielten in unserer Einfahrt, und Marie stieg aus, um das Garagentor zu öffnen. Auf der anderen Straßenseite hatten die Walkers ihre Gartenbeleuchtung eingeschaltet; in ihrem Licht sah ich das wuchernde Gras unseres Vorgartens, kniehoch und ganz verwildert. Alles fühlte sich falsch an. Das Haus, das ungemähte Gras, Ellen draußen auf der Straße, Dad nicht mehr da. Vor ein paar Monaten hatte Mr Walker uns einen Brief geschrieben, eine kaum verhohlene Beschwerde darüber, wie unser Haus aussah. Außen auf der Karte stand *Von Herzen,* innen sprach er uns sein Beileid aus für alles, was wir im vergangenen Jahr durchgemacht hätten, er habe viel an uns gedacht. Seine Frau Minnie und er hätten für uns gebetet, schrieb er und schloss mit den Worten: »Wir haben uns überlegt, es könnte Ihre Last vielleicht ein wenig lindern, wenn Sie diesen Sommer jemanden hätten, der Ihren Rasen mäht und kleinere Instandhaltungsarbeiten für Sie erledigt. Soviel ich weiß, ist einer der De Martino-Söhne gerade auf der Suche nach genau dieser Art von Arbeit. Geben Sie uns doch Bescheid, wenn wir Ihnen irgendwie behilflich sein können.« Unterschrieben hatte er mit: »Ihr Nachbar und Freund, Harry Walker«.

Marie hatte gedroht, ihn höchstpersönlich aufzusuchen. »Ich werde ihn ganz direkt fragen: Wenn er so ein toller Christ ist und sich solche Sorgen wegen unserem hohen Gras macht, warum kommt er dann nicht selbst rüber, schwingt seinen fetten Elmer-Fudd-Hintern auf den Echtledersitz von seinem verdammten Rasentraktor-Cadillac und mäht für uns?«

Wir mussten alle lachen, sogar unsere Mutter. Mit seinen knallbunten, gestärkten Karohemden und den viel zu hoch sitzenden Freizeithosen sah Mr Walker tatsächlich ein bisschen aus wie Elmer Fudd. Marie parodierte Minnie Walker im *Die Frauen von Stepford*-Stil. Sie drehte sich altmodische Lockenwickler in die Haare, stopfte sich Fußbälle unter den Pullover, so dass sie fast vornüber kippte, band sich eine bodenlange Schürze um und bemalte sich den Mund mit knallrotem Lippenstift, weit über die Konturen hinaus. So trug sie dann ein unsichtbares Tablett mit einem Glas Limonade durch unser Wohnzimmer: »Ach, liebster Harry Walker, ich bin ja so beschäftigt mit meiner christlichen Nächstenliebe und meiner Barmherzigkeit, dass ich fast vergessen hätte, dir deine Erfrischung zu servieren. Du bist doch sicher ganz müde davon, dir den Arsch platt zu sitzen und die paar Grashalme zu mähen. Und wie aufreibend es doch für dich sein muss, mein armer Harry, die ganze Zeit auf dieses schändliche Haus und diese schändlichen Leute gegenüber zu schauen.« Sie brachte uns alle hemmungslos zum Lachen. Thomas lachte so sehr, dass er gar keinen Ton mehr herausbekam. Ich wusste, ihn belastete das mit dem Gras am meisten, weil er das Gefühl hatte, eigentlich für das Mähen zuständig zu sein. Aber wir besaßen keinen Rasenmäher und hatten auch die anderen Geräte unseres Vaters nie von seinem Cousin aus der Bronx zurückbekommen. Wir hatten ihn nie danach gefragt, und von sich aus hatte er auch nichts gesagt. Wir hatten überhaupt nichts von Dad zurückbekommen, nur den Transporter, den Mom dann verkauft hatte, und seine Leiche. Ich fragte mich, was wohl aus den vielen Karten und Geschenken geworden war, die wir ihm geschickt hatten. Aus all den Dingen, die wir in der Schule für ihn gebastelt hatten. Ich war mir sicher, er hatte sie aufgehoben. Mir wurde ganz übel bei dem Gedanken, dass sein Cousin all seine Sachen einfach weggeworfen hatte.

Im Scheinwerferlicht sah ich, wie Marie das Garagentor nach oben schob. Jetzt, wo sie den Kopf auf einer Seite rasiert hatte, konnte sie kaum noch die Minnie Walker mit Lockenwicklern geben. Marie trat zur Seite, und unsere

Mutter fuhr in die Garage, zog die Handbremse an, stellte den Motor ab, griff sich ihre Handtasche vom Boden vor dem Fahrersitz und verschwand sofort im Haus und in ihrem Zimmer.

Ich hievte meine Schultasche und meine Mappen aus dem Wagen, nahm auch die von Ellen mit und schleppte sie ins Haus. Ellen hatte ihre großformatige Kunstmappe mit ihren Arbeiten aus dem Schuljahr dabei. In Schreibschrift hatte sie groß *Ellen* darauf geschrieben und die einzelnen Buchstaben mit verschiedenen Farben umrandet, die sich nach außen hin psychedelisch zu Blumen und Mustern verzweigten, wie auf einem Plattencover von Cream. Ich öffnete die Mappe und breitete die Bilder auf dem unteren Teil des Ausziehbetts aus, wo sie schlief. Es waren Farbräder und Bleistiftzeichnungen dabei, Stillleben mit Früchten und Blumen. Auch ein Familienportrait war darunter, mit nur fünf Figuren; sie hatte Mom und Dad nicht mitgezeichnet, nur uns. Auf dem Bild war Marie die Größte, obwohl Thomas und ich sie beide überragten. Mitten im Stapel steckte auch ein Selbstportrait, mit Wachs- und Ölkreiden. Ellen hatte nur Blau, Lila und Schwarz dafür verwendet. Es wollte gar nicht realistisch sein, und doch fing es viel von ihr ein, ihre großen blauen Augen, die mit den leichten, lila-bläulichen Schatten darunter immer etwas eingesunken aussahen, die dunklen Wimpern und Brauen, den Seitenscheitel. Das Gesicht war nicht klar umrissen; es schien aus den dunklen Formen aufzutauchen. Hinten auf der Mappe stand eine Nachricht, mit grünem Filzstift geschrieben.

Eine sehr schöne, ausdrucksstarke Mappe, Ellen. Großartige Arbeit über das ganze Jahr hinweg, und so kunstvoll. Ich habe Dir ein paar Ölkreiden in die Mappe gesteckt, dazu die Informationen über das

Kunst-Sommercamp und ein Empfehlungsschreiben. Die Arbeiten, von denen ich glaube, dass Du sie mit der Anmeldung einschicken solltest, haben einen grünen Kreis auf der Rückseite. Du bist zwar noch sehr jung, aber ich bin völlig überzeugt, dass sie Dich nehmen werden. Herzlich, Miss LeBlanc.

Ich griff wieder in die Mappe und zog einen großen Umschlag hervor. Er enthielt eine Broschüre des Sommercamps der Chestnut Grove Art Academy sowie einen kleineren, verschlossenen Umschlag, auf dem mit Schreibmaschine die Worte *Empfehlungsschreiben für Ellen Gallagher* getippt waren. Vorhin im Auto hatte Ellen weder das Geschenk erwähnt noch den Brief oder das Empfehlungsschreiben. Ich steckte alle Bilder wieder in die Mappe zurück, den Umschlag ließ ich auf meinem Bett liegen. Ich musste mich fürs Babysitten umziehen.

Jeden Freitag passte ich auf die beiden kleinen Söhne von Mrs Boucher auf. Außer meiner Mutter war sie der einzige geschiedene Mensch, den ich kannte, aber bei ihr wirkte es glamourös. Marie meinte, da zeige sich eben der Klassenunterschied. Solange man Geld und gesellschaftliches Ansehen habe, sei es völlig in Ordnung, die Regeln zu brechen. Mrs Boucher trug schmale schwarze Kleider, türkisfarbene Ketten und große Kreolen an den Ohren. Sie hatte langes, rabenschwarzes Haar, das sie immer offen ließ, wenn sie ausging. Mir hatte sie erzählt, sie sei Halbindianerin, und die Haare habe sie von den Shawnee, dem Volk ihrer Großmutter. Sie war Anwältin und lebte in einem Haus, das meine Mutter wohl als »modern« bezeichnet hätte, tief im Wald, mit großen Fensterfronten, in denen sich die Bäume ringsum spiegelten. Ihr Baumhaus, nannte sie es immer.

Ich zog meine Schuluniform aus und schlüpfte in Jeans, T-Shirt und Turnschuhe. Meine großen Zehen bohrten sich durch den Leinenstoff. Ich hatte schon genug Geld vom Babysitten gespart, um mir neue zu kaufen. Mrs Boucher zahlte mir zehn Dollar pro Abend, im Wesentlichen fürs Fernsehen, was für mich ein ganz besonderes Vergnügen war, weil wir zu Hause keinen Apparat hatten. Eigentlich wollte ich nicht weg, solange Ellen noch irgendwo da draußen herumirrte, aber so kurzfristig konnte ich Mrs Boucher nicht anrufen und absagen. Ich spähte aus dem Fenster in die Dunkelheit hinaus, die Hände rechts und links vom Gesicht, um das Licht im Zimmer auszusperren. Jemand, wahrscheinlich Marie, hatte die Außenbeleuchtung eingeschaltet. Ich konnte die großen Quarzsteine vorne in unserer Einfahrt erkennen, das hohe Gras, die leere Straße.

Marie kam ins Zimmer und ließ sich auf ihr Bett plumpsen, das schräg gegenüber von dem Ausziehbett stand, wo Ellen und ich schliefen. »Lass nicht immer dein Zeug auf meinem Bett liegen.« Sie warf mir meinen Schottenrock zu. »Du brauchst gar nicht zu gucken: Das dauert noch Stunden. Es kann zehn oder elf werden, bis sie wieder hier ist.«

»Sie hätte Dad nicht erwähnen sollen.«

»Wieso denn nicht?«, fragte Marie. »Wieso müssen wir hier eigentlich immer diesen Eiertanz aufführen? Wir dürfen über nichts reden, und wenn es doch mal einer tut, ist es gleich eine Riesenkatastrophe.« Marie hatte den Rock und die Bluse ihrer Schuluniform ausgezogen. Sie streifte ein schwarzes T-Shirt über, mit brennenden Autos darauf. »Und sie schließt sich natürlich gleich wieder in ihrem Zimmer ein.« Sie schob den Fuß in einen schwarzen Stiefel. Es stimmte schon, Mom würde sich den ganzen Abend nicht mehr blicken lassen. »Außerdem war es gar nicht der Dad-Kommentar, über den sie sich so aufgeregt hat.« Marie setzte sich aufs Bett und machte sich daran, sich die Augen mit schwarzem Eyeliner zu umranden. »Sondern der über den fetten Freund.«

Nach Dads Tod waren wir zwei Mal bei der Familienberatung gewesen. Beim ersten Besuch hatten wir uns alle einzeln mit Gwen, der Therapeutin, unterhalten. Ich hatte ihr von Bill erzählt, dem Freund unserer Mutter, dass sie ihn vor uns allen versteckte, außer vor Beatrice, dass wir anderen ihn nicht mal kannten, obwohl es ihn schon seit Jahren gab. Dass er offensichtlich Beatrices Vater war und ich die ganze Zeit wütend auf meine Mutter. Ich hatte die anderen nie gefragt, worüber sie gesprochen hatten.

Bei der zweiten Sitzung rief Gwen uns alle in einem Zimmer zusammen, und wir saßen in einem Kreis aus gemütlichen Sesseln. Ich schaute von Gwen zu meiner Mutter, und mir war klar, dass das hier nichts bringen würde. Gwen mit ihren langen Ohrringen und dem himmelblauen Lidschatten, dem goldenen Fußkettchen um den sonnengebräunten Knöchel. Meine Mutter mit ihrer reinen, blassen Haut, das Haar zum Knoten gezurrt, nicht die leiseste Spur von Leichtsinn. Sie schminkte sich nicht, gab praktisch nie auch nur einen Penny für sich selbst aus. Gwen wollte, dass sie über Dad redete, wie es vor der Trennung mit ihm gewesen war, was genau passiert war. Jemand von uns hatte etwas gesagt. War wirklich nur ich das gewesen? Ich spürte einen Schmerz in der Brust. Aber Mom ließ sich nicht erweichen, ihre Miene war entschlossen. Sie wollte nicht schlecht über unseren Vater reden. Sie würde nichts ausplaudern. An der Wand hing ein Poster von Holly Hobbie in ihrem Flickenkleid, mit der absurd großen Mütze, der Blume, an der sie immer schnupperte. Ihr Gesicht war nicht zu erkennen. Wir musterten die Wände, den grünen Büroteppichboden, die Tweedpolster der Sessel, in denen wir saßen, alles, nur damit wir einander nicht ansehen mussten. Moms Loyalität zu unserem Vater tat mir weh. Ich selbst hatte sie immer und immer wieder verraten, zuletzt gegenüber Gwen, einer Wildfremden, die für ihre Notizen auf dem Klemmbrett einen Bleistift mit Trollhaaren und aufgeklebten Kulleraugen verwendete. Marie zog die Augenbrauen hoch, als sie sie damit schreiben sah. Mit uns würde Gwen nicht weit kommen.

Hinterher beschloss unsere Mutter, solche Beratungen seien sinnlos und sie könne Gwen mit ihrer herablassend süßen Stimme nicht ertragen. »Wir brauchen einfach Zeit«, sagte sie. Und wir gingen nie wieder hin.

Marie nahm ihren weißen Puder und verteilte ihn auf Wangen und Stirn. Ich sah ihr kurz dabei zu. Wir hatten ganz unterschiedliche Gesichter. In der Schule konnte keiner glauben, dass wir Schwestern waren. Marie war zierlich, wie Ellen, und hatte ein zartes Gesicht. Meines war breiter, flacher. Marie war hübsch und lebhaft, während Sage von mir sagte, ich wirke irgendwie »ätherisch«, als sei ich ständig mit den Gedanken woanders. Meine Augen waren blau, aber heller als die von Marie, von allen Geschwistern waren sie denen unserer Mutter am ähnlichsten, und während die anderen alle hellbraunes oder blondes Haar hatten, waren außer den Brauen und Wimpern bei mir auch die Haare ganz dunkel. Hippie-Haare, wie Marie immer sagte. Sie hingen einfach glatt zu beiden Seiten meines Gesichts herunter, bis zur Taille. Formlos im Vergleich zu Maries Punkfrisur oder Sages Stufenschnitt, aber mir fiel auch nicht ein, wie ich sie hätte schneiden lassen sollen. Die meisten Mädchen in meiner Klasse hatten jetzt eine Dorothy-Hamill-Frisur, aber ich glaubte nicht, dass mir so etwas stehen würde. Ich hatte eine Lücke zwischen den Vorderzähnen, also lächelte ich nur mit geschlossenem Mund. Marie trug lila Lippenstift auf, so dunkel, dass er fast schwarz aussah.

»Ich muss zum Babysitten. Rufst du mich bei den Bouchers an, wenn sie wieder da ist?«

»Klar.« Im Spiegel sah sie zu mir hin. Mir war nicht ganz klar, warum sie sich ihr Punk-Gesicht malte, obwohl sie gar nicht mehr raus wollte.

Ich ging runter in die Küche und machte den Kühlschrank auf. Er war praktisch leer. Unsere Mutter bewahrte das Brot immer im Gemüsefach auf, damit es nicht alt wurde. Ich nahm mir eine Scheibe und verteilte ein Stück Butter darauf. Das Brot war so kalt, dass ich es kaum kauen konnte. Kurz fürchtete ich, mir würde schlecht werden. »Die Sorgenvolle«, hatte Gwen mich genannt. Das stimmte. Ich machte mir ständig und wegen allem Sorgen. Wenn die anderen über den Zaun zum Schwimmclub kletterten, um nackt zu baden, blieb ich draußen und hielt auf der Straße nach der Polizei Ausschau, falls jemand versehentlich den Alarm auslöste oder ein Nachbar sie meldete. Wenn Marie abends heimlich aus dem Fenster kletterte, konnte ich nicht einschlafen, bis sie wieder da war, stellte mir all die vielen schrecklichen Dinge vor, die ihr zustoßen könnten, horchte nach den Schritten unserer Mutter draußen auf dem Flur. So war ich schon vor Dads Tod gewesen. Einmal hatte unsere Mutter uns allen Poster gekauft. Meines zeigte ein Löwenjunges, das mit weit offenem Maul heulte, und darunter stand: *Mach dir keine Sorgen. Die Welt ist auch so schon traurig genug.*

Für Marie hatte sie ein Poster gekauft, auf dem Comictiere Musikinstrumente spielten, und der Spruch dazu lautete: *Der Zauber der Musik zähmt selbst das wilde Tier.*

Auf dem von Ellen stand: *Freu dich, du bist nicht wie die anderen.*

Ich warf das Brot in den Müll. Ich brachte es einfach nicht runter.

Im Wohnzimmer war Beatrice dabei, auf dem Sofa Wäsche zusammenzulegen, während Thomas staubsaugte. Sie hatten die Arbeiten übernommen, die eigentlich Ellen erledigen sollte. Beatrice war sieben, fünf Jahre jünger als Ellen und sieben Jahre jünger als ich. Und Ellen hatte recht, unsere Mutter verwöhnte sie, das machten wir im Grunde alle, aber trotzdem war sie kein nerviges Kind und stand nicht gern im Mittelpunkt. Ich setzte mich neben sie auf das Sofa und faltete ein Schuloberteil.

»Ich weiß gar nicht, warum Ellen so sauer auf mich war.« Beatrice sah mich an. In ihrem Mund klaffte eine Lücke, wo ihr zwei Milchzähne ausgefallen waren. Ihr lockiges Haar war dicht hinter den Ohren zu zwei dicken Zöpfen gebunden.

»Sie war nicht sauer auf dich. Du kannst nichts dafür, Bea.«

»Und wenn sie sich jetzt verläuft oder von einem Auto angefahren wird?«

»Ihr wird schon nichts passieren. Wir sind es doch alle gewohnt, im Dunkeln über den Berg zu laufen. Sie kennt die Straßen. Hilf Marie, nach ihr Ausschau zu halten, ja?« Beatrice nickte.

Thomas rief über den Staubsaugerlärm hinweg: »Was ist denn das für eine Arbeitsmoral? Weiterfalten, aber dalli! Links, zwo, drei, vier!« Sofort strahlte Bea wieder und rollte ein paar Socken zusammen.

»Ich muss los. Ruft mich auf jeden Fall bei den Bouchers an, wenn sie wieder da ist.« Ich ging noch einmal die Treppe hoch, um unserer Mutter Bescheid zu sagen. Ihre Zimmertür war abgeschlossen. Ich klopfte. »Ich bin dann jetzt weg, Mom.« Sie reagierte nicht.

Im Flur kam mir Marie entgegen, die nach unten wollte. »Lass sie besser in Ruhe.«

»Ich sage ihr ja nur, dass ich jetzt gehe.« Am liebsten hätte ich mit voller Kraft gegen die Tür getreten. Ich ging zurück in unser leeres Zimmer und nahm mir Ellens Mappe, sah die Blätter durch und suchte die mit den grünen Kreisen: das schemenhafte Selbstportrait, die Familie ohne Eltern, ein paar Skizzen zu einem Hirsch, nur Kopf und Geweih, alle mit Bleistift gezeichnet, in unterschiedlichen Graustufen. Das waren keine süßen Kinderzeichnungen; sie wirkten nüchtern, abgeklärt und traurig. Mir war klar, dass Ellen in ihrer Klasse die absolute Ausnahme sein musste. Ich nahm den Brief, die Broschüre, das Empfehlungsschreiben und die Blätter. Mom musste das wissen. Ich ging zurück zu ihrem Zimmer, kniete mich auf den Teppich und schob alles einzeln unter ihrer Tür durch. Dann brach ich auf.

Unser Haus am Berg hatte mehrere Ebenen. Insgesamt waren es vier, mit kurzen Treppen von jeweils fünf Stufen dazwischen. Es gab vier Schlafräume. Das Zimmer unserer Mutter, Beas Kammer und das Zimmer, das ich mir mit Ellen und Marie teilte, lagen auf derselben Ebene. Beas Zimmer war wirklich klein und grenzte direkt an das unserer Mutter. Thomas hatte ein großes Zimmer ganz oben. Ich liebte dieses Haus und den Wald ringsherum. Wir waren kurz nach Ellens Geburt an den Berg gezogen. Vorher hatten wir in Ardmore gewohnt. Ich glaube, unser Vater hat sich am Berg nie richtig wohl gefühlt. Er war nicht wie die anderen Väter dort. Das lag nicht nur an seiner Arbeit; er war schon nach dem fünften Schuljahr, das unserer amerikanischen fünften Klasse entsprach, von der Schule abgegangen. In Irland, erzählte er uns, war das für Kinder, die auf Bauernhöfen aufwuchsen, ganz normal gewesen. Sie mussten mitarbeiten. Und mein Vater arbeitete härter als jeder andere Mensch, den ich kannte. Er war nur offenbar nicht in der Lage, Geld zurückzulegen.

Vor Beatrices Geburt hatten unsere Eltern eine Mal-zusammen-und-mal-getrennt-Phase durchlaufen, aber als sie zur Welt kam, war er schon ausgezogen. Danach sahen wir ihn nicht mehr so oft, aber ich half ihm noch immer beim Rasenmähen und Laubrechen. Er blieb in der Gegend um Philadelphia und hatte wechselnde Wohnsitze, aber es hielt ihn nirgendwo lange. Dann bot ihm ein entfernter Verwandter Arbeit und Unterkunft in der Bronx an, wo er eine Firma für Garten- und Landschaftsbau betrieb. Ein einziges Mal hatten wir ihn dort besucht – Marie, Thomas, Ellen und ich. Wir waren an der 30th Street Station, dem Zentralbahnhof, in Philadelphia in den Zug gestiegen, und er hatte uns an der Penn Station in Manhattan abgeholt. Er stand oben an der Rolltreppe, als wir vom Bahnsteig hinauffuhren. Nach der Arbeit hatte er geduscht und ein Hemd und eine Krawatte angezogen, ganz altmodisch, so wie er es auch, als er noch bei uns wohnte, immer gemacht hatte, wenn wir irgendwohin gingen. Nie sah man ihn in Freizeitkleidung wie die Väter meiner Freundinnen. Er besaß keine Jeans, keine leichten Hosen oder Shorts. Nicht einmal Turnschuhe, die auch einfach nicht zu ihm gepasst hätten. Er trug klassische weiße T-Shirts, aber nichts mit Aufdruck und beim Rasenmähen Arbeitshosen. Sein lockiges Haar war immer zurückgekämmt und seitlich gescheitelt.

»Dad ist halt Fünfzigerjahre«, sagte Marie immer voller Stolz. Sie meinte, es sei doch komisch, dass erwachsene Männer in den USA sich inzwischen anzögen wie kleine Jungs, sie besäßen überhaupt keine Eleganz mehr.

Wir fuhren mit der U-Bahn bis nach Woodlawn in der Bronx, wo er jetzt wohnte. Die Häuser standen dicht beieinander, mit Maschendrahtzäunen dazwischen. Straßen und Höfe wirkten nackt. Es gab keine Bäume, nur ein paar versprengte, kümmerliche Sträucher, und mir kam es seltsam vor, dass mein Vater an einem Ort so ganz ohne Blätter lebte. Vor den Häusern, in deren Gärten wir ihm bei der Arbeit geholfen hatten, lag das Laub manchmal so hoch, dass es mir bis zur Taille reichte, wenn ich hindurchwatete. Dann schaltete Dad den Laubbläser ein, und die Blätter wirbelten um uns herum auf und fielen wieder herab. In der Bronx hatte er eine möblierte Einraumwohnung gemietet, wie er es nannte, ein Zimmer, das an ein anderes Haus grenzte, aber seinen eigenen Eingang hatte. Unter dem Fenster war eine kleine Küchenzeile. Auf einem Elektroherd mit zwei Kochplatten bereitete er zum Abendessen Steak mit Kartoffelbrei für uns zu. Es gab ein winziges Bad mit Dusche und ein Sofa, das ihm auch als Bett diente. Er holte den Schaumstoff, den er hinter dem Fahrersitz seines Pickups lagerte, und rollte ihn auf dem Boden aus, und so verbrachten wir die Nacht, wir vier und er, zusammen in diesem einen Zimmer in der Bronx. Er hatte extra für unseren Besuch neue Teller und neues Besteck gekauft, damit wir zu fünft essen konnten. Bis heute denke ich beim Einschlafen noch manchmal an diese Nacht. Wir alle zusammen, wie wir dort im Dunkeln lagen und redeten, gemeinsam atmeten, in diesem einen Zimmer.

3

Ich trat in die Dunkelheit hinaus. Dort, wo die Rasenflächen an den Wald grenzten, schimmerten die Leuchtkäfer. Die Nachtluft war warm und fühlte sich nach Sommer an. Die Bouchers wohnten auf der anderen Seite des Bergs; zu Fuß etwa zwanzig Minuten. Auf dem Weg musste ich am Haus der Addisons vorbei, dem »Manson-Haus«. Die Addisons waren aus Kalifornien an den Berg gezogen und wohnten eine Straße weiter oben als wir. Kurz nach ihrem Einzug fingen die Leute an zu reden. Es hieß, Mr Addisons Firma habe in Kalifornien Mammutbäume gefällt, deren Holz dann nie verarbeitet und irgendwann im Pazifik versenkt worden sei, und sein Name stehe ganz oben auf der »Todesliste«, die Charles Manson im Gefängnis geschrieben hatte. Ein paar Jahre zuvor hatte ein Mitglied der Manson-Familie versucht, Präsident Ford zu töten, um die Mammutbäume Kaliforniens zu retten. Niemand konnte sagen, ob an den Gerüchten um Mr Addison etwas dran war. Marie besaß eine Ausgabe von *Helter Skelter*, und ich hatte sie gelesen. In der Mitte gab es einen Bildteil mit Fotos. Ich betrachtete sie aufmerksam, versuchte, die Gesichter der jungen Frauen zu entschlüsseln, die sich Mansons Gruppe angeschlossen hatten, prägte sie mir ein, für den Fall, dass mir jemals eine von ihnen hier begegnete. Noch immer ging ich automatisch schneller, sobald ich einen VW-Bus sah.

Das Haus der Addisons lag tief im Wald. Je näher ich ihm kam, desto langsamer wurde ich, machte mich zum Sprint bereit. Die Außenbeleuchtung war mit einer Art Sensor ausgestattet und wenn nachts jemand vorbeiging, schaltete sie sich ein und tauchte das Haus und den umliegenden Wald in gleißendes Licht. Ich wechselte die Straßenseite, um sie nicht auszulösen, und ungefähr fünf Meter vor dem Grundstück rannte ich los, lief, so schnell ich konnte, gut hundert Meter weit, und dabei malte ich mir die Mörderinnen aus, die im Wald lauerten. Ich schaute über die Schulter zurück, um zu sehen, ob ich irgendwie verfolgt wurde. Oben an der High Point Road gab es eine Abkürzung direkt durch den Wald, die am Wasserturm vorbeiführte und zum Horseshoe Trail gehörte. Es war dunkel, aber ich kannte den Weg. Ich war schon so oft hier entlang gerannt. Gelbe Rechtecke, die an die Baumstämme gemalt waren, kennzeichneten den Wanderweg und leuchteten im Dunkeln kurz auf, wenn ein Splitter Mondlicht darauf fiel. Ich fand diese Markierungen immer sehr beruhigend; wie in einem Märchen zeigten sie mir, dass ich noch auf dem richtigen Weg war. Aber heute schwappte eine Welle der Panik über mich hinweg. Wie weit war Ellen wohl gelaufen?

Vor mir öffnete sich der Weg auf eine kiesbestreute Lichtung mit zwei Türmen. Der eine war ein riesiger Wasserturm aus Metall, ein massiges graues Gebilde, umringt von Eichen und Ahornbäumen. An manchen Tagen, wenn die Sonne am späten Nachmittag schon tiefer stand als das Blätterdach, warfen die Bäume perfekte Schatten auf die glatte Oberfläche, und der Turm schien fast ein Teil des Waldes zu werden. Der andere Turm war höher, ein bloßes Gerüst aus sich kreuzenden Metallteilen. Er sah aus, als würde er sich jeden Moment bewegen, seine Glieder ausstrecken und alle menschlichen Eindringlinge zerquetschen. Wir vermuteten, dass er irgendwie mit Strom zu tun hatte. Beide Türme waren von einem hohen Zaun umgeben, an dem oben in einem Winkel Reihen von Stacheldraht gespannt waren. Vergebens: Die Jugendlichen kletterten trotzdem darüber, sprangen dann hoch an die unterste Sprosse der Steigleiter des Wasserturms und zogen sich hinauf, um ihn zu erklimmen. Vor dem anderen Turm, der womöglich unter Strom stand, fürchteten sich alle.

Von der anderen Seite der Lichtung hörte ich Stimmen und Gelächter, wahrscheinlich ein paar Jugendliche aus Phoenixville, die dort herumhingen, kifften und Bier tranken. An beiden Türmen blinkten rote Lichter, als Warnung für den Flugverkehr oder auch als Signal an andere Außerirdische.

Letzten Winter waren Thomas und ich mit Jack Griffith hier oben gewesen, Thomas' ältestem Freund am Berg. Seit Dads Beerdigung hatten wir ihn nicht oft zu Gesicht bekommen. Thomas ging kaum noch aus dem Haus, rief niemanden mehr zurück. Es war ein, zwei Tage nach Neujahr, in der Abenddämmerung; wir hatten noch Weihnachtsferien, und es schneite. Marie, Thomas und ich waren draußen und versuchten die Einfahrt freizuschippen, als Jack in einem kleinen Nissan Datsun herangerumpelt kam. Er habe jetzt den Führerschein, sagte er, und habe sich gedacht, Thomas und er könnten ein bisschen in der Gegend rumfahren, bevor die Schneepflüge kämen. Marie sagte zu Thomas, er solle ruhig mitfahren. Bevor sie in den Wagen stiegen, drehte Jack sich zu mir um und fragte, ob ich auch mitwolle, und ohne groß nachzudenken, sagte ich ja und kletterte auf den Rücksitz.

Wir fuhren durch tiefen Schnee. Die Straßen waren leer, nirgends waren Reifenspuren zu sehen; nur die Bäume legten den Verlauf der Fahrbahn fest. Es war dunkel, und wir fuhren, geborgen in Jacks Datsun, über den Berg, während es um uns herum weiterschneite. Im Radio lief »The Logical Song« von Supertramp, und wir versuchten, die Horseshoe Trail Road hinaufzukommen, aber die Räder drehten durch, der Wagen rutschte immer wieder zurück. Jack bekam ihn nicht weiter die Straße hinauf, also hielt er an, wir stiegen aus und stapften zu Fuß hoch bis zum Wasserturm, um zu sehen, wie es dort, ganz oben auf dem

Berg aussah, wenn alles weiß war. Zu dritt standen wir in der abendlichen Schneestille, mit kalten Gesichtern, inmitten dicker Flocken und blinkender Lichter, und ich fühlte mich glücklich. Ich weiß noch, wie ich zu Jack hinüberschaute und er auf einmal schön geworden war, das dunkle Haar, die roten Wangen. Ich sah ihm an, dass auch er glücklich war, einfach nur, weil er hier mit uns stand. Seither war ich ein klein wenig verknallt in ihn, aber das hatte ich nicht mal Sage erzählt. Ich bekam ihn ja sowieso kaum zu Gesicht. Und Thomas auch nicht.

Als ich am Turm vorbeiging, hörte ich noch mehr Gelächter, Glas splitterte, und ich rannte los, damit sie mich nicht entdeckten. Aber ich war noch nicht bis zu den Bäumen auf der anderen Seite der Lichtung gekommen, als sich in der Dunkelheit vor mir Schatten bewegten. Ich verlangsamte meine Schritte und ging auf die fünf oder sechs Jugendlichen zu, die, von Grasgeruch umweht, in einem lockeren Kreis zusammenstanden. Abbey Quinn machte einen Schritt auf den Weg hinaus.

»Hey, Gallagher, bist du das? Wo willst du denn hin?«

Ich blieb stehen. Ich mochte Abbey, aber die anderen, die bei ihr waren, machten mich befangen. »Hallo, Abbey. Ich gehe babysitten.«

»Bei der bildschönen Mrs Boucher?« Abbey kicherte. Sie war bekifft.

Ich schaute zu den anderen hinüber, versuchte, ihre Gesichter zu erkennen. »Ja.«

»Ich hab gehört, es gibt jemanden, der Mrs Boucher besonders schön findet«, sagte sie und fing wieder an zu lachen.

Ich wusste nicht, was sie damit sagen wollte, und zuckte nur die Achseln. Abbey legte mir den Arm um die Schultern. Getrunken hatte sie auch.

»Du solltest mal 'n bisschen öfter herkommen. Würde dir guttun. Mit Sage.«

»Ich versuch's«, sagte ich. »Aber jetzt muss ich los. Bis dann.« Und damit ging ich weiter den Weg entlang.

Er endete an der Straße, in der die Bouchers wohnten, und ich wandte mich nach links, hangabwärts. Hinter dem Haus der Bouchers lag eine Nike-Raketenbasis im Besitz der US-Regierung. Weil Philadelphia zu den wichtigsten Städten der USA gehörte, war es von vielen solcher Stützpunkte umgeben, die angeblich angreifende Raketen orten und Abwehrgeschosse abfeuern konnten, um sie zu treffen und zu zerstören. Einige der Stützpunkte hatten den Radar, die anderen hatten die Raketen. Ich wusste nicht, wie es bei unserem war. So oder so, es bedeutete, dass der Atomkrieg in greifbare Nähe gerückt war, dass wir zum Ziel werden konnten und im Boden unter uns Raketen lagerten. Nuklearwaffen und Radioaktivität machten mir Sorgen. Vor ein paar Jahren, nach dem Reaktorunfall auf Three Mile Island, mussten viele Menschen evakuiert werden. Wir hörten im Autoradio von Dads Pickup davon, auf dem Heimweg von der Schule. Harrisburg lag nur anderthalb Stunden Fahrt von uns weg, Luftlinie weniger. Ich hatte mir vorgestellt, wie die Menschen zu Fuß flüchteten und sich angsterfüllt nach dem Unsichtbaren umdrehten, das die Luft mit sich trug, wie alles von einer Verseuchung ausgelöscht werden konnte, die man nicht einmal sah. Es hieß, die Stützpunkte hätten schon seit den Sechzigerjahren ausgedient. Waren also auch die Boden-Luft-Raketen entfernt worden, oder ruhten sie immer noch hier unter der Erde? Das wusste niemand.

Mrs Bouchers Haus lag mehrere hundert Meter abseits der Straße, an einem steilen Abhang, und war vom Anfang der Zufahrt aus praktisch nicht zu sehen. Auf dem Weg nach unten sah ich die durch die Bäume zerschnittenen Lichter des Hauses. Ich nahm mir vor, Mrs Boucher zu erzählen, was mit Ellen passiert war. Vielleicht würde sie sich ja mit mir und den Jungs ins Auto setzen und den Berg hinunterfahren, um auf der Straße nach ihr Ausschau zu halten. Oder ich würde mit den Jungs im Haus bleiben, und sie könnte sich auf die Suche machen. Ich wusste, sie würde uns helfen. Aber kaum stand ich vor der Haustür, öffnete Mrs Boucher mir bereits; ich kam nicht einmal zum Klopfen. Sie hatte sich einen leichten Schal um die Schultern gelegt und schon nach Handtasche und Schlüssel gegriffen. Sie trat einen Schritt zurück, um mich einzulassen, nahm aber die Hand nicht von der offenen Tür.

»Hallo, Libby. Entschuldige, ich bin heute sehr in Eile. Die Jungs sind schon im Schlafanzug. Im Gefrierfach steht Eis. Ich habe Schoko-Mint für dich besorgt.« Ich zögerte kurz, bevor ich ins Haus trat. Mrs Boucher sah mich an. »Alles in Ordnung?«

»Ja, alles bestens. Danke. Auch für das Eis. Heute war der letzte Schultag vor den Sommerferien«, setzte ich noch hinzu, als würde das irgendetwas erklären. Ich ging an ihr vorbei in die Diele.

»Ach, das Paradox der Freiheit«, sagte Mrs Boucher, als wäre ihr alles klar. »Wir sehen uns später, wenn ich zurück bin.« Und damit zog sie die Haustür hinter sich zu.

Warum hatte ich ihr nichts erzählt? Ich fasste nach der Klinke, um die Tür zu öffnen, sie zurückzurufen, ihr zu sagen, dass wir Hilfe brauchten. Aber ich fand es schrecklich, andere um etwas zu bitten. Vielleicht würde sie ja auf ihrem Weg den Berg hinunter an Ellen vorbeifahren. Ich rief mir all die Leute vor Augen, die auf dem Heimweg an Ellen vorbeifahren könnten. Irgendwer würde doch sicher anhalten. In ihrer Schuluniform war sie leicht zu erkennen.

Ich spielte mit den Jungs und brachte sie dann ins Bett. Bruce, dem Zweijährigen, las ich *Gute Nacht, Mond* vor, Peter, dem Fünfjährigen, *Peter Hase.* Bruce nuckelte am Daumen und kuschelte sich an mich. Er hatte eine Mondlampe in seinem Zimmer, und als ich an der Stelle war, wo dem Zimmer Gute Nacht gesagt wird, schlief er längst. Nach dem Vorlesen nahm Peter gern selbst das Buch, um die Bilder noch einmal ganz genau zu betrachten. Ich tat so, als wäre auch er ein Hase, wir rieben zum Gute-Nacht-Sagen die Nasen aneinander und ich ermahnte ihn, sich noch schön das Fell zu putzen und zum Schlafen die Ohren anzulegen.

Dann ließ ich ihn allein und ging nach oben ins Wohnzimmer. Die ganze Zeit lauschte ich angestrengt auf das Telefon. Um zehn nahm ich den Hörer ab, um zu überprüfen, ob das Freizeichen zu hören war, und legte ihn dann sorgfältig wieder auf die Gabel. Ich hätte gern zu Hause angerufen, aber dann würde womöglich meine Mutter an den Zweitapparat bei sich im Zimmer gehen. Stattdessen rief ich Sage an, außer Marie und Thomas der einzige Mensch auf dieser Welt, der mich sofort verstehen würde.

»Hallo, ich bin's.«

»Warum flüsterst du?«

»Weiß ich auch nicht. Ich bin bei den Bouchers. Mom hat vorhin, als es schon dunkel war, Ellen aus dem Auto geworfen. Auf der Brücke über den Turnpike. Sie muss zu Fuß nach Hause laufen, aber ich glaube, sie ist noch nicht wieder da.«

»Am Turnpike? Arme Ellen. Diese Straße ist so einsam.«

»Ja. Ich weiß nicht, was ich machen soll.«

»Ich schicke Charlotte mit dem Wagen los«, sagte Sage. »Das macht sie bestimmt.«

»Nein. Bitte nicht. Dann wird alles nur noch schlimmer. Mom kriegt vielleicht Ärger.«

»Und wenn schon.«

»Sag deiner Mutter bitte nichts. Ich melde mich, sobald ich weiß, dass sie zu Hause ist.« Ich setzte mich wieder auf das Sofa und versuchte, fernzusehen, konnte mich aber nicht konzentrieren. Wenn ich bloß etwas zu Mrs Boucher gesagt hätte, vielleicht hätten wir Ellen dann schon gefunden und alles wäre längst vorbei. Um halb elf klingelte das Telefon.

Marie war dran. »Sie ist immer noch nicht da.«

»O Gott. Mir ist ganz schlecht.«

»Auf der Straße ist sie nicht. Sie muss wohl durch den Wald gegangen sein.«

»Woher weißt du das?«

»Wilson McVay ist die ganze Strecke mit dem Motorrad abgefahren und hat sie nicht gesehen.«

»Du hast Wilson McVay angerufen?«

»Ja. Wen denn sonst?«

»Jeden, bloß nicht ihn. Der ist verrückt, Marie.«

»Die Leute, die so was sagen, kennen ihn nicht.«

»Die Leute haben Gründe, so was zu sagen. Er hat ziemlich verrücktes Zeug gemacht.«

»Er hat uns geholfen, Libby. Werd erwachsen.«

Mir fiel mehr als genug ein, was mit Wilson McVay nicht stimmte. Unser toter Kater Mr Franklin zum Beispiel. (So hatte ihn Thomas genannt, nach Benjamin Franklin, der sich der Legende zufolge einmal nachts am Berg verirrt haben soll. Unser Mr Franklin war uns als junges Kätzchen im Wald zugelaufen.) Wir waren überzeugt, dass Wilson ihn getötet hatte. Die Leute erzählten sich, er knalle die Haustiere der Nachbarn mit seinem Luftgewehr ab, und als wir Mr Franklin tot im Wald fanden, hatte er kreisrunde Wunden in der Flanke. Ich hatte selbst schon erlebt, wie verrückt Wilson sein konnte, und Marie war auch dabei gewesen. Vor Jahren, ich war vielleicht elf oder zwölf, saßen wir einmal auf den Schaukeln am Sun Bowl, und Wilson kam mit seiner Motocross-Maschine angefahren, kurvte herum und versuchte, den Felshang am anderen Ende des Geländes raufzukommen. Er machte ein paar Anläufe, dann fuhr er zu den Schaukeln und ließ die Maschine aufheulen, wirbelte direkt vor uns Staub auf. Eine Gruppe älterer Jungs war aufgetaucht und stand auf dem Basketballfeld herum. Sie waren mir mindestens genauso suspekt. Als Wilson mit dem Motorrad an ihnen vorbeifuhr, rief ihm einer, ein Typ mit freiem Oberkörper, so etwas wie »Psycho!« nach. Wilson wendete wieder. Als er erneut vorbeifuhr, kommentierte derselbe Typ: »Sogar die Spinner sind heute zum Spielen draußen«, und die anderen lachten. Wilson wendete erneut und fuhr direkt auf ihn zu. Er zögerte keine Sekunde, wich auch nicht aus und verfehlte den halbnackten Typen nur, weil der zur Seite sprang. Der Typ rappelte sich auf und schrie: »Ein Tag Freigang von der Klapse, was, Arschloch?« Wilson ließ das Motorrad liegen, rannte auf den Typen zu, sprang hoch und rammte ihm den Kopf gegen die Stirn. Der Typ stand einen Moment wie benommen da, dann sackte er einfach in sich zusammen. »Er hat ihn k.o. geschlagen«, rief jemand. Wilson war noch einmal an den Schaukeln vorbeigekommen, und ich hatte sein Gesicht gesehen.

Mir war klar, warum der Typ ihn als Verrückten bezeichnete - das taten alle. Etwa ein halbes Jahr vorher hatte die Polizei kommen müssen, weil Wilson bei den Nachbarn die Fenster eingeschlagen hatte. Bei drei Häusern hintereinander. Eine Scheibe nach der anderen hatte er mit bloßen Fäusten eingeschlagen, brüllend, mitten in der Nacht. Als es vorbei war, kam Mr Pascall, der gleich nebenan wohnte, nach draußen. Er fand Wilson splitternackt auf der Straße vor, heulend, Hände und Arme voller Blut. Wilson hatte zu ihm hochgeschaut und gesagt: »Sie rufen jetzt wohl besser die Bullen.« Kurz nach der Sache am Sun Bowl hörten wir, er sei in einen missglückten Raubüberfall verwickelt gewesen, bei dem auch ein Tankstellenmitarbeiter gefesselt worden sei. Manche behaupteten, Wilson hätte den Fluchtwagen gefahren. Irgendwas musste er jedenfalls gemacht haben, denn danach verschwand er für ein paar Jahre, und kein Mensch wusste, wohin. Seit er wieder da war, tauchte er häufig auf Partys auf, suchte die Gesellschaft von Jugendlichen, die kaum älter waren als ich, war dabei, aber hielt sich am Rand.

»Vielleicht hat sich Ellen ja versteckt, als sie das Motorrad gehört hat, weil sie Angst vor Wilson hatte.«

»Du kennst ihn doch gar nicht. Ich ruf dich an, wenn sie hier ist.«

Ich sah weiter fern, den Ton auf leise gestellt. Gerade fing *Fantasy Island* an. Es kam mir alles so lächerlich vor, der kleine Mann, der »Das Flugzeug! Das Flugzeug!« ruft, der Typ im Smoking, der angeblich gottähnliche Fähigkeiten hat und seinen Angestellten einschärft, für die reichen Gäste auch schön zu lächeln. Ich schaltete um zu *Detektiv Rockford – Anruf genügt*. Ich konnte einfach nicht stillsitzen. Es war gleich elf, mehr als drei Stunden her, seit Ellen aus dem Auto gestiegen war.

Mrs Boucher hatte verschiedene Zeitschriften und Zeitungen abonniert, Bücherregale pflasterten die Wände. Auf dem Couchtisch lagen der *Philadelphia Inquirer* und die *New York Times*. Beide Titelseiten machten immer noch mit den Kindermorden von Atlanta auf. Ich versuchte die Artikel zu lesen, konnte mich aber auch darauf nicht konzentrieren. Am Morgen, auf der Fahrt zur Schule, hatte ich in den Radionachrichten davon gehört. Sämtliche Brücken von

Atlanta wurden von der Polizei observiert, und letzte Woche hatten sie mitbekommen, wie auf einer der Überführungen über den Chattahoochee River ein Wagen hielt und kurz darauf ein Platschen im Wasser zu hören war. Der Fahrer war festgenommen worden, und zwei Tage später wurde flussabwärts eine Leiche angeschwemmt. Jetzt glaubten sie, den Mörder endlich zu haben. Ich betete, dass er es auch wirklich war. Mehr als zwanzig schwarze Kinder waren tot oder wurden noch vermisst. Ich hatte Angst, so allein im Haus der Bouchers. Es bestand fast nur aus Glas und war an den Hang gebaut, der hinter dem Haus steil abfiel, sodass ich hier im Wohnzimmer wirklich das Gefühl hatte, inmitten von Baumwipfeln zu schweben. Mir war klar, warum Mrs Boucher immer von ihrem Baumhaus sprach. Es gab überall Fenster und keine Vorhänge.

Ich beschloss, noch einmal bei Sage anzurufen, damit sie ihre Eltern doch um Hilfe bat, selbst wenn das hieß, dass sie die Polizei einschalten würden. Auf dem Weg zum Telefon in der Küche huschte vor einem der vorderen Fenster ein Schatten vorbei. Für den Bruchteil einer Sekunde sah ich etwas Weißes. Ich blieb stehen, hielt den Atem an. Ein Rascheln war zu hören. Dann ein Klopfen an der Scheibe. Ich blickte an mir herunter, auf mein weißes T-Shirt, überlegte, ob ich vielleicht nur mein eigenes Spiegelbild gesehen hatte. Es klopfte wieder. Da war eindeutig jemand am Fenster. Ganz lässig, als hätte ich keine Angst, ging ich zur Haustür, versteckte mich dahinter und wartete. Ich schaltete die Außenbeleuchtung ein, warf einen Blick nach draußen und schrie auf. Dann riss ich die Tür auf, und Ellen stolperte über die Schwelle.

»Mein Gott, Ellen!«

Ihr Gesicht war mit Blut und Erde verschmiert. Unter dem rechten Auge hatte sie eine offene Platzwunde. Der rechte Arm und das rechte Bein waren voller Schrammen, ihre ganze Seite gespickt mit Rollsplitt von der Straße. Ihr weißes Polohemd war mit Blut und Schlamm bespritzt.

»Ich bin aus einem Auto gesprungen.«

»Was? Was meinst du damit?« Ich schloss die Haustür, spürte, wie mir das Blut in den Kopf schoss, in meinen Ohren rauschte es wie ein Ozean. »Geht's dir gut? Bist du irgendwo verletzt?« Meine Stimme klang viel zu laut.

»Glaub nicht. Weiß nicht. Ich bin hierhergelaufen. Nach Hause konnte ich so nicht.«

Ich muss ihre Wunden säubern. Das ist jetzt das Wichtigste. »Komm mit.« Ich führte sie nach unten, in das Bad, das Mrs Boucher für sich und ihren Besuch reserviert hatte. Ellens Trägerkleid und die Kniestrümpfe waren mit getrocknetem Schlamm verkrustet. So sanft wie möglich drückte ich sie auf die weißen Bodenkacheln, damit sie sich mit dem Rücken an den Schrank unter dem Waschbecken lehnen konnte. Sie zitterte. In Mrs Bouchers Bad war alles weiß und mit Monogramm versehen.

»Warte kurz.«

Ich rannte zum Wäscheschrank, schnappte mir ein paar braune Handtücher und eilte zurück. Ellen sah aus wie ein Gespenst, wie sie da in Mrs Bouchers Bad saß, das Gesicht bläulich-weiß, heller als das Waschbecken und der Unterschrank in ihrem Rücken. Die Adern an den Schläfen und auf der Stirn zeichneten sich ab, und die Linien der dunklen Venen unter ihren Augen und seitlich an den Wangen wirkten schwärzlich, als wäre ihre Haut durchsichtig geworden. Ich legte die weiße Badematte in die Wanne und breitete ein Handtuch auf dem Boden aus.

»Rutsch rüber.«

Ellen stemmte sich hoch, ich schob das Handtuch unter sie und legte ihr ein weiteres um die Schultern. Dann drehte ich das Wasser auf, stellte es warm und hielt einen braunen Waschlappen darunter.

»Ich bin ganz vorsichtig, versprochen.« Ich wrang den Waschlappen aus und berührte damit ganz sanft Ellens Gesicht, unter dem Auge, wo die Wunde noch immer blutete. Ellen schrak zusammen, zuckte zurück und schlug sich den Kopf am Schrank an.

»Autsch!«

»Lass mich das nur kurz säubern.« Ich tupfte ihr die Schrammen im Gesicht ab, wischte ihr den Dreck vom Kinn. Meine Hand zitterte. *Sie ist aus einem Auto gesprungen.* Ich hob das Handtuch an und betrachtete noch einmal ihren rechten Arm und ihr rechtes Bein. Beide waren abgeschürft. Die Schrammen waren nicht tief, dafür aber lang und von Dreck und Rollsplitt schwarz gesprenkelt. Ich schaute in Mrs Bouchers Medizinschrank über dem Waschbecken und entdeckte ein Fläschchen mit Wasserstoffperoxid.

»Schau weg.« Ellen wandte das Gesicht ab, und ich goss den Drehverschluss voll und leerte ihn über ihren rechten Arm. »Wir müssen dir das Hemd ausziehen.«

Ich öffnete die Knöpfe an den Schultern ihres Trägerkleids und klappte es bis zur Taille herunter. Ellen zog sich das Hemd über den Kopf, zuckte kurz, als sie den rechten Arm hob. Dann drückte sie das Handtuch an die Brust, krümmte sich etwas zusammen. Sie sah so klein aus in ihrem weißen Bustier, mit dem wir sie aufzogen, weil sie es noch gar nicht gebraucht hätte. Der Rollsplitt zog sich über ihren ganzen Unterarm, bis zum Ellbogen und dann weiter hoch bis zur Schulter. Ich wurde den Gedanken nicht los, dass sie sich vielleicht den Kopf angeschlagen hatte und es nicht mehr wusste, oder dass sie innere Verletzungen haben könnte. Sie war so krankhaft bleich. Dann fing sie an zu erzählen.

»Nachdem ihr weggefahren wart, wollte ich erst nach Hause laufen, aber ich wusste, irgendwann stehe ich im Stockdustern, weil es ja schon dunkel war. Mir ist klar, wie blöd das war, aber ich wollte trampen.«

»Oh Scheiße, Ellen, nein!«

»Ich bin ein paar Meter gelaufen, dann habe ich mich einfach in Fahrtrichtung umgedreht und den Daumen rausgestreckt. Ich hatte Angst, aber ich dachte mir, Trampen ist besser als durch die Dunkelheit zu laufen. Ich hatte den Daumen noch keine halbe Minute draußen, da hielt ein Wagen an.«

Ich rutschte von ihr weg und richtete mich auf den Knien auf, um den Waschlappen in Mrs Bouchers Waschbecken auszuspülen. Mit dem Blut flossen schwarze Splittstückchen heraus.

»Es hat also ein Wagen gehalten. Und dann?«

»Er blieb direkt neben mir stehen. Schwarz, ziemlich tiefgelegt. Ich hab gar nicht geguckt, wer am Steuer sitzt. Hab einfach nur die Beifahrertür aufgemacht, bin eingestiegen und hab mir gedacht, was ich für ein Glück habe, so schnell eine Mitfahrgelegenheit zu finden.« Sie zupfte an ihren Haarspitzen herum. »Den Fahrer hab ich erst gesehen, als wir schon wieder fuhren. Ich hab mich zu ihm gedreht, um mich zu bedanken, da hab ich ihn gesehen. Und gewusst, dass ich einen Fehler gemacht hatte.« Ihr rechtes Bein fing an zu zittern. »Er sah total gruselig aus. Er hatte lange weißblonde Haare, so lang, dass er fast drauf saß.«

»O Gott!«

»Es waren Haare wie bei einer Barbie-Puppe, nur eben an einem Mann, und mehr so weißlich.«

»Wie alt war er?«

»Weiß ich nicht. Dreißig vielleicht? Oder älter? Er sah aus wie Gregg Allman, du weißt schon, von den Allman Brothers, nur in hässlich. Sogar seine Augenbrauen waren weiß.«

»Wie bei einem Albino?«

»Nein.« Ellen schüttelte den Kopf. »Nicht wie bei dem Jungen in Beas Klasse. Die Haare haben geglänzt, als wären sie nicht echt, wie bei einer Puppe. Er hat gefragt: ›Wo musst du hin?‹, und ich hab ihm, gesagt, zum Valley Forge Mountain und dass er mich an der überdachten Brücke rauslassen kann. ›Klar‹, hat er gemeint. Aber wir waren noch gar nicht weit gekommen, da legt er mir plötzlich die Hand aufs Bein, ungefähr am Knie, und hat es so leicht gerieben.«

Sie schwieg kurz.

»Ich wusste nicht, was ich machen soll. Ich hab nichts gesagt. Er ist einfach weitergefahren, mit der Hand auf meinem Bein, und dann hat er die Hand nach oben geschoben. Bis ganz nach oben am Bein. Ich konnte mich nicht bewegen, um seine Hand wegzustoßen, obwohl sie schon so weit oben war, wie's überhaupt geht.«

Ellen holte tief Luft. Ihre Stimme war fest, sie schluchzte auch nicht, aber aus ihren Augen liefen Tränen.

»Als das Auto auf die überdachte Brücke zufuhr, hab ich gesagt: ›Sie können jetzt hier halten, dann steige ich aus‹, aber er hat nicht geantwortet. Er ist einfach weitergefahren. Da wusste ich, er wird mich nicht rauslassen. Und als wir an dieser schlimmen Kurve waren, kurz vor der Brücke, wo er wirklich bremsen musste, bin ich rausgesprungen. Ich hatte die Hand schon am Türgriff, dann hab ich sie einfach aufgestoßen und bin rausgesprungen, ein bisschen gestolpert und hingefallen und auf die Fahrbahn gerollt.«

Ich hatte das Gefühl, gleich ohnmächtig zu werden, schwarze Punkte und silbrige Blitze tanzten am Rand meines Sichtfelds. Als ich wieder sprechen konnte, hörte sich meine Stimme an wie aus weiter Ferne.

»Waren noch andere Autos unterwegs?«

»Nein, aber er hat gleich vor mir gehalten. Ich konnte die roten Bremslichter sehen. Er ist ausgestiegen. Ich dachte, er will mich zurückholen, aber wahrscheinlich wollte er nur die Tür zumachen. Ich bin aufgesprungen und über die Straße in Richtung Bach gerannt. Die Uferböschung runter und direkt ins Wasser, kurz vor der Brücke. Es ging mir nur bis zur Taille, ich wollte darin weiterlaufen, aber da kam ich nur in Zeitlupe voran und bin immer wieder ausgerutscht. Die Steine waren total glitschig.« Sie sah auf ihr Kleid hinunter. Ich konnte den Rand erkennen, den das Wasser aus dem Bach darauf hinterlassen hatte, den Schlamm an ihren Kniestrümpfen. »Als ich am anderen Ufer war, bin ich durch den Wald gerannt, so schnell ich konnte, obwohl ich wusste, dass er mir gar nicht folgt.«

»Warum bist du nicht runter nach Yellow Springs und hast dort an einem Haus um Hilfe gebeten?«

Ellen schüttelte den Kopf. »Keine Ahnung. Ich bin einfach nur in den Wald gerannt. Immer den Berg rauf, weil ich wusste, da findet er mich nie. Ich bin einfach immer weitergelaufen. Und dann hab ich endlich Lichter gesehen. Eins von den Häusern hinten am Hamilton Drive.«

»Da warst du schon fast zu Hause. Warum bist du nicht nach Hause gegangen?«

Ellen zuckte die Achseln. »Mir ist wieder eingefallen, dass du freitags immer hier bist. Mom bringt mich um, wenn sie hört, dass ich getrampt bin.« Sie wischte sich mit dem unverletzten Handrücken die Nase. »Und außerdem bin ich immer noch sauer.«

4

So früh am Morgen war es im Schatten der Bäume noch kühl. Ich blieb stehen, sog den Geruch nach Lehm und feuchter Erde ein. In der Ferne summte eine Kreissäge ihre unmelodische Tonleiter, mal schrill, mal dumpf, und irgendwo wurde ein Rasenmäher angeworfen. Es war Samstag, der erste Tag der Sommerferien, und der vertraute Wald und die alltäglichen Arbeitsabläufe da draußen in der Welt beruhigten mich, wenn auch nur für einen kurzen Moment. Ich hatte kein Auge zugemacht. Lichtstrahlen fielen schräg zwischen den Bäumen hindurch, vor mir in der Luft schwebte glitzernder Staub. Ich ging hindurch, tiefer in den Wald hinein.

Ich hatte mich mit Sage im Königreich verabredet, sobald sie konnte, und ihr vorher durchgegeben, was wir laut Marie brauchten: Antibiotika und Valium. Es würde ein Weilchen dauern, bis Sage das Gewünschte unbemerkt aus der Praxis ihres Vaters schmuggeln konnte. Grady Adams war Arzt, seine Praxis befand sich direkt neben dem Wohnhaus. Charlotte, Sages Mutter, war seine Sprechstundenhilfe. Beide stammten aus dem Süden. Sage nannte sie immer beim Vornamen, wenn sie von ihnen erzählte. »Gestern hatten Grady und Charlotte Gäste zum Abendessen, und Mrs Nelson hat zu viel getrunken und versucht mit Grady zu füßeln, während Charlotte und ich direkt daneben saßen. Vor unseren Augen!« So redete Sage, gab immer wieder kleine Dramen zum Besten, die ihre Eltern spannend wirken ließen. Sie erzählte von ihnen wie von zwei schrulligen Originalen, mit denen sie befreundet war. Darum beneidete ich sie. Wenn ich an diese Familie dachte, an Grady, Charlotte, Sage und ihre Brüder, dann immer wie durch einen Schleier aus

Glück; ihr Leben leuchtete, sogar, wenn Sage das Gegenteil behauptete.

Die frühe Morgensonne malte Flecken auf den Waldboden, erhellte die Tüpfelfarn-Büschel und das dicht wuchernde Moos. Ich gab mir Mühe, langsamer zu gehen und nachzudenken. *Mom wird nichts merken. Sie hat Thomas zum Schwimmtraining gebracht. Beatrice ist mitgefahren. Marie ist bei Ellen. Sie wird schon wieder*, das sagte ich mir immer wieder stumm vor. Trotzdem hatte ich Angst. Es ging Ellen nicht gut. Auch sie hatte nicht geschlafen. Heute früh war sie schwach und benommen gewesen, und Marie meinte, ihr Puls und ihr Atem gingen viel zu schnell. Sie vermutete, das müsse der Schock sein, und sagte, wir bräuchten Valium, damit Ellens Körper wieder zur Ruhe käme, und Antibiotika, damit die Wunden sich nicht entzündeten. Ich machte mir immer noch Sorgen um mögliche innere Verletzungen, die wir nicht sehen konnten.

Ich ging über den Horseshoe Trail bis zum Königreich, einer geheimen Festung, die Sage und ich uns vor ein paar Sommern gebaut hatten. Direkt vor mir stand der krumme Baum, die Markierung, an der wir den Weg verlassen mussten, um hintenrum zum Königreich zu gelangen. Das hatten wir uns angewöhnt, damit uns nie ein Abdruck oder eine Fußspur verraten würden. In unserer Vorstellung war der krumme Baum einer von denen, die den Indianern auf ihren Pfaden als Wegweiser gedient hatten, um gute Jagdreviere zu kennzeichnen oder weichen Boden, auf dem man schlafen konnte. Es war eine Eiche, erst ganz gerade gewachsen, aber dann beschrieb ihr Stamm plötzlich für einen knappen Meter einen rechten Winkel, um danach wieder gerade nach oben zu wachsen. Schon bevor es das Königreich gab, hatte Dad mir diesen Baum gezeigt. Er meinte, es könne sich durchaus um einen Wegweiser handeln, vielleicht sei aber auch ein größerer Baum auf die noch kleine Eiche gestürzt und dann im Lauf der Zeit verrottet oder zerfallen. Der junge Baum hatte überlebt, aber diese merkwürdige Form zurückbehalten.

Das Königreich war eine kleine Lichtung knapp anderthalb Meter oberhalb des Wegs, ein naturgegebenes Rund inmitten einer Gruppe Roteichen und dichter Berglorbeersträucher. Drinnen sorgte dunkelgrünes Moos für einen natürlichen Teppich. Sage und ich hatten ein tiefes Loch ausgehoben, in dem wir einen großen Koffer mit unserer Ausrüstung aufbewahrten: Taschenlampen, Batterien, Konserven, Schlafsäcke und Kissen - unser ganz persönlicher kleiner Atombunker. Für das Loch hatten wir einen Monat gebraucht, weil wir uns durch dichtes Wurzelwerk arbeiten mussten. Niemand wusste davon, bis auf Ellen, und das auch nur, weil ich an dem Tag, als wir den Koffer hergeschafft hatten, für sie zuständig war. Ich hatte auch eine von Dads Planen mitgebracht, die er beim Laubrechen verwendete; sie war auf einer Seite wasserabweisend und hatte vorgestanzte Löcher. Mit einem Hammer hatten wir Haken in die umstehenden Eichen getrieben, sodass wir uns jederzeit ein Dach basteln konnten, falls wir es einmal brauchten. Den Kofferbunker hatten wir mit einem Brett, Laub und Moos abgedeckt. Er war schon seit einigen Jahren nicht mehr geöffnet worden, allmählich zogen sich Wurzeln darüber. Wir hatten auch noch andere Vorratslager, flachere Löcher für Zigaretten und Streichhölzer oder Bier. Im Königreich redeten wir, rauchten Charlottes Mentholzigaretten und hin und wieder hatten wir auch schon lauwarmes Yuengling- oder Rolling Rock-Bier aus der Flasche getrunken, das wir aus Gradys Kühlschrank unten im Hobbyraum stibitzten. Nachbarn kamen auf diesem Teil des Wanderwegs praktisch keine mehr vorbei, nur Wanderer, und die sahen wir vom

Königreich aus immer rechtzeitig genug, um uns zu ducken und unsichtbar zu machen. Sollten wir jemals weglaufen müssen, würde uns niemand erwischen – wir kannten jede Wurzel, jede Bodenwelle. Ich hätte den Weg auch barfuß bei Nacht entlangrennen können.

Im Königreich setzte ich mich vor eine große Roteiche, lehnte mich, die Knie an die Brust gezogen, an ihren Stamm und wartete. Dabei löste ich das dichte Moos in Streifen vom Boden ab und legte Muster daraus. Seltsam, dass es so ganz ohne Wurzeln wachsen konnte. Ich fuhr mit der Hand über die zarten lila Sporenkapseln an ihren fadendünnen Stängeln.

Am Ende hatte Sage Ellen nach Hause gebracht. Ich hatte sie angerufen und gebeten, zu den Bouchers zu kommen und etwas Kleidung zum Wechseln mitzubringen. Es war schon fast Mitternacht, als Sage eintraf. Sie trug ihre abgeschnittenen Jeans-Shorts und ein verwaschenes T-Shirt mit dem Zungen-Logo der Rolling Stones – ihrer Lieblingsband. Sage hatte langes, lockiges goldblondes Haar, das in Stufen geschnitten war, und ein paar Sommersprossen auf der Nase. Ihre Schneidezähne zeigten leicht nach innen, ein kleiner Schönheitsfehler, den jeder andere sicher mit einer Zahnspange behoben hätte. Aber sie mochte ihre Zähne. »Die gehören zu meiner Persönlichkeit«, sagte sie. Jetzt, wo sie da war, fühlte auch ich mich wieder sicher. Wir erzählten ihr, was passiert war, und Sage hörte zu und hielt dabei die ganze Zeit Ellens Hand. Sie wusste, was zu tun war. Sie ließ Ellen alle Gliedmaßen bewegen, um sicherzugehen, dass nichts gebrochen war. Dann stellte sie Fragen, auf die ich gar nicht gekommen wäre.

»Ellen, ich weiß, das ist jetzt schwer, aber hat dir der Mann in die Unterhose gefasst?«

Ellen schüttelte den Kopf.

»Bist du sicher? Hat er dich gezwungen, ihn irgendwo anzufassen?«

Wieder schüttelte Ellen den Kopf.

»Gibt es sonst noch etwas, was du uns nicht erzählt hast und was dir Angst macht?«

»Nein. Ganz sicher nicht.«

Sage sagte ihr, es werde alles gut werden, und für einen Moment glaubte auch ich daran. Ellen lehnte den Kopf an Sages Schulter.

»Sie kann unmöglich nach Hause laufen, Libby«, sagte Sage. »Entweder du erzählst Mrs Boucher alles, wenn sie wiederkommt, oder ich rufe Charlotte an.«

»Nein. Keine Eltern. Das macht es nur noch schlimmer. Ich kümmere mich drum.« Ich rief zu Hause an, und Marie nahm sofort ab.

»Ich bin's.«

»Mom ist gerade weg«, sagte Marie. »Wahrscheinlich fährt sie sie jetzt doch suchen.«

»Ellen ist hier.«

»Was? Oh, Gott sei Dank!«

»Ja. Aber ihr ist etwas passiert. Es geht ihr gut, aber sie kann nicht nach Hause laufen.«

»Ich organisiere was. Mach sie startklar.«

Wir hatten noch keine zwanzig Minuten gewartet, als oben an der Einfahrt Scheinwerfer auftauchten und sich dem Haus näherten. Ich geriet in Panik. Was, wenn das Mrs Boucher war? Wie sollte ich ihr erklären, dass Sage und Ellen hier waren? Eine Autotür schlug zu, die Scheinwerfer blieben an, und eine bullige Gestalt trat in den Lichtkegel der Außenbeleuchtung. Ein Mann. Er klopfte leise. Ich schaute nach draußen. Breite Schultern. Ich erkannte das dunkle Haar, die Wildlederjacke mit den Fransen. Es war Wilson McVay mit dem Buick seines Vaters. Ellen war fertig, sie trug Sages Kleider, und Sage hielt ihre Schuluniform in der Hand. Ich öffnete die Haustür, und Wilson blieb auf der Schwelle stehen und musterte uns.

»Ihr seid dann wohl die Florence Nightingales vom Dienst«, sagte er.

»Hallo, Wilson«, sagte Sage. Sie führte Ellen zur Tür.

»Ja, hallo«, sagte ich.

»Das ist Ellen«, sagte Sage.

»Guten Abend, Miss Ellen.« Wilson verbeugte sich leicht. »Ihr Taxi wartet schon.« Ellen musste grinsen. Wilson roch nach Leder, Rasierwasser und einer Spur Alkohol. Ellen und Sage gingen mit ihm zum Wagen, und ich wedelte währenddessen mit der Tür, damit sich sein Geruch verflüchtigt hatte, wenn Mrs Boucher nach Hause kam.

Dann sah ich die Rücklichter zwischen den Bäumen verschwinden. Wie war Marie bloß darauf gekommen, Wilson einzuspannen, und wie hatte ich, nach allem, was passiert war, Ellen zu ihm ins Auto steigen lassen können? Im Bad wischte ich das Waschbecken und den Boden sauber, legte die Badematte an ihren Platz zurück und stopfte die benutzten Handtücher in die Waschmaschine.

Es war fast zwei Uhr, später als sonst, als Mrs Boucher nach Hause kam. Schweigend fuhr sie mich bis zu unserer Straßenecke. Sie wirkte müde und abwesend, ließ beim Fahren das Fenster offen, damit sie rauchen konnte.

»Hast du nächsten Freitag wieder Zeit?«, fragte sie, bevor ich ausstieg.

»Ja, das wäre toll. Vielen Dank.«

Die Hintertür war nicht abgeschlossen. Ich schlich die Treppen hinauf. Als ich in unser Zimmer kam, waren Marie und Ellen noch wach. Sage und Ellen waren ebenfalls an der Straßenecke aus Wilsons Auto gestiegen und zusammen bis zu unserem Haus gelaufen. An der Hintertür hatte

Marie gewartet und Ellen in Empfang genommen, Sage war wieder zur Straßenecke gegangen, wo Wilson wartete, Marie hatte Ellen direkt nach oben ins Bett gebracht. Ich kroch auf meinen Teil des Ausziehbetts, und so lagen wir alle im Dunkeln da.

»Weiß Mom, dass Ellen wieder da ist?«, fragte ich.

»Sie muss uns wohl gehört haben, denn als wir das Licht ausgemacht hatten, vor zwanzig Minuten etwa, ist sie reingekommen. Sie hat sich an Ellens Bett gestellt, aber kein Wort gesagt.«

»Sie hat mir die Bettdecke etwas höher gezogen«, sagte Ellen.

Ich sah auf Ellens Bett herunter. Im Dunkeln konnte ich ihre Stirn leuchten sehen, den Umriss ihres Gesichts ausmachen, aber nicht erkennen, dass sie verletzt war. Ein paar Minuten schwiegen wir alle.

»Was für ein gottverdammter Scheißkerl«, sagte Marie. »Kastrieren sollte man den. Hast du irgendwas vom Nummernschild gesehen, Ellen? War er aus Pennsylvania?«

Schlafen konnten wir nicht. Ich spürte, wie wir alle wach im Dunkeln lagen, und etwa jede Stunde fragten Marie oder ich: »Bist du noch wach, El?« oder »Tut dir was weh?« Ich musste an das Kunstcamp denken, an den Brief, den Miss LeBlanc ihr geschrieben hatte.

»Warum hast du Mom nichts von Miss LeBlancs Brief erzählt, Ellen? Ich glaube, sie weiß gar nicht, wie gut du bist.«

»Das hätte doch nichts geändert. Sie hätte mich trotzdem nicht fahren lassen.«

Im Königreich blühte um mich herum der Berglorbeer, die Blüten sahen aus wie breite Tassen, und ich pflückte eine aus ihrer Dolde am Zweig heraus. Die weißen Blütenblätter gingen leicht ins Rosige und hatten burgunderrote Sprenkel. Blüten und Pollen des Berglorbeer sind giftig, aber seine Blätter haben eine heilende Wirkung. Die Cherokee setzten die Blätter bei Verletzungen als Schmerzstiller ein und rieben sie auf die Haut, um Arthritis zu lindern.

Ich hörte einen leisen Pfiff. Sage. Ihre silbernen Armreifen klimperten beim Gehen, und durch eine schmale Lücke oben an der Böschung sah ich sie den Weg entlangkommen. Am krummen Baum bog sie ab, und kurz darauf trat sie von hinten in unser Rund. Bevor sie sich setzte, zog sie einen Frischhaltebeutel mit zwei Zigaretten aus dem Rucksack. Sie schob sich eine davon zwischen die Lippen und zündete sie an, dann hielt sie mir den Beutel hin. Ich schüttelte den Kopf. Sage ließ den Rauch zuerst ihren Mund füllen und sog ihn dann tief ein, so rauchte sie immer. Charlotte machte es genauso.

»Wie geht's ihr?«

»Marie meint, sie steht noch unter Schock, aber dass sie schon wieder wird.«

Sage atmete aus. Ich holte Luft: Der Rauch war frisch und kühl. Jack Griffith hatte Sage und mir erzählt, Mentholzigaretten enthielten Glaswolle und seien das Schlimmste, was man rauchen könne. Vorletzten Sommer hatten Thomas und er uns erwischt, als wir hinter dem Haus rauchten. »Was für'n Streber«, hatte Sage gesagt, als die beiden wieder verschwunden waren. Sage war genauso alt wie die beiden Jungen, Jack ging in ihre Klasse. Sie fand ihn nervig. »So ein eingebildeter Tugendbolzen«, sagte sie immer.

»Weiß eure Mutter es schon? Ich hoffe, sie fühlt sich richtig schlecht.«

»O Gott, nein. Sie darf das nie erfahren. Sie würde Ellen allein schon dafür umbringen, dass sie getrampt ist. Wir haben alle ausgemacht, ihr kein Wort zu sagen.«

Sage zitierte eine Zeile aus »Jumpin' Jack Flash«, und ich gab einen Laut von mir, der kein Lachen war.

Es gab Augenblicke, da hielt ich meine Mutter durchaus für eine alte Vettel aus der Hölle, aber ich konnte es nicht leiden, wenn andere so etwas sagten.

Sage war besessen von Mick Jagger, und wir machten uns schon länger einen Spaß daraus, Textzeilen von den Stones zu zitieren, wenn sie gerade zur Lage passten. Im September sollten die Stones in Philadelphia spielen. Sage wollte hin.

Sie zog eine Salbentube hervor. »Neosporin, für die Schrammen und die anderen Verletzungen. Das haben wir auch gestern Nacht schon verwendet.« Dann reichte sie mir noch ein kleines braunes Fläschchen mit Pillen. »Und das sind die Antibiotika, die ich wegen der Verbrennungen bekommen habe. Die zweite Dosis, die ich dann nicht mehr nehmen musste, aber ich weiß, dass sie gut für die Haut sind und gegen Entzündungen helfen.« Letzten Oktober hatte Sage mit ein paar anderen versucht, oben am Wasserturm ein kleines Lagerfeuer zu machen. Sie hatte Benzin auf den Holzstapel gegossen, und ein paar Spritzer waren auf ihrer Daunenjacke gelandet. Als sie dann ein Streichholz anzündete, war es ihr praktisch in der Hand explodiert. Die Flammen wurden sofort von irgendwem gelöscht, aber niemand hatte Hilfe geholt. Sage war mit verbrannten Händen und Armen zurück nach Hause gelaufen, und ihr Vater hatte sie ins Krankenhaus gefahren. An den Händen war alles bestens verheilt, nur an der weichen Unterseite der Arme, wo die Jacke mit der Haut verschmolzen war, hatte sie ein paar runzlige Narben zurückbehalten. Für Sage war das wie mit den schiefen Zähnen; sie sah die Narben nicht als Makel, sondern als in den Körper eingeschriebene Erfahrungen, Markierungen, die zu ihrer ganz persönlichen

Geschichte beitrugen. Sie wollte keine Zahnspange, und sie mochte ihre Narben.

»Valium konnte ich keins finden. Ich habe überall gesucht. Aber ich weiß auch gar nicht, ob ihr Ellen so was geben solltet. Und ich finde immer noch, wir sollten Grady davon erzählen. Er kann sie untersuchen.«

»Nein, Sage. Bitte. Du darfst es keinem erzählen. Niemals.«

»Herrgott, Libby – Ellen sieht aus wie neun. Dieser Typ, der sie mitgenommen hat. Wir müssen das irgendwem erzählen.«

Aber ich wollte nicht, dass Grady Adams davon erfuhr. Er hatte ohnehin schon eine Abneigung gegen meine Mutter, und ich wollte nicht, dass er noch mehr mitbekam. Ich hatte Sages Vater wirklich gern. Er hörte klassische Musik, sammelte Jazz-Platten. Im Keller hatte er einen Hobbyraum mit einer Hausbar, und manchmal hatte ich durch den Türspalt beobachtet, wie er, zurückgelehnt in einem Drehsessel aus Leder, mit geschlossenen Augen der Musik lauschte. Er hatte einen weichen, gedehnten Südstaatenakzent und sprach immer mit mir, als würde es ihn wirklich interessieren, was ich zu sagen hatte. Außerdem schien er ein wenig über den Dingen zu schweben. Charlotte war ganz anders, nervös und elegant. Sie äußerte ihre Ansichten unverblümt, liebte gute Geschichten und scheute sich auch nicht vor Übertreibungen, um sie etwas farbiger zu gestalten. Sage meinte, sie habe einen Hang zur Dramatik. Meine Mutter meinte, Charlotte Adams könne auch als Fluglotsin anheuern, so wie sie beim Reden immer mit den Armen wedelte und die Hände bewegte.

»Nein. Wir erzählen es keinem. Bitte, Sage. Versprich es mir.«

Sage stand auf, streckte mir die Hand hin und zog mich auf die Füße. »Komm, wir sehen nach Ellen.«

Wir gingen den Weg zurück, ringsum fiel Sonnenlicht durch das Blätterdach. Umgestürzte Bäume lagen übereinander, bei einigen war der Stamm komplett durchgebrochen und hatte wie klaffende Wunden schartige Stümpfe zurückgelassen. In meiner Faust hielt ich die Salbe und die Tabletten. Ich dachte an meine Mutter, die auf der Suche nach Ellen die menschenleeren Straßen abgefahren war. Ob sie wohl auch am Fenster ihres Zimmers gesessen und gewartet hatte? Ob sie vielleicht gesehen hatte, wie Sage Ellen nach Hause brachte? Ich dachte daran, wie sie versucht hatte, Ellen besser zuzudecken. Und obwohl ich immer noch böse auf sie war, tat es mir doch weh, so an sie zu denken.

5

Wilson McVay stand in meinem Zimmer. Er lehnte so entspannt an der Kommode vor dem Fenster, als wäre er hier ein ständiger Gast. Er trug schwere schwarze Stiefel, eine schwarze Jeans mit einem schwarzen Harley-Davidson-Gürtel und ein schwarzes T-Shirt. Sage und ich hockten auf dem unteren Teil des Ausziehbetts. Hinter uns lehnte Ellen von Kissen gestützt an der Wand. Sie war immer noch sehr blass, und um ihren Mund lag ein bläulich-schwarzer Schatten. Uns gegenüber saß Marie im Schneidersitz auf ihrem eigenen Bett, in schwarzem Rock und T-Shirt; von ihrem einen Ohr baumelte ein langer Strassohrring.

Abgesehen von Marie und dem Siouxsie and the Banshees-Poster hinter ihr an der Wand war das Zimmer hauptsächlich in Rosa gehalten. Wilson wirkte darin komplett fehl am Platz. Er war vielleicht neunzehn oder zwanzig, sah aber aus wie ein erwachsener Mann, jemand, der sich täglich rasieren musste. Seine Anwesenheit veränderte unser Zimmer, als hätte etwas Dunkles, Drohendes seinen Schatten mitten in unser Herz geworfen. Ich wollte ihn hier nicht haben.

Sie hörten eine Kassette, die Wilson Marie mitgebracht hatte, und mir wurde klar, dass ihre Verbindung in der Punkmusik lag. Wahrscheinlich hatten sie sich auf einem Konzert kennengelernt. Vielleicht waren sie sogar zusammen hingegangen. Begleitete Wilson sie zu so was? Er sah überhaupt nicht aus wie ein Punker, aber mir war klar, dass diese Musik ihn ansprechen musste, der Zorn darin. Am Berg hörten alle Rock oder Heavy Metal, und ob man Creedence Clearwater oder Black Sabbath lieber mochte, entschied darüber, wer man war und mit wem man seine Zeit verbrachte. Meine Schwester war meines Wissens die

Einzige, die auf Punk stand. Bei den anderen Mädchen der Schule galt sie als Freak. Jetzt unterhielt sie sich mit Wilson über Bands, die sie beide kannten oder sogar schon live gesehen hatten und von denen Sage und ich keine Ahnung hatten: Flipper, Killing Joke, The Stickmen. Marie erzählte Wilson, dass sie beim Auftritt einer Band im Keller eines DJs in West Philly gewesen sei und auf die Waschmaschine habe klettern müssen, um überhaupt etwas zu sehen. Sie redeten auch darüber, wie es im Hot Club zuging.

»Kommt man da nicht erst ab einundzwanzig rein?«, fragte ich, aber Marie ignorierte mich. Seit Weihnachten fuhr sie oft in die Stadt, ging in Clubs und sah sich Bands an. Unserer Mutter erzählte sie, sie übernachte bei ihrer Freundin Nancy. Nach allem, was ich wusste, waren die zwei schon seit der Zehnten nicht mehr befreundet. In der Schulcafeteria verzog sich Marie immer ganz hinten ans Fenster, allein mit einem Buch. Nancy saß mit den anderen Mädchen zusammen, die genauso lange fettige Haare hatten wie sie und meistens entweder auf den Boden oder auf Lernkarten für die Uni-Zulassungsprüfung starrten. Soweit ich wusste, hatte Marie an der Schule überhaupt nur eine Freundin gehabt, Rae. Sie hatte letztes Jahr ihren Abschluss gemacht, studierte jetzt am Moore College for Art and Design und hatte ihre eigene Wohnung im Zentrum von Philadelphia.

Im Lauf dieses Jahres hatte Marie ihre Grateful Dead-Batikshirts und die hellen Jeans ausgemistet und sich stattdessen schwarze Second-Hand-Klamotten, Netzstrümpfe, Doc Martens und Strassschmuck zugelegt. Sie fuhr nach Philadelphia, um sich mit Rae zu treffen und mit ihr in der South Street, im Zipperhead und im Keller von Rage Records an der Third Street rumzuhängen, wo es die beste Auswahl an Punkmusik in der ganzen Stadt gab. In den letzten Wochen hatte sie immer wieder die Schule geschwänzt und war, nachdem unsere Mutter uns vor dem Schultor abgesetzt hatte, mit dem Bus nach Philly gefahren. Die Nonnen unternahmen nicht viel dagegen. Sister Benedict hatte sie irgendwann zu sich zitiert, aber ich glaube, sie wollten unsere Mutter einfach nicht noch mehr belasten und kamen ohnehin nicht gut mit ihr zurecht. Außerdem hatte Marie bei der Zulassungsprüfung als Klassenbeste abgeschnitten und bereits eine Zusage der Penn University in der Tasche, inklusive vollem Stipendium.

Gerade erzählte sie Wilson von einer britischen Band, X-Ray Spex, und deren Sängerin, Poly Styrene. Wilson meinte, von denen kenne er »Oh Bondage! Up Yours!«. Sage stieß mich leicht in die Seite. Marie meinte, Poly Styrene habe immer gegen den Materialismus angesungen, aber jetzt habe sie die Band verlassen. Wilson sagte, es sei ja nicht zu vermeiden gewesen, dass sie irgendwann desillusioniert sein würde, sogar vom Punk.

»Wow, ihr zwei seid ja ein munterer Haufen«, sagte Sage. Ich wusste, dass sie solche Gespräche affig fand, und obwohl sie Marie wirklich gernhatte, ließ sie sich von ihrer Punkerinnenpose längst nicht so beeindrucken wie ich. Als Marie sich die Haare schwarz gefärbt und auf einer Seite abrasiert hatte, fand ich sie cool und mutig, weil sie ablehnte, was andere für schön hielten. Sage meinte, das sei auch eine Uniform, nur eben eine andere.

Wilson zog einen Klarsichtbeutel mit Medikamenten aus seiner Hosentasche. Tabletten und Kapseln in allen möglichen Farben und Formen, zartrosa, zartblau und weiß. Auch ein paar kleine rote Pillen.

»Meine Mutter hat quasi ihre eigene Apotheke im Medizinschrank. Die vermisst sie garantiert nicht.« Er griff in die Tüte und fischte eine sehr kleine Tablette heraus, die er auf unsere rosa Kommode legte und mit der Spitze seines

Taschenmessers zerteilte. Die eine Hälfte gab er Ellen. »Das ist Diazepam, das Gleiche wie Valium.«

»Bist du auch sicher, dass es die richtige ist? Die fliegen da doch alle durcheinander.« Ich überlegte, ob nicht Krümel von anderen Tabletten, Halluzinogenen vielleicht oder etwas richtig Gefährlichem, an der kleben konnten, die er Ellen gegeben hatte.

»Es ist Diazepam, glaub mir«, sagte er. »Diazepam ist der eigentliche Wirkstoff. Valium ist nur der Markenname.«

»Ach was. Bist du jetzt Experte für Arzneimittel?«, fragte Sage.

»Kann man so sagen«, antwortete er.

Während Ellen ihre halbe Tablette mit Wasser schluckte, schob sich Wilson die andere Hälfte in den Mund. Am liebsten hätte ich Marie angebrüllt, sie solle ihn verdammt noch mal hier rausschaffen, raus aus unserem Zimmer und raus aus unserem Leben. Aber sie sah sich nur das Cover der Kassette an, die er ihr aufgenommen hatte.

Sage beugte sich zu mir und summte leise die Melodie von »Mother's Little Helper«. Ich überlegte, wie es wohl sein musste, eine Mutter zu haben, die Pillen schluckte. War Wilson deswegen so verkorkst? Oder warf sie die Pillen ein, weil sie diesen verkorksten Sohn hatte? So oder so, ich wollte ihn weghaben.

Marie erzählte Wilson von einem Job, den sie bei Rage Records an der Third Street haben könne. Er ging da auch immer hin.

»Sie zahlen nur den Mindestlohn. Meine Freundin Rae hat eine Wohnung in West Philly und meint, sie kann ein bisschen Hilfe mit der Miete brauchen. Ich wohne dann zwar mehr oder weniger auf dem Wohnzimmersofa, aber es ist ja nur bis August, wenn die Wohnheime aufmachen.«

»Wie?«, fragte ich. »Du ziehst aus?«

»Ja. Ich bleibe doch nicht hier in der Walachei. Ich brauche Arbeit.«

»Du könntest in der Mall arbeiten.«

»Bevor ich in der King of Prussia Plaza anfange, falle ich doch lieber tot um.« Marie warf Sage einen Blick zu. »Nichts für ungut, Sage, aber ich könnte echt nicht noch mal bei Chick-Fil-A jobben. Das wäre, als würde ich mich völlig aufgeben.«

»Glaub mir, es ist bestimmt schlimmer, als du's in Erinnerung hast.«

»Und was ist mit uns?« Ich fühlte mich, als hätte sie mich geohrfeigt.

»Ich bin nicht eure Mutter, Libby. Ich hatte nie vor, den ganzen Sommer hier zu bleiben.« Marie wurde in drei Wochen achtzehn, und mir war plötzlich klar, dass kein Mensch auch nur versuchen würde, sie vom Weggehen abzuhalten.

»Und sehen wir dich dann noch?«, fragte Ellen.

»Es gibt Züge, Dummerchen«, sagte Marie und warf ein Kissen nach ihr. Ellen zuckte zusammen. »Ach, Scheiße. Entschuldigung. Alles klar?« Ellen nickte.

»Weiß Mom es schon?« Ich konnte nicht fassen, dass Marie uns das einfach so vor Wilson erzählte, als wäre nichts dabei, und ich war wütend auf ihn, weil er mich so verletzt und ungeschützt erlebte.

»Ja. Sie weiß es.« Sie nahm ihren Auszug so locker. Jetzt stand sie auf und setzte sich oben auf das Ausziehbett, neben Ellen. »Du musst jetzt schlafen, Ellen. Aber vorher möchte Wilson dir noch ein paar Fragen stellen.«

»Ich will nicht mehr drüber reden. Bitte.«

»Du musst auch nicht über das reden, was passiert ist. Es geht nur darum, den Typen zu identifizieren.«

»Das hab ich doch alles schon gesagt. Er hatte lange, fast weiße Haare, so lang, dass er drauf sitzen konnte. Blaue Augen. Ach ja, das hab ich noch vergessen. Für einen Mann hatte er richtig lange Fingernägel.« Das Bild, das sie von ihm entwarf, ließ mich unwillkürlich schaudern.

»An beiden? Hatte er an beiden Händen lange Fingernägel?«, fragte Wilson.

Ellen dachte kurz nach. »Nein. Nur an der rechten. An der Hand auf meinem Bein. Nicht an der auf dem Lenkrad. Und er musste sich beim Fahren ein bisschen vorbeugen, als wäre er eigentlich zu groß für den Wagen.« Sie hielt inne. »Mehr fällt mir nicht ein.«

»Und der Wagen?«, fragte Wilson.

»Keine Ahnung. Schwarz. Er sah aus wie der Wagen von Chicken De Martino, aber der hat eine andere Farbe.«

»Chicken fährt einen Camaro«, sagte Wilson. »War es ein Camaro?«

»Weiß ich nicht«, sagte Ellen. »Er war auch innen schwarz.«

»Wie waren die Sitze?«

»Tief, so, als säßen wir fast auf dem Boden.«

»Schalensitze?«, fragte Wilson.

Ellen zuckte die Achseln. Sie gähnte, und ihre Hand wanderte unwillkürlich zu der Verletzung unter ihrem Auge. »Sie hatten so Fellbezüge, wie auf dem Toilettendeckel bei Meredith Hunter zu Hause.«

»Der ist aus Plüsch«, sagte ich.

»Und eklig«, ergänzte Sage.

»Plüsch, ja«, sagte Ellen. »Aber irgendwie flauschiger und dunkel, so ein fast schwarzes Lila.«

»Du hast Libby erzählt, er hätte eine Kassette laufen lassen.« Wilson nahm den Klarsichtbeutel und schob ihn sich wieder in die Hosentasche. »Weißt du, was für eine?«

Ellen blickte einen Moment starr geradeaus. »Er hat die Kassette eingelegt, und als er sich vorgebeugt hat, ist er mit dem Kopf an eine Hasenpfote gestoßen, die am Rückspiegel hing. Die war gelb. In dem Lied ging es darum, wie es als Kind war.« Sie summte vor sich hin, schlug mit der Hand den Takt. »*They had a fever*?«

»›Comfortably Numb‹«, sagte Marie. »Pink Floyd. Hast du das auch schon mal bei mir gehört?«

Ellen nickte. »Sonst kann ich mich an nichts mehr erinnern.« Sie klang erschöpft. »Ich glaube, ich möchte jetzt schlafen.«

»Die Kleine ist kaputt«, sagte Sage, »und ich muss nach Hause.« Sie rappelte sich hoch, zog ihre Jeans-Shorts zurecht, beugte sich über Ellen und gab ihr einen Kuss auf den Kopf. »Bis später, Mäuschen. Schlaf dich aus.«

Ellen kuschelte sich in die vielen Kissen. Wir anderen gingen zusammen nach unten und hinaus auf die Einfahrt.

»Ich ruf dich nachher an, Libby«, sagte Sage. Sie ging um unser Haus herum, um die Abkürzung durch den Wald zu nehmen. Wilson, Marie und ich blieben an der Straße stehen. Mr Walker saß mit einem Glas Limonade auf seinem Rasentraktor und schaute herüber. Alle kannten Wilson McVay und wussten, wie er aussah, und jetzt hatte Mr Walker mitgekriegt, wie er aus unserem Haus kam, während unsere Mutter nicht da war. Er sprach eigentlich nie mit unserer Mutter, aber was, wenn er doch auf die Idee kam, sie anzurufen? Ich starrte zurück, bis er den Blick abwandte.

»Warum wollt ihr das alles von ihr wissen?«, fragte ich. »Wollt ihr es der Polizei melden?«

»Nein«, sagte Marie. »Aber jemand muss sich den Kerl zur Brust nehmen. Wilson kennt viele Leute, und wenn er hier aus der Gegend ist, dürfte es nicht allzu schwer sein, einen blonden Riesen mit Haaren bis zum Hintern zu finden, der einen schwarzen Camaro fährt. Irgendwer muss ihn kennen.«

»Gitarre spielt er auch«, sagte Wilson.

»Was?«

»Die Fingernägel an der rechten Hand. Die lässt er lang, zum Zupfen.«

Ich starrte die beiden an. Marie benahm sich, als wäre das alles total normal.

»Haltet ihr euch jetzt für Privatdetektive oder was? Was wollt ihr denn machen, wenn ihr wisst, wer er ist?«

»Ihn bei lebendigem Leib häuten«, sagte Wilson mit unbewegter Stimme. Es fuhr mir wie ein Schock in den Magen. Ich starrte ihn an und musste an den Tag im Sun Bowl denken, als er vorbeigefahren war, während wir auf den Schaukeln saßen. Als er meine Miene sah, musste er lachen. »Entspann dich. Ich will einfach nur wissen, wer der Scheißkerl ist.«

Er ging die Einfahrt entlang und verschwand im Wald, in Richtung des Wegs, den Sage genommen hatte. Ein paar Sekunden später hörten wir, wie ein Motorrad angelassen wurde. Wilson musste durch den Wald gekommen sein und sein Motorrad dort abgestellt haben. Warum hatten Sage und ich ihn nicht gehört, als wir oben im Königreich saßen? Er war mir unangenehm. Alle hielten sich instinktiv von ihm fern. Manche Bäume – allelopathische Bäume, die Echte Walnuss beispielsweise – vergiften alles, was in ihrer Umgebung wächst. Über ihre Wurzeln, die abgefallenen Blätter und die Rinde geben sie eine chemische Substanz ab, die alles Leben ringsum auslöscht. So war für mich auch Wilson, seine Nähe zu uns bedeutete Gift und Gefahr. Wir hatten keine Ahnung, wo er gewesen war. In einem Jugendgefängnis, in der Geschlossenen, in einer Besserungsanstalt? Ich gab ihm immer noch die Schuld an Mr Franklins Tod. Aber konnte man mit einem Luftgewehr wirklich eine Katze töten? Ich war selbst schon häufig mit Luftgewehren beschossen worden. Früher hatten die De Martino-Jungs uns immer aufgelauert, wenn wir auf dem Weg zum Sun Bowl bei ihnen vorbeikamen, und auf uns geschossen. Ich war am Hintern getroffen worden und hatte blaue Flecke davongetragen, aber durch die Haut waren die runden Metallgeschosse nie gegangen. Vielleicht hatte Wilson eine andere Luftdruckwaffe verwendet, vielleicht aber auch eine echte. Marie besaß eine Luftpistole, mit der man Federbolzen abschießen konnte, eine Marksman, damit konnte man eindeutig ein Tier verletzen oder auch töten. Außer mir wusste niemand davon. Sie hatte Dad ewig damit in den Ohren gelegen. Manchmal gingen wir zum Schießen in den Wald, hielten die Marksman ansonsten aber im Schrank in unserem Zimmer versteckt.

»Marie, was ist, wenn Wilson Mr Franklin getötet hat? Warum hängst du mit dem rum?«

»Das ist doch alles nur Gerede. Wenn man ihn besser kennt, ist er gar nicht so schlimm. Er hatte eine beschissene Kindheit.«

»Und?«

»Libby, er hilft uns.«

Wir hörten Wilsons Motorrad wieder aufheulen, als er vom Waldweg auf den Forge Mountain Drive abbog. Er war nur noch ein schwarzer Fleck, als er mit Vollgas oben an der Straße vorbeischoss, das Vorderrad in der Luft.

»Gott, was für ein Arschloch«, brummte ich. »Bitte sag mir, dass du nicht mit ihm auf diesem Ding fährst.«

Marie antwortete nichts darauf, und wir blieben noch ein paar Minuten nebeneinander stehen und sahen zu, wie Mr Walker perfekte Kreise in seinen Rasen mähte.

6

Eine Tür fiel leise ins Schloss. Ich schreckte auf. Im Zimmer war es dunkel. Neben mir lag Ellen und schlief. Sie hatte fast den ganzen Tag geschlafen. Im Bett schräg gegenüber sah ich, wie sich Maries Körper mit ihren Atemzügen sanft hob und senkte. Wieder ein Geräusch auf dem Flur, das Knarren von Bodendielen. Ich beugte mich vor, lauschte angespannt. Ein leises Wimmern. Beatrice. Dann hörte ich die Stimme meiner Mutter: »Sch-sch-sch.« Sie trug Beatrice nach draußen, das machte sie manchmal, dann ging sie mitten in der Nacht mit ihr fort. Sie ließ den Wagen im Dunkeln bis zur Straße rollen, bevor sie den Motor startete. Es war schon schlimm genug, dass Marie heimlich aus dem Fenster kletterte und sich an der Außenmauer hinunterhangelte, aber wenn sich auch unsere Mutter nachts mit der halb schlafenden Beatrice aus dem Haus schlich, gab mir das ein Gefühl, als würde alles ins Rutschen geraten, als würde das Haus kippen und im Boden versinken. Alles entglitt mir, stürzte ab, ich konnte mich an nichts mehr festhalten. Mit weit offenen Augen legte ich mich wieder hin. Als der Wagen auf der Straße war, gingen die Scheinwerfer an, ihr Licht fiel auf die Bäume, Schatten wanderten über unsere Zimmerdecke und an der Wand entlang auf mich zu. Sie fuhren zu Bill.

Ich versuchte, wieder einzuschlafen, bewusst loszulassen, aber dann fuhr ich mit einem Ruck hoch, mitten im Fallen. Nie gelang es mir, einfach sanft zu versinken oder davonzuschweben. Immer fiel ich irgendwo herunter, vom Fahrrad, von einem Baum, vom Dach, und von diesem plötzlichen Sturz wurde ich schlagartig wach, noch vor dem Aufprall, und blieb mit dem Gefühl zurück, dass die Erschütterung dort unten weiter auf mich wartete. Ich versuchte es mit Schäfchenzählen, malte mir einen beruhigenden Ort aus, einen Wald, in dem ich durch das Blätterdach zum Himmel schaute. Aber jetzt nahm auf einmal der Barbie-Mann über mir Gestalt an, sein ausdrucksloses Gesicht, das glatte Haar. Keuchend und schweißgebadet saß ich im Bett. Wir hätten es unserer Mutter erzählen sollen. Sie hätte uns doch nie mitten in der Nacht allein gelassen, wenn sie gewusst hätte, was Ellen passiert war. Nicht mal für Bill.

Niemand von uns kannte Bill. Nur Beatrice. »Darum hat auch Beatrice die Kammer und nicht ich«, hatte Marie gesagt. »Damit Mom sich mit ihr aus dem Haus schleichen kann, ohne dass wir alle wach werden.«

»Aber Beatrice mag das doch gar nicht. Das hat sie mir tausend Mal erzählt.«

»Na und?«, gab Marie zurück. »Mom benutzt sie halt. Mit Beatrice setzt sie Bill schachmatt.«

Ich stellte mir Beatrice als Schachfigur vor, die von Erwachsenenhänden bewegt wurde: ihre wirren Locken, die Sommersprossen auf ihrer Nase, ihre runden rosigen Wangen und die Zahnlücke, wie sie immer versuchte, es allen recht zu machen, und in einem Spiel hin- und hergeschoben wurde, dessen Regeln sie nicht kannte.

Marie drückte sich manchmal sehr drastisch aus. Sie sagte, sie könne die Dinge aus nüchterner Distanz betrachten, weil sie aufgehört habe, unsere Mutter zu mögen.

»Jetzt schau nicht so entsetzt, Libby. Das heißt ja nicht, dass ich sie nicht mehr lieb habe. Aber dafür muss ich sie doch nicht auch noch mögen, scheiße noch mal.«

Ich weiß nicht mehr, wann ich das erste Mal von Bills Existenz erfahren habe. Erst gab es ihn nicht. Dann war er da. Er war das leise Atmen am anderen Ende der Leitung, ein Schweigen erst, dann eine mir unbekannte Stimme: »Ist deine Mutter zu sprechen?« Mom hatte nie bestritten, dass es ihn gab, und auch nicht, dass er vielleicht Beatrices Vater war. Wahrscheinlich hatten Marie und Thomas mir das alles erklärt. Das weiß ich nicht mehr. Ich wusste nur, dass ich mit niemandem darüber sprechen durfte, vor allem nicht mit Dad, obwohl ich mich nicht erinnern kann, dass irgendwer es mir verboten hätte.

Zu Hause machten wir uns vor unserer Mutter über Bill lustig. Wir schrieben ihm alle möglichen Berufe zu: LKW-Fahrer, Klempner, Milchmann, Vertreter für alles von der Bibel bis zum Steakmesser. Wir schnappten uns Thomas' Walkie-Talkies und spielten »Bill«, wann immer unsere Mutter in Hörweite war.

»Breaker, Breaker 10-4, hier spricht Fettkloß Bill. Verstehen Sie meinen Codenamen? Ich bin so verdammt fett, ich schaffe es nicht mal mehr aus meinem Laster, um meine Tochter zu sehen.«

»Roger, Fettkloß Bill. Sie sind echt potthässlich. Und wie ich höre, auch als Vater eine Niete.«

Dafür benutzten wir einen echten Hinterwäldlerakzent. Beatrice sah uns zu und lachte mit, als würde sie gar nicht merken, dass wir uns über ihren Vater lustig machten. Wenn wir im Dunkeln an einem Laden mit blinkendem Neonschild vorbeifuhren, in dem der Name *Bill* vorkam, riefen wir alle: »Ist er das? Ist das Bill?« Egal, ob es sich um *Bill's Carpets, Uncle Bill's Pancake House* oder *Whiskey Bill's Bar and Grill* handelte. Einmal sahen wir ein Plakat, das für einen Bill Bowie als künftigen Sheriff warb. Wir wollten von unserer Mutter wissen: »Ist er das? Will Bill jetzt Sheriff werden?« Sie gab keine Antwort, und wir deuteten ihr Schweigen als Zeichen. Daraufhin fingen wir an, für seinen Gegner zu trommeln, wir entwarfen Plakate und Slogans für ihn, marschierten vor ihrer Zimmertür auf und feuerten den anderen Mann an. Beatrice machte mit. Sie wusste nicht, ob der Bill, den sie kannte, als Sheriff kandidierte, wollte aber trotzdem nicht, dass er gewann.

Meistens schenkte Mom uns keine weitere Beachtung. Manchmal lachte sie über unsere Rateversuche, wenn wir wieder mit einem neuen Bill-Szenario ankamen, zum Beispiel, als Thomas spekulierte, Bill sei vielleicht der Mann, der bei McDonald's unsere Bestellung entgegengenommen habe. Ihm war sein Namensschild aufgefallen: *William.*

Inzwischen spekulierten wir aber kaum noch über Bill, vor allem nicht vor unserer Mutter. Sie wirkte zu erschöpft dafür. Ich erwähnte Bills Namen so selten wie möglich, nicht einmal mehr vor den anderen, weil ich das Gefühl nicht loswurde, Dad zu hintergehen, wenn ich darüber nachdachte oder es als gegeben hinnahm. Er hatte gewusst, dass Beatrice nicht seine Tochter war, dass sie gar nicht seine Tochter sein konnte, trotzdem hatte er sich immer so verhalten, als könne sie nur von ihm sein. Mir war klar, dass er nie auf die Idee gekommen war, wir könnten Bescheid wissen. Es jetzt, wo er tot war, laut auszusprechen, grenzte an Verrat.

»Ich habe fünf Sprösslinge«, hatte er immer gesagt. »Vier starke Frauen und einen kleinen Mann.« Und wir wurden bei seinen stolzen Worten immer ein Stückchen größer, ob er sie nun vor einer Kellnerin im Diner äußerte, vor einem Kunden, dessen Rasen er mähte, oder vor einem anderen Gast, der in einem der irischen Pubs, in die er uns manchmal mitnahm, sein Bier trank.

Marie und Thomas meinten, schon lange bevor Bill auf der Bildfläche erschien, sei es zwischen Mom und Dad nicht mehr gut gelaufen, sie hätten sich längst getrennt und ich läge falsch, wenn ich das, was mit Dad passiert war, mit Bill in Verbindung brachte. Dad bewahrte einen Teil seiner Gerätschaften noch in unserer Garage auf, und es kam vor, dass er uns morgens abholte, um uns zur Schule zu fahren, aber er übernachtete nicht mehr bei uns. Manchmal wusch er sich in der Waschküche neben der Garage, vor allem, wenn Mom nicht zu Hause war. Hinter dem Fahrersitz seines Pickups lag immer ein Stück in Papier gewickelte Seife bereit. Er verwendete grundsätzlich die Marke Coast, sie war hellblau und roch wie er. Wir verwendeten parfümfreie Seife von Dove. Manchmal kam ich abends wieder ins Haus, nachdem ich mich irgendwo auf dem Berg herumgetrieben hatte, und in der Waschküche roch es nach seiner Seife.

Damals zog er viel herum, und ich weiß gar nicht, ob er eine feste Wohnung hatte oder einen Ort, an den er regelmäßig zurückkehrte. Er hatte sich ein Zeltdach für seinen Pickup besorgt, und wenn wir morgens auf die Ladefläche kletterten, um uns zur Schule fahren zu lassen, war die Schaumstoffmatratze noch ausgerollt. Er habe das Zelt gekauft, damit wir auf der offenen Ladefläche nicht nass und vom Wind zerzaust würden, sagte er. Inzwischen war ich mir da nicht mehr so sicher. Es fiel mir schwer, es auch nur auszusprechen, Marie oder Thomas zu fragen: »Glaubst du, er hat öfter im Pickup übernachtet?«

Unsere Mutter sorgte dafür, dass Beatrice immer in ihrer Nähe war und hielt sie so auch ein bisschen von uns fern. Beatrice war nie mitgekommen, wenn Dad uns auf die Ladefläche des Pickups packte und mit uns zu Burger King fuhr, wo es riesige Milkshakes gab, oder ins Diner, wo wir alle Kaffee tranken und ohne Aufpreis nachgeschenkt bekamen. Sie war auch noch zu klein gewesen, um ihm bei der Arbeit zu helfen. Das eine Mal, als wir nach New York gefahren waren, wo er ein neues Leben anfangen wollte, und bei ihm übernachtet hatten, hätte Beatrice eigentlich dabei sein sollen, aber uns war klar gewesen, dass unsere Mutter das nie zulassen würde.

Beatrice wurde anders behandelt, aber wir nahmen es ihr nicht übel. Wir beneideten sie nicht darum, mit unserer Mutter in einem Zimmer zu hocken oder aus dem Bett geholt zu werden, um zu einem Mann zu fahren, den wir anderen gar nicht kannten und den ich wider besseres Wissen für alles verantwortlich machte, was passiert war. Wenn Beatrice von den Besuchen bei Bill zurückkehrte, war sie immer sehr still. Sogar noch, wenn wir ihr ein Eis spendierten.

»Ich mag seine Hände nicht«, hatte sie mir eines Nachts ins Ohr geflüstert, als wir zusammen im Bett lagen.

»Wessen Hände?«

»Die von Bill.«

»Und warum nicht?« Ich fand es verstörend, dass sie das sagte. Sie war mitten in der Nacht zu mir ins Bett gekrochen, das machte sie hin und wieder, dann kletterte sie über Ellen hinweg, die auf der unteren Betthälfte schlief. Jetzt lag sie da, eingekuschelt und zu mir gedreht. Sie hatte die Angewohnheit, sich dicke Haarsträhnen um den Finger zu wickeln. Wir zogen sie immer damit auf, dass ihre Locken eigentlich daher kamen. Manchmal, wenn ich neben ihr lag, machte sie das unwillkürlich auch mit meinen Haaren. Marie meinte, an den Ticks, die Beatrice entwickelte, könne man sehen, wie belastet sie sei.

»An einer Hand fehlt ihm vorne an den Fingern ein Stück. Die sind einfach nur ganz dick und rund an den Knöcheln.«

»Oh.« Ich schwieg. Ich wollte nicht zu viel fragen, weil Beatrice sich immer gleich aufregte, wenn wir sie nach diesen Besuchen ausquetschten. Marie meinte, es sei doch das Letzte, dass Mom einem Kind ein solches Geheimnis aufbürdete, ihr verbot, mit ihren Geschwistern darüber zu reden, und sie mitten in der Nacht zu jemandem schleppte, den sie gar nicht sehen wollte. Nach Dads Tod hatte Mom sich ein gutes halbes Jahr nicht mehr mit Bill getroffen. Er rief nicht mehr bei uns an, und sie schlich sich auch nicht mehr davon. Aber gleichzeitig war es, als gäbe es sie gar nicht mehr. Marie und Thomas kochten für uns, und Mom lag entweder im Bett oder war bei ihrer Schicht im Krankenhaus, monatelang tat sie nichts anderes als schlafen, arbeiten und wieder schlafen. Ihre Augen waren rot verschwollen. Trauer ist anstrengend, hatte Gwen gesagt, die Therapeutin, zu der wir dann doch nicht gegangen waren. Ich hätte sie gern verbessert. Sie sah das falsch. Unsere Mutter hatte sich von unserem Vater scheiden lassen. Sie hatte sich für jemand anderen entschieden, den sie vor uns geheim hielt. Auch wenn es ihr inzwischen besser ging und Bill ganz offensichtlich wieder aktuell war, schien es doch, als könnte sie uns, ihren vier älteren Kindern, nicht mehr in die Augen sehen.

Ich überlegte, ob wir irgendwelche Männer kannten, denen Teile der Finger fehlten. Wir vermuteten, dass Bill nicht am Berg wohnte, weil Beatrice erzählt hatte, sie würden meistens denselben Weg fahren, den wir nahmen, wenn wir mit Thomas zum Schwimmen gingen: vorbei am Restaurant Guernsey Cow, am Clogs- und am Dekoladen und dann weiter auf dieser Straße, vorbei an den Leuten mit dem Pferdewagen, sprich: die Route 30 entlang, durch die Pennsylvania-Dutch-Region, Richtung Wilmington im Bundesstaat Delaware.

»Vielleicht gehört Bill ja zu den Amischen«, witzelte Thomas, und Marie musste so lachen, dass ihr die Milch, die sie gerade trank, aus der Nase lief. Ich hatte immer noch die Befürchtung, Bill könnte ein Bekannter von uns sein, womöglich war ich sogar einmal nett zu ihm gewesen, weil ich nicht wusste, wer er war. Marie meinte, der einzig denkbare Grund, warum unsere Mutter ihn immer noch geheim hielt, sei, dass er verheiratet sein müsse.

»Weißt du, was mit seinen Fingern passiert ist?«, fragte ich Beatrice. Ich dachte mir, zu wissen, wie er sie verloren hatte, könnte vielleicht ein Hinweis auf seinen Beruf sein. Sie lag neben mir im Dunkeln, drehte sich Löckchen in die Haare und sah zur Zimmerdecke hinauf.

Ich musste wohl doch eingeschlafen sein, denn ich hörte sie nicht nach Hause kommen. Am nächsten Morgen war Mom bereits mit Thomas zum Schwimmen gefahren. Die anderen waren unten – Ellen mit Beatrice auf dem Sofa, sie lang ausgestreckt, die Füße fast an Beatrice, die im Schneidersitz dasaß und ein Buch von Judy Blume las. Wir hatten Beatrice erzählt, Ellen sei auf ihrem Heimweg in der Dunkelheit hingefallen, weil sie durch den Wald gegangen sei, um schneller nach Hause zu kommen. Wir hatten ihr auch erklärt, dass Mom nichts davon erfahren dürfe, sie würde sonst sauer werden, weil Ellen durch den Wald gelaufen war. Beatrice hatte Stillschweigen gelobt. Thomas hatten wir dieselbe Geschichte erzählt. Ellen trug ein langärmeliges Tweety-Nachthemd, das die meisten ihrer Verletzungen verdeckte, bis auf die im Gesicht. Unsere Mutter hatte sie bisher noch nicht gesehen, aber falls sie nach den Schürfwunden fragen sollte, war unsere Geschichte hieb- und stichfest. Marie lag auf dem Sitzsack und las. Ellen triezte Beatrice.

»Wie war's denn gestern? Wart ihr bei Bill?« Ihr Gesicht war kreidebleich, die Platzwunde unter dem Auge hatte sich schwarz verfärbt.

Beatrice las einfach weiter.

»Wie sieht er denn aus? So wie du?« Ellen wollte absichtlich gemein sein.

»Nein. Er ist groß und breit«, sagte Beatrice.

»Und was fährt er für ein Auto? Fahrt ihr manchmal mit seinem Auto irgendwohin?«

»Das habe ich dir schon hundert Mal erzählt. Er hat einen Pickup.«

»Trägt er einen Anzug, so wie Mr Walker, wenn er zur Arbeit geht, oder zieht er sich an wie der Klempner?«

»Er trägt Hemden mit ganz vielen Vierecken.«

»Kariert? So wie ein Cowboy?«, wollte Ellen wissen.

Beatrice zuckte die Achseln.

»Und wo wart ihr gestern Abend?«

»Du weißt doch, ich soll euch nicht erzählen, dass ich ihn gesehen habe. Wir haben in einem Lokal gesessen und was gegessen, und danach waren wir noch draußen auf dem Parkplatz.« Sie zog die Beine enger an den Körper.

»Herrgott, Ellen, lass sie in Ruhe«, sagte ich. »Solltest du dich nicht lieber ausruhen?« Ellen sah aus, als würde sie gleich losheulen.

Marie blickte von ihrem Buch auf. »Geh nach oben, Ellen. Nimm zwei von den Baby-Aspirin aus dem Medizinschrank. Aus dem Fläschchen mit dem rosa Deckel.«

Ellen stand auf und schleppte sich langsam die Treppe hoch; sie nahm immer nur eine Stufe auf einmal und hielt sich am Geländer fest.

Ich blieb im Wohnzimmer bei Beatrice und Marie sitzen, die beide in ihre Bücher vertieft waren. Die Bäume draußen spiegelten sich in dem cremeweißen Kachelboden, sodass es aussah, als wäre er ständig in Bewegung, die schaukelnden Zweige sorgten für einen raschen Wechsel von Licht und Schatten. Als das Telefon klingelte, zuckte ich zusammen.

»Ich geh schon«, sagte ich, obwohl sich sonst niemand gerührt hatte. Es war Sage.

»Charlotte fährt mich in ein paar Minuten zur Arbeit, aber vorher muss ich dir noch was erzählen.«

Ich ging mit dem Telefon in die Waschküche, damit die anderen mich nicht hören konnten. »Was denn?«

»Gestern Abend, oben am Turm, hat Abbey erzählt, Wilson wäre da gewesen, um ein paar Jungs zusammenzutrommeln – sie sollten ihm versprechen, irgendeinen Perversen mit ihm zu vermöbeln. Und dieser Typ, den sie sich vorknöpfen wollen, soll ein kleines Mädchen vom Berg angegriffen haben.«

Ich ließ mich auf den Stapel Schmutzwäsche sinken, der vor der Waschmaschine auf dem Boden lag.

»Großer Gott!«

»Du sagst es.«

»Hat er erzählt, dass wir es sind? Wusste Abbey, dass es um Ellen geht?«

»Ich glaube nicht. Das hätte sie mir gesagt.«

»Und haben sie's gemacht?«

»Nein. Also, zumindest nicht gestern. Wilson meinte, er sei noch auf der Suche nach dem Typen. Aber er wollte schon mal wissen, ob sie ihm helfen. Dafür hat er ihnen ein paar Tütchen Gras gegeben und für danach einen Kasten Bier versprochen.«

»Warum macht er das?«

»Keine Ahnung. Aber er wird den Kerl sicher eh nicht finden.«

Mein Mund war so trocken, dass die Worte darin hängen blieben. »Wieso kann er uns nicht einfach in Ruhe lassen?«

»Erzählt es eurer Mutter, Libby.«

Ich schüttelte den Kopf. »Das geht nicht.«

Als ich mich hochrappelte, um den Hörer wieder aufzulegen, sah ich, dass ich auf Ellens schmutziger Schuluniform gesessen hatte, die voller Schlamm, Blut und Rollsplitt war. Sie hatte sie einfach dorthin geworfen. Die ganze Sache lief aus dem Ruder. Ich warf die Kleider in die Waschmaschine, stellte den Vollwaschgang ein und ging zurück ins Wohnzimmer. Dort lasen die anderen immer noch und ahnten nichts von dem Unheil, das uns drohte.

Ich nahm mir vor, Marie später davon zu erzählen, damit sie Wilson zurückpfiff und er uns endlich wieder in Ruhe ließ. Jetzt rollte ich mich neben Beatrice auf dem Sofa zusammen und zog die Knie an die Brust. Ich lag da, spürte den Drillichbezug an der Wange, betrachtete die Muster auf dem Fußboden. Versuchte, ruhiger zu atmen. Als Dad schon nicht mehr bei uns wohnte, hatte er einmal fast eine Woche auf diesem Sofa verbracht, weil er sehr krank war. Es ließ sich ausziehen, und wir hatten ihm mit Laken und Decken ein Bett zurechtgemacht. Mom hatte einen Arzt gerufen. In diesen Tagen fühlte sich alles plötzlich wieder richtig an, Mom, die auf dem Rand des Bettsofas saß, ihm das Fieberthermometer unter die Zunge schob und ihm kühle Kompressen auf die Stirn legte, wir alle, die wir uns um ihn kümmerten. Auch wenn ich wusste, dass es nur eine Illusion war.

Im Lauf der Woche, als es ihm wieder besser ging und er sich aufsetzen konnte, hatten wir uns alle um ihn herum gekuschelt, und er hatte uns vorgelesen. Selbst Thomas, der Dad gegenüber oft sehr befangen war, hatte sich an den Rand gelegt. Dad konnte ganze Passagen von Goldsmiths Gedicht »Das verödete Dorf« auswendig. Oft zitierte er diese Zeilen – »Wo Menschen sinken und wo Reichtum steigt!« –, wenn wir wieder einmal vom Reichsein redeten, vom großartigen Haus oder der großartigen Arbeitsstelle irgendeines anderen Vaters. In dieser Woche, als er krank war, las er uns »Das Lied des irrenden Aengus« vor, ein Gedicht von William Butler Yeats, das er liebte. Wir fünf lagen mit ihm auf dem Ausziehbett, als wäre es ein Boot, auf dem wir alle Schutz suchten, während das Meer um uns tobte. Bei der letzten Strophe klang seine Stimme ganz anders, als würden ihn die Verse immer wieder anrühren. Ich sah vor mir, was die Wörter beschrieben, das »hohe, gesprenkelte Gras«, das Silber und das Gold. Ich hatte mir die Strophe auf die erste Seite meines Baumbuchs geschrieben. Jedes Mal, wenn ich an die Zeilen dachte, sah ich Dad auf einer sonnengoldenen Wiese vor mir, wie er durch das hohe Gras ging, immer auf der Suche.

»Nicht mal eine Totenwache haben sie uns halten lassen«, hatte Tante Rosie geklagt, und der Schmerz darin zeigte mir, dass wir einen furchtbaren Fehler begangen hatten, einen, den wir nie wieder gutmachen konnten. Und wieder wünschte ich mir, wie schon so viele hundert Male vorher, ich hätte in dem Moment bei ihm sein können, als er starb, allein und weit weg von uns, und ihm etwas sagen können, um ihm klarzumachen, dass er geliebt wurde, auch wenn wir in unserer Familie nie über so etwas sprachen.

Eine Wolke wanderte über den Wohnzimmerboden, und der Raum verdunkelte sich. Ich sah auf. Marie las immer noch, Beatrice hatte sich mit dem Buch auf den Knien zurückgelehnt.

»Ist das gut?«, fragte ich sie.

Sie bewegte den Kopf langsam auf und ab, ohne die Augen von der Seite abzuwenden. Ich schaute zum Fenster. Der Wald sah nach Regen aus.

7

Am Freitagmorgen erwachte ich von einem Rasenmäher draußen, ein Geräusch, das nach Ordnung in der Welt klang, nach Erwachsenen, die sich um alles kümmern. Seit unserer abendlichen Autofahrt war eine ganze Woche vergangen. Mom hatte gearbeitet, und Marie und Ellen waren die meiste Zeit in unserem Zimmer geblieben; Ellen ruhte sich aus, Marie sortierte ihre Sachen und behielt Ellen im Auge. Das Knattern des Motors kam näher und entfernte sich wieder, und die Sonne stand jetzt so hoch, dass sie die Zimmerwand neben mir beschien. Ich konnte das frisch gemähte Gras förmlich riechen. Der Rasenmäherlärm schwoll an, dann hörte ich es rumpeln, als die Messer auf einen Stein stießen. Direkt unter unserem Zimmerfenster. Ich setzte mich auf. Jemand mähte unseren Rasen. Einen Moment lang freute ich mich. Ich kletterte über die schlafende Ellen auf dem Bett unter mir hinweg und schaute aus dem Fenster. Ich sah die Schneise, die der Rasenmäher von hier bis zum Ende der Auffahrt gezogen hatte, wo jetzt die Quarzsteine wieder richtig sichtbar waren. Ich dachte, unsere Mutter müsste wohl etwas organisiert haben.

Unten in der Küche hockte Thomas am Tisch vor seinem Müsli. Er hatte die breiten Schultern eines Schwimmers und sah älter als sechzehn aus. Seit einem Jahr rasierte er sich. Beim ersten Mal hatten wir alle um das Waschbecken herumgestanden und ihm zugeschaut, während Marie ihn anleitete.

»Scheiße noch mal, Libby. Warst du das?«

»Was denn?«

»GI Joe da draußen.« Thomas schob die Müslischüssel weg. »Das ist so ein fieser Typ. Ich hab dir doch schon gesagt, dass ich mir den Rasenmäher von den Griffiths ausleihe und irgendwie herschaffe. Konntest du nicht einfach warten?«

Ich ging zur Haustür und schaute genau in dem Moment nach draußen, als Wilson McVay mit dem Rasenmäher vorbeikam. Er trug Jeans, das weiße T-Shirt hatte er ausgezogen und es sich um die Schultern gebunden. Er sah aus wie einer von den Männern aus der Levi's-Werbung, kantig und schön. Nur, dass es eben Wilson war. Auf dem Rückweg winkte er mir zu, grinste, und mir wurde regelrecht übel. Ich ging in die Küche zurück.

»Ich habe damit nichts zu tun. Ist Mom schon bei der Arbeit? Weiß sie es?«

Aber Thomas knallte nur die Plastikschüssel und den Löffel in die Spüle und stürmte die Treppe hoch.

Ich rannte in Beatrices Zimmer, weil man aus ihrem Fenster die Auffahrt sehen konnte. Dort stand Mr McVays Buick mit offenem Kofferraum, daneben ein Benzinkanister. An der Beifahrertür lehnte ein Rechen.

Ich kehrte in unser Zimmer zurück.

»Marie, Marie, aufwachen!« Ich schüttelte sie.

»Was? Scheiße, wie spät ist es?« Marie rollte sich auf die Seite, stützte sich auf den Ellbogen und gähnte. »Was ist denn?«

»Hast du Wilson McVay gebeten, unseren Rasen zu mähen?«

»Nein. Wieso?«

Der Rasenmäherlärm kam wieder näher, und Marie rappelte sich richtig auf und lehnte sich an die Wand.

»Wow! Wilson mäht unseren Rasen?«

»Ja. Er ist hier, und der Buick von seinem Vater steht in der Auffahrt. Hat er gewartet, bis Mom arbeiten ist? Beobachtet er uns vielleicht oder was? Thomas ist stinksauer. Er wollte einen Rasenmäher leihen gehen.«

»Was ist denn dabei, wenn er den Rasen mäht?« Ellen hatte sich auf dem Ausziehbett aufgerichtet, ihr dünnes Haar war vom Schlafen ganz platt und zerzaust. »Ist doch nett von ihm. Thomas sollte dankbar sein. Jetzt muss er das nicht mehr machen.«

»Sorg dafür, dass er wieder geht, Marie. Bitte. Sorg dafür, dass er wieder geht.«

»Was soll ich denn deiner Meinung nach tun? Rausgehen und sagen: ›Wie kannst du es wagen, für uns da zu sein, wenn wir mitten in der Nacht Hilfe brauchen, und dann auch noch netterweise unseren Rasen mähen?‹ Er denkt doch offensichtlich, dass er uns was Gutes tut.«

»Tut er ja auch«, sagte Ellen.

Ich hatte Marie immer noch nicht erzählt, was Wilson vorhatte. Vielleicht wusste sie es ja. »Marie, sag ihm einfach, er soll uns in Ruhe lassen. Jetzt gleich. Sag ihm, er soll einfach gehen. Thomas wollte den Rasen mähen.«

»Was machst du denn so ein Drama daraus?«, sagte Marie. »Thomas kann das nächste Mal mähen, dann ist die richtig schwere Arbeit schon getan.« Sie stand auf, trat ans Fenster und schaute nach draußen. »Außerdem sieht der Rasen sowieso beschissen aus. Alles ganz gelb.«

»Bitte, Marie. Ich will ihn nicht hier haben. Er macht mir Angst.«

Die Hintertür knallte zu.

»Tja, Abgang Thomas«, sagte Marie. Wir standen jetzt zu dritt am Fenster und sahen zu, wie Thomas die Auffahrt entlangstapfte. Er trat fest auf, straffte dabei die Schultern und blickte stur geradeaus, als er an Wilson vorbeiging. Wilson winkte ihm zu, aber Thomas beachtete ihn gar nicht und ging einfach weiter. Wilson störte das nicht. Es sah fast aus, als würde er singen.

Marie und Ellen machten Eistee und gingen mit ein paar Gläsern auf die Auffahrt hinaus, als Wilson fertig war. Als wir noch mit Dad Rasenmähen gingen, hatten manche Hausbesitzer uns auch kalte Getränke nach draußen gebracht.

Durch Beatrices Zimmerfenster beobachtete ich die drei. Ellen schmachtete ihn an, als wäre er ihr Held, und Marie brachte ihn zum Lachen. Am liebsten hätte ich aus dem Fenster gerufen, er solle doch gefälligst sein T-Shirt wieder anziehen, das sei vulgär, und alle Nachbarn könnten ihn sehen. Ich wollte hinausschreien: »Verschwinde und misch dich nicht ständig ein!«

Später, als er schon lange weg war, ging ich nach draußen, setzte mich auf die Veranda und musterte den Rasen. Wilson hatte gut gearbeitet: Die Ränder waren akkurat geschnitten, und er hatte sogar zwei Mal gemäht, so dass ein Muster aus diagonalen Bahnen entstanden war. Das Gras war immer noch gelb, aber hier und da war jetzt ein schmaler Streifen Grün zu sehen. In den Duft nach frisch gemähtem Gras mischte sich etwas Benzingeruch.

Thomas und ich hatten Dad am häufigsten geholfen. Marie war eher eine Zimmerlinde, und Ellen war noch zu klein gewesen. Ich überlegte, ob unsere Geräte wohl noch in der Bronx lagerten oder ob Dads Cousin sie vielleicht verkauft hatte. Es waren unsere. Ich wusste noch genau, wo jedes einzelne gekauft worden war, welchen Rasen wir mit welchem Mäher geschnitten hatten. Ich wusste, wie man sie reinigte, wie man sie am besten auf den Pickup lud und wieder herunter bekam. Ein Kloß saß mir im Hals. Ich atmete noch einmal tief ein – Benzin, gemähtes Gras, Sommerhitze. Die Vergangenheit. Thomas war noch nicht wieder zurück. Letzten Sommer war er von Tür zu Tür gegangen, um irgendwo einen Rasenmäher zu leihen. Wilson hatte einfach nur den Autoschlüssel seines Vaters genommen und das Gerät in den Kofferraum geladen. Was sollten wir Mom erzählen? Ich blieb draußen sitzen, bis ich den ersten Leuchtkäfer sah.

Am Abend bei den Bouchers machte Peter mir auf. »Libby!«, rief er, griff nach meiner Hand und zog mich über die Schwelle.

»Na, Sir Peter Hase, wie läuft das Hasen-Gangster-Leben? Futtern Sie viele geklaute Kohlköpfe und Karotten?«

Peter lachte und rannte in der Küche herum. »Peng-peng! Das ist ein Überfall! Gebt mir euren ganzen Salat!«

»Hallo, Libby.« Mrs Boucher kam in die Küche, während sie noch einen Ohrring befestigte. Sie duftete nach Zitrone.

»Hallo, Mrs Boucher« – und noch während ich es sagte, sah ich auf der Küchenablage gefaltet die braunen Handtücher, die wir letzte Woche benutzt hatten. Nachdem Wilson mit Ellen weggefahren war, hatte ich sie in Mrs Bouchers Waschmaschine gestopft, aber vergessen, sie hinterher wieder herauszunehmen. Mit heißem Gesicht schaute ich zu den Handtüchern und dann zu Mrs Boucher, die mich musterte.

»War letzte Woche alles in Ordnung, Libby? Das wollte ich dich noch fragen.«

Ich wollte schon eine Ausrede erfinden, irgendwas von einer umgekippten Kaffeetasse und dass ich die braunen Handtücher genommen hätte, um das Geschirrtuch nicht schmutzig zu machen, aber ich wusste, das würde nicht ehrlich klingen.

»Hände hoch, Libby!«, rief Peter. Ich hob die Hände, als würde ich mich ergeben. Und beschloss, es ihr zu sagen.

»Ellen hatte letzten Freitag einen Unfall und ist danach hierhergekommen. Es tut mir wirklich leid, ich hätte Ihnen das sagen sollen. Sonst habe ich nie jemanden ins Haus gelassen, wenn Sie nicht da waren.« Ich hörte das Zittern in meiner Stimme.

Wir setzten uns an Mrs Bouchers langen Esstisch. Ich erzählte ihr fast alles. Vom Kunstcamp, dem Rauswurf aus dem Auto, dem Trampen. Von dem Mann mit dem Camaro und den weißen Barbie-Haaren, dass Ellen aus dem Auto gesprungen und dann hierher zu Mrs Bouchers Haus gekommen war. Ich erzählte ihr nicht, dass der Mann Ellen ans Bein gefasst hatte, bis ganz nach oben. Ich drehte es so hin, als hätte sie einfach Angst bekommen und wäre aus dem Wagen gesprungen, als er gerade sehr langsam fuhr. Und ich sagte ihr auch nicht, dass Wilson gerade Leute zusammentrommelte, um den Kerl zu suchen und es ihm heimzuzahlen. Dafür erzählte ich ihr, dass Wilson McVay einfach aus dem Dunkeln aufgetaucht war, um Ellen abzuholen, dass ich nicht wusste, woher Marie ihn eigentlich kannte, und dass er sich seither viel bei uns herumtrieb. »Heute hat er sogar unseren Rasen gemäht.«

»Weiß eure Mutter, was mit Ellen passiert ist?«

»Nein, Mrs Boucher.« Ich schüttelte den Kopf. »Und Sie dürfen es ihr auch bitte nicht erzählen. Bitte.«

Sie drückte mir kurz den Arm. »Eure Mutter muss das wissen, Libby. Und Ellen sollte zum Arzt gehen.«

»Es geht ihr gut, ehrlich. Sie kommandiert schon wieder Beatrice herum und kabbelt sich mit Thomas. Sie ist ganz die Alte. Unsere Mutter würde sie nur bestrafen. Sie wissen doch, wie sie ist. Bitte.«

Mrs Boucher fuhr sich mit den Händen durchs Haar und sah mich an. »Ein Kind einfach allein am Straßenrand zurücklassen. Das ist entsetzlich.«

Ich betrachtete die Maserung des Tisches. Was immer ich tat, es machte alles nur noch schlimmer. »Bitte erzählen Sie niemandem davon. Ich schwöre Ihnen, es ist alles wieder gut.«

Ich hätte es ihr gar nicht erzählen dürfen. Anfang des Jahres, nachdem ich Sister Benedict erzählt hatte, dass unsere Mutter manchmal tagelang verschwand und nicht für uns kochte, hatten die Nonnen sie zum Gespräch gebeten. Hinterher war Mom fuchsteufelswild. Sister Benedict hatte von »Vernachlässigung« gesprochen. Sie hatte gesagt, sie habe ja Verständnis für das, was wir durchgemacht hätten, und sei voller Mitgefühl, aber sie sei auch in Sorge um unser Wohlergehen.

»Ist dir klar, was du getan hast, Libby?«, brüllte Mom mich an. Und die anderen, selbst Marie, hatten mich angeschaut, als wollte ich uns alle ruinieren. Ich hatte das Schweigegelübde gebrochen, an das wir uns in allen Dingen hielten, und das jetzt war ein weiterer Beleg dafür, dass uns allen Schlimmes drohte, wenn ich Geheimnisse an Fremde ausplauderte.

Mrs Boucher blieb einen Moment schweigend sitzen. Dann fragte sie: »Hat Ellen das Nummernschild des Wagens gesehen?«

»Nein.«

»Libby, du musst mir versprechen, dass du mich anrufst, wenn du den Eindruck hast, dass Ellen doch zum Arzt sollte oder wenn du sonstwie Hilfe brauchst. Du kannst mich jederzeit anrufen.«

»Das weiß ich. Vielen Dank.«

»Und noch etwas. Du hast völlig recht damit, bei Wilson McVay vorsichtig zu sein. Er hat nichts bei euch im Haus verloren, wenn eure Mutter nicht da ist. Wie auch sonst niemand Fremdes.«

Mrs Boucher arbeitete beim Gericht, wahrscheinlich wusste sie also sehr viel mehr über Wilson als wir alle zusammen. »Ich muss jetzt los. Schließt du hinter mir ab?«

»So was kommt ganz bestimmt nicht noch mal vor, Mrs Boucher, versprochen.«

Ich sah den Rücklichtern des Volvo nach, wie sie zwischen den dunklen Bäumen aufblitzten, zur Straße hinauf, und dann verschwanden. Von hinten hörte ich die Titelmusik von *Der unglaubliche Hulk*.

»Libby, der Hulk, der Hulk!« Peter war schon ganz aufgeregt. Er stellte sich vor den Fernseher, während die Titelmusik lief, zog die Schultern hoch und breitete weit die Arme aus. »Ich bin der Hulk!«, rief er.

Es war die Folge »Aufruhr im Zoo«. Ich wusste, dass er Albträume davon bekommen würde. Er hatte den *Hulk* schon mal gesehen, als er bei seinen Großeltern übernachtet hatte; danach musste ich einen ganzen Monat lang jeden Freitag so lange bei ihm im Zimmer bleiben, bis er eingeschlafen war.

»Sie sind so unvernünftig«, schimpfte Mrs Boucher, als das mit den Albträumen anfing. »Genau deswegen will ich nicht, dass die Kinder bei ihnen schlafen, das habe ich auch ihrem Vater gesagt. Sie würden auch noch den *Exorzisten* mit den Jungs schauen. Ich bewundere deine Mutter dafür, dass sie keinen Fernseher hat.«

»Los, Peter. Wer schneller unten im Bad ist und sich die Zähne geputzt hat!«

Mrs Boucher hatte mir nie erzählt, wohin sie freitagabends ging. Ich hatte bis dahin nicht für allzu viele Familien als Babysitterin gearbeitet, aber die anderen hatten mir immer gesagt, wo sie hin wollten, und mir die Telefonnummer des Restaurants oder ihrer Freunde dagelassen. Mrs Boucher hatte mir nur eine Nummer für den Notfall gegeben, und das war die von Mr Boucher. Er lebte mit seiner zukünftigen Frau zusammen. Meine Mutter sagte immer, Mrs Boucher sei eine *Intellektuelle* und außerdem eine von diesen *Feministinnen*, und aus ihrem Mund hörte sich das an wie Schimpfwörter. Ich fragte mich, was in der Ehe der Bouchers wohl vorgefallen war. Sie waren geschieden, so wie meine Eltern auch, aber ansonsten waren sie in jeder Hinsicht ganz anders. Ich war Mr Boucher schon mehrmals begegnet. Einmal hatten Marie und ich ihn mit seiner Verlobten im Supermarkt in Philadelphia gesehen. Wir wollten uns ein paar Donuts holen und sahen zufällig, wie sie sich vor der Fischabteilung küssten, wo komplette Fische mit Kopf und allem Drum und Dran auf Eis lagen.

»Ach du meine Güte«, hatte Marie gesagt, »Barbie und Ken.« Er erinnerte tatsächlich an Ken. »Der sieht so was von künstlich aus. Am liebsten würde ich rüberlaufen und ihm die Haare verwuscheln.« Seine Verlobte, Angela, war genauso groß wie er. Ihr blondes Haar war so frisiert und gesträhnt wie das von Farrah Fawcett. Außerdem war sie auffallend braun und trug ein leuchtend oranges Kleid. Sie sah jung und dümmlich aus, vor allem im Vergleich zu Mrs Boucher, die klein und dunkelhaarig war, dabei aber viel geerdeter und eleganter wirkte als diese beiden zusammen.

Ich war mir ziemlich sicher, dass Mrs Boucher sich mit einem Mann traf. Die letzten paar Monate hatte sie sich vor dem Ausgehen immer besonders sorgfältig zurechtgemacht. Wenn sie zurückkam, wirkte sie abwesend, und ein paar Mal hatte ich, wenn ich ins Auto stieg, um mich von ihr nach Hause fahren zu lassen, darin noch etwas anderes gerochen als Mrs Bouchers Zitronenduft – irgendein Rasierwasser. Es gab aber auch gewisse Hinweise, von denen ich Marie und Sage nichts erzählt hatte. In letzter Zeit leuchteten die Scheinwerfer des Volvo immer nur kurz in den Glaswänden auf, wenn er von der Straße einbog, und wurden dann ausgeschaltet. Der Wagen blieb stehen, manchmal eine ganze Stunde lang, dann gingen die Scheinwerfer wieder an, und der Wagen kroch die Einfahrt entlang bis zum Haus hinunter. Beim ersten Mal, als das passierte, war ich sehr erschrocken, fragte mich, wer da wohl im Auto saß und mich in dem hell erleuchteten, gläsernen Zimmer beobachtete. Ich blieb ganz still auf dem Sofa sitzen und wartete, bis sich der Wagen endlich wieder in Bewegung setzte. Und dann war es nur Mrs Boucher.

Wenn im Haus Licht brannte, konnte Mrs Boucher mich sehen, aber ich konnte draußen nichts erkennen. Ich überlegte, ob es wohl ein Test sein sollte, um herauszufinden, wie ich als Babysitterin war. Als es das nächste Mal passierte, stand ich auf, räumte ein bisschen herum, sah nach, ob die Spülmaschine fertig war, und betrachtete mich dabei von außen, als spielte ich vor einem Publikum oder in einem Film. Aber als der Volvo zum vierten Mal in die Zufahrt einbog und das Licht ausging, war ich mir einigermaßen sicher, dass Mrs Boucher nicht so viel Zeit damit verschwenden würde, mich zu beobachten. Ob sie wohl traurig war, ob es ihr schwerfiel, ins Haus zurückzukommen, so wie auch meine Mutter manchmal im Wagen sitzen blieb, wenn der schon in der Garage stand, als müsste sie sich dafür wappnen, uns allen wieder gegenüberzutreten?

Die letzten paar Wochen hatte ich den Fernseher immer stumm gestellt und gelauscht, und mir schien, als würde ich, kurz bevor die Scheinwerfer wieder angingen, eine Autotür schlagen hören. Saß da jemand mit Mrs Boucher im Auto? Einmal hatte sie mir erzählt, es mache ihr keine Angst, so tief im Wald in ihrem Baumhaus zu wohnen, es sei der intimste Ort der Welt. Ich wollte ihr nicht nachspionieren und hatte deshalb auch niemandem erzählt, was ich gesehen und gehört hatte.

Spät an dem Abend, als ich Mrs Boucher von Ellen erzählt hatte, stand ich gerade an der Spüle und drückte einen Teebeutel aus, als die Scheinwerfer wieder durch den Wald und über die Scheiben zuckten. Für den Bruchteil einer Sekunde wurde mir flau im Magen, weil ich glaubte, es wäre Wilson. Aber dann erloschen die Scheinwerfer, und ich wusste, es war nur Mrs Boucher, die wieder zurück nach Hause kam.

8

Ich drückte mich mit den Zehen kräftig von der nacktgeschabten Erde unter dem Karussell ab, um es wieder in Gang zu bringen. Sage und die anderen waren nur dunkle Schatten auf der anderen Seite vom Sun Bowl. Ich hörte das leise Gemurmel ihrer Stimmen und alle paar Minuten eine Lachsalve. Ich sah zum Himmel hinauf, mir war leicht schwindelig. Hinter einem zarten Geflecht aus Wolken, die wie gedehnter Baumwollstoff aussahen, war der Mond zu erkennen. Mehr als ein Halbmond, aber noch nicht ganz voll. Wieder schallte Gelächter von den anderen herüber, die auf dem Spielfeld im Kreis saßen und eine Bong herumgehen ließen.

Ich war schon ziemlich beschwipst. Ich hatte ein paar Schluck Gin direkt aus einem Hellman's Mayonnaise-Glas getrunken. Abbey hatte die Hausbar ihres Vaters geplündert. Sie meinte, er habe Verdacht geschöpft, dass seine Kinder sich dort bedienten, deswegen male er neuerdings mit Filzstift Eichstriche auf seine Seagram's-Flasche, bevor er sie zurückstellte. Seine Kinder malten dann Striche unter seine, so dass er nie wusste, welche von ihm stammten, und sich fragte, ob er vielleicht doch mehr getrunken hatte als gedacht. Allerdings würden sie die Flasche nie mit Wasser auffüllen, um seinem Eichstrich zu entsprechen, sagte Abbey, denn er mochte zwar nicht mehr wissen, welcher Strich von ihm war, aber mit Alkohol kannte er sich aus, und wenn er verdünnt war, würde er das gleich merken. Obwohl ich selbst von Mr Quinns Gin trank, fand ich es trotzdem deprimierend, dass seine Kinder immer noch von ihm stibitzten.

Ich hörte, dass Sage meinen Namen rief, konnte erkennen, dass sich von der anderen Seite des Spielfelds etwas auf mich zubewegte, hörte ihre Armreifen klimpern. Sie setzte sich neben mich.

»Wilson ist nach Pottstown gefahren.«

»Was?«

»Wilson ist gestern Abend nach Pottstown gefahren.«

»Wegen ihm?« Ich hatte schon von Pottstown gehört, es lag ein Stück weiter im Norden, ich konnte mich aber nicht erinnern, jemals dort gewesen zu sein.

»Ja. Abbey und ein paar von den anderen haben es gerade erzählt. Er ist rumgelaufen, um die Jungs einzusammeln, die gesagt haben, sie würden mitkommen.«

»Und du bist sicher, dass sie dort waren?«

»Abbey sagt, sie hat Danny Shields mit Wilson auf dem Forge Mountain Drive gesehen.«

»Was haben sie mit dem Kerl gemacht?«

»Keine Ahnung. Vielleicht waren sie ja auch gar nicht dort, oder sie haben ihn nicht gefunden.«

»Mein Gott! Woher weiß er überhaupt, dass der da wohnt?«

»Was weiß ich? Er kennt ja einen Haufen seltsamer Leute.«

»Hast du ihnen irgendwas erzählt?«

»Nein. Abbey meinte nur, sie wollten einen Perversen vermöbeln. Einen Typen, der ein Mädchen vom Berg gekidnappt und ihr etwas Schlimmes angetan hat.«

»Er hat ihnen gesagt, sie wäre gekidnappt worden?«

»So war's ja auch irgendwie, Libby. Der Barbie-Mann hat Ellen nicht mehr aus seinem Auto gelassen. Sie ist noch ein Kind. Das ist Kidnapping. Er muss dafür bestraft werden. Wenn Ellen nicht rausgesprungen wäre, wer weiß, was er noch alles mit ihr gemacht hätte?«

Daran wollte ich gar nicht denken. »Ich will einfach nur, dass es endlich vorbei ist.«

»Klar.« Sage sah zum Spielfeld hinüber. »Ich geh noch mal ein paar Minuten rüber. Stört dich das?«

Ich schüttelte den Kopf. »Schon okay.«

Sage wollte zu den anderen zurück, um zu kiffen. Die meisten von ihnen waren älter als ich, und ich rauchte kein Gras. Ich hatte keine Lust, mit ihnen im Kreis zu sitzen und die Bong herumzureichen. Einmal hatte ich es probiert und anschließend die ganze Nacht gegen das Gefühl angekämpft, zu schweben. Ich hatte Zahnpasta gegessen und mich geohrfeigt, bloß, um wieder zu spüren, dass ich mit beiden Füßen auf dem Boden stand. Mir war Alkohol lieber. Da ging der Rausch im Körper los und nicht im Kopf, ein warmes Gefühl, das sich in Wellen aus der Mitte meiner Brust verbreitete. Unter dem Karussell lag Abbeys Mayonnaiseglas; ich drehte den blauen Deckel ab und nahm noch einen großen Schluck. Es schüttelte mich, meine Augen fingen an zu tränen. Ich ließ das Glas wegrollen. Auf keinen Fall wollte ich weiter an Wilson und den Barbie-Mann denken, daran, dass Wilson womöglich jetzt bei ihm war. Ich lehnte mich nach hinten und sah zum Nachthimmel hoch, zu den Wolkenstreifen, den wenigen gestrandeten Sternen. Die Luft war noch warm.

»Na, Gallagher, solltest du nicht längst zu Hause sein und *Brady Bunch* gucken oder so was?« Die Stimme kam aus dem Nichts. Ich sprang vom Karussell und verlor sofort das Gleichgewicht. Ich war betrunken, und vor mir stand Jack Griffith.

»Herrgott, hast du mich erschreckt.« Er trug Jeans und ein schwarzes T-Shirt. Seine Haare waren länger geworden. »Wir haben doch keinen Fernseher, schon vergessen? Aber solltest du nicht selbst zu Hause sein und Algorithmen berechnen?«

Jack lachte. »Willst du ein Bier?« Er hatte zwei Flaschen in der Hand und hielt mir die eine hin.

»Ja.«

Er setzte sich neben mich auf den Rand des Karussells. Ich betrachtete unsere Füße auf der festgetretenen Erde. Langsam drehten wir uns im Kreis. Ich nahm einen Schluck aus der Bierflasche.

Jack gehörte zu den wenigen Menschen, die oft bei uns gewesen waren, als unser Vater noch lebte. Früher hatten Thomas und er Wochen damit zugebracht, aufwändige, labyrinthische Hindernisparcours aus leeren Küchenpapierrollen und rohen Spaghetti zu bauen, durch die sie dann ihre Murmeln schickten.

»Und, was gibt's Neues?«

»Bei mir?« Wie sollte ich auch nur anfangen, ihm mein Leben der letzten zwei Wochen zu erklären? »Nichts. Und bei dir?«

»Ich arbeite die meiste Zeit, asphaltiere Einfahrten mit so einem Typen aus Chesterbrook.«

»Oh.« Ich war gar nicht auf die Idee gekommen, dass Jack einen Ferienjob haben könnte.

»Wie geht's Thomas?«, fragte er. Ein peinlicher Moment, weil er das ja eigentlich wissen musste, so lange, wie sie schon befreundet waren. Wir stießen uns beide mit den Füßen vom Boden ab. Drüben auf dem Feld kreischte jemand, dann schallte eine Lachsalve herüber.

»Wie immer, würde ich sagen. Er jobbt nicht. Du weißt ja, wegen dem Schwimmen und so.«

»Und du stehst immer noch auf Bäume?« Mir war nicht klar, ob er sich über mich lustig machte. Seit dem Abend im Schnee hatte ich ihn nur noch einmal gesehen. Im März hatte uns ein Schneesturm getroffen, dicht gefolgt von Blitzeis, und überall am Berg waren Äste abgefallen und Bäume umgestürzt. Ich war hinunter bis zum Valley Creek gewandert, um den Schaden zu begutachten. Der Fluss selbst war zugefroren, ein weißes Laken mit einem schmalen, dunklen Strich in der Mitte, wo das Wasser unter der Eisoberfläche immer noch weiterfloss. Die Bäume bogen sich unter dem Gewicht des vereisten Schnees, und im Wald krachten die Eiszapfen wie Dolche von den Ästen. So viel Schmelzwasser überall um mich herum, dass es sich wie Regen anhörte. Ich versuchte, die Rinde einer Echten Walnuss abzupausen, die am Ufer aufragte, aber es klappte nicht, der Baum war so feucht, dass das Papier zerfiel. Ich hatte mich gerade ganz dicht zu ihm hin gebeugt, als ich von dem Weg, der am Fluss entlangführte, auf einmal Stimmen hörte. Die Hände an den Stamm gestützt sah ich hinüber. Es waren Jack Griffith und sein Vater. Ich wandte mich wieder dem Baum zu und legte die Stirn daran, in der Hoffnung, sie würden mich nicht sehen.

»Sei bloß vorsichtig mit dem Eis«, rief Mr Griffith herüber. »Das kann gefährlich werden.«

»Mache ich, Mr Griffith.«

Jack winkte mir zu. »Ich schaue mir nur gerade die Rinde dieses Baumes an«, sagte ich, um ihm zu erklären, warum ich mit dem Gesicht am Stamm lehnte.

Das Karussell war wieder zum Stehen gekommen. »Mein Vater findet, du bist ein sehr sonderbares Mädchen«, sagte Jack. »Das meint er als Kompliment.«

Vom Feld brüllte jemand: »Baderunde!« herüber, und alles johlte und jubelte.

»Los, komm.« Jack stand auf und hielt mir die Hand hin. Ich griff danach. Die Schatten auf dem Feld rannten bereits den Weg entlang, zum Zaun des Mountain Swim Club, gut fünfzig Meter den Hang hinauf. »Willst du nicht mit?«

»Ich sollte vielleicht auf Sage warten«, sagte ich und sah mich um.

»Die klettert bestimmt schon über den Zaun. Na komm!«

Ich stand auf, und wir liefen zum Hang. Erst als wir ihn schon halb hinauf waren, fiel mir auf, dass Jack Griffith immer noch meine Hand hielt.

Der Mountain Swim Club war von einem hohen Maschendrahtzaun umgeben, auf dem in einem Winkel gut dreißig Zentimeter Stacheldraht angebracht waren. Ich hatte hier oft Schmiere gestanden und Alarm gegeben – drei Hammerschläge an die Nachbildung der Liberty Bell, die vor dem Haupteingang an einem Gestell hing –, wenn die Bullen anrückten. Zusammen mit den anderen war ich johlend durch den Wald geflüchtet, während die Suchscheinwerfer der Polizisten rennende, nackte Körper streiften. Aber obwohl ich mit ihnen floh, war ich doch nie selbst über den Zaun geklettert und eingebrochen.

Vorletzten Sommer waren Thomas und seine Freunde mal an einem Abend hineingeklettert – Jack musste auch dabei gewesen sein. Sage und ich hatten draußen vor dem Zaun Schmiere gestanden. Der Vollmond erhellte das Schwimmbecken, und Thomas fing an, im Schmetterlingsstil seine Bahnen zu ziehen. Alle hielten inne und sahen ihm zu. Beim Delfinschlag seiner Beine gab es nicht einen Spritzer, sein Oberkörper wölbte sich aus dem Wasser, die Arme breiteten sich aus und er führte die Hände exakt vor dem Kopf wieder zusammen. Er konnte sich völlig geräuschlos durchs Wasser bewegen. »Gott, ist das schön«, hatte Sage gesagt.

Jetzt ging Jack vor mir her. »Vorsicht«, sagte er, als wir über einen Stapel Betonblöcke stiegen, die jemand auf dem Weg aufgeschichtet hatte. Er wartete, bis ich darübergeklettert war, dann hörten wir schon das wiederholte Federn des Sprungbretts und das Platschen von Körpern, die ins Wasser tauchten.

Im hinteren Teil des Bads sah ich noch fünf, sechs Gestalten am Zaun hängen, wie Spinnen in einem Metallnetz. Sie schienen allesamt nackt zu sein.

»Such dir einen Baum, den du dir merken kannst.« Jack war schon dabei, seine Jeans auszuziehen.

Ich stellte mich hinter einen anderen Baum, knöpfte meine Jeans auf und streifte mein T-Shirt ab. Die Unterwäsche behielt ich an. Jack machte es genauso.

»Komm«, sagte er, bückte sich und bot mir seine verschränkten Hände und ein Knie an. »Ich helf dir ein bisschen.« Er stemmte mich ein gutes Stück hoch.

Ich klammerte mich fest und machte mich ans Klettern. Es ging langsam, oben musste ich die Beine weit spreizen, um möglichst nicht mit dem Stacheldraht in Berührung zu kommen. Obwohl wir höchstens zweieinhalb Meter über dem Boden waren, zitterten mir die Knie. Ich zog das zweite Bein herüber und kletterte auf der anderen Zaunseite nach unten. Jack sprang das letzte Stück, blieb dann unter mir stehen, fasste mich um die Taille und stellte mich unten wieder auf die Füße.

»Wer als Erster da ist«, rief er, dann rannte er los, zum tiefen Teil des Beckens, und stürzte sich mit einer Arschbombe hinein. Als er wieder auftauchte, schüttelte er sich das Wasser aus den Haaren und sah mir entgegen. Ich folgte ihm, noch ganz benommen von der Aufregung, über den Zaun geklettert zu sein und hier einzubrechen, halbnackt im Dunkeln. Ich landete mit meiner Arschbombe direkt neben ihm. »Sehr elegant, Gallagher«, meinte er.

»Ich bin betrunken.«

»Hat dir noch keiner gesagt, dass du nicht angetrunken schwimmen sollst?«

»Mir hat man nur gesagt, dass ich nicht trinken soll.« Am liebsten hätte ich laut gelacht, so gut fühlte ich mich.

»Jetzt lassen wir uns einfach auf dem Rücken treiben«, sagte ich.

Wir blieben ganz reglos. Der Mond war jetzt nicht mehr verdeckt, die Wolken trieben weiter davon. Das Wasser war warm, es schwappte sanft an den Beckenrand, und für ein paar Minuten vergaß ich Ellen, Wilson, den Barbie-Mann und Pottstown. Wir begannen ein unabgesprochenes Spiel, bei dem wir im tiefsten Teil bis ganz hinunter zum Abflussgitter tauchten und uns dort wieder abstießen. Bei meiner dritten Runde tauchte ich unter und zählte. Ich wollte mindestens eine Minute schaffen. Ich sah, wie sich das Mondlicht auf der unruhigen Wasseroberfläche spiegelte, sah die Schatten von Beinen und Körpern über mir. Nach fast sechzig Sekunden, als ich schon glaubte, meine Lunge würde gleich explodieren, ging ich tief in die Hocke und stieß mich ab, die Arme gerade nach oben gestreckt. Noch ehe ich durch die Wasseroberfläche stieß, nahm ich schon gedämpft und fern die Aufregung wahr. Ich schnappte nach Luft, hörte die Rufe.

»Polente, Polente! Die Bullen!«

Alle rannten zu dem Zaun, der an den Wald grenzte, einige waren ihn schon halb hinauf. Ich suchte panisch nach der Leiter, konnte mich kaum orientieren. Dann sah ich Blaulicht auf dem Wasser schimmern. Der Streifenwagen war über die Wiese bis vor zum Tor gefahren. Ein weiterer, größerer Scheinwerfer war auf das Schwimmbecken gerichtet. Der längere Teil des l-förmigen Beckens war jetzt hell erleuchtet, Badeliegen trieben kopfüber darin. Ich saß zwischen der tiefen Stelle und dem Hauptteil des Beckens fest.

Jetzt bin ich geliefert, dachte ich. *Mom bringt mich um.* Ich war schon drauf und dran, an den Rand zu schwimmen und mich zu ergeben, als mich plötzlich jemand packte und weiter hinein in den tiefen Teil zog, außer Reichweite des

Scheinwerfers. Ich strampelte, drehte mich um. Jacks Gesicht tauchte aus dem Wasser auf. Er legte einen Finger an die Lippen und winkte mich zur Leiter hin.

»Ist da jemand?«, rief eine Stimme. »Hier ist die Polizei von Schuylkill. Kommt sofort heraus!« Zwei Polizisten rannten zum Wald hin, wo das Johlen der anderen Jugendlichen längst zwischen den Bäumen verklang. Wie hatten sie es bloß so schnell rausgeschafft? Ein weiterer Polizist ging am Zaun entlang, ließ den Strahl seiner Taschenlampe über das Wasser, die Liegestühle und die Zierbüsche rings um das Gebäude wandern, in dem sich die Verwaltungsbüros und die Umkleiden befanden. Aus dem Wald hallte Kampfgeheul.

Jack zog mich hinter die Leiter, bis wir praktisch an der Beckenwand klebten und der breite Rand direkt über uns seinen Schatten auf uns warf. Er hangelte sich an der Leiter nach unten und hielt sich so fest, dass nur noch sein Gesicht aus dem Wasser schaute. Ich tat es ihm gleich, versuchte, wieder ruhiger zu atmen. Jeweils zwei Polizisten patrouillierten zu beiden Seiten am Zaun entlang, das Licht ihrer Taschenlampen fiel auf das Becken, traf auch den tiefen Teil. Als das Licht schon fast bei uns war, tauchte Jack ganz unter und hielt sich dabei weiterhin an der Leiter fest. Ich machte es ihm nach und umklammerte dabei mit einer Hand meine Haare, damit sie nicht auf der Wasseroberfläche trieben. Über meinem Kopf sah ich das Licht auf dem Wasser, sah, wie es sich in Wellen brach. Ich versuchte, mich nicht zu bewegen. Meine Lunge schmerzte. Das Licht wanderte an uns vorbei. Vorsichtig hob ich das Gesicht zur Nachtluft empor und atmete so leise wie möglich ein. Wir saßen fest.

»Da hat jemand seine Klamotten vergessen«, rief eine Stimme vom Wald her. Ich sah Jack an.

»Schauen wir mal, ob wir sie unten an der Jones erwischen«, entgegnete die Stimme, die als erste gesprochen hatte, und die Taschenlampe wanderte wieder über den Beckenrand, dicht am Sprungbrett.

Weiter völlig reglos sahen wir einander an. Jack war fast ganz im Schatten. Das Wasser glitzerte auf seinem Gesicht und seinen Schultern. Wir hörten Autotüren schlagen. Der erste Wagen wurde angelassen, entfernte sich vom Tor und ließ uns nahezu im Dunkeln zurück. Wir hörten den zweiten Wagen abfahren und warteten, bis beide Motoren in der Ferne verklungen waren.

»O Gott, ich kann nicht fassen, dass sie uns nicht erwischt haben!« Ich war total euphorisch.

»Ich frage mich nur, wer von uns jetzt ohne Kleider nach Hause muss.«

»Ach du Scheiße, das hatte ich schon wieder ganz vergessen.« Ich kletterte vor ihm die Leiter hoch, und dass ich halbnackt war, war mir egal und zugleich sehr bewusst.

»Ich hab's doch immer gewusst, dass du ein schlechter Einfluss bist, Gallagher.«

»*Ich* soll der schlechte Einfluss sein? Du bist doch hier der Ältere. Du hast mich praktisch über den Zaun gehievt. Und mir Bier eingeflößt.«

Wir standen tropfnass im Dunkeln und sahen einander an. Jack wurde still. Er löste eine Haarsträhne, die mir an der Wange klebte, und schob sie mir hinters Ohr. Dann setzte er sich auf einen Liegestuhl und zog mich neben sich, den Arm um mich gelegt. Ich legte die Hand an seine Schulter. Spürte seine Haut. Der Kuss begann langsam und zögernd, kein Vergleich mit den dringlich züngelnden, an Mund-zu-Mund-Beatmung erinnernden Küssen, die ich bisher erlebt hatte. Ich ließ mich zurücksinken, und sein ganzer entblößter Körper berührte meinen. Ich glaubte zu fallen. Dann hielt er inne und richtete sich auf. Wir schwiegen.

»Erzähl mir was Spannendes über Bäume.«

»Was?«

»Irgendetwas Spannendes über Bäume.«

Ich setzte mich auf und fühlte mich zum ersten Mal an diesem Abend unwohl in meinem Körper. Ich zog die Knie an.

»Spannend an Bäumen ist, dass sie schlechte Luft einatmen und Sauerstoff abgeben.«

»So wie wir.«

»Nein. Wir atmen Sauerstoff ein und geben schlechte Luft ab. Bäume saugen Giftstoffe und Licht durch tausend kleine Münder an ihren Blättern ein und atmen dann Sauerstoff aus.«

»Stomata.«

»Wie bitte?«

»Von Stoma, dem griechischen Wort für Mund.«

»Jetzt hatte ich fast vergessen, was für ein Streber du bist«, sagte ich.

Fast glaubte ich, er würde mich noch einmal küssen, aber er stand auf. »Wir sollten zusehen, dass wir hier rauskommen.« Ich nickte und wischte mir mit dem Handrücken über den Mund.

Wir kletterten auf der Seite zum Wald über den Zaun und tasteten uns eine Weile durch die Dunkelheit, auf der Suche nach unseren Bäumen.

Jack lachte. »Ich glaube, sie haben deine Klamotten mitgenommen. Meine sind hier.«

»Ach du Schande.« Am Fuß meines Baumes lag nur noch ein Turnschuh, der mit dem Loch vorne. Alles andere war verschwunden.

»Hier«, sagte Jack und gab mir sein T-Shirt. Es reichte mir nur bis zum Oberschenkel.

Auf dem Weg hinunter zum Sun Bowl kam uns Sage entgegen.

»Libby? Wo warst du denn?«

»Sie haben meine Kleider mitgenommen.«

»Wer?«

»Die Polizei.«

»Und wessen T-Shirt ist das?«

Ich sah an mir herunter, auf das schwarze T-Shirt und meine nackten Beine, dann zeigte ich auf Jack, der ohne T-Shirt neben mir stand. Was fragte sie überhaupt?

»Ach, Jack – galant wie immer.« Es blieb kurz still. Dann sagte sie: »Passt immer auf die kleine Schwester seines Freundes auf.«

Wir schwiegen alle, und Sage stand vor uns und musterte uns, die Hände in die Hüften gestemmt. Ich hatte keine Ahnung, warum sie Thomas erwähnt hatte.

»Ich muss los«, sagte Jack. »Bis dann.«

Wir sahen ihm nach, bis er in der Dunkelheit verschwunden war.

»Libby, was zum Geier ist hier los?«

»Sage, stell dir vor! Wir waren noch im Wasser, als die Bullen kamen. Wir mussten uns im tiefen Teil hinter der Leiter verstecken und untertauchen, als sie dort gesucht haben. Und dann haben wir uns geküsst. Und dabei hat sich alles gedreht.«

»Du übertreibst.«

»Nein. Im Ernst. Die ganze Welt hat sich gedreht.«

»Das hat nichts zu bedeuten. Glaub mir.«

»Sage. Ich habe mich gefühlt, als würde ich fallen.«

Sage fasste mich an den Schultern. »Mach mal die Augen zu.«

Ich tat es.

»Dreht sich jetzt alles?«

Es war das gleiche Gefühl wie vorher, als würde mir der Boden unter den Füßen weggezogen. Ich machte die Augen wieder auf. Sage sah mich an.

»Und?«

»Ehrlich gesagt, ja«, antwortete ich.

»Siehst du, Süße, du bist betrunken. Du hast einfach nur die Augen zugemacht, als ihr euch geküsst habt.«

Plötzlich war mir kalt. Ein Wagen kam die Horseshoe Trail Road in Richtung Sun Bowl heraufgekrochen, und alles, was ich den Abend über verdrängt hatte, stürzte wieder auf mich ein: Wilson, Pottstown, der Barbie-Mann, Ellen. Sage und ich traten unwillkürlich einen Schritt zurück, tiefer hinein in die Schatten.

9

Sages Kellnerinnenuniform von J.C. Penney bestand aus einem pfirsichfarbenen, karierten Baumwollkleid mit weißem Rüschenkragen und einer weißen, rüschenbesetzten Schürze. Sie trug eine weiße Nylonstrumpfhose, dazu ihre Chucks von Converse; die weißen Kellnerinnenschuhe hielt sie in der Hand.

»Du siehst aus wie ein Dienstmädchen«, bemerkte ich, als ich sie an der Ecke traf, um sie bis zur Tankstelle zu begleiten.

Sage sah an sich herunter. »Ist ja auch der Sinn der Übung. Wir sollen so devot wie möglich aussehen, damit die Kerle sich richtig gut fühlen, wenn wir ihnen Kaffee und Kuchen servieren.«

So hatte ich das noch nie betrachtet. Dass Kellnerinnen, vor allem im Diner, immer Kleidung trugen, die an Dienstmädchenuniformen erinnerte, nur eben in bunt. Und dass die Kunden das vielleicht genau so wollten.

»Mir ist heiß wie im Hades«, sagte Sage, als wir den Anfang des Wanderwegs erreichten. Eine Bemerkung, die auch von Charlotte hätte stammen können. »Oh, warum, warum habe ich bloß diese Strumpfhose angezogen?« Sie griff sich unter den Rock und rollte die Strumpfhose herunter, schnürte sich die Turnschuhe auf und streifte sie ab, als die Strumpfhose ihr schon um die Knöchel hing. Dabei stützte sie sich auf meinem Arm ab. Die Temperatur war schon auf über dreißig Grad geklettert, obwohl es erst früher Nachmittag war.

Weil der Weg an dieser Stelle zu schmal war, mussten wir hintereinander gehen, Sage voraus. Auch im Schatten war es nicht viel kühler. Die Luft war so drückend, dass ich glaubte, gar nicht richtig einatmen zu können. Sage hatte sich die Kellnerinnenschuhe an den Schnürsenkeln über die Schulter geworfen. Sie hatte gesagt, sie wolle mir etwas erzählen, aber nicht am Telefon, und jetzt wartete ich darauf, dass sie anfing.

»Hast du gewusst, dass Tony De Martino jetzt als Tellerwäscher im Diner arbeitet?«

Tony war der jüngste De Martino. Er war so alt wie Thomas und schraubte immer vor dem Haus an irgendwelchen Motoren herum. Ich war mir nicht sicher, ob er nicht auch damals mit dem Luftgewehr auf uns geschossen hatte. Dass er jetzt mit Sage zusammenarbeitete, hatte ich nicht gewusst.

»Na, jedenfalls saßen wir gestern Abend zusammen im Pausenraum und haben geraucht und ein bisschen geredet. Er meinte, er habe gehört, Wilson McVay hätte irgendwen zusammengeschlagen.« Ich blieb hinter ihr stehen, und sie hielt ebenfalls an und drehte sich um. »Tony meinte, er habe gehört, Wilson hätte den Mann so sehr vermöbelt, dass er es vielleicht nicht überlebt. Aber er hat auch gehört, dass es um ein Mädchen von der Valley Forge Elementary ging, das angegriffen wurde, als es aus dem Schulbus stieg.«

»Wilson hat ihn umgebracht?« Tief in meiner Brust saß ein Schmerz, wie damals, als ich Lungenentzündung hatte und das Atmen wehtat.

»Ich weiß es nicht. Vielleicht auch nicht. Der Rest stimmt ja auch nicht, also das mit dem Schulbus.«

»Aber neulich hast du doch noch gesagt, sie reden alle über ein Mädchen vom Berg.«

»Tja, jetzt denken sie, es war jemand von woanders. Das ist doch gut, oder?«

»Wo hat Tony das her?«

»Von Danny Shields. Aber du weißt ja, wie der ist.« Danny war bekannt für seine ewigen Übertreibungen. Einmal hatte Sage ihn beim Flaschendrehen zehn Sekunden lang geküsst. Er prahlte noch monatelang, sie hätten die ganze Nacht geknutscht. Er prahlte mit allem.

»Aber der war doch mit Wilson dort?«

»Ich weiß nicht, wen Wilson mitgenommen hat.«

»Hast du Tony irgendwas erzählt?«

»Nein.«

Wir hatten uns wieder in Bewegung gesetzt; der Weg wurde jetzt breiter, und wir konnten nebeneinander gehen.

»Wieso tut Wilson uns das an?«

»Wilson macht nur, was er für richtig hält, so durchgeknallt es auch sein mag. Du musst das jetzt eurer Mutter erzählen. Oder wir erzählen es Grady, dann soll er es ihr sagen.«

»Nein.«

»Aber du musst. Das wird viel zu groß für uns.«

»Nein. Das geht nicht.«

Die Schwüle lastete auf mir wie eine schwere Bürde, die ich zu schleppen hatte. Meine Beine machten kaum noch mit.

Ein paar Minuten lang liefen wir schweigend weiter, dann ergriff Sage wieder das Wort. »Hast du Jacks T-Shirt noch?«

»Ja.« Das mit dem Schwimmclub war erst fünf Tage her, aber mir erschien es wie eine Ewigkeit.

»Bestimmt ist es eins von Hall & Oates oder sonst einer lahmen Band.«

»Es ist einfach nur ein ganz normales T-Shirt. Was hast du eigentlich gegen ihn?«

Sage zuckte die Achseln. »Gar nichts. Ich habe nicht direkt was gegen ihn. Es ist nur, dass ... Ich weiß auch nicht.« Sie brach ab, als wollte sie nicht weiterreden, aber dann platzte es doch voller Zorn aus ihr heraus. »Dem ist so wahnsinnig wichtig, was andere von ihm denken, dass er bei jedem irgendwie anders ist. Bei Thomas der Wissenschaftsfreak, an der Conestoga der Lacrosse-Star, am Sun Bowl zieht er an der Bong und seine Freundinnen haben Strähnchen und tragen Fair-Isle-Pullover. Wieso hat er's jetzt auf dich abgesehen?«

Es war wie ein Schlag mitten in die Magengrube, denn ich wusste ja, was sie alles nicht sagte. Sie wollte mir nicht wehtun. Sie sah ihn in der Schule und auf Partys, kannte seine andere Seite, wusste, wie er sich sonst bei Mädchen verhielt, da konnte er sich doch unmöglich für mich interessieren. Ich fühlte mich klein und hässlich.

Komischerweise hätte man alles, was Sage über Jack sagte, auch von ihr behaupten können. Sie war an der Conestoga sehr beliebt, wusste, wie man mit Erwachsenen reden musste und genau wie Jack arbeitete sie hart daran, auch am Berg glaubwürdig rüberzukommen. Beide fuhren mit ihren Eltern in den Skiurlaub oder »an die Küste«. Mir fiel auf, dass sowohl Jack als auch Sage sich ihre besten Freunde in meiner Familie gesucht hatten. Bisschen im Dreck wühlen, wie Marie sagen würde. Ich wollte nicht über Jack nachdenken. Mein Kopf dröhnte. Was hatte Wilson bloß in Pottstown getrieben?

Wir überquerten die Oakwood Lane am Ende des Wanderwegs und waren oberhalb der Route 23. Der Himmel hatte sich verdunkelt, die Baumwipfel über uns bewegten sich in einem Wind, den wir am Boden noch nicht spüren konnten.

»Ich geh wieder zurück«, sagte ich. Wir waren beide still geworden. Was sie gesagt hatte, steckte wie ein Keil zwischen uns.

»Oooch! Geh doch mit mir bis unten, bittebittebitte. Ich sehe so blöd aus in dieser Uniform.«

Sage schnitt eine lustige Grimasse, und mir war klar, dass sie alles wieder einrenken wollte. Ich ging weiter mit ihr die Straße entlang und kickte einen Stein vor mir her. Im Deli neben der Tankstelle war es leer. Ich konnte sehen, wie Big Betsy, die einzige Kellnerin dort, die Theke abwischte und die beschichteten Speisekarten sortierte. Auch an der Tankstelle war alles still. Ein Mechaniker saß draußen auf einem Stuhl und beäugte den Himmel.

»Sieht nach Regen aus«, rief er uns zu.

»Kann man wohl sagen«, rief Sage zurück und dehnte dabei jedes Wort. Manchmal redete sie, als käme sie aus dem allertiefsten Süden. »Ich kann nichts dafür«, sagte sie, wenn ich sie damit aufzog. »Das ist der Charlotte-und-Grady-Effekt.«

Aus Richtung Westen kam auf der Route 23 der 102er nach King of Prussia auf uns zu gerumpelt. Der große, silberne Bus hatte eine abgerundete Schnauze und erinnerte mich immer an Filme aus den Fünfzigern oder Sechzigern. Durch die getönten Scheiben konnte man nichts erkennen, nur die Umrisse einzelner Passagiere waren auszumachen. Mit einem Zischlaut kam der Bus zum Stehen, und die Türen öffneten sich.

»Na, irgendwer muss ja dem Silberlocken-Geschwader den Kaffee ausschenken.«

»Und irgendwer muss sich ja nassregnen lassen«, sagte ich. Wir sahen beide gen Himmel.

»Verflixt, ist das dunkel«, sagte Sage. Direkt über uns hing eine aufgetürmte, schmutzige Wolke mit schwärzlich-lilafarbenem Bauch. Sage erklomm die Busstufen, hob die Schuhe zu einer Art Winken, dann schlossen sich die Türen, und sie war verschwunden.

Ich machte mich rasch auf den Rückweg den Hang hinauf. Regen störte mich nicht weiter, aber vor Blitzen hatte ich Angst. Ich trat in den Wald. Kein allzu sicherer Ort bei Gewitter, aber für das offene Feld galt genau das Gleiche; ich hatte vergessen, was von beidem weniger gefährlich war. Ich rannte los. Um diese Jahreszeit war der Weg teilweise überwuchert, ich drängte mich hindurch, versuchte, mein Gesicht von verirrten Zweigen und Dornen wegzudrehen. Ich hörte ein Grollen und war mir nicht sicher, ob es ein ferner Donner gewesen war oder ein Sattelschlepper weiter unten auf dem Highway. Die Luft roch elektrisch aufgeladen, beißend und metallisch; die Temperatur war abgesackt, ein Wind aufgekommen. Hoch über mir rauschten die Baumwipfel. Ich sah einen Blitz, und ein paar Sekunden später hörte ich den Donner grollen. Ich rannte weiter. Beim nächsten Blitz zählte ich die Sekunden, bis der Donner kam. Fünf Sekunden entsprachen anderthalb Kilometern. Es war ganz nah.

Ich hörte den Regen auf dem Blätterdach, bevor ich ihn spürte. Dann tat sich der Himmel auf, keine kleinen Tropfen, sondern dicke, schwere, von allen Seiten. Es dauerte keine Minute, und mein T-Shirt war komplett durchgeweicht. Ein weiterer Blitz verzweigte sich am düsteren Himmel, gefolgt von einem Donnerschlag – zwei Sekunden. Das Gewitter war jetzt direkt über mir. Ich kam an eine Kurve und schaute hinunter in die Schlucht, zu der alten Flaschenfabrik, und die Höhle unter den Stufen fiel mir ein. Dort konnte ich Schutz suchen, bis die Blitze vorbei waren. Stolpernd rannte ich den Hang hinunter, auf die steinerne Ruine zu, hielt mich an Setzlingen und Berglorbeerbüschen fest, um nicht zu schnell zu werden. Der Bach war jetzt hellbraun, mit weißen Häubchen aus rauschendem Wasser, krachender Donner und prasselnder Regen hallten durch den Wald. Auf der Suche nach einer schmalen Stelle, an der ich über den Bach kommen konnte, ging ich auf ein paar dicht stehende Robinien zu. Dann fiel mir wieder ein, was ich über die Robinie gelesen hatte – der Baum wurde häufiger vom Blitz getroffen als jeder andere. Warum war ich bloß dorthin gegangen? Der Bach rauschte lauter als gewöhnlich. Und da war noch etwas. Ich drehte mich um. Ein Motorrad pflügte auf mich zu, es kam den Hang hinunter, den ich gerade genommen hatte. Es schlitterte, fuhr im Zickzack, der Motor heulte auf, wurde gedrosselt, der Fahrer hielt einen Fuß auf dem Boden, um sich nicht zu überschlagen. Sein schwarzes Visier war heruntergeklappt. Wie konnte er überhaupt noch etwas sehen? Es war doch so dunkel. Ich geriet in Panik. Das musste ein Hells Angel sein, ein Pagan oder ein Warlock, der da auf mich zukam. Die Manson-Familie fiel mir ein, aber das waren alles junge Frauen. Er rief mir etwas zu. Ich blickte auf den dunklen Boden, die abgefallenen Robinienblüten. Wenn es regnet, schließt sich die Robinienblüte. Ich musste mich verstecken. Ich musste weglaufen und mich verstecken. Aber meine Beine hatten keine Kraft. Ich wollte den Bach überqueren, konnte mich aber nicht entschließen – er war an allen Stellen zu breit. Das Motorrad hielt weiter auf mich zu. Ich blieb stehen. Kniete mich auf den Boden, zwischen die Robinienblüten. Ich gab auf. Dann hörte ich meinen Namen und hob den Kopf. Regen schlug mir ins Gesicht. Ich konnte kaum noch etwas sehen. Wieder hörte ich meinen Namen. Der Motorradfahrer. Er hatte das Visier hochgeklappt und winkte mich heran.

Es war Wilson McVay. Ich erstarrte. Das machte mir noch viel mehr Angst, als wenn es ein Wildfremder gewesen wäre. »Steig auf!«, brüllte er. Ich blieb auf den Knien, schüttelte den Kopf. Ich wollte, dass er wieder verschwand. Da ließ ich mich doch lieber vom Blitz treffen.

Das Motorrad rollte durch den Regen auf mich zu. »Jetzt steig schon auf!«, brüllte er wieder. Er beugte sich vor, und durch den Regenschleier sah ich, dass seine großen Hände, die den Lenker umklammert hielten, bläulich verfärbt und um die Knöchel geschwollen waren. Beide Hände.

»Steig sofort auf!«, schrie er. Und ich tat es. Ich stand auf, ging zu dem Motorrad und setzte mich hinter ihn. Ich hatte mich in das Schreckliche gefügt. Es spielte sowieso keine Rolle mehr. Die Luft war schwer vom Ozon und vom Duft der Robinienblüten. Mit beiden Händen hielt ich mich am Sitz fest. Das Motorrad schoss vorwärts, und mit Entsetzen wurde mir klar, dass er wieder den Hang hinauf wollte. Es fühlte sich an, als würden wir eine senkrechte Mauer erklimmen. Ich kniff die Augen zu und lehnte mich nach vorn. Wilson musste die Maschine mehrmals mit den Füßen ausbalancieren, während wir schlingernd und stotternd vorankamen.

Dann schossen wir mit Vollgas zurück auf den Weg, bergauf, die dicken Tropfen trommelten auf meine Haut. War es nicht noch gefährlicher, auf etwas aus Metall zu sitzen? Ich hatte immer gedacht, Gummireifen würden die Elektrizität ableiten, aber bei einem Schulausflug ins Benjamin Franklin Museum hatten wir erfahren, dass das nicht der Fall war. In einem Auto war man deshalb so sicher, weil man in einer metallenen Hülle saß, die alles in den Boden leitete. Ein Motorrad war ein Blitzmagnet. Wir fuhren unten an meiner Straße vom Wanderweg ab, knatterten die Fahrbahn entlang bis in unsere Einfahrt. Wilson hielt direkt vor der Hintertür.

Blitz und Donner trafen aufeinander, als ich vom Sitz glitt, zur Hintertür stürzte und den nassen Türgriff betätigte. Ich öffnete die Tür und wollte sie schon wieder schließen, aber Wilson war direkt hinter mir. Er stellte seinen Fuß in die Tür und trat ins Haus. Ich verschränkte die Arme vor der Brust und blickte zu Boden.

Wilson nahm gerade seinen Helm ab, als Marie die Treppe hinunterkam.

»Na, wen haben wir denn da?« Ich war mir nicht ganz sicher, wen von uns sie meinte.

Ich musterte Wilson: sein Lächeln, die zerschundenen Hände, die Pfütze, die sich rund um seine Stiefel bildete. Ich war doch gar nicht mehr auf dem Wanderweg gewesen. Es war mir schleierhaft, wie er mich da unten gefunden hatte. War er uns gefolgt, Sage und mir?

Ein Donner ließ das Zimmer erbeben. Die Lampen flackerten ein paar Mal, dann gingen sie aus.

»Das war's dann wohl mit dem Strom«, sagte Marie.

»Wie geht's Ellen?«, fragte Wilson.

»Ganz gut. Ein bisschen steif und verbeult noch, aber ansonsten ist sie wieder ganz die Alte. Zetert und zeichnet.«

»War gar nicht schwer, den Kerl zu finden«, sagte Wilson.

Ich hatte Marie nicht erzählt, was Sage über Pottstown gehört hatte. Mir war kalt bis ins Mark, und als ich an mir hinuntersah, entdeckte ich, dass ich Gänsehaut an den Armen hatte, die Härchen standen alle zu Berge.

»Du hast ihn gefunden? Wer ist es denn?«

»So'n Penner aus Pottstown.«

»Aber das ist mindestens hundertfünfzig Kilometer weg«, sagte Marie. »Wie hast du ihn da gefunden?«

»Über den Camaro. Ein Freund von mir aus Reading verkauft die, und ich habe ihm den Kerl beschrieben. Er meinte, von so einem Typen hätte er schon mal gehört, und er hat bei seinem Freund dort oben angerufen. Aber egal ... Der belästigt jedenfalls keine kleinen Mädchen mehr.« Das sagte er mit todernster Miene und in einem Ton, als wäre er Kojak oder Columbo. Er war wirklich durchgeknallt.

»Scheiße, Wilson. Was hast du gemacht?« Marie gab sich alle Mühe, ruhig zu klingen, aber ich merkte ihr an, wie diese Mitteilung sie verstörte. Dann hatte sie wohl auch seine Hände bemerkt. »O Gott! Hast du ihm irgendwas getan?«, fragte sie.

»Ich hatte Hilfe. Und euch habe ich ein paar Geschenke

mitgebracht.« Er griff in seinen Motorradstiefel und zog ein langes Stück Chrom hervor. Einen Moment lang hielt ich es für ein Messer, aber dafür war es zu massiv. Er überreichte es Marie: das Wort *Camaro* aus Metall. »Hab mir das Emblem von seinem Kotflügel geschnappt.« Wilson klang stolz, als müsste uns das beeindrucken.

»Wie hast du das denn abgekriegt?« Marie drehte das Ding in den Händen.

»Mit 'nem Hammer.«

Dann hatte er also einen Hammer dabeigehabt. Ob er damit auch den Barbie-Mann traktiert hatte?

Er griff in die Tasche seiner Jeans und zog einen Plastikbeutel hervor. »Hier, das ist für dich.« Er warf mir den Beutel zu, und ich fing ihn automatisch auf. So leicht war er, dass ich erst dachte, es wären wieder Pillen darin, aber der Beutel fühlte sich ganz leer an. Er enthielt etwas Silbrig-Weißes. Ich öffnete ihn und zog ein paar lange Fäden hervor. Lange weißblonde Haarsträhnen. Ein Büschel menschlicher Haare, genau wie Ellen sie beschrieben hatte.

»Mein Gott!« Ich warf den Beutel wieder zu ihm hin. Es kam mir vor, als hätte ich ein Leichenteil berührt. »Was hast du nur getan?« Ich zitterte.

»Ich sagte doch, ich würde ihn skalpieren.« Wilson sah mich direkt an. Ich erwiderte seinen Blick voller Entsetzen.

»Jetzt hör mal auf, Wilson. Was hast du getan?«, fragte Marie.

»Er hat jetzt 'ne neue Frisur.«

»Hallo, Wilson.« Ellen war ins Wohnzimmer gekommen. »Wer hat eine neue Frisur?«

Wilson stopfte den Plastikbeutel wieder in die Hosentasche. »Da schau her: Evel Knievel Ellen, die Stuntfrau höchstpersönlich. Willst du uns noch ein paar von deinen Kunststückchen zeigen?«

Ellen sah lächelnd zu ihm hoch. »Wer hat eine neue Frisur?«

»Mein Hund. Er heißt Samson. Und genau wie Samson in der Bibel hat ihm das gar nicht gefallen. Aber die Hitze hat ihm zu schaffen gemacht, da habe ich ihn mal ordentlich geschoren.«

Mit dieser Erklärung war Ellen offenbar zufrieden. »Marie, der Strom ist weg«, sagte sie. Im Haus war es dunkel, dabei war es noch mitten am Nachmittag. Der Regen prasselte an die Scheiben. In der Ferne sahen wir Wetterleuchten, das die dunklen Bäume erstrahlen ließ.

»Du bleibst besser hier, bis das Unwetter vorbei ist«, sagte Marie zu Wilson.

»Mom ist nicht da«, sagte ich. Ich konnte nicht fassen, dass Marie Wilson überhaupt noch im Haus behalten wollte, nach allem, was er uns gerade gezeigt hatte. »Er darf nicht hier sein.«

Marie beachtete mich gar nicht. »Hol Handtücher, Libby, ihr müsst euch beide abtrocknen.«

»Kannst du Rommé 500?«, fragte Ellen und hielt ein Kartenspiel hoch.

»Ich kann jedes Kartenspiel, das dir einfällt«, sagte Wilson.

Ellen setzte sich aufs Sofa und legte die Karten auf den Couchtisch. Wilson ließ sich ihr gegenüber auf den Boden sinken, nahm das Kartenspiel und fing an, es zu mischen.

»Also, wer gibt?«, fragte er.

10

Die Treppe zu Thomas' Zimmer hinaufzusteigen war wie ein Ausflug ins All: Sterne und Planeten hingen von der Decke, an der sich die Milchstraße bis in weite Fernen erstreckte. Fast alle diese astronomischen Objekte hatte er aus Styroporkugeln, Radiergummis, Büroklammern, Ton und Draht selbst gebastelt. Letztes Jahr hatten wir *Kramer gegen Kramer* im Kino gesehen. Thomas fand den Film kitschig, aber das Kinderzimmer des Jungen, dessen Wände mit Wolken bemalt waren, hatte ihm gefallen. Er wünschte sich eine Zimmerdecke, die das Sonnensystem bei Nacht zeigte. Monatelang hatte er den *National Geographic* und verschiedene Nachschlagewerke gewälzt, und schließlich überspannte der Sternenhimmel an der Decke sein gesamtes Zimmer. Dem eigentlichen Malen waren mehrere Wochen des Planens und Skizzierens vorausgegangen. Ich durfte ein paar Planeten in Grundfarben auspinseln, aber am meisten geholfen hatte ihm Ellen. Sie wusste, wie man Planeten so darstellt, dass sie eine Oberflächenstruktur haben und echt aussehen, als hätten sie ein Gewicht.

Ich legte mich auf Thomas' Bett, unter all diese Himmelskörper. Es war so dunkel, dass manche Planeten kaum zu erkennen waren. Er hatte sie perspektivisch dargestellt, damit es aussah, als drehten sie sich um sich selbst, während sie auf ihren Umlaufbahnen um die Sonne kreisten, ein bildschöner brennender Ball in ihrer Mitte, der aus sich heraus zu leuchten schien. Ellen hatte ein paar Stellen fast weiß gelassen, andere hatte sie in dunklem Orange, Gold, Gelb und all den anderen leuchtenden Farben dieses Spektrums ausgemalt. Thomas' Zimmer wirkte friedlich und ordentlich, und ich rollte mich unter einer Decke zusammen, bis mir wieder warm war. Wenn Thomas bloß da gewesen wäre und mir geholfen hätte, Wilson McVay aus dem Haus zu werfen! Der war immer noch unten, saß ganz entspannt auf dem Boden unseres Wohnzimmers, spielte Karten und führte sich auf, als wäre er Ellens großer Bruder, der ihretwegen gefährlichen Männern irgendwelche verrückten Sachen antat. Ich hatte ihn ins Haus gelassen, trotz Mrs Bouchers Warnung. Und unten bei der alten Flaschenfabrik hatte ich einfach aufgegeben, mich hingekniet und genau das gemacht, was Wilson mir sagte. Ellen war aus einem fahrenden Auto gesprungen, um sich in Sicherheit zu bringen, ich schaffte es nicht einmal, über einen Bach zu springen oder einfach zu sagen: »Nein, ich steige nicht auf dein Motorrad.«

Im Bio-Unterricht hatten wir das sympathische Nervensystem durchgenommen und gelernt, wie der Körper angesichts einer Bedrohung zum Kampf oder zur Flucht getrieben wird. Während Sister Benedict an der Tafel stand, redete und Diagramme aufzeichnete, um die Reaktionen zu veranschaulichen, dachte ich an das Versagen meines eigenen sympathischen Nervensystems in der Nacht damals bei Jessie Warren, als ich es einfach nicht geschafft hatte, meinen Körper in Bewegung zu setzen, obwohl das dringend nötig gewesen wäre. Ich hatte weder die eine noch die andere Reaktion zustande gebracht. Ich war vorher noch nie bei Jessie gewesen, wir waren auch gar nicht richtig befreundet. In der siebten Klasse waren wir für ein Projekt in Geschichte zusammengespannt worden und sollten bei einem nachgestellten Prozess gegen Marie Antoinette die Verteidigung übernehmen. Jessie war clever, ihr Vater war irgendein wichtiger Anwalt, sie konnte also gut argumentieren und auf Gegenargumente antworten, wusste, wie man Einspruch erhob und ein Kreuzverhör führte. Wir hatten die Verhandlung tatsächlich für uns entschieden und den

Adelsstand zum Sündenbock gemacht. Danach lud sie mich ein, bei ihr zu übernachten und das zu feiern. Ihre Mutter holte uns im Cabrio von der Schule ab. Sie hatte sich ein Kopftuch umgebunden, trug knallroten Lippenstift und war auf altmodische Weise glamourös, als müsste sie eigentlich in einem Film von Alfred Hitchcock eine steile Küstenstraße entlangkurven. Auch Jessie war blond, im Vergleich zu ihrer Mutter aber schlaksig und burschikos.

Die Haustür von Jessies Elternhaus war zu beiden Seiten von weißen Säulen gerahmt. Sie hatten einen Swimmingpool, der bis zum Wochenende vor dem Memorial Day abgedeckt blieb. In der Garage lagerten Skiausrüstung und ein Motorboot, in das wir kletterten. Ich setzte mich ans Steuer und tat, als würde ich lenken.

»Jetzt bist du an der Pinne«, sagte Jessie, und ich antwortete: »Ganz genau.« Ich hatte keine Ahnung, was eine Pinne sein sollte, fühlte mich aber sehr wohl dort. Wir spielten weiter, bis wir zum Abendessen reingerufen wurden. Jessies Eltern wollten zu einer Party und hatten eine Babysitterin engagiert, eine Studentin von der Penn University, die eigentlich die ganze Zeit nur las. Jessies Vater setzte sich noch ein paar Minuten zu uns, um seinen Cocktail zu trinken, während Jessies Mutter vor dem Spiegel in der Küche ihre Ohrringe anlegte und tiefroten Lippenstift auftrug. Mr Warren hatte dunkles Haar, das er streng zurückgekämmt trug, und eine runde Hornbrille. Er fragte mich, was mein Vater beruflich mache, und ich erzählte ihm, wir hätten mehrere Kunden hier im Viertel, um deren Gärten und Rasenflächen wir uns kümmerten. Er fand es toll, dass ich meinem Vater bei der Arbeit half und schon in Irland gewesen war.

Am Abend schauten Jessie und ich im Fernsehzimmer der Warrens *Das war der Wilde Westen*. Als der Film vorbei war, meinte die Penn-Studentin, wir müssten ins Bett, und ich fragte, ob ich mir noch etwas anschauen und im Fernsehzimmer auf dem Sofa schlafen dürfe. Ich wollte weiter fernsehen; darum übernachtete ich ja so gern bei anderen. Jessie ging nach oben ins Bett, die Babysitterin verschwand wieder in der Küche, um zu telefonieren. Ich schaltete mich durch die Programme, und irgendwo fing gerade *Rebecca* an. Ich hatte das Buch gelesen. Der Film war noch nicht zu Ende, als die Warrens zurückkamen, und ich hörte sie in der Küche mit der Babysitterin reden, während draußen noch der Motor lief. Mir war klar, eigentlich hätte ich mit Jessie oben in ihrem rosa Himmelbett liegen sollen und nicht hier im Fernsehzimmer, und ich bereute kurz, dass ich überhaupt darum gebeten hatte, unten bleiben zu dürfen. Ich hörte, wie die Babysitterin ihre Sachen zusammenpackte und sich verabschiedete.

Draußen schlugen Autotüren, Reifen knirschten über den Kies. Jemand machte sich noch in der Küche zu schaffen und kam danach ins Fernsehzimmer. Es war Mr Warren. Er blieb kurz in der Tür stehen, dann ging er zum Fernseher und stellte ihn leiser. Ich tat, als würde ich schlafen, und hielt die Augen geschlossen. Er kam zu mir herüber. Ich hörte die Eiswürfel in seinem Glas klimpern, nahm seinen Geruch wahr, als er neben mir stand. Ich gab mir Mühe, die Augen nicht zu fest zuzukneifen, damit ihm nicht auffiel, dass ich mich nur schlafend stellte, sie aber auch nicht den kleinsten Spalt offen zu lassen, damit er nicht merkte, dass ich wach war. Er entfernte sich wieder. Ich glaubte, er würde hinausgehen, aber er setzte sich auf das Sofa, auf dem ich lag, dicht an meine Füße. Ich hörte, wie er sein Glas auf dem Tisch abstellte, dann griff er nach meinen nackten Füßen und legte sie sich auf den Schoß. Ich versuchte, mich nicht zu bewegen. Ein paar Minuten blieb er so, strich mit dem Finger über meine weichen Fußsohlen, dann drückte er sich meine

Füße tiefer in den Schoß und rieb sich daran. Er rutschte ein bisschen herum, hielt meine Füße mit einer Hand umfasst, und plötzlich spürte ich einen anderen Teil seines Körpers, zwischen meinen Füßen, die er fest darum drückte. Und die ganze Zeit, während er sich an meinen Füßen rieb, stöhnte und zudrückte, rührte ich mich nicht. Dann stieß er eine Art Schmerzenslaut aus, packte meine Füße fester, und ich spürte, dass sie nass wurden, und immer noch lag ich nur da, sagte nichts, traute mich kaum zu atmen. Er wischte meine Füße mit irgendetwas ab, einem Hemdzipfel vielleicht, dann stand er auf und legte sie sanft wieder hin, als wollte er mich nicht aufwecken, obwohl er sie eben noch so fest umklammert und an sich gedrückt hatte. Er nahm sein Glas, ging aus dem Zimmer. Ich machte die Augen auf. Auf dem Bildschirm stand die Haushälterin hinter der jungen Ehefrau am offenen Fenster. Im Buch ist das der Moment, in dem sie versucht, die junge Frau dazu zu überreden, sich umzubringen, einfach zu springen. Dann flammen Leuchtsignale auf, wo das Boot an den Felsen zerschellt ist.

Wenn ich an diese Nacht im Haus der Warrens denke, dann denke ich nicht an das, was Mr Warren getan hat; ich zerbreche mir den Kopf darüber, was ich unterlassen habe. Warum hatte ich nicht einfach so getan, als würde ich aufwachen, und wäre dann nach oben in Jessies Zimmer gegangen? Warum hatte ich nicht die Füße weggezogen oder nach ihm getreten? Hatte ich nicht vorher schon, ehe das alles anfing, das Gefühl gehabt, etwas falsch gemacht zu haben, einfach nur, indem ich dort war, indem ich mich in seinem Haus häuslich eingerichtet hatte?

Am nächsten Morgen hörte ich Dads Transporter die Einfahrt hinaufkommen und auf dem Kies wenden. Ich hatte meine Tasche schon gepackt, und als ich die geschwungene, mit weißem Teppich ausgelegte Treppe herunterkam, öffnete Mr Warren gerade die Haustür und begrüßte meinen Vater mit Handschlag. Sie traten nach draußen, schauten nach oben. Mr Warren hatte eine Frage wegen seiner wild wuchernden Glyzinie.

»Schneiden Sie sie diesen Sommer zurück«, sagte Dad. »So weit, wie es geht.«

Mein Vater war immer ein bisschen befangen, wenn er Smalltalk mit Leuten wie Mr Warren machen musste. Er fühlte sich wohler, wenn er für sie arbeitete und ihnen ein paar Gartentipps gab, und es war, als hätte Mr Warren instinktiv gewusst, dass man mit ihm am besten über Pflanzen ins Gespräch kam. Ich betrachtete meinen Vater, seine gerade Haltung, die sauberen Kleider, den Transporter, den er extra aufgeräumt hatte, bevor er sich auf den Weg zu diesem großen Haus machte, um seine Tochter abzuholen, und ich wollte ihm zurufen, dass er besser war als Mr Warren, Milliarden mal besser. Ich betrachtete Mr Warren, der dasselbe Oberhemd trug wie am Abend zuvor, ein Zipfel hing aus den Shorts, die er dazu angezogen hatte; wie locker und lässig und ganz bei sich er war, während mein Vater wachsam blieb, angestrengt bemüht, Konversation zu machen und mich nicht zu enttäuschen.

Ich hatte nie jemandem davon erzählt – weder Sage noch Marie und erst recht nicht meiner Mutter.

Draußen vor Thomas' Zimmerfenster hatte das Unwetter allmählich nachgelassen. Im Licht der Taschenlampe, die immer neben Thomas' Bett lag, blätterte ich in einem *National Geographic*. Schließlich hörte ich, wie in der Einfahrt das Motorrad angelassen wurde und über die Straße davonfuhr. Ein paar Minuten später kam Marie die Treppe hoch und baute sich neben dem Bett auf.

»Was ist eigentlich los mit dir, Libby? Warum führst du dich so auf?«

»Wie denn? Er bringt uns *Andenken* mit? Er spinnt offensichtlich komplett, und du benimmst dich, als wäre er ganz normal. Mir kommt er vor wie eine Katze, die uns ihre Beute vor die Tür legt. Was hat er bloß getan? Tony De Martino hat Sage erzählt, sie hätten den Mann so schwer verletzt, dass er vielleicht stirbt.«

»Du hast das gewusst?«

»Sage hat es mir erzählt. Dass Tony gesagt hat, sie hätten ihn tatsächlich zusammengeschlagen, hab ich erst heute erfahren. Aber ich weiß seit einer Woche, dass Wilson den Typen in Pottstown gefunden und dass er einen Trupp Leute bestochen hat, mit ihm da hinzufahren.«

»Warum hast du nichts gesagt?«

Ich hatte es Marie ja erzählen wollen, aber ich war so wütend auf sie, weil sie Wilson in unser Leben gelassen und dann beschlossen hatte, einfach wegzuziehen und mich mit dem ganzen Trümmerhaufen allein zu lassen.

»Ich habe dich immer wieder angefleht, ihn wegzuschicken, aber du wolltest nicht. Ich hab gedacht, vielleicht weißt du ja sogar davon.«

»Ich wusste nichts.« Marie setzte sich neben mich auf das Bett. »Hör mal, ich glaube nicht, dass er etwas richtig Schlimmes gemacht hat, sonst würde er doch nicht so vor uns angeben. Er hätte Angst.«

»Ich glaube, der hat vor gar nichts Angst. Ich habe einfach ein schlechtes Gefühl, ein richtig schlechtes Gefühl. Irgendwas stimmt nicht mit dem.« Ich erzählte Marie, dass er mir über den Wanderweg gefolgt sein musste, als ich Sage zur Tankstelle gebracht hatte. Dass ich mich in der Flaschenfabrik vor dem Unwetter verkriechen wollte und schon den Hang runter war und kurz davor, den Bach zu überqueren, als er plötzlich mit seinem Motorrad auftauchte. »Woher hat er gewusst, dass ich dort bin? In diesem Wald, diesen vielen Quadratkilometern von Wald, wie hat er da gewusst, wo ich bin, und wieso habe ich ihn vorher nicht gehört? Und woher kennst du ihn überhaupt?«

»Ich glaube nicht, dass er dir gefolgt ist«, sagte Marie. »Und ich habe ihn mal nach einem Konzert kennengelernt. Michael Miller hatte mich nach Philly gefahren. Er wollte zu irgendeinem Basketballspiel oder so was. Er meinte, er bringt mich auch wieder nach Hause, wenn ich um halb eins vor dem Hot Club stehe. Ich hab eine Dreiviertelstunde gewartet, aber er ist nicht gekommen. Um die Zeit fährt nichts mehr in die Vororte, kein Zug, kein Bus, kein Garnichts. Ich kannte die Leute bei dem Konzert nur flüchtig, die meisten waren auch schon weg, und Rae war nicht da. Also stand ich mitten in der Nacht auf der South Street und dachte mir: *Was mache ich denn jetzt?* Weit und breit war kein Mensch mehr. Und da taucht plötzlich Wilson mit dem Buick auf. Er meinte, er hätte mich vorher schon gesehen und sich gefragt, was eine Gallagher vom Valley Forge Mountain auf einem Punk-Konzert treibt, und dann hat er mich nach Hause gefahren und oben an der Straße rausgelassen.«

Marie streckte sich neben mir auf dem Bett aus und schloss die Hände um einen Planeten aus Pappmaché, der an einer Schnur baumelte. Sie trug schwarze Spitzenhandschuhe, von denen sie alle Finger abgeschnitten hatte. Ihre Hände wirkten so zart im Vergleich zu meinen.

»Aber das ist doch komisch«, sagte ich. »Wieso hat er dann nach dir gesucht?«

»Ich glaube, das war Zufall«, sagte Marie. »Aber er interessiert sich eindeutig für uns. Auf der Heimfahrt damals hat er mich nach Dad gefragt. Du weißt ja, es will immer kein Mensch darüber reden, aber er hat es einfach angesprochen. Dass alle wüssten, dass unsere Mutter nur selten da ist, von wegen Arbeit und so, und dass unser Vater tot ist.«

»Ich kapiere nur einfach nicht, was er will. Er ist doch viel älter als wir. Niemand von uns war je mit ihm befreundet. Er hat gar keine Freunde.«

Wir schwiegen beide. Ich hob den Arm und tippte einen Asteroiden an, der daraufhin langsam über mir seine Kreise zog. Thomas' kleines Weltraumprojekt machte mich traurig. Seit der Beerdigung schien er, wenn er nicht gerade in der Schule oder beim Schwimmen war, nur noch hier in seinem Zimmer zu hocken. Er traf sich nicht mehr mit Jack. Wie es mit seinen Schulfreunden aussah, wusste ich nicht. Er besuchte eine katholische Jungenschule.

Plötzlich fuhr ich hoch, das Herz schlug mir heftig gegen die Rippen. »O Gott, Marie, mir ist gerade was eingefallen. Ellen hat dem Kerl doch gesagt, dass sie am Berg wohnt. Sie hat gesagt, sie muss zum Valley Forge Mountain und er soll sie an der überdachten Brücke rauslassen. Sie hatte ihre Schuluniform an.« Ich hörte, wie die Hysterie in meiner Stimme anschwoll. »Wir sind die Einzigen hier am Berg, die solche Uniformen tragen. Wenn er noch lebt, dann wird er uns finden und sich für das rächen, was Wilson und die anderen Jungs ihm angetan haben.«

11

Sage und ich saßen in ihrem Zimmer auf dem Boden und hatten mehrere Ausgaben des Pottstowner *Mercury* vor uns ausgebreitet. Sage hatte sie in den letzten paar Tagen am Kiosk der Mall zusammengekauft, und jetzt suchten wir die Seiten nach einem Artikel über einen Mann ab, der in der Woche zuvor zusammengeschlagen oder getötet worden war. Wir wollten herausfinden, was da genau passiert war. Sage hatte Charlottes Straßenkarte von Pennsylvania aus dem Auto geholt, und wir hatten Pottstown darauf gefunden. Wir folgten der Route, die der Barbie-Mann in der Nacht gefahren sein musste, als Ellen zu ihm ins Auto gestiegen war, und der, die Wilson und die anderen vermutlich genommen hatten, um sich ihn vorzuknöpfen. Die Nachforschungen halfen mir dabei zu vergessen, was Sage über Jack gesagt hatte, und wir waren fast wieder unser altes Wir. Sage hatte auch ein bisschen herumgefragt. Tony hatte inzwischen gehört, der Mann habe nur eine ordentliche Abreibung bekommen, eventuell sei er im Krankenhaus, aber auf jeden Fall noch am Leben.

»O Gott, sieh mal hier!« Sage schob die aufgeschlagene Seite zu mir hin. Ein Insasse des Graterford Prison hatte einem Reporter des *Mercury* erzählt, er habe im French Creek State Park zwei Frauen vergewaltigt und umgebracht. Er sagte, er habe sie beim Trampen aufgelesen. Wir schauten auf die Karte, suchten den Park. Er lag südwestlich von Pottstown. Das Gefängnis von Graterford befand sich im Osten. Wenn ich daran dachte, was Ellen alles hätte passieren können, wurde mir ganz anders.

»Da steht nirgendwo was über den Barbie-Mann«, sagte ich.

»Er wird das wohl auch kaum melden, oder? Sie würden ihn ja fragen, was der Grund für den Angriff war, und was soll er dann sagen? ›Weil ich eine Zwölfjährige gekidnappt habe‹?« Sage hatte recht. Er war sicher nicht zur Polizei gegangen.

»Und wenn er gar nicht weiß, warum er angegriffen wurde?«

»Wilson wird den Jungs bestimmt erzählt haben, was sie dort wollen. Und einer von ihnen wird irgendwas zu ihm gesagt haben. Wahrscheinlich sogar Wilson. Sonst ist es ja keine Vergeltung, wenn der Barbie-Mann gar nicht weiß, warum.« Sage legte die Zeitungen wieder zusammen. Ihre Finger waren dunkel von der Druckerschwärze. Genau wie meine. »Am besten, wir fragen Wilson einfach, was er gemacht hat«, sagte sie.

Ich wollte nichts mehr mit Wilson zu tun haben. Ich befürchtete, der Barbie-Mann könnte sich seinen eigenen Schlägertrupp organisieren, zum Valley Forge Mountain kommen und Rache nehmen. Wilsons Wahnsinn hatte uns gewaltigen Ärger eingebracht.

Grady klopfte an Sages Zimmertür und öffnete sie einen Spalt breit. Sage schob die Zeitungen unter ihr Bett, und wir blickten ihn an.

»Libby, Marie hat angerufen. Du sollst nach Hause kommen. Sie meinte, ihr würdet alle zusammen ausgehen, um ihren Geburtstag zu feiern. Wenn du willst, kann ich dich mitnehmen«, sagte er. »Ich wollte sowieso gerade los.«

Ich setzte mich auf den Beifahrersitz von Grady Adams' Mercedes. Auf der Fahrt redeten wir über nicht viel, nur über das Wetter und Maries Umzug in die Stadt. Wir bogen in meine Straße ein, hielten in der Einfahrt. Beatrice stand in einem hellgelben Sommerkleid vor dem Haus und winkte mir zu. Ich bedankte mich und hatte die Hand schon am Türgriff.

»Ach, übrigens, wie geht es Ellen denn inzwischen?« Grady sah mich direkt an, mit ernster und besorgter Miene.

Er wusste es.

»Oh, bestens«, sagte ich. Meine Wangen brannten. Warum hatte ich nicht *Wie meinen Sie das?* gesagt oder *Ich weiß nicht, wovon Sie reden*. So hörte es sich an, als wüsste ich genau, was er meinte. Ich konnte nicht fassen, dass Sage es ihm erzählt hatte. Nachdem wir so viel darüber gesprochen, nachdem sie mir geschworen hatte, nichts zu sagen! Ich bedankte mich noch einmal, schloss die Autotür und ging zu Beatrice.

Oben drängelten sich alle im Bad. Ellen bürstete sich die Haare, Thomas putzte sich die Zähne, Marie stand dicht vor dem Spiegel und malte sich einen dicken schwarzen Lidstrich.

»Da kriegen die Amischen aber Angst«, sagte Ellen zu Marie, als sie den schwarzen Strich unter ihrem Auge noch einmal verbreiterte.

»O nein, wir fahren aber nicht zur Plain & Plenty-Farm, oder?«, fragte ich.

Unsere Mutter hatte eine Schwäche für die Amischen. Die Plain & Plenty-Farm war eins von deren typischen Familienrestaurants, wo man mit anderen Familien an einen langen Tisch gesetzt wurde und sich, so oft man wollte, aus den Gemeinschaftsschüsseln bedienen durfte. Mom mochte das Ländliche daran, das Alltägliche und dass man mit Fremden zusammensaß, die ihr offenbar lieber waren als die Menschen, die wir kannten. Die anderen Familien kamen meist aus dem mittleren Pennsylvania oder aus Maryland, und die Gespräche waren immer irgendwie gezwungen. Aber weil wir zu Hause praktisch nie gemeinsam aßen, geschweige denn ins Restaurant gingen, freuten wir uns trotzdem darauf.

Wir fuhren die Route 30 entlang, Richtung Lancaster, ins »Pennsylvania Dutch Country«. Thomas erklärte uns, die Amischen seien gar keine Niederländer, sondern Deutsche, streng genommen müsse die Region also »Pennsylvania Deutsch Country« heißen.

»Streberwissen«, flüsterte Ellen, die zwischen uns saß.

In Exton fuhren wir am Guernsey Cow vorbei, das für seine riesige Werbetafel bekannt war, angeblich das größte Kuh-Schild der Welt. Dort waren wir auch schon gewesen. Man konnte sich ein hausgemachtes Eis in einer Waffel holen und durch die Scheunen spazieren, wo die Kühe gemolken wurden. Wir hatten zugeschaut, wie die Milch weiß durch die Schläuche floss, die an den Euterzitzen der Kühe befestigt waren. Ich hatte mir vor allem ihre Gesichter angesehen, die gelangweilte, unbeteiligte Miene, mit der sie meinen Blick erwiderten, und laut überlegt, ob das wohl wehtat, als meine Mutter peinlicherweise zum Besten gab, dass es ein wunderschönes Gefühl sei, ein Baby zu stillen. Wir schauten alle betreten zu Boden oder sonst wohin. Marie meinte, unsere Mutter hätte das Kinderkriegen genossen – den ersten Teil, die Geburt und den ganzen anderen unangenehmen Kram, von dem sie immer erzählte, allerdings nicht den Rest, das Großziehen beispielsweise.

Während wir Richtung Westen fuhren, schaute ich über die Weiden und die ausgedehnten Kornfelder hinweg, auf denen der Weizen schon golden leuchtete. Ich versuchte, nicht daran zu denken, was Sage getan hatte. Wenn Grady bisher nichts gesagt hatte, würde er das wohl auch weiterhin nicht tun. Trotzdem hatte sie nicht dichtgehalten. Die Felder draußen bildeten ordentliche Muster, die Weizenähren, die Höfe und Silos erstrahlten in der untergehenden Sonne. Wir sahen die Pferdewagen der Amischen, die Kleider, die an den Wäscheleinen hingen wie Gemälde: blau, schwarz, lila und grau. Marie und Thomas stritten darüber, ob ein Wagen mit Verdeck nun auf ein Ehepaar hindeutete oder nicht.

»Heiraten die Pferde von den Amischen?«, fragte Beatrice, und wir mussten alle lachen.

»Das Paar, dem der Wagen gehört, du Dummkopf«, rief Ellen. Beatrice lachte mit. Unsere Mutter musste so sehr lachen, dass sie die Straße kaum noch erkennen konnte.

Das Sonnenlicht schien golden auf Ellens Gesicht, und mit einem Mal wurde mir klar, dass sie den ganzen Sommer noch kaum das Haus verlassen hatte. Sie hatte Angst.

»Hoffentlich sitzen wir bei einer Familie mit Kindern«, sagte Ellen. »Nie kommen wir an einen Tisch, wo andere Kinder sitzen. Immer sind es irgendwelche alten Rentner.«

»Ich habe es dir schon tausend Mal erklärt«, sagte Thomas, »das hier ist ein Gruselland ohne Kinder.«

»Aber uns lassen sie doch auch rein«, rief Beatrice von ganz hinten.

Marie saß auf dem Beifahrersitz. Das Essen fand nicht nur zu Ehren ihres Geburtstags statt, sondern vor allem, weil sie wegzog. Am nächsten Morgen würde sie bei Rae einziehen und ihren neuen Job anfangen. Ich hatte gedacht, unsere Mutter würde sich zumindest ein bisschen sperren oder Marie sogar verbieten, in irgendeinem Punk-Plattenladen in der Stadt zu arbeiten. Ich hätte es mir so gewünscht, aber stattdessen verhielt sie sich, als wäre Maries Entscheidung das Normalste von der Welt.

Wir fuhren an Scheunen vorbei, die mit Sternen und Zauberzeichen verziert waren, der typischen Volkskunst der Pennsylvania-Dutch-Region. Viele der Zeichnungen zeigten auch Tulpen und Bäume. Wir lachten über die Namen der Orte entlang der Straße: Paradise, Intercourse, Fertility, Bird-in-Hand. Dann sahen wir zwei Jungen mit Laufrädern. Sie sahen wie ganz normale Fahrräder aus, nur ohne Pedale.

»Warum dürfen sie denn keine Pedale haben?«, wollte Ellen wissen. »Ein Fahrrad hat doch keinen Motor – der Mensch bewegt es selbst.«

»Vielleicht wegen der Gangschaltung?«, überlegte Marie. »Wegen der Technik oder der Maschinen, mit denen sie hergestellt werden?«

»Ich glaube, es soll vor allem dafür sorgen, dass sie nicht weit kommen und keinen Kontakt zu Engländern haben«, sagte Thomas.

»Ich finde es nicht richtig, dass ihre Eltern sie nicht mit anderen amerikanischen Kindern spielen lassen«, sagte Beatrice. »Sie sollten doch überall dahin dürfen, wo alle anderen auch hingehen.«

»Klar, aber wenn du versuchst, deinen Kindern beizubringen, dass sie autark von den Früchten des Landes leben sollen, und dann kommen sie heim und wollen das Lichtschwert von Luke Skywalker oder eine Malibu-Barbie haben und lieber mit ihren Freunden telefonieren, als im Haus und auf dem Feld mitzuarbeiten, dann würdest du ihnen vielleicht auch den Umgang mit anderen verbieten.« Marie hatte auf alles eine Antwort.

»Oder wenn sie sich Sicherheitsnadeln durch die Wange bohren und sich die Lippen schwarz anmalen«, schoss Thomas zurück.

»Aber wir sind Amerikaner und haben das alles auch nicht«, sagte Beatrice. »Ich habe keine einzige Barbie.«

»Wir haben ja auch eine Mutter, die am liebsten eine Amische wäre«, sagte Marie.

»Manchmal wünsche ich mir wirklich, ich wäre Amisch«, meinte Mom.

Das sagte sie ziemlich oft, und wenn ich mir die Welt der Amischen da draußen so ansah, verstand ich auch, was ihr daran gefiel; es war alles so behütet, ordentlich und einfach. Aber sie hatte noch nie auf einem Feld gearbeitet, nicht einmal im Garten, und sie kochte so gut wie nie. Die Waschmaschine oder die Spülmaschine ließ sie sogar laufen, wenn nur ein paar Strümpfe oder Teller darin waren. Sie mochte keine Verschwendung, war aber selbst verschwenderisch. Sie hatte Angst vor Pferden und fuhr für ihr Leben gern Auto. Der Unterschied zwischen dem, was sie war, und dem, was sie sein wollte, war himmelweit. Ich verkniff mir die Bemerkung, dass eine Affäre mit einem verheirateten Mann auch nicht gerade zu den Verhaltensregeln der Amischen passte.

Wir aßen mit zwei pensionierten Paaren aus Delaware, die im Einheitslook unterwegs waren, blaue Golfhemden aus Kunstfaser und beigefarbene Freizeithosen in leichten Variationen. Als die Kellnerin uns unseren Platz zuwies, musterten wir die vier mit einer gewissen Enttäuschung; sie warfen entsetzte Blicke auf Marie mit ihrem weiß gepuderten Gesicht, dem schwarzen Lidstrich, dem schwarzen Lippenstift, dem schwarzen Second-Hand-Kleid und dem Piercing in der Wange.

»Das dürfte interessant werden«, brummte Thomas, während wir uns gegenseitig schubsten und wegstießen, um bloß nicht direkt neben der greisen Golfmannschaft zu sitzen. Am Ende saßen Marie und Mom neben ihnen, wir anderen quetschten uns um das untere Tischende. An den Wänden hinter uns hingen Hühner und Kühe aus Keramik, das Tischtuch war rotweiß kariert.

»Guckt mal.« Beatrice zeigte mit dem Finger. »Die Kellnerin da ist Amisch.«

»Pst!« Ellen stieß sie in die Seite.

Thomas beugte sich herüber. »Sie ist Mennonitin. Das ist was anderes.«

»Sie hat eine Haube auf.«

»Aber ein hellgrünes Kleid. Ich glaube, sie ist Mennonitin.«

Ich war mir nicht sicher, vermutete aber, dass Thomas recht hatte. Trugen Amische nicht nur gedeckte Farben?

Die Kellnerin stellte Brötchen und Apfelbutter auf den Tisch, dann trug sie Schüsseln mit Kartoffelpüree, Sauerkraut, grünen Bohnen aus der Dose, Apfelmus, Kohl, eingelegten Rote Bete mit Ei sowie ein paar Platten mit Hackbraten, Schweinefleisch und Schinken auf. Die Rote Bete mit Ei rührten wir nicht an, aber von allem anderen aßen wir, bis wir pappsatt waren.

Neben uns war Marie mit den Leuten aus Delaware ins Gespräch gekommen. Einer von ihnen hatte eine Enkelin, die bald am College in Kutztown studieren würde, wo auch ein paar Klassenkameradinnen von Marie angemeldet waren. Sie plauderte mit lebhafter, höflicher Miene. Und mir war klar, dass sie jetzt mehr von ihr sahen als ihre Aufmachung – ihre Intelligenz und ihre Neugier auf Menschen. Könnte ich bloß noch einmal mit ihr reden, bevor sie fortging, ihr erzählen, was Sage getan hatte, ihr sagen, wie sehr es mich ängstigte, dass sie uns verlassen würde!

Zum Nachtisch gab es Shoofly-Pie mit Vanilleeis. Auf Maries Stück steckte eine brennende Kerze, und wir sangen alle »Happy Birthday«. Alle ringsum klatschten. Es war eigenartig, ein Publikum zu haben.

Thomas schob Marie ein kleines, flaches Päckchen hin, das in eine mit Klebeband fixierte Supermarkttüte gewickelt war. »Da.«

Marie machte es auf und zog eine Single hervor.

»›Kill the Poor‹ von den Dead Kennedys! Die wünsche ich mir schon das ganze Jahr.« Thomas wirkte ausgesprochen zufrieden mit sich, vor allem wegen der Reaktion der beiden Paare aus Delaware, die sichtlich geschockt waren. »Wie bist du denn da rangekommen?«

»Jack hat mir geholfen.« Mir blieb der knusprige Kuchenrand im Hals stecken, ich musste mich zum Schlucken zwingen. Ich hatte geglaubt, Jack und Thomas hätten gar keinen Kontakt mehr. »Ich habe ihm Geld gegeben, und er hat sie in Philly für mich besorgt. Ich weiß, du arbeitest jetzt dann im Plattenladen, aber …«

»Ich arbeite zwar im Plattenladen, aber pleite bin ich trotzdem. Danke!«

Mom überreichte ihr ein quadratisches Kästchen, perfekt verpackt, inklusive Geschenkband. Darin war ein elektrischer Wecker – »damit du in deinem neuen Leben auch immer rechtzeitig wach wirst«, wie sie sagte. Ich hatte mein Geschenk in das schwarze Seidenpapier aus einem Schuhkarton gewickelt. Ich hatte fünfzehn Punkband-Anstecknadeln für Marie besorgt: die Ramones, die Sex Pistols, The Stranglers, The Clash, Devo. Rae hatte mir geholfen, sie zu besorgen, von Leuten an ihrer Kunstakademie oder bei Konzerten, auf die sie ging. Ellen hatte eine Bleistiftzeichnung von Marie gemacht, nur ihr Gesicht, die sie ihr zusammengerollt und mit einem Band verschnürt überreichte.

»Oh, das ist ja unglaublich«, sagte die Frau neben Marie. »Das bist genau du!« Niemand wollte glauben, dass Ellen diese Zeichnung gemacht hatte, und unsere Mutter hielt sie lange in der Hand.

»Ich hab auch noch was«, sagte Beatrice. Sie hatte Marie einen Becher mit der Comic-Figur Ziggy gekauft. »Für den Kaffee in deiner neuen Wohnung.«

Als wir schließlich das Restaurant verließen, war es schon dunkel. Wir gingen den erleuchteten Weg entlang bis zum Souvenirshop. Dort wurden Amisch-Hüte, Amisch-Schürzen, Hauben, Strohpuppen, Honig, Figürchen, Patchworkdecken, Milchseife, Kerzen und Bücher verkauft. Im Laden wurde mir übel, der Duft der Cremes und Seifen war zu viel für meinen übervollen Magen. Ich beschloss, draußen auf die anderen zu warten, und ging ein Stück um das kleine Schindelhaus herum, für den Fall, dass ich mich übergeben müsste. Dort hockten zwei Mädchen, etwa in meinem Alter, und rauchten. Sie musterten mich von Kopf bis Fuß, so wie es alle High-School-Schülerinnen machten. Sie trugen Mennonitenkleider und weiße Hauben, die an ihrem Haar befestigt waren. Aus irgendeinem Grund fand ich das deprimierend. Ich rauchte auch, hätte mir aber gewünscht, sie täten es nicht. Sie sollten brav und rein sein und meinem Bild von ihnen entsprechen.

Wir fuhren zurück nach Hause, Marie saß lebhaft und fröhlich vorne neben unserer Mutter, Beatrice hintendrin war schon eingeschlafen, Ellen döste, den Kopf an Thomas' Schulter gelehnt. Wir waren alle zusammen in diesem Moment, womöglich zum letzten Mal. Morgen würde Marie fortgehen.

Während wir im Dunkeln durch Lancaster fuhren, fiel mir mein achter Geburtstag wieder ein. Ich hatte mir ein Essen in der Longhorn Ranch gewünscht, einem im Wildwest-Stil gehaltenen Restaurant an der Route 1, das sich an Buffalo Bill Codys legendäres Lokal in Nebraska anlehnte. Monatelang hatte ich gebettelt, dass wir zu dritt dort hinfuhren, Mom, Dad und ich, obwohl Dad damals schon längst nicht mehr bei uns wohnte. Ich weiß noch, wie wir auf den Parkplatz fuhren, wo ein lebensgroßer Plastik-Stier stand. Die Speisekarte war gewaltig und brüstete sich damit, alles in »Texasgröße« zu servieren. Als sie meinen Geburtstagskuchen auftrugen, mit einer einzelnen Wunderkerze darauf, wurden alle Lichter gelöscht. Die Kellnerinnen und Kellner, wie Hilfscowboys gekleidet, mit falschen Stetson-Hüten und Spielzeugpistolen mit sechs Schuss im Holster um die Hüften, umringten unseren Tisch und sangen »Happy Birthday«. Als das Lied zu Ende war, johlten sie

»Yiiii-haaaa!«, feuerten mit ihren Spielzeugpistolen in die Luft, ließen sie dann einmal um den Zeigefinger kreisen und steckten sie wieder ins Holster zurück. Ich war begeistert.

Dad war die ganze Zeit sehr still. Er meinte, die Whiskey-Auswahl sei bemerkenswert, vor allem die Preise, aber das Lokal selbst sei wie ein Gedenkschrein für den schlimmsten Teil der amerikanischen Geschichte.

»Sieh dich doch mal um, Libby.« Er schwenkte sein Whiskey-Glas in Richtung der Wände, wo indianischer Federschmuck und Büffelköpfe an Haken hingen. »Sie vernichten das Land und ein ganzes Volk, und dann präsentieren sie es hier als Wandschmuck.«

»Lass es, Martin. Sie hat eben Spaß an diesem Trauerspiel.«

Später am Abend, als wir im Auto saßen und ich die dunklen Umrisse meiner Eltern vor mir sah, hatte ich mich wie beraubt gefühlt. Ich hatte etwas begriffen. Wir drei beziehungsweise wir alle sieben gemeinsam und glücklich, das war genauso wenig echt wie die Kellnerin mit dem Philadelphia-Akzent, die ihre Spielzeugpistole abfeuerte und »Yiiii-haaaa!« brüllte. Nichts davon war real. Jetzt, auf der Heimfahrt von Maries Geburtstagsessen, war mir klar, dass ich diesen Moment, uns alle zusammen, eigentlich bewahren und für mich festhalten müsste. Aber was sich um mich herum abspielte, kam mir komplett surreal vor, nichts war mehr so, wie es sein sollte. Wir, Marie, die fortging, Sage und ich, Wilson, der uns beobachtete, der Barbie-Mann, der irgendwo da draußen lauerte.

Es war schon spät, als ich Sage schließlich anrief. Ich merkte gleich, dass sie unterwegs gewesen und bekifft war.

»Du hast es deinem Vater erzählt. Du hast mir versprochen, dass du ihm nichts sagst«, flüsterte ich.

»Was redest du denn da? Sprich lauter, ich hör dich ja kaum.«

»Du hast deinem Vater von Ellen und dem Mann im Auto erzählt.«

»Nein. Hab ich nicht.«

»Doch, Sage. Er hat mich vorhin gefragt, wie es Ellen geht, und dabei hat er mich so angeschaut, ganz intensiv und irgendwie bedeutungsschwer. Er weiß es.«

»Das kann nicht sein. Ich hab ihm nichts erzählt.«

»Du musst es ihm erzählt haben. Woher soll er es denn sonst wissen?«

Am anderen Ende der Leitung fing Sage zu lachen an, und ich hätte am liebsten den Hörer aufgeknallt. »Du spinnst ja total. Ich habe nichts gesagt, also hör gefälligst auf, mir Vorwürfe zu machen. Du bist dermaßen paranoid. Selbst wenn ich es ihm erzählt hätte, und das habe ich nicht, wäre das doch kein Drama.«

»Es ist aber ein Drama, und du bist die Einzige, von der er es wissen kann.«

In der Leitung wurde es still. Warum log sie mich an?

»Jack Griffith war heute auch am Sun Bowl«, sagte sie. Sie wollte das Thema wechseln und hatte sich für etwas entschieden, was mich verletzen würde.

Ich legte einfach auf. Die Hand noch am Hörer, blieb ich im dunklen Wohnzimmer sitzen, und es klingelte fast umgehend wieder. Ich nahm ab, bevor das erste Klingeln verklungen war, aber es war auch jemand an den Nebenanschluss gegangen. Meine Mutter. Keiner von uns meldete sich. Wir warteten einfach.

»Weißt du was? Du kannst mich mal.« Sage legte auf. Es blieb kurz still. Ich hörte meine Mutter in der Leitung ausatmen.

»Wer ist da? Libby? Bist du das? Marie?«

Mit dem Zeigefinger schaltete ich die Leitung frei und legte den Hörer geräuschlos auf die Gabel zurück. Ich hörte, wie Moms Schlafzimmertür geöffnet wurde. Sie ging zum Treppenabsatz, ihr langes Haar hing offen herunter, umgab sie wie ein dunkler Schatten, und das Licht im Flur ließ ihr weißes Nachthemd schimmern, als leuchtete es von innen. Sie sah aus wie ein Gespenst, als wäre sie da, aber gleichzeitig auch nicht. Ich konnte ihr Gesicht nicht erkennen. Ich blieb ganz still sitzen, behielt sie von unten im Blick, bis sie sich schließlich umdrehte und ich hörte, wie sich ihre Zimmertür wieder schloss.

12

Marie zog am Morgen der Sommersonnenwende aus, am ersten Tag des Sommers, am längsten Tag des Jahres. Während sie packte, hockten Ellen, Beatrice und ich auf dem oberen Ausziehbett. Nachdem wir vom Restaurant zurückgekehrt waren, hatte sie Ellen und mich die halbe Nacht damit wachgehalten, dass sie ihre Sachen sortierte, ihre Kleider und Schminkutensilien, die Bücher, Fotoalben, alles. Der Plattenspieler mit den Lautsprecherboxen gehörte ihr und würde mit ihr umziehen, dann konnten wir mit den vielen LPs, die wir von ihr geerbt hatten, nichts mehr anfangen. Als wir schließlich doch alle in den Betten lagen und das Licht ausgemacht hatten, konnte ich trotzdem nicht einschlafen. Sage und ich hatten uns am Telefon gestritten, Marie verließ uns und wieder fühlte ich mich, als wäre alles ins Rutschen geraten.

Jetzt wuselte Marie im Zimmer herum, und wir warteten darauf, dass sie uns eine Bluse, einen Rock oder ein altes Federmäppchen zuwarf, Sachen, die sie aussortierte.

»Wann sehen wir dich denn wieder?«, fragte Beatrice. Sie hatte ihre neuen Sachen ordentlich neben sich gestapelt, wickelte aber schon wieder ihre Haare um den Finger.

»Sobald ihr mit dem Zug in die Stadt kommt, um bei mir zu übernachten.«

»Echt, Marie? Dürfen wir?« Beatrice sah mich an. »Fährst du mit uns hin?«

»Ihr dürft jederzeit kommen«, sagte Marie, »aber ihr müsst Schlafsäcke mitbringen und darauf gefasst sein, auf dem Boden zu schlafen.«

»Und wann?«, fragte Ellen.

»Sobald ich richtig angekommen bin. Und einen Tag frei habe.«

Marie sah gerade ihre Schulsachen durch, stopfte einiges in eine Mülltüte und legte einen Stapel Schulbücher und Notizen für mich beiseite. Ihr Uniformblazer samt Pulli und Rock steckte noch in ihrer Stoffschultasche, neben den Büchern und Unterlagen. Sie zog die Sachen heraus, faltete sie ordentlich und legte sie dann vor Ellen auf das Bett: den grau-braun-schwarz karierten Schottenrock, den braunen Pullover und den grauen Blazer mit dem braun-gelben Schulabzeichen, auf dem das Schulmotto sich wie ein Band um das Herz Jesu wand. Marie machte eine kleine, ironische Zeremonie daraus.

»*Cor ad cor loquitur,* das Herz spricht zum Herzen.« Sie senkte ehrfürchtig den Kopf. »So übergebe ich dir, Ellen Gallagher, nun diese Gewänder, auf dass auch du den Weg Jesu durch die Wildnis der katholischen Mädchenschule beschreiten mögest.« Sie reichte Ellen die Schuluniform wie eine Opfergabe.

Ellen nahm das Bündel abgelegter Kleider mit großem Ernst entgegen, als wäre es ein prachtvolles Geschenk, das Marie einiges gekostet hatte. »Ich werde mir größte Mühe geben, in deine Fußstapfen zu treten.«

»Genau«, ergänzte ich. »Schließ so wenige Freundschaften wie möglich und lege allzeit eine umfassende Verachtung für deine ganze Umgebung an den Tag, so wie deine große Schwester.«

»Ich schwöre Treue«, deklamierte Ellen und legte eine Hand aufs Herz.

»So mag ich meinen Genpool«, sagte Marie. »Es ist nur, weil du so groß bist, und du hast ja auch schon eine«, fuhr sie dann fort, an mich gewandt, als hätte ich mich gefragt, warum Ellen die Uniform bekam und nicht ich. Ich hatte die ersten beiden High-School-Jahre schon hinter mich gebracht.

Ellen hängte die Kleider auf einen Holzbügel in ihren Teil des Schranks. Sie hatte noch ein Jahr auf der Middle School vor sich, dann würde auch sie auf die High School kommen und ihr Trägerkleid gegen einen Schottenrock tauschen.

Ihr Siouxsie-Poster hatte Marie bereits abgenommen, zusammengerollt und mit Gummibändern fixiert. Unser Zimmer wirkte nackt und irgendwie größer, als könnten unsere Stimmen darin widerhallen. Ihren ganzen Schmuck hatte sie in die Popeye-Frühstücksdose geleert, die sie seit der ersten Klasse besaß. Ihre Platten standen alphabetisch geordnet und ordentlich aufgereiht in einer Kiste. Sie hatte bereits angefangen, ihre Bücher aus dem Regal zu räumen. Die gesammelten Romane von Jane Austen, die unsere Mutter ihr geschenkt hatte, kamen in die zweite Kiste, zusammen mit *Uhrwerk Orange, Unter dem Astronautenmond* und *Schlachthof 5*. Ich hatte versucht, all diese Bücher nach ihr zu lesen, es aber wieder aufgegeben. Ich war einfach nicht so klug wie sie. Aus dem obersten Fach nahm sie noch das illustrierte Lexikon der Rockmusik, das unser Vater ihr geschenkt hatte.

»Das kannst du nicht mitnehmen«, sagte ich.

»Ist doch meins.«

»Aber es gehört hierher.«

»Herrgott, was ist denn los mit dir? Es ist meins, also nehme ich es mit. Ich komme nicht mehr zurück.«

»Doch. An Thanksgiving und an Weihnachten und nächsten Sommer und die vielen anderen Male, wenn du zu Besuch kommst. Dann ist das Buch immer hier. Zu Hause.«

Marie ließ mich links liegen, sah weiter die Bücher durch und stapelte die, die ihr gehörten, in die Kiste. Ganz hinten im untersten Regal, hinter meiner Quarzsammlung, standen die gesammelten *Nancy Drew*-Romane. »Du kannst die

Hälfte meiner *Nancy Drews* haben. Ich vermache sie dir«, sagte Marie. Wir hatten die Bücher beide seit Jahren nicht mehr gelesen.

»Ach, lass mich doch in Ruh«, sagte ich, sprang auf und stürmte aus dem Zimmer. »Mit deiner Nancy Drew«, ergänzte ich noch, bevor ich die Tür hinter mir zuknallte. Der Reim war ein Versehen gewesen und machte die Wirkung meines dramatischen Abgangs komplett zunichte. Ich konnte die drei lachen hören. Ich ging nach draußen und setzte mich auf die Stufen vor der Haustür. In der Einfahrt warteten schon drei Mülltüten, zwei Kisten und ein kleiner blauer Koffer mit rotem Besatz. Am liebsten hätte ich auch den Koffer hierbehalten und ihn versteckt, damit Marie ihn niemals finden würde. Ich schaute zu dem frisch gemähten Rasen und den perfekten Blumenbeeten der Walkers hinüber, gedüngt und mit mehreren Schichten dunklem Rindenmulch bedeckt. Das Gras glitzerte noch von der Sprinkleranlage, die jeden Morgen automatisch ansprang und die dunkelgrüne Rasenfläche wässerte. Unsere sah dagegen armselig aus, voller kahler Stellen und ungleichmäßig verteilter gelblicher Büschel, die jede Hoffnung auf Grün irgendwo in ihren Wurzeln versteckt hielten.

Würde eines der Walker-Kinder ausziehen, würden sich dort lauter zusammenpassende Gepäckstücke stapeln, die ganze Familie stünde draußen, um zu helfen, und alle wären glücklich, weil sie wüssten, dass es kein Abschied für immer war, dass Harry und Minnie schon dafür sorgen würden, dass ihr Kind jedes Wochenende nach Hause kam. Und jedes Mal würden sie hinten im Garten ein Barbecue veranstalten, um die sichere Heimkehr des Sprösslings zu feiern. Ganz im Gegensatz zu uns. Unsere Mutter hatte sich nicht einmal angeschaut, wo Marie künftig wohnen würde. Als wir auf der Heimfahrt vom Restaurant am Drogeriemarkt vorbeigekommen waren, hatte sie Marie gefragt, ob sie noch etwas für die neue Wohnung brauche. Marie sagte nein, aber Mom ließ nicht locker, irgendetwas müsse sie doch brauchen. Am Ende hielten wir an, und sie kaufte Marie eine Tube Zahnpasta, als wäre sie damit bestens fürs Leben gerüstet.

Marie sagte oft: »Seid nachsichtig, sie tut, was sie kann.« Sie meinte, Mom habe sich in den letzten paar Jahren hilflos gefühlt, weil wir alle so lebenstüchtig seien. Aber ich fühlte mich kein bisschen lebenstüchtig, und außerdem waren wir alle angeschlagen. Thomas vergrub sich in seinem Zimmer und entfernte sich immer weiter von allem, was mit dieser Erde zu tun hatte. Beatrice saß auf Maries Bett, ließ sich T-Shirts und Kleider schenken und hatte keine Ahnung, dass uns gerade die Einzige verließ, die dafür gesorgt hatte, dass alle genug zu essen bekamen und ihre Hausaufgaben machten, die sich abends vergewisserte, dass die Türen abgeschlossen waren, und auf wundersame Weise immer wusste, was uns in allen möglichen Lebenslagen plagte, und es uns erklären konnte. Anstatt traurig zu sein, dass Marie fortging, war ich wütend, so wütend, wie ich wohl noch nie gewesen war. Am liebsten hätte ich irgendwas kaputtgeschlagen. Ich hasste Sage. Ich hasste meine Mutter. Ich hasste Jack Griffith. Und ich hasste Marie, weil sie mich mit all den Sorgen wegen Wilson, dem Barbie-Mann und Ellen allein ließ.

Barfuß lief ich zum Wald. Wenn ich auf eine Mokassinschlange trat, geschah das Marie und den anderen ganz recht. Ich ging an den Farnbüscheln vorbei, hin zu einem Hain aus hohen Birken, die mit ihren schnurgeraden, würdevollen, silbrig weißen Stämmen und dem schimmernden Grün dazwischen den Eingang zum Wald bewachten. Dort blieb ich stehen.

Im Wald verändern sich die Geräusche; alles verklingt vor dem Summen des Untergrunds und dem leisen Rascheln des Laubs oben im Blätterdach, das Licht bündelt sich zu einzelnen Wolken, alles ist nur noch Grün und Licht und Schatten. »Die Stille des Grüns«, wie mein Vater immer aus einem Gedicht zitierte. Ich wusste nicht genau, was das bedeuten sollte, aber unter den geheimnisvollen Worten lag ein Gefühl, das ich begriff. Die Stille des Grüns, diese stille Gelassenheit des Waldes.

Ich bog in den Wanderweg ein und ging bis zum Königreich. Dort rauchte ich eine von Charlotte Adams' Mentholzigaretten aus unserem Vorrat am Fuß der Roteiche. Die dünnen Streichhölzer aus dem Briefchen brachen mir immer wieder ab, wenn ich eins anzünden wollte. Schließlich zog ich nur noch halbherzig ein Streichholz über die Reibefläche, und es ging an. Ich nahm einen tiefen Zug und lehnte mich an die Eiche. Mir schien, die Zigarette könnte vielleicht nur noch nach »eingeschlafenen Füßen« schmecken – Sage sagte das oft im Brustton der Überzeugung, wenn eine mal zu lang in ihrer Handtasche oder in der vergrabenen Dose gelegen hatte –, aber sicher war ich mir nicht.

Seit dem ersten Tag der Sommerferien, dem Morgen nach Ellens Sprung aus dem Auto, waren Sage und ich nicht mehr zusammen hier gewesen, und es kam mir vor, als hätte die Natur sich den Raum schon zurückerobert, der Berglorbeer und die Rhododendren hatten sich weiter auf die Lichtung gedrängt, wie um unsere gemeinsame Zeit hier auszulöschen. Ich stand auf und versuchte, die Zweige abzubrechen, während ich die Zigarette einfach im Mund behielt, aber der Rauch brannte mir in den Augen. Ich setzte mich wieder und rauchte weiter. Mir wurde schlecht und schwummerig davon. Sage kaufte sich neuerdings Marlboro Lights. Mentholzigaretten, sagte sie, seien was für alte

Damen. Daran erinnerte ich sie regelmäßig, wenn sie wieder einmal die von Charlotte klaute und rauchte. Der Saft der Rhododendronzweige, der mir an den Fingern klebte, hatte das Zigarettenpapier verschmiert, und ich überlegte, ob es wohl gefährlich sein könnte, diesen Rauch zu inhalieren. Der Nektar des Rhododendrons ist so giftig wie der des Berglorbeeers und der Azalee. Ich rauchte trotzdem weiter, auch noch, als die Glut das saftgetränkte Papier erreichte und es zischelnd verbrannte.

Um mich herum waren die Rhododendronblüten schon verwelkt und hingen in traurigen Dolden herab, ihr lebhaftes Lila war verblasst, sie wirkten totenbleich. Von den Spitzen der dünnen Staubfäden hingen jeweils sieben, acht Kapselfrüchte. Jede dieser Kapseln, hatte ich gelesen, enthielt mehr als fünfhundert Samen. Ich versuchte, mir auszurechnen, wie viele das pro Dolde und pro Busch waren. Mehrere Millionen. Ich musterte die Blütenblätter, die ringsum auf dem Waldboden lagen; ich saß auf mehreren Milliarden potenzieller künftiger Rhododendren.

Ich musste nach Hause zurück, damit ich Maries Abschied nicht verpasste. Anstatt über den Weg zum Haus zurückzukehren, ging ich ein Stück hangabwärts, um über das Grundstück der Hunters abzukürzen. Während ich abseits des Weges, zwischen Berglorbeer und Bäumen hindurch, barfuß zum Garten lief, klatschte ich in die Hände, um mögliche Mokassinschlangen zu vertreiben. Die Hunters verbrachten ihren Sommerurlaub in Ocean City, New Jersey. Meredith Hunter, zwei Jahre jünger als ich, hatte das jedes Mal erwähnt, wenn Ellen und ich ihr auf der Straße vom Mountain Swim Club begegneten, im Badeanzug, ein Handtuch um die Schultern. Sie war tief gebräunt, das blonde Haar von den hartnäckigen Lichtern durchzogen, die nur entstehen, wenn Sonne auf Chlor trifft.

Hinten im Garten lagen eine Terrasse und ein kleiner Teich mit Goldfischen und Koikarpfen. Drumherum wuchsen Wildblumen, Taglilien, Veilchen und Stiefmütterchen. Dad hatte früher immer gesagt, die Amerikaner teilten die Jahreszeiten ganz falsch ein, der Sommer beginne schon am ersten Mai. In seiner Kindheit war es üblich, Frühlingsblumen zu pflücken - Schlüsselblumen, Butterblumen, Glockenblumen - und sie zu Hause auf den Türschwellen und Fensterbänken auszulegen, damit einem in diesem Jahr nichts und niemand mehr genommen würde. Ich sah mir die Blumen im Garten der Hunters an, pflückte von jeder Sorte sechs, wickelte sie in den Saum meines T-Shirts und stopfte es in meine abgeschnittene Jeans.

Als ich wieder auf der Straße war, sah ich zwei Wagen in unserer Einfahrt stehen, ein blaues Oldsmobile, das ich nicht kannte, und den Buick von Wilson McVays Vater. Bei beiden stand der Kofferraum auf. Maries Müllsackgepäck war im Kofferraum des Oldsmobiles verstaut, und das Fahrrad, das ich mir mit ihr teilte, lag zusammen mit dem Plattenspieler in Wilsons Wagen. Mom, Wilson, Marie, ihre Freundin Rae und ein Mann, den ich noch nie gesehen hatte, standen alle im Kreis beieinander und lachten. Rae winkte mir zu, als ich die Einfahrt entlangkam, und Mom drehte sich um.

»Libby, wo warst du denn? Wir haben schon gewartet. Marie muss los.«

»Du nimmst das Fahrrad mit?«, fragte ich sie, obwohl ich eigentlich sagen wollte: *Du hast ihn schon wieder hergebracht?* Nach allem, was sie wusste, konnte ich kaum fassen, dass sie ihn gebeten hatte, ihr beim Umzug zu helfen.

»Es ist meins. Also ja«, sagte Marie.

Alle wussten, dass Wilson McVay nicht richtig im Kopf war, trotzdem wirkte unsere Mutter kein bisschen beunruhigt.

Sie war schon bei der Vorstellungsrunde. »Libby, das ist Mr Dixon, Raes Vater. Er hilft Marie beim Umzug.« Mr Dixon gab mir die Hand. »Und Wilson hilft auch mit. Ich glaube, ihr kennt euch schon.« War sie noch zu retten?

Wilson streckte die Hand aus, als wollte er mich begrüßen. Seine Knöchel waren immer noch blau verschwollen. Angewidert wich ich vor der ausgestreckten Hand zurück. Alle lachten, als hätte ich das als Witz gemeint.

»Ehrlich, Wilson, wir sind dir so dankbar. Das ist wirklich unwahrscheinlich nett von dir.« Meine Mutter überschlug sich fast. So seltsam unausgewogen verhielt sie sich immer, war unfreundlich, wenn es um etwas Wichtiges ging - zu Lehrerinnen beispielsweise, zu anderen Eltern oder Nachbarn -, und überschwänglich, wenn es nicht angebracht war, beispielsweise beim ortseigenen jugendlichen Straftäter, der gerade dabei war, uns das Leben zu ruinieren.

»Mache ich doch gern, Faye, und wenn wir da sind, kann ich Marie auch helfen, die Kisten nach oben zu tragen.«

Mir blieb fast die Luft weg. Hatte er meine Mutter gerade beim Vornamen genannt? Hatte sie ihm angeboten, Faye zu ihr zu sagen statt Mrs Gallagher? Drehten jetzt wirklich alle durch? Ein gestörter Psychopath wollte Marie in ihr neues Leben fahren, und alle benahmen sich, als wäre das völlig normal.

»Und übrigens, Wilson«, fuhr meine Mutter fort, »Ellen hat mir erzählt, dass du es warst, der neulich bei uns den Rasen gemäht hat. Ich bestehe darauf, dich zu bezahlen.«

»Das war doch selbstverständlich. Dafür kann ich unmöglich Geld nehmen. Es wäre auch schon wieder fällig. Wenn Sie wollen, komme ich vorbei, wenn ich wieder da bin.« Wilson lächelte. Raes Vater wirkte erfreut. Marie strahlte. Ellen und Beatrice fanden das alles offensichtlich großartig. Sogar unsere Mutter lächelte.

»Für den Rasen bin eigentlich ich zuständig. Ich und Thomas. Wir wollen nicht, dass du ihn noch mal mähst.«

»Libby!« Ich hatte meine Mutter in Verlegenheit gebracht. Marie warf mir einen Blick zu, der sagte: *Bitte lass es jetzt.*

Wilson sah mir direkt ins Gesicht. »Ich möchte dir und Thomas auf keinen Fall was wegnehmen. Aber ich kann euch unseren Rasenmäher vorbeibringen, wenn ihr ihn leihen wollt.«

Zum Teufel mit ihm! Er sagte immer genau das Richtige. Moms Miene wurde weicher. Wie ich ihn hasste!

»Wir haben uns schon einen geliehen. Von jemand anderem.« Alle schwiegen und ließen meine Lüge im Raum stehen.

Ich schaute zu Marie hinüber. Sie trug ein schwarzes Spitzenkleid aus dem Second-Hand-Laden, dazu ihre Docs und nackte Beine. Sie war zierlich, wirkte aber sehr stark, das längere Haar auf der einen Seite hing ihr über dem Auge. Schon jetzt sah sie aus, als gehörte sie woanders hin.

»Na, dann verabschiede ich mich mal«, sagte sie und umarmte als erstes Beatrice.

»Gut, Marie«, unterbrach ich sie. »Am besten fange ich dann schon mal an, mein Zimmer umzuräumen. Ich wünsche dir ein schönes neues Leben in der Stadt.« Ich sah sie nicht einmal an, als ich das sagte.

Mit aller Kraft knallte ich die Hintertür zu und rannte hoch in unser Zimmer. Dort stellte ich mich ans Fenster. Raes Vater schloss gerade seinen Kofferraum, unsere Mutter umarmte Marie, was bei uns nur sehr selten vorkam. Das machte mich gleich noch wütender. Warum brachte sie Marie nicht in die Stadt? Warum war es für sie in Ordnung, dass ihre Tochter mit Fremden fuhr? Wie war sie bloß so geworden – oder war sie schon immer so gewesen? Ich wusste es nicht mehr. Wahrscheinlich schon, beschloss ich. Auch, als Dad noch da war.

Ich hatte den ganzen Abschied verdorben. Ich hatte sie beide bestrafen wollen. Die Autotüren schlugen zu, das Motorengeräusch verklang, als die Wagen die Straße hinauffuhren. Ich räumte unsere Regale und unseren Schrank um. Marie hatte die Marksman-Luftpistole im Kleiderschrank gelassen, versteckt in einer Geschenkschachtel von B. Altman. Alles andere hatte sie doch auch mitgenommen, warum ließ sie ausgerechnet die hier? Mom wollte noch ausgehen, und ich aß mit Thomas, Ellen und Beatrice unten in der Küche Dosenspaghetti. Dann legte ich mich auf mein Ausziehbett. Ich hatte Ellen gesagt, sie könne Maries Bett haben.

Am längsten Tag des Jahres wartete ich, bis die anderen schliefen. Mom war noch nicht wieder da, als ich mit den Blumen alle Türen abklapperte. Dann kroch ich zurück ins Bett – Ellen schlief auf der anderen Seite des Zimmers, das Bett unter meinem war zum ersten Mal leer – und wartete, bis ich das Auto meiner Mutter hörte. Sie ließ es in der Einfahrt stehen und kam durch die Hintertür herein, so leise, dass ich die Grillen zirpen hörte, als die Tür aufging. Danach blieb es still. Ein paar Minuten später hörte ich, wie im Wohnzimmer der Staubsauger anging, und ich wusste, die Blumen mit all ihrem Schutz waren verschwunden. Uns würde wieder etwas genommen werden.

13

Unter meinem Kopfkissen fand ich *Harriet, Spionage aller Art*, Maries Lieblingsbuch aus unserer Kindheit. Ich erinnerte mich noch an ihre erste Lektüre, eines der wenigen Male, dass ich Marie weinen sah; sie saß auf der Treppe und erzählte uns, dass Ol'Golly, das Kindermädchen, fortgehen werde und Harriet dann niemanden mehr habe, weil ihre Eltern keine richtigen Eltern waren. Etwas an Harriet und Ol'Golly hatte sie dort erwischt, wo sie keine Rüstung trug. Sie war elf; ich muss wohl acht gewesen sein. Später, im selben Alter wie sie, hatte auch ich das Buch gelesen und mit einem großen Gefühlsausbruch gerechnet, der aber ausblieb. Ja, es war traurig, als das Kindermädchen fortging, aber es stürzte mich nicht in Verzweiflung. Ich begriff nicht, warum es Marie so mitgenommen hatte.

Am Morgen nach Maries Auszug setzte ich mich auf die Verandastufen und las, blätterte vor bis zu der Stelle, an der Ol'Golly fortgeht. Ich hatte gar nicht mehr an die Illustrationen gedacht. Schwarze Bleistiftzeichnungen, die von der Autorin selbst stammten. Ol'Golly sah mit ihren Schulterpolstern fast ein bisschen aus wie ein Monster, eine Mischung aus Morticia Addams und einem Football-Spieler. Bei Sage im Souterrain hingen Bilder – beziehungsweise Drucke, wie Sage sagte – von Modigliani. Die Menschen darauf hatten längliche Gesichter und waren völlig unproportioniert. Ol'Golly erinnerte an so einen Modigliani, nur eben als grobe Bleistiftzeichnung. Ich wusste noch genau, wo ich saß, als ich das Buch zum ersten Mal las – im Kleiderschrank, mit einer Taschenlampe, sodass ich mir ein bisschen wie Harriet vorkam. Ich hatte mir sogar ein Notizbuch angelegt, um andere auszuspionieren.

Nachdem Ol'Golly fort ist, wünscht sich Harriet, sie könnte ihr erzählen, was alles geschieht. Sie überlegt sich, dass das noch schlimmer sein müsse, wenn jemand stirbt. Mir ging es ganz anders. Ich wollte nicht, dass mein Vater erfuhr, was passiert war, seit er nicht mehr lebte, wollte nicht, dass er erfuhr, wie unser Rasen aussah, was Ellen zugestoßen war, dass Mom sich immer noch davonschlich, um Bill zu treffen, dass ihre Zimmertür immer verschlossen blieb, wenn sie zu Hause war, und dass Thomas es inzwischen genauso machte. Und ich wollte auch nicht, dass er die Dinge erfuhr, die bereits weiter zurücklagen und ihm nur wehgetan hätten, das mit Mr Warren zum Beispiel. Am liebsten wäre ich in die Vergangenheit zurückgekehrt und hätte alles neu erzählt. Ich wollte zurückkehren und ihm all das sagen, was ich ihm nie gesagt hatte, und das, was ich gesagt hatte, anders, besser sagen. Hätte ich ihn doch nur öfter angerufen, als er allein war!

Ich war nicht so ein Bücherwurm wie Marie, aber gerade hatten wir in Englisch den *Fänger im Roggen* gelesen. Holden Caulfield redet darin mit seinem kleinen Bruder, der nicht mehr lebt, und er formuliert alles um, was er früher zu ihm gesagt hat, zum Ausgleich dafür, dass er ihn so oft ausgeschlossen hat. Er sagt zu Allie, klar könne er mitkommen, er solle sein Fahrrad holen und bei Bobby Fallon vor dem Haus auf ihn warten. Als Suzie Sheerin das im Unterricht laut vorlas, spürte ich einen Schmerz in der Kehle. Ich begriff, dass er zurückkehren wollte, um Dinge wieder gutzumachen, die nicht wieder gutzumachen waren. So ging es mir jeden Tag.

Von weitem hörte ich Gelächter und blickte auf. Oben an der Straße waren zwei Gestalten um die Ecke gebogen. Die eine war Sage in ihrer Kellnerinnenuniform. Sie musste durch unsere Straße, um auf den Wanderweg zum Bus zu kommen. Abbey war bei ihr. Sage hielt den Kopf gesenkt, aber Abbey sah mich und winkte.

»Hey, Libby«, rief sie. Ich winkte kurz zurück, tat aber, als wäre ich ganz in mein Buch vertieft.

Sage schwieg, bis sie schon fast am Haus vorbei waren. »Ist Marie weg?«, rief sie dann. Sie war stehengeblieben und schaute zu mir zurück. Sie trug ihre Chucks, die Kellnerinnenschuhe hielt sie in einer Hand. Die andere hatte sie über die Augen gelegt, um die Sonne abzuhalten. Sogar in dieser albernen Aufmachung sah sie noch cool aus.

Ich wollte ihr antworten: *Ja, und es ist furchtbar*, stattdessen stand ich auf, ging ins Haus und schloss die Tür hinter mir. Durchs Fenster sah ich, wie sie weiter die Straße entlanggingen, sah Sages Uniform pfirsichfarben und weiß zwischen den Bäumen aufblitzen. Sie hatte versucht, sich mit mir zu versöhnen. So war sie schon immer gewesen, fair und freundlich und jederzeit in der Lage, auch den Standpunkt der anderen zu sehen. Das bewunderte und hasste ich an ihr. Als wäre meine Freundin die einsichtige Erwachsene und ich das ungezogene Kind. Wir hatten uns bisher nur einmal so gestritten, und zwar, nachdem sie Bill begegnet war; da hatte ich so eine Wut auf sie gehabt, dass ich wochenlang nicht mit ihr sprach.

Sage war Bill im Schneesturm begegnet, in einem der plötzlichen Blizzards Anfang des Jahres. Sie war in der Mall bei der Arbeit gewesen, als es zu schneien anfing. Bis sie schließlich im Bus nach Hause saß, waren die Straßen schon fast nicht mehr befahrbar, und der Schnee fiel noch immer in dicken, wirbelnden Flocken. Der Bus kroch die Route 23 entlang, bis zum Fuß des Bergs. Dort ließ der Fahrer sie aussteigen. Weil niemand da war, um sie abzuholen, ging sie zu Fuß die Straße hinauf, obwohl sie über ihrer Uniform nur einen dünnen Mantel trug. Es war schon dunkel, und nirgends waren Reifenspuren zu sehen; kein Auto hatte auch nur den Versuch gemacht, den Berg hochzukommen.

Sie war schon fast eine Stunde unterwegs, erzählte Sage, als sie allmählich Angst bekommen hatte. Ihre Beine waren patschnass und eiskalt. Der Schnee reichte ihr bis zu den Knien, und es schneite immer weiter. Sie hatte noch gute drei Kilometer vor sich und überlegte schon, wie weit es zum nächsten Haus war, wo sie um Hilfe bitten könnte, da hörte sie plötzlich ein leises Brummen und sah Scheinwerfer in der Ferne auftauchen. Ein Pickup bahnte sich seinen Weg durch den Schnee, er schlitterte ein wenig, fuhr aber stetig weiter. Sage blieb am Straßenrand stehen und sah ihm entgegen, in der Hoffnung, dass der Fahrer sie im Dunkeln, durch den bläulichen Schleier aus Schnee, überhaupt sehen würde. Sie hörte die schweren Schneeketten, die über die Reifen gezogen worden waren, um ihnen mehr Griffigkeit zu geben. Dann hielt der Wagen neben ihr an, und die Beifahrertür wurde geöffnet. Weil sie diesen Pickup noch nie gesehen hatte – sie meinte, er sei rot und ziemlich groß gewesen, eines dieser Modelle mit Extrakabine –, schaute sie erst hinein. Meine Mutter rutschte beiseite, um ihr Platz zu machen, der Mann am Steuer war Sage unbekannt. Sie fuhren weiter den Berg hinauf. Sage meinte, sie habe ihn nicht richtig gesehen, dafür sei es zu dunkel gewesen und sie zu durchgefroren. Schweigend hätten sie sich durch den Schnee gefräst. Beim Aussteigen sah sie ihn von der Seite: Er war breit gebaut, trug einen braunen Wildledermantel mit Schaffellfutter und Schaffellkragen und hatte lockiges, braunes Haar.

Kaum war sie zu Hause, rief Sage mich an, die Stimme zittrig vor Kälte und Aufregung.

»Ich habe Bill gesehen. Er hat mich den Berg hochgefahren, mit deiner Mutter. Sie sind jetzt gerade auf dem Weg zu euch.«

Ich hatte aufgelegt und den anderen zugebrüllt, sie sollten schnell kommen, Bill sei auf dem Weg hierher. Gleich darauf waren wir alle im Wohnzimmer und zogen unsere irischen Wellies unter die Nachthemden und über die Schlafanzughosen, alle fünf, Marie, Thomas, ich, Ellen, sogar Beatrice, die ihn vermutlich erst ein paar Tage zuvor gesehen hatte. Wie die Irren galoppierten wir die Einfahrt entlang, fielen ohne Mantel in den Schnee, rappelten uns wieder hoch, kämpften uns weiter, stakten wie die Störche. Der Schnee war zu nass und zu tief, um einfach hindurchzupflügen, er fiel mir von oben in die Gummistiefel, ließ meine nackten Füße gefrieren. Ein paar Mal blieb ein Stiefel auch einfach stecken. So rannten und purzelten wir die Einfahrt entlang, in Hochstimmung, weil wir ihn vielleicht endlich zu Gesicht bekommen würden.

»Pst!«, machte Thomas.

Wir hielten inne. Es war so ruhig und still. Schnee in der Dunkelheit hat seinen ganz eigenen seltsamen Zauber, das Licht der Straßenlaternen glitzerte auf den weißen Verwehungen, und die Welt, wie ich sie kannte, wurde von dieser Schönheit ausgelöscht. Als ich zu den Laternen hinaufschaute, sah ich, dass immer noch dicke Flocken fielen.

»Ich habe eine Autotür gehört«, flüsterte Thomas.

Und dann hörten wir das Rumpeln, mit dem der Pickup oben an der Straße angelassen wurde, und sahen, wie sich die roten Rücklichter im Schneenebel auflösten. Eine dunkle Gestalt stapfte die Straße entlang auf uns zu. Unsere Mutter. Wir machten kehrt, um vor ihr wieder im Haus zu sein. Wir hatten ihn verpasst. Die beste Gelegenheit verpasst, die wir je gehabt hatten.

Ein oder zwei Wochen nach Sages Begegnung mit Bill übernachtete ich bei ihr. Ich quetschte sie erbarmungslos aus, über den Pickup, über ihn, was ihr vielleicht am Wagen aufgefallen war, ob sie etwas auf der Ladefläche gesehen hatte, Werkzeug, Geräte, und ob das Nummernschild aus Pennsylvania war. Sie hörte sich an, wie ich über meine Mutter jammerte, über Bill und die ganze Geheimniskrämerei. Und als wir schon fast eingeschlafen waren, sagte sie es.

»Libby, vielleicht macht Bill deine Mutter ja glücklich.«

Mir blieb die Luft weg. Ich war wie vor den Kopf gestoßen, dass sie so etwas sagen konnte, so etwas Verräterisches.

»Wie kannst du das behaupten? Was soll denn gut daran sein, alle Welt zu hintergehen?«

Einige Zeit vorher hatte Marie schon zu mir gesagt, ich solle nicht immer so auf Mom und Bill herumhacken, ich würde allmählich schon zu einer Art schrägem Hamlet. »Keine Ahnung, was du damit meinst«, sagte ich, und sie erwiderte, Hamlet sei besessen von der Affäre seiner Mutter mit seinem Onkel und stelle sich die beiden ständig zusammen vor. »Das ist doch krank, Marie.« Aber natürlich zerbrach ich mir den Kopf darüber, warum sie sich in Fernfahrerkneipen und Diners trafen und dass Marie wahrscheinlich recht hatte: Bill war bestimmt verheiratet, sonst würden sie sich doch einfach in seinem Haus oder in seiner Wohnung treffen, und wir hätten ihn längst kennengelernt.

Sage redete im Dunkeln weiter. »Ich will ja gar nicht sagen, dass sie richtig handeln. Aber deine Mutter hat ihn offensichtlich gern und will mit ihm zusammen sein, und das hat sie doch auch irgendwie verdient – du weißt schon, wegen deinem Vater und allem.«

»Du meinst, sie hat Bill verdient, weil Dad tot ist?«

»Nein, ich meine die Sachen vorher, du weißt doch: wie er mit ihr umgegangen ist, was du mir alles erzählt hast.«

»Bitte sei still.«

»Ich will dich wirklich nicht ärgern, Libby, aber vielleicht liebt sie Bill ja. Willst du denn nicht, dass sie glücklich ist?«

Ich lag im Dunkeln auf dem zweiten Bett in Sages Zimmer. Sie hatte zwei identische Einzelbetten, mit identischen grünen Tagesdecken, die zu den Vorhängen und dem Teppich passten. Außerdem ein »Schminktischchen«, wie Charlotte sagte, und einen dick gepolsterten Ohrensessel mit Zierkissen, die ebenfalls zu den Tagesdecken passten. Auf einmal widerte mich das alles an. Ich schlüpfte in meine Turnschuhe, zog die Jacke über das Nachthemd und blieb vor ihrem Bett stehen, wo sie auf der Seite lag.

»Ich gehe nach Hause«, sagte ich. Sie erwiderte nichts darauf.

Sages Zimmer lag im Erdgeschoss, und ich öffnete das Fenster und kletterte hinaus. Draußen lagen immer noch Schneereste, der Boden war vereist, es war eine Vollmondnacht. Wütend rannte ich durch die strahlend helle Kälte nach Hause. Das würde ich ihr nie verzeihen. Ich rannte und blieb erst wieder stehen, als ich an unserer Einfahrt war. Im Nachthemd setzte ich mich in der eisigen Kälte auf den großen Quarzstein und hasste mich. Ich hatte Sage viel zu viel erzählt. Wollte ich wirklich nicht, dass meine Mutter glücklich war? Liebte ich sie überhaupt? Ich fragte mich, ob sie wohl angehalten hätten, wenn ich und nicht Sage an dem Abend am Straßenrand gestanden hätte? Hätte meine Mutter mich einfach dort stehen lassen?

Als ich Abbey und Sage jetzt durchs Fenster nachsah und zwischen den Bäumen einen letzten Blick auf Sages farbenfrohe Uniform erhaschte, hatte ich wieder dieses Gefühl, Schande auf mich zu laden, weil ich Geheimnisse ausplauderte, über die sonst kein Mensch in meiner Familie redete. Warum hatte ich Sage auch nur ein Wort über meine Mutter, meinen Vater und Bill anvertraut? Ich hatte ihr praktisch alles erzählt. In der Nacht mit Ellen hatte ich sie angerufen. Ich wusste, dass Grady und Charlotte Adams meine Mutter nicht mochten, dass Charlotte sie für verantwortungslos hielt. Sage wusste das alles – warum hatte sie ihm dann trotzdem von Ellen erzählt?

Ich hatte gar nicht mitbekommen, dass Thomas zu Hause war. Er kam ins Wohnzimmer, während ich noch am Fenster stand und nach draußen starrte.

»Hab gehört, du hast Wilson gesagt, wir hätten uns einen Rasenmäher geliehen?«

»Hat Mom dir das erzählt? War sie sauer?«

»Ellen hat es mir gestern erzählt, gleich hinterher. Sie meinte, du hättest Wilson gesagt, er soll sich von unserem Rasen fernhalten.«

»Tja, ich weiß nicht mal, wie er überhaupt darauf gekommen ist, dass er ihn mähen soll.«

»Vielleicht, weil ihr es ihm erlaubt habt, Marie und du.«

»Glaub mir, ich will ihn hier nicht haben. Ich kann ihn nicht ausstehen. Marie hat ihn mal bei irgendeinem Punk-Konzert kennengelernt.«

»Und dann steht er eines Tages plötzlich bei euch im Zimmer, und kurze Zeit später mäht er unseren Rasen.«

Dass Wilson bei uns im Zimmer gewesen war, musste auch Ellen ihm verraten haben. Wir hatten Thomas nichts von dem Barbie-Mann erzählt, und jetzt war es irgendwie zu spät dafür.

»Ich weiß. Echt seltsam. Aber ich schwöre dir, er hat das einfach so gemacht. Auch Marie hat ihn um nichts davon gebeten.«

Er glaubte mir offensichtlich nicht. »Wilson bringt nur Ärger. Halt dich von ihm fern.«

»Mein tägliches Motto.«

»Morgen frage ich bei den Griffiths nach einem Rasenmäher.«

Am liebsten hätte ich gesagt: *Nein, bitte nicht, überall, nur nicht bei denen.*

Aber ich sagte: »Okay.« Als ich wieder aus dem Fenster schaute, sah ich einen Blauhäher, der quer über den Himmel auf das Nadelgehölz zuschoss und dann halb aufgerichtet in der Luft stehenblieb, während seine Flügel weiterflatterten. Irgendwann war das in Bio drangewesen, dass sie einen speziellen Knochen oder einen zusätzlichen Flügel haben, der sie beim Abbremsen unterstützt.

Nachdem ich damals in der Winternacht aus Sages Zimmer entwischt war, hatte ich sie fast drei Wochen lang gemieden. Aber unser Gespräch war mir nicht aus dem Kopf gegangen. Vielleicht machte Bill meine Mutter ja wirklich glücklich. Im Grunde hatte ich mir nie richtig Gedanken über das Glück meiner Mutter gemacht. Natürlich wünschte ich mir nicht ausdrücklich, dass sie unglücklich war, aber ich wollte auf keinen Fall, dass sie mit Bill glücklich wurde. Ich fragte mich, ob ich sie vielleicht bestrafen wollte und ob wir deshalb nicht miteinander klarkamen. Weil sie das merkte. Am Ende hatte Sage alles wieder eingerenkt. Sie hatte bei uns angerufen und mit Marie geredet. Marie hatte mir ausgerichtet, ich solle ins Königreich schauen, »was immer das heißen soll«, Sage habe dort etwas für mich hinterlassen. Ich ging erst ein paar Tage später hin, obwohl ich neugierig war und sie vermisste. Schrecklich vermisste. In der Schule hatte ich andere Freundinnen aus meiner Klasse, aber am Berg war es immer nur Sage gewesen.

Ich wartete bis zum frühen Samstagmorgen, weil ich mir da sicher sein konnte, dass sie noch schlief und mir nicht über den Weg laufen würde. Ich hatte keine Ahnung, was mich erwartete. Der Schnee war inzwischen geschmolzen, es war wärmer geworden, aber der Wald wirkte auf diese schroffe, spätwinterliche Weise kahl. Falls das, was sie mir hinterlassen hatte, noch da war, musste es in unserem Versteck sein. Ich schob das Laub und das Brett beiseite, und dort, auf der Blechdose, lag ein Päckchen, in braune Papiertüten eingewickelt. Ich machte es auf und fand ein weiteres Päckchen darin, diesmal in Luftpolsterfolie. Es enthielt einen schwarzen Bilderrahmen. Vor ein paar Jahren hatte Dad Sage erlaubt, uns einen Tag lang beim Rasenmähen zu begleiten. Sage hatte ihren Fotoapparat mitgebracht und das Ganze wie eine Art Forschungsausflug behandelt, sie hatte Fotos gemacht und ihn zu allem, was er einpflanzte und ausrupfte, genau befragt. Jetzt hatte sie mir ein Schwarzweiß-Foto von diesem Tag gerahmt, das uns zeigte, wie wir vor seinem Pickup standen, er im weißen T-Shirt und seiner Arbeitshose, ich in T-Shirt und Jeans. Wir lächelten und sahen beide ebenso stolz wie verlegen aus. Ich hielt den Kopf zu seiner Schulter hin geneigt, er schaute direkt in die Kamera. Wir sahen glücklich aus. In der Luftpolsterfolie steckte auch eine kleine weiße Karte. Ich klappte sie auf.

Es tut mir leid. Ich hatte ihn auch lieb.

Auf dem Foto lächeln wir beide mit geschlossenem Mund. Ich sah aus wie er.

14

Am Ende war es Thomas, dem der Barbie-Mann am Berg begegnete, obwohl er gar nicht wusste, wer das war. Wir hatten eine Vereinbarung getroffen. Ich sollte den Bereich abstechen, wo unsere Blumenbeete sein sollten, und Unkraut jäten, und Thomas wollte zu den Griffiths gehen, um sich deren Rasenmäher auszuborgen. Mit Hilfe eines Spatens zog ich zwischen dem Rasen und den Beeten, in denen keine Blumen wuchsen, eine ordentliche Grenze. Ich war schon fast fertig mit dem ersten, als Thomas um die Ecke bog und die Straße herunterkam. Den geliehenen Rasenmäher schob er vor sich her.

Von uns Geschwistern hatten Thomas und ich Dad am häufigsten in den Gärten und beim Rasenmähen geholfen, schon von klein auf. Thomas war immer darauf aus gewesen, sich durch harte Arbeit zu beweisen. Ich sah ihn die Straße herunterkommen und wusste, wie demütigend es für ihn gewesen sein musste, Bittsteller zu sein. Ich dachte an den Tag, als wir mit Dad bei der Katzenfrau gearbeitet hatten. Sie lebte allein in einem alten Haus im viktorianischen Stil, zusammen mit mindestens vierzig Katzen. Dad hatte sich schon um ihren Garten gekümmert, als es mich noch gar nicht gab, seit über fünfzehn Jahren. Sie hatte das Haus seit Ewigkeiten verkaufen wollen, und vor ein paar Jahren war es ihr tatsächlich gelungen, trotz der vielen Katzen, die auf der Küchenablage und im Spülbecken hockten. Als sie auszog, heuerte sie meinen Vater an, um drinnen etwas Ordnung zu schaffen, die Teppichböden herauszureißen, die alten Möbel auf den Schrottplatz zu fahren. Marie, Thomas und ich halfen mit. Es war Ende Juli und sehr heiß, weit über dreißig Grad. Wir hatten oft durchs Fenster gelugt, um die Katzen zu sehen, das Haus aber nie betreten. Die Hitze und der Gestank waren bestialisch. Das Ammoniak aus der Katzenpisse brannte uns in den Augen. Wir mussten husten, und mir blieb regelrecht die Luft weg. Das Haus hatte zwei Stockwerke, und die Katzen waren überall gewesen. Und obendrein hatte die Frau auch noch die Klimaanlage ausgeschaltet.

»Diese miese Schlampe«, brummte Marie.

Wir fingen im zweiten Stock an, wo es besonders heiß war, und versuchten, die kleinen Teppichnägel an den Rändern herauszuziehen. Dad ließ uns zum Wagen zurückgehen und uns Handschuhe holen. Die Dämpfe füllten mir Mund und Kehle. Als wir den ersten feuchten Teppich zusammengerollt hatten, stellten wir fest, dass die Bodendielen darunter komplett verrottet waren.

»Macht sofort, dass ihr hier rauskommt, und wascht euch draußen am Wasserhahn Gesicht und Hände. Nehmt die Seife aus dem Wagen«, befahl uns Dad. »Thomas, du bleibst hier.« Er meinte, der Gestank würde nie verschwinden; die neuen Besitzer würden die Dielen herausreißen müssen. Stundenlang saßen Marie und ich draußen vor dem Haus und wechselten kaum ein Wort, während Dad und Thomas die Arbeit allein beendeten, die zusammengerollten, gammeligen Teppiche nach draußen brachten und auf die Ladefläche wuchteten. Thomas arbeitete konzentriert, er taumelte unter der Last und dem Gestank, ließ unseren Vater aber nicht im Stich. Da war er vierzehn.

Marie und ich saßen auf dem Randstein und sahen uns den Garten an, den unser Vater vor Jahren schon für die Katzenfrau angelegt hatte. Auf der Terrasse hingen die Tomaten reif und rot an ihren Rispen. Dad hatte sie mit weicher Schnur an Stecken festgebunden, um die zarten Stängel nicht zu beschädigen. Die Katzenfrau hatte einen Abguss der Venus von Milo im Garten stehen, eine nackte Frau, die mir etwa bis zur Hüfte reichte und keine Arme hatte. Marie ging hinüber und trat sie um, dann kam sie zurück und setzte sich wieder zu mir auf den Randstein. Ihr Gesicht war schmutzig und verschmiert.

»Und solche Scheißleute glauben, sie verstehen was von Kultur«, sagte sie.

Jetzt schob Thomas den Rasenmäher der Griffiths in die Einfahrt und blieb stehen, während ich weiter den Spaten schwang.

»War es für sie in Ordnung?«

»Ja. Jack holt ihn später wieder ab, nach der Arbeit. Sie haben mich gefragt, ob ich heute Abend mit ihnen an die Küste fahre.«

»Oh. Das musst du machen.« Er sollte nicht merken, dass mir das einen Stich versetzte.

Thomas schob den Rasenmäher in die Einfahrt, dann blieb er stehen. »Sag mal, fährt dieser Kowalski nicht einen grünen Impala?«

»Was?«

»Einen grünen Impala. Ein komischer Typ hat danach gefragt.«

Das Herz klopfte mir bis zum Hals. »Was meinst du denn mit ›komischer Typ‹?«

Ich kannte den Jungen, von dem er sprach. Craig Kowalski hatte ein grünes Auto und trieb sich immer viel mit Danny Shields herum.

»Was für ein komischer Typ?«, fragte ich noch einmal.

»Da hat mich so ein Typ auf der Straße angehalten und gesagt, er sucht einen Jungen, der einen grünen Impala fährt, der hätte etwas, was ihm gehört, ob ich weiß, wer das sein könnte.«

»Und was war komisch an ihm?«

»Ach, so ein Freak. Lange Haare. Keine Ahnung. Unheimlich irgendwie. Selbst wenn ich gewusst hätte, wo Kowalski wohnt, hätte ich es ihm nicht gesagt. Sein Gesicht sah furchtbar aus.«

»Was?« Ich schaute die Straße entlang, um zu sehen, ob irgendwelche Autos kamen, ob er Thomas vielleicht gefolgt war. Ich musste nachdenken. Wo war Ellen? Mom hatte Beatrice und sie am Morgen mitgenommen, als sie zur Arbeit fuhr. Sie wollten sich mit Schulfreundinnen treffen.

»Sein Gesicht. Ganz blau und verschwollen.«

In meinem Kopf explodierte eine Bombe. Dann war er also nicht tot und auch nicht so schwer verletzt, dass er nicht fahren konnte. Und er war hier. Thomas schob den Rasenmäher noch weiter in die Einfahrt und beugte sich vor, zog den Choke heraus und warf den Motor an. Der Rasenmäher knatterte. Der Barbie-Mann war hier, am Berg, und er suchte nach den Leuten, die ihm das angetan hatten. Er war allein gekommen, am helllichten Tag. Ich wollte ein Büschel Unkraut ausreißen, hatte aber keine Kraft mehr in den Armen. Ich setzte mich auf die Verandastufen und sah Thomas beim Rasenmähen zu. Der Barbie-Mann war hier – wem sollte ich das erzählen? Marie war fort. Sage und ich redeten nicht miteinander. Wilson hatte uns den ganzen Ärger überhaupt erst eingebrockt. Ich schaute immer noch auf die Straße, für den Fall, dass ein Auto vorbeifuhr oder einbog und auf uns zuhielt – Ellen hatte gesagt, er fahre ein schwarzes Auto. Als Thomas mit dem Rasenmähen fertig war, kam er herüber und setzte sich neben mich.

»Du bist noch nicht fertig mit dem Abstechen.«

»Ich bin müde. Aber ich mach das noch.«

»Der Rasen sieht immer noch schrecklich aus.«

»Aber viel besser als vorher. Noch ein paar Mal mähen.«

»Ja.«

Wenn ich ihm bloß alles erzählen könnte, was mit Ellen passiert war und dass der komische Typ mit dem Wagen womöglich uns auf dem Kieker hatte. Aber wir steckten schon so tief drin, und ich wusste nicht, wie ich ihm erklären sollte, dass wir es ihm nicht gleich gesagt hatten.

»Mom bringt mich garantiert um, wenn ich einfach an die Küste fahre, ohne sie vorher zu fragen. Ich rufe sie lieber auf der Arbeit an.«

»Nein, lass das. Es ist ja kein Notfall. Mrs Griffith soll sie heute Abend anrufen. Das Schwimmtraining ist vorbei. Du hockst die ganze Zeit drinnen. Du musst fahren.«

Marie sagte immer, Thomas sei ein Mensch, der durchaus witzig war, wenn man ihn kannte. Klug-witzig, wie Marie das nannte, was bei Leuten in unserem Alter ihrer Meinung nach Perlen vor die Säue war. Mir kam er eher einsam vor.

»Das bringt meinen ganzen Lernplan durcheinander.«

»Was denn für einen Lernplan?«

»Für die Uni-Zulassung.«

»Im Ernst? Ist es das, was du die ganze Zeit auf deinem Zimmer treibst? Was bist du für ein hoffnungsloser Streber!«

Thomas knuffte mich in die Schulter. Letzten Herbst hatte er um Haaresbreite die Höchstpunktzahl bei der Uni-Zulassungsprüfung verfehlt. Jetzt wollte er sie unbedingt noch mal machen. Ich dachte mir, wie vernünftig Marie und Thomas waren, weil sie so fleißig lernten. Wir taten alle viel für die Schule. Sage war da viel nachlässiger, gab Hausaufgaben nicht ab, verpasste Klausuren. Sie war klug, viel klüger als ich, aber es war ihr einfach nicht so wichtig wie uns. Marie meinte, der Unterschied zwischen uns und anderen sei, dass wir kein Sicherheitsnetz hätten. Wir könnten es uns nicht leisten, Mist zu bauen.

»Ein paar Tage ruinieren dir schon nicht die Punktzahl.«

Als wir wieder drinnen waren, ging ich durchs Haus und schloss alle Türen ab, dann legte ich mich im Wohnzimmer aufs Sofa, weil ich dort hören konnte, wenn irgendwo eine Tür oder ein Fenster geöffnet würde.

Ich musste eingenickt sein und schreckte hoch. Thomas stand mit seiner Schultasche vor mir. Einen Moment lang war ich verwirrt und glaubte, ich hätte verschlafen und müsste zur Schule.

»Was ist?«

»Ich bin dann jetzt weg. Jack ist hier, wir fahren an die Küste.«

»Was?« Ich rieb mir die Augen. In der Wohnzimmertür stand Jack Griffith und schaute mich an. Ich rappelte mich hoch, wischte mir die Schlafspucke von der Wange und strich mir die Haare zurück. Er musste geklingelt oder geklopft haben, und ich hatte nichts gehört. Ich war eingeschlafen, obwohl ich doch Wache halten musste.

»Haben wir ein Strandtuch?« Thomas' Frage richtete sich an mich. Ich war immer noch nicht richtig wach.

»Im Wäscheschrank liegt eins von Sage.«

Thomas stellte seine Tasche ab und ging nach oben. Ich sah an mir hinunter, auf meine dreckverschmierten Beine, an denen noch Grashalme klebten. Ich zog sie an den Körper.

»Geht's dir gut?«, fragte Jack und sah dabei überall hin, nur nicht zu mir.

»Ja. Prima.« Ich hätte ihm so gern erzählt, wie schrecklich alles war.

»Neulich abends habe ich Sage getroffen.«

»Ach?«

»Hat sie nichts erzählt?«

»Nein«, schwindelte ich. Offenbar brachte er es nicht über sich, mich anzusehen. Mir fiel nichts ein, was ich noch sagen könnte. »Willst du dein T-Shirt zurück?«

Jack schaute zur Treppe. Darüber wollte er offensichtlich nicht reden.

»Nein. Behalt's ruhig. Ich brauche es nicht.« Es war peinlich.

»Rosa mit beschissenen Flamingos?!« Thomas kam wieder herein und hielt Sages Strandtuch in die Höhe. Ich hatte gar nicht mehr daran gedacht, dass es rosa war. Wir mussten alle lachen.

Jack kam ein paar Schritte auf mich zu und streckte die Hand aus. *O Gott, jetzt tätschelt er mir den Kopf!* Aber er zog mir nur etwas aus den Haaren. Instinktiv fasste ich mir an den Kopf. Fast hätte ich gesagt: *Was soll denn das jetzt?*

Er hielt ein Blatt in der Hand. Er hatte mir ein Blatt aus den zerzausten Haaren gezupft und drehte sich jetzt damit zu Thomas um. »Libby in ihrer Blätterwelt«, sagte er. Mir war klar, dass das irgendeine Form von Abfuhr war, dass es bei diesem Blatt, das er mir aus dem Haar zog, darum ging, alles zurückzudrehen, damit er wie früher nur der Freund meines großen Bruders war. Die Geste galt Thomas, war eine Art Witz auf meine Kosten.

»Na dann. Wir müssen. Sagst du Mom Bescheid? Jacks Mutter ruft sie nachher an, nur falls sie ausflippt oder so was.«

Ich sagte ja und sah zu, wie sie zur Tür gingen. Jack hielt immer noch das Blatt in der Hand. Es stammte von der Magnolie.

Dann waren sie weg. Ich war allein im Haus. Noch einmal überprüfte ich, dass alle Türen abgeschlossen waren. Wenn der Barbie-Mann wirklich hier war und nach den Jungs suchte, die ihn verletzt hatten, dann musste ich das irgendwem erzählen. Ich holte das Telefonbuch. Es gab keinen Eintrag für eine Familie McVay am Valley Forge Mountain. Im Einwohnerverzeichnis standen sie bestimmt, aber das bewahrte

Mom mit ihren persönlichen Unterlagen in der verschlossenen Truhe in ihrem Zimmer auf. Manchmal, wenn Marie und ich allein im Haus waren, knackten wir das Schloss mit einer Haarklemme. Ich holte eine aus dem Badschränkchen und ging in das Zimmer meiner Mutter. Es war nur spärlich möbliert: ein breites Bett, zwei Kommoden und ein Sessel. Auf einer der Kommoden stand ein Bild von uns fünfen. Beatrice war darauf erst ein knappes Jahr alt. Marie hatte sie auf dem Arm, ich stand neben den beiden und sah aus wie die Kinderschwester, die aufpasst, dass Marie die Kleine auch nicht fallen lässt. Beatrice hielt meinen Finger umklammert. Als ich das Bild betrachtete, dachte ich mir, dass ich wirklich alles auf der Welt für sie tun würde. Thomas, um die neun, sah von der Seite herüber. Ellen blickte direkt und ernst in die Kamera. Ich erinnerte mich an kein Foto, auf dem sie gelächelt hätte. Marie witzelte immer, Ellen sei Großmeisterin in der Kunst des Muffelns. Dieses Bild, das waren wir. Beatrice, die uns alle zusammenhielt, Marie, pragmatisch und mütterlich, Thomas, der nur Astrophysik oder den Weltraum im Kopf hatte, ich, wie immer besorgt und wachsam, Ellen zornig und mit einem direkten Blick auf die Dinge.

Ich kniete mich vor die Holztruhe, bog die Haarnadel auseinander, schob das flachere Ende ins Schloss, drehte es und übte dabei sanft, aber stetig Druck aus. Das Schloss schnappte auf, und ich öffnete den Deckel. Die Dokumente darin waren alle ordentlich gestapelt und mit Gummibändern zu einzelnen Päckchen sortiert. Fotos, Briefe, Urkunden und das Verzeichnis der Valley Forge Mountain Association. Ich schlug es auf und suchte nach den McVays. Da standen sie. Sie wohnten am Paul Lemen Drive. Wilson war ihr einziges Kind, geboren im Oktober 1961. Er war also fast zwanzig. Unter *Telefonnummer* stand: *keine Angaben*. Ich legte das Verzeichnis zurück.

Dann griff ich nach dem Päckchen mit den Unterlagen meines Vaters. Seine Geburts-, Heirats- und Sterbeurkunde. Sein Pass. Seine Greencard. Die Scheidungspapiere. Als Erstes sah ich mir die Geburtsurkunde an. Das letzte Mal, als wir sie herausgenommen hatten, meinte Marie, sie rieche nach Irland. Ich weiß gar nicht, warum wir überhaupt damit angefangen hatten, seine Dokumente durchzusehen. Vielleicht, um Belege für Dinge zu finden, über die wir nicht sprechen konnten. Ich faltete die Urkunde vorsichtig auseinander, hielt sie ans Gesicht und schnupperte. Sein Geburtsdatum war handschriftlich eingetragen. Mit schwarzer Tinte. *Vater und Mutter: Sean Gallagher und Bridget Fox.* Dieser Nachname gefiel mir besonders, und manchmal tat ich so, als wäre es meiner. *Libby Fox.* Ich stellte mir seine Eltern vor, Sean und Bridget, wie sie in die Stadt gefahren waren, um ihren neugeborenen Sohn registrieren zu lassen. Das hatte ich jetzt schwarz auf weiß vor mir, jahrzehntealt. Als Beruf hatten sie *Bauern* eingetragen.

Meine Großmutter, Bridget Fox, hatte ich bewusst nur einmal erlebt, da war ich zehn. Wir waren vorher schon in Irland gewesen, aber bei diesen Reisen war ich noch so klein, dass ich mich nicht an sie erinnern konnte. Meine Erinnerung stammt von dem einen Mal, als ich mit Dad alleine dort war. An dem Tag, als wir aufbrachen, um wieder nach Hause zu fliegen, schloss sie meinen Vater in die Arme und wollte ihn gar nicht mehr loslassen. Ihr schwarzer Rock reichte bis zum Boden, sie trug einen grauen Knoten und hatte Haare am Kinn. Sie war so klein, dass sie ihm nicht mal bis zur Schulter reichte, und er war selbst nicht gerade groß. Sie stieß kleine Schluchzer aus und klammerte sich an ihn. Auch zu mir sagte sie etwas, aber ich verstand es nicht; während unseres ganzen Aufenthalts hatte ich kaum ein Wort von dem verstanden, was sie sagte.

Es war das letzte Mal, dass Dad sie sah. Im Winter darauf starb sie, mitten in einem Schneesturm. Die Schulen waren für ein paar Tage geschlossen, und an dem Morgen, als der Unterricht wieder anfing, klingelte in aller Frühe das Telefon. Ich wusste, dass es ein Anruf aus Irland war, weil es dann immer in der Leitung piepste, wenn man abnahm. Eine Stimme, die sehr weit entfernt klang, fragte nach meinem Vater und nannte ihn bei seinem vollen Namen. Ich sagte, er sei zum Schneeräumen unterwegs, weil wir niemandem in Irland verraten durften, dass er nicht mehr bei uns wohnte. In seiner Wohnung hatte er kein Telefon. Als er an diesem Morgen mit dem Pickup kam, um uns zur Schule zu bringen, warteten wir im Wagen, während er ins Haus ging, um seine Familie anzurufen. Als er wieder einstieg, hatte er die schwarze Wollmütze tief in die Stirn gezogen. Er legte beide Hände ans Lenkrad, als wollte er losfahren, blieb dann aber einfach so sitzen.

»Was ist?«, fragte ich.

Erst gab er keine Antwort. Dann räusperte er sich ein paar Mal, wie um etwas zu sagen. Ein Husten erstickte die ersten Worte, und er versuchte es noch einmal. »Ich kann jetzt nicht reden; meine Mutter ist heute Morgen gestorben.« Dann blickte er auf der Fahrerseite aus dem Fenster, weg von uns.

Marie reichte ihm die Taschentücher, die im Fußraum lagen, und er nahm sich eins und putzte sich die Nase. Dann fuhr er uns schweigend durch den Schnee zur Schule. Draußen hingen die Äste bis zum Boden, Räder drehten durch, Autos krochen dahin, und die ganze seltsame Atmosphäre wurde von der Nachricht, dass Dads Mutter tot war, noch verstärkt. Ich schaute zu ihm hoch und sah auf seiner Wange eine Spur wie die, die eine Schnecke auf dem Teppich hinterlässt.

Als wir bei jenem letzten Mal aus Irland abreisten und die Straße entlang zu unserem Auto gingen, stand meine Großmutter schluchzend in der Haustür. Schon da hatte es mich berührt, dass sie über das Leben ihres Sohnes in Amerika nicht die Wahrheit wusste. Dass er nicht mehr bei uns wohnte, dass er allein lebte, dass er ihr gegenüber nur so tat, als wäre alles in bester Ordnung.

Als er zu ihrer Beisetzung anreiste, erlebte Irland gerade den heftigsten Schneefall seit dreißig Jahren, und er saß erst einmal in Dublin fest, wo er warten musste, bis die Züge wieder fuhren. Er hatte mir erzählt, er sei zehn gewesen, genauso alt wie ich, als der Vater seiner Mutter gestorben war. Wegen ihrer Pflichten auf dem Bauernhof hatte sie nicht zur Beisetzung fahren können. Er hatte sich mit seinem Bruder aufs Fahrrad geschwungen und war mehr als sechzig Kilometer quer durchs Land geradelt, um an ihrer Stelle dort zu sein. An dem Morgen, als meine Großmutter Bridget Fox beerdigt wurde, ging ich in den Wald, machte einen Schneeengel und blieb dann einfach liegen und lauschte.

Ich faltete die Geburtsurkunde zusammen und schob sie wieder unter das Gummiband. Die Scheidungspapiere ließ ich aus. *1973.* Meine Mutter die Klägerin. Mein Vater der Beklagte. Ich griff nach der Sterbeurkunde mit der Jahreszahl 1980. *Herkunftsland: Irland.* Unter *Ausbildung* waren ein paar Kästchen, in denen man den höchsten Abschluss ankreuzen konnte. Mein Vater hatte nur die Grundschule abgeschlossen; sein Kreuzchen war bei *5. Klasse.* Auch auf der Sterbeurkunde tauchten die Namen seiner Eltern wieder auf. Unter *Familienstand* war *Geschieden* angekreuzt, doch in der nächsten Zeile stand *Hinterbliebener Ehegatte (falls Ehefrau, bitte Mädchennamen angeben)*, und dort stand der Name meiner Mutter: *Faye Royston.* Ich überlegte, wie ihr Name auf diese Urkunde kam, wo sie doch gar nicht mehr seine Frau gewesen war, weshalb so etwas zugelassen wurde. Unsere Namen standen nirgends. Auf einer Sterbeurkunde ist kein Platz für die Kinder des Verstorbenen, obwohl ich wusste, dass er selbst uns für den wichtigsten Bestandteil seines Lebens gehalten hatte. Ich schaute auf die letzten Zeilen der Urkunde, die vom Amtsarzt und Rechtsmediziner ausgefüllt worden waren.

Todesursache:
Unmittelbare Todesursache: Herzstillstand,
ausgelöst durch septischen Schock
infolge einer Blutvergiftung

In der Spalte daneben war der zeitliche Ablauf angegeben: *Geschätzter Zeitraum bis zum Eintreten des Todes.* Der Herzstillstand wurde mit *plötzlich* bezeichnet. Der Schock selbst, die Zeitspanne, als er noch halb bei Bewusstsein war und seine Organe nach und nach versagten, als er nach Luft rang und ganz allein in seiner möblierten Einraumwohnung lag, wurde mit *ein bis mehrere Tage* angegeben. Es wurde angenommen, dass nach der Blutvergiftung *fünf Tage* vergangen waren, bis der Tod eintrat. Die Blutvergiftung war einer Verletzung auf einer der Baustellen seines blöden Cousins geschuldet; der Cousin hatte Dad zu einem fragwürdigen Arzt gebracht, der ihm nach Ansicht meiner Mutter beim Nähen der Wunde die Infektion überhaupt erst verpasst hatte.

Über diese fünf Tage kam ich einfach nicht hinweg, ich konnte sie nicht akzeptieren. Mein Vater hatte tagelang krank im Bett gelegen, und am letzten dieser Tage war er so krank gewesen, dass er gestorben war. Er rief uns immer samstagmorgens von einer Telefonzelle aus an, aber in dieser Lage hatte er nicht angerufen. »Er war immer so stolz«, hatte Marie gesagt, als wir uns die Urkunde zum ersten Mal anschauten. »Viel zu stolz, um auch nur irgendwen um ein kleines bisschen Hilfe zu bitten.« Sie war stinksauer auf ihn. Ich gab allen anderen die Schuld. Seinem Cousin, den USA, meiner Mutter, uns, mir - weil er doch nie allein in einem Zimmer hätte sterben dürfen, an einer Straße ohne Bäume, mitten in einer Stadt, in der er niemanden hatte.

15

Für den Rest der Woche musste ich auf Ellen und Beatrice aufpassen. Ich hatte niemandem erzählt, dass der Barbie-Mann hier gewesen war und Thomas mit ihm geredet hatte. Ich wollte Ellen ständig im Blick behalten, ihr aber auf keinen Fall sagen, weshalb. Am Donnerstagnachmittag war ich vor lauter Sorge schon halb durchgedreht und beschloss, dass wir am nächsten Tag mit dem Bus zur King of Prussia Mall fahren würden: Ellen, Beatrice und ich. Ich brauchte neue Turnschuhe, und außerdem wollte ich, dass wir alle vom Berg wegkamen. Beatrice war noch nie mit dem Bus zur Mall gefahren. Sie platzte fast vor Aufregung und wollte alles ganz genau wissen. Am Vorabend gab ich ihr das Kleingeld für die Fahrkarte, das sie in ihre Umhängetasche stecken sollte.

»Und wenn ich es in den falschen Schlitz stecke?«

»Ich werfe mein Geld zuerst ein, und du machst es einfach so wie ich.«

»Und der Bus fährt auch ganz sicher um halb zehn?«

»Ja, er fährt jeden Tag um diese Zeit. Und alle zwei Stunden. Vorher kommt einer um halb acht und danach der nächste um halb zwölf.«

»Und wenn ich verloren gehe und nicht weiß, wo der Bus nach Hause abfährt?«

»Du gehst schon nicht verloren.«

Um kurz nach neun gingen wir den Wanderweg zur Bushaltestelle hinunter. Ellen trug ein weißes, kurzärmeliges Oberteil, das Sage mir geschenkt hatte. »*Broderie anglaise*«, hatte sie mir erklärt, ein Stil, den Charlotte besonders liebte, mit ausgestanzten Mustern und kleinen Löchern. Es war das erste Mal seit jenem Abend, dass Ellen ihre Arme zeigte. Ein paar Wundreste waren noch zu sehen, glatte, rosige Stellen, wo sich die Haut neu gebildet hatte, aber sonst war alles gut verheilt. Beatrice hatte Shorts von Ellen an und dazu ein gestreiftes T-Shirt. Ihre Haare waren zu einem dicken Zopf geflochten, die Umhängetasche trug sie quer über der Brust. Trotzdem hielt sie sie noch mit beiden Händen fest. Auf dem Weg hinunter erzählte sie aufgeregt von der Unabhängigkeitstag-Parade, die bald stattfinden würde, und wie sie ihr Fahrrad dafür schmücken wollte. Ellen blieb still, während Beatrice uns erklärte, dass sie Krepppapier und Luftschlangen kaufen wollte.

»Da kriegen wir was Besseres hin«, sagte sie schließlich. »Was hältst du davon, wenn wir etwas völlig Neues machen? Etwas richtig Gutes.«

Es blieb noch eine Woche, Zeit genug, um sich etwas auszudenken. Beatrice war vermutlich unsere letzte Gelegenheit. Nächstes Jahr würde selbst sie keine Lust mehr auf die Parade haben. Jedes Jahr zum Unabhängigkeitstag am vierten Juli führte das Feuerwehrauto einen Umzug von Kindern mit geschmückten Fahrrädern einmal rund um den Berg. Das schönste Fahrrad bekam einen Preis. Letztes Jahr hatte ein Mädchen in einem paillettenbesetzten, rot-weiß-blauen Trikot, hautfarbener Strumpfhose und weißen Cowboystiefeln auf einem Fahrrad mit Stützrädern gewonnen. Alle hundert Meter war sie vom Fahrrad gesprungen, hatte lächelnd ihren Tambourstock wirbeln lassen und ein Rad geschlagen. Marie fand es verstörend, dass eine Gruppe mittelalter Männer einem kleinen Mädchen die höchste Punktzahl gab, das aussah wie die Kandidatin bei einer Miss-Wahl für Kinder in Texas.

Die Morgensonne warf ihre Lichtsprenkel auf den Weg, die Schösslinge, das Unkraut und die Wildblumen leuchtend grün und fast so groß wie wir. Als wir uns der alten

Flaschenfabrik näherten, wurde der Weg schmaler, und sogar hier oben, hoch über der Schlucht, roch ich die Robinien.

Als wir den Wald hinter uns ließen und bergab zur Hauptstraße gingen, überholte uns ein Motorrad. Wilson. Und hinter ihm saß eine Beifahrerin mit einem Paar weißer Kellnerinnenschuhe in der rechten Hand; unter ihrem Helm wehte blondes Haar hervor. Ellen winkte wie verrückt und wollte ihnen hinterherlaufen. Ich pfiff sie zurück.

»Was denn?«, fragte sie.

»Wir müssen bei Beatrice bleiben. Ich will nicht, dass sie den Berg runterrennt, es ist alles voller Rollsplitt.«

»Aber das sind Sage und Wilson.« Ellen sah mich an.

»Geh einfach langsamer!«

Etwas in meinem Ton hatte mich wohl verraten. »Habt ihr Streit?«, fragte Ellen.

»Nein«, schwindelte ich. »Nicht so richtig.«

»Was ist passiert?«

»Erzähl ich dir später«, sagte ich. Vor uns ging Beatrice, die ihre Tasche umklammert hielt und auf ihre Armbanduhr schaute. Ich wollte, dass wir langsamer gingen, damit wir nicht mit Sage und womöglich auch noch mit Wilson an der Bushaltestelle warten mussten. Außerdem musste ich nachdenken. Wieso war Sage mit Wilson unterwegs? Das war gefährlich, ich hätte sie gern gewarnt. Mir war klar, dass ich ihnen eigentlich nachlaufen und Wilson erzählen müsste, dass der Barbie-Mann am Berg gewesen war. Aber ich tat es nicht.

»Beatrice, willst du dir an der Tankstelle noch eine Limo holen?«

»Haben wir denn so viel Zeit?«

»Klar.«

Wir gingen direkt zur Tankstelle, und ich reichte Beatrice das Kleingeld für den Automaten. Sie zog je eine Cola für sich und Ellen, und wir schlenderten zur Bushaltestelle, die gut hundert Meter weiter die Route 23 entlang lag. Der Bus mit den dunklen Scheiben kam bereits, und Sage und ein paar andere wartende Fahrgäste traten vor.

»Sage!« Beatrice rannte voraus und fiel ihr um den Hals. »Libby fährt mit uns in die Mall!«

»Na, Miss Beatrix Potter? Haben Sie ein paar neue Geschichten geschrieben?«

Der Bus hielt, die Türen öffneten sich.

»Nach dir«, sagte ich zu Sage.

Beatrice hatte ihre Münzen schon abgezählt in der Hand. Ellen stieg hinter Sage die Stufen hoch. Ich sagte Beatrice, sie solle mit Ellen gehen und ihr einfach alles nachmachen. Sie warf ihr Kleingeld gewissenhaft ein und wartete, bis der Fahrer nickte und sie sich einen Platz suchen durfte. Dann lief sie durch den Mittelgang, vorbei an Ellen, und setzte sich auf den freien Platz neben Sage. Ich setzte mich neben Ellen und hörte mir an, wie Beatrice Sage erzählte, dass Ellen ihr den Fahrradschmuck und das Kostüm für die Parade entwerfen würde, dass ich mir neue Turnschuhe kaufen und sie selbst ein Geschenk für Marie und ihre neue Wohnung besorgen wollte. Als der Bus in die Mall einbog, sagte ich Ellen, wir würden an der ersten Haltestelle aussteigen, vor dem Kaufhaus Wanamaker's, Sage erst eine Haltestelle weiter, am J.C. Penney. Am liebsten hätte ich ihr alles erzählt, aber ich wusste nicht, wie.

»Dann mal viel Spaß, Beatrice«, sagte Sage, als wir aufstanden. »Und wenn ihr zu mir ins Diner kommt, kriegst du ein Eis aufs Haus. Du auch, Ellen.«

Ein Wasserfall aus Plastik rieselte in ein Brunnenbecken, das von unten mit Strahlern erleuchtet wurde. Ganz oben auf dem künstlichen Wasserfall sollten Blätterbüschel, ebenfalls aus Plastik, den Eindruck von üppigem Grün erzeugen. Aus unsichtbaren Lautsprechern kam die übliche Fahrstuhlmusik, es war angenehm kühl. Das Licht in der Mall schien immer gedämpft, wahrscheinlich, damit sie sich nicht zu sehr aufheizte, aber für mich war es jedes Mal, als würde ich aus dem hellen Sonnenschein in den Schatten treten; meine Augen mussten sich erst einmal daran gewöhnen. Marie sagte immer, Malls würden extra so gebaut, um die Leute aus dem Konzept zu bringen. Darum gebe es dort auch weder Uhren noch Fenster, so wie im Spielcasino. Man solle in eine künstliche Welt eintreten und darin jedes Gefühl für Zeit und Realität verlieren.

Beatrice wollte eine Münze in den Brunnen werfen und sich etwas wünschen. Eine Gruppe Jugendlicher hatte sämtliche Bänke davor besetzt und baute gerade ihren Ghettoblaster auf. Kleine Mall-Ratten. Irgendwann hatte Marie Thomas gefragt, was die Sammelbezeichnung für Ratten sei. »Schwarm oder Plage«, hatte er geantwortet. *Eine Mall-Rattenplage,* das sei doch die perfekte Beschreibung, meinte Marie. Kassette rein, schon dröhnte »Black in Black« von AC/DC aus dem Ghettoblaster, und ein Mädchen in meinem Alter spielte Luftgitarre, eine Kippe zwischen den Lippen. Sie sah aus, als bekäme sie die Augen kaum weit genug auf, um etwas zu sehen. Es war gerade zehn Uhr vormittags, die Mall hatte eben erst geöffnet.

»Glotz da nicht so hin«, sagte Ellen zu Beatrice.

»Na los, Beatrice!« Ich fasste sie am Arm. »Wirf deine Münze rein und wünsch dir was, und dann machen wir unsere Besorgungen.«

Ich kaufte mir weiße Chucks von Converse. Ellen und Beatrice verbrachten fast eine Stunde im Bastelladen und berieten über Beatrices Fahrradschmuck. Schließlich erstanden sie Krepppapier, Windräder, große Bögen blauer

Pappe, Abdeckband und Schminke. Im Stoffladen kaufte Ellen meterweise billige rote und blaue Baumwolle, Nadeln und Nähgarn. Beatrice erstand in der Haushaltsabteilung vom Wanamaker's mit Motiven aus Philadelphia versehene Geschirrtücher für Maries neue Wohnung. Als wir am Space Port vorbeikamen, der Halle mit den Videospielen, blieben wir am Eingang stehen und schauten hinein. Der ganze Raum war schwarz gestrichen, sogar der Boden. Ganz hinten waren UV-Lampen montiert und erzeugten auf den strukturierten Oberflächen der Wände psychedelische Wirbel. Beatrice wollte unbedingt ein Rennfahrer-Videospiel machen, bei dem man das Auto selber fuhr. Ich erklärte ihr, das sei Zeitverschwendung und ziehe einem nur das Geld aus der Tasche, aber dann ließ ich mich doch breitschlagen. »Stell dir einfach vor, du würdest fahren.« Ich blieb an die Wagentür gelehnt stehen, während sie am Lenkrad kurbelte und einen Unfall nach dem anderen baute. Vor uns saß eine Reihe Jungs wie gebannt vor den *Space Invaders*-Automaten. Ich sah nur ihre Rücken, die sich erst in die eine, dann in die andere Richtung lehnten, sich duckten, wenn die Aliens herunterfielen, kleine weiße Kleckse, die wie Marshmallows aussahen. Trotz des ganzen Lärms hörte ich den dumpfen Beat der *Space Invader*-Spiele, wie ein viel zu schneller Herzschlag unter den stakkatohaften Schüssen der Spieler und den Explosionen, wenn sie getroffen wurden. Ich sah zu Ellen hinüber, die ebenfalls den *Space Invaders* zuschaute, und erschrak. Ihr weißes Oberteil wurde direkt angestrahlt, und sie leuchtete lila im UV-Licht, mitsamt dem weißen Bustier, das sie darunter trug.

Das Diner vom J.C. Penney lag am anderen Ende der Mall, und Beatrice wollte Sages Angebot annehmen und bei ihr ein Eis essen, um zuzusehen, wie sie Bestellungen notierte, die Zettel an die Küche weitergab und das Essen servierte. Ich machte ihr einen anderen Vorschlag. Ich würde ihnen einen Eisbecher bei Friendly's spendieren, das war viel besser als die Metallschüsselchen mit je einer Kugel Vanille, Schokolade oder Erdbeer, die sie bei Sage bekommen würde. Beatrice war einverstanden.

Im Friendly's wies uns die Kellnerin eine Sitznische mit Blick auf den Parkplatz zu, meines Wissens der einzige Platz in der Mall, von dem aus man die Außenwelt sehen konnte. Beatrice rutschte neben mich, Ellen setzte sich uns gegenüber, und wir bestellten unser Eis. Ich wollte Ellen nach den Plänen für die Fahrradgestaltung fragen, aber sie schaute mit starrer Miene an mir vorbei, zu den Toiletten hinüber. Dann duckte sie sich auf ihrem Platz, zog den Kopf ein.

»Er ist hier«, flüsterte sie. Ich brauchte gar nicht hinzuschauen, um zu wissen, wen sie meinte.

Ich blieb stocksteif sitzen, jeden Moment darauf gefasst, von hinten niedergeschlagen zu werden. Ich drehte mich nicht um, wartete nur auf den Hieb, und dann ging eine Gestalt an mir vorbei, blieb kurz stehen, wandte sich um. Ich rührte mich nicht. Ich nahm seinen Geruch wahr, der an Patschuli erinnerte. Marie hatte das ein paar Mal benutzt, als sie in der Grateful Dead-Phase war, aber wieder damit aufgehört, weil es uns andere auf der Fahrt zur Schule am Morgen regelrecht erschlug. Der Barbie-Mann glitt in die Sitznische direkt hinter Ellen, wo schon ein anderer Mann wartete. Er saß mit dem Gesicht zu mir, aber ich hatte viel zu viel Angst, um aufzuschauen. Ellen rutschte noch tiefer in ihren Sitz, beugte sich über den Tisch.

»In der Nische hinter dir«, flüsterte ich. »Er hat dich nicht gesehen.«

»Was ist denn?«, fragte Beatrice.

»Nichts«, sagte ich, und in dem Moment brachte die Kellnerin unser Eis, das in hohen Bechern mit langen Löffeln serviert wurde. Beatrice machte sich gleich über ihres her. Ellen und ich starrten nur auf unsere Becher. Ellen nahm den Löffel, aber ihre Hand zitterte zu sehr, und sie legte ihn wieder weg. Ich wusste nicht, was ich tun sollte. Beatrice bekam gar nichts mit. Ellen und ich wechselten einen Blick. Tränen wallten in ihren Augen auf und tropften auf den Resopaltisch.

Die Kellnerin kam wieder vorbei. »Alles in Ordnung, Liebes? Schmeckt euch euer Eis nicht?«

»Doch, doch, sehr gut«, sagte ich, und Ellen und ich fingen umgehend an, unser Eis zu löffeln.

Ich konnte kaum schlucken, als würde mir langsam der Hals zuschwellen. Den Ellbogen auf den Tisch gestützt und eine Hand vor der Stirn, versuchte ich, heimlich einen Blick auf ihn zu werfen. Er sah genauso aus, wie Ellen ihn beschrieben hatte: weißblondes Haar, das schimmerte, als hätte er es mit dem Eisen geglättet und etwas für den Glanz hineingegeben. Er hatte sich ein blaues Halstuch um die Stirn gebunden, das seinen Haaransatz verdeckte. Das versetzte mir eine Art Schlag in die Magengrube. Er versteckte damit die Stelle, wo Wilson ihn skalpiert hatte. An den Wangenknochen hatte er blaue Flecken, das eine Auge war bläulich-schwarz verfärbt und innen blutunterlaufen. Seine Wimpern und Brauen mussten ebenfalls hellblond sein, denn es sah so aus, als hätte er keine. Sein Begleiter und er waren schon fast mit ihrem Essen fertig. Ich gab mir Mühe, ihn nicht anzustarren.

»Was ist denn los?«, fragte Beatrice und sah zwischen uns hin und her.

»Klappe«, zischte Ellen.

Beatrice schaute zu mir und ließ ihren Löffel auf den Tisch sinken.

»Was denn? Was hab ich gemacht?«

»Iss dein Eis auf, Bea.« Ich war sonst nie streng mit Beatrice, und sie gehorchte gleich, als sie meinen Ton hörte. Sage und ich hatten die Entfernung zwischen Pottstown und Valley Forge Mountain auf der Karte ausgemessen. Es waren gut dreißig Kilometer, keine hundertfünfzig, wie Marie behauptet hatte. Die Mall lag etwa zehn Kilometer von der Tankstelle weg. Waren vierzig Kilometer nicht ein bisschen weit für einen Ausflug in eine Mall? Was wollte er hier?

Die Kellnerin sprach jetzt mit dem Barbie-Mann und seinem Begleiter. Sie war dabei, ihnen die Rechnung auszustellen. »Sie sehen ja aus wie durch die Mangel gedreht«, sagte sie.

»Ja, sein Schönheitschirurg hat gerade Urlaub«, sagte der Barbie-Mann, so, als hätte sie den anderen Mann gemeint. Seine Stimme klang heiser, ein rauer Klang, als würde er täglich vier Päckchen Kippen rauchen. Alle drei lachten, wie über einen guten Witz.

Die Kellnerin legte die Rechnung auf den Tisch. »Ich komme dann wieder, wenn Sie so weit sind.«

Auch Ellen lauschte. Ich wusste, dass sie wissen wollte, worüber die Männer sich unterhielten. Sie musste seine Verletzungen gesehen haben. Wir blieben stocksteif in unserer Nische sitzen.

Ich beobachtete, wie jeder der beiden etwas Geld auf den Tisch legte und aufstand, und spürte Übelkeit in der Kehle aufsteigen. Der Barbie-Mann war riesig. Mindestens so groß wie Evi van der Graffs Vater, und der war angeblich eins achtundneunzig. Er trug ein weißes T-Shirt mit einer schwarzen Lederweste darüber, dazu Jeans, einen dicken schwarzen Gürtel und schwarze Stiefel. Um die eine Schulter hatte er eine Schlinge gewickelt, die den linken, eingegipsten Arm fixierte. Sie hatten ihm den Arm gebrochen. Panik packte mich. Der andere Mann sah ganz normal aus, nicht mehr sonderlich jung, er erinnerte ein bisschen an Mr Walker. Wir blieben in unserer Nische. Ich beobachtete, wie die beiden hinausgingen, während Beatrice ihr Eis löffelte und Ellen starr auf den Tisch blickte. So saßen wir da, bis die Kellnerin mit der Rechnung kam. Ich legte den Betrag und ein Trinkgeld auf den Tisch. Weder Ellen noch ich hatten aufgegessen.

»Jetzt gehen wir auf die Toilette«, sagte ich.

»Ich muss aber gar nicht«, sagte Beatrice.

»Wir gehen alle zusammen, so sind die Regeln.« Wir gingen in den hinteren Teil des Restaurants, und ich blieb draußen bei den Münztelefonen stehen, wo ich die Toilettentüren im Blick hatte. »Geht schon mal rein«, sagte ich. »Ich komme gleich nach.«

Ich warf ein paar Münzen ein und wählte.

»Guten Tag, willkommen bei der Auskunft.«

»Ich hätte gern die Nummer von Rage Records an der Third Street in Philadelphia. Das ist ein Plattenladen.«

»Soll ich Sie gleich verbinden?«, fragte die Frau am anderen Ende.

»Ja, bitte.«

Ich wartete. Es tutete zwei Mal, dann nahm Marie ab und trällerte förmlich: »Rage Records an der Third«. Als ich ihre Stimme hörte, kamen mir die Tränen.

»Marie, er ist hier.«

»Libby? Bist du das? Wer ist wo?«

»Der Barbie-Mann.«

»Wo? Bei uns am Haus?«

»Nein, hier. In der Mall.«

Ich erzählte ihr, dass wir den Mann gesehen hatten und er in der Sitznische neben uns gesessen hatte, dass Thomas ihm am Tag nach ihrem Umzug am Berg begegnet war, dass er nach Craig Kowalski suchte und ich nicht wusste, was ich machen sollte.

»Hat er Ellen gesehen?«, fragte Marie.

»Ich glaube nicht.«

»Beruhig dich, Libby. Um zwei geht der nächste Bus. Geht durch die Mall direkt zur Bushaltestelle. Lasst euch nicht draußen auf dem Parkplatz sehen. Ich rufe Wilson an, und wenn er zu Hause ist, sage ich ihm, er soll an der Tankstelle auf euch warten.«

»Nein. Nicht Wilson. Bitte, Marie. Den sucht er doch. Wir müssen uns von ihm fernhalten.«

»Gut, dann steigt ihr eben aus dem Bus und geht direkt weiter zum Wanderweg. Haltet euch nicht an der Dreiundzwanzig auf.«

»Okay.«

»Beruhig dich. Er hat sie nicht gesehen. Und außerdem will er nur Wilson.«

Ich nickte, versuchte, mit dem Weinen aufzuhören. »Es tut mir leid, Marie.«

»Was denn?«

»Dass ich so war, als du weggefahren bist.«

»Sei nicht albern. Ruf mich an, sobald ihr zu Hause seid. Wenn ich nichts von euch höre, mache ich mir Sorgen und verständige wahrscheinlich die Nationalgarde. Nehmt den nächsten Bus. Ihr habt eine Viertelstunde.«

Als ich in den Toilettenraum ging, standen Ellen und Beatrice zusammen vor den Waschbecken.

»Wir gehen jetzt und nehmen den nächsten Bus«, sagte ich möglichst munter.

»Was ist denn los, Libby?«, wollte Beatrice wissen. Ich reagierte nicht auf ihre Frage.

Wir traten wieder in die Mall hinaus. Gleich gegenüber lag der J.C. Penney.

»Wartet mal ... verabschieden wir uns doch noch kurz von Sage.«

Die beiden folgten mir. Als wir hereinkamen, stand Sage gerade vor der Theke. Sie musste mir etwas angesehen haben, denn sie kam sofort zu uns herüber.

»Was ist los?«

Ich zog sie von Beatrice weg und erzählte ihr, dass wir ihn gesehen hatten. »Wir müssen unbedingt zum Bus. Bitte, Sage, bringst du uns zur Haltestelle vor dem Wanamaker's?« Ellen sah uns aufmerksam zu, Beatrice musterte die Gäste rund um die Theke, die wie eine Kidneybohne geformt war.

Sage band sich die Schürze ab, beugte sich über die Theke und verstaute sie in einem Fach auf der anderen Seite. »Ich bin gleich wieder da, Gretta.«

Wir gingen in die Mall zurück, fuhren mit der Rolltreppe ins Obergeschoss und eilten durch die Halle auf das Kaufhaus zu.

»Du musst dich von Wilson fernhalten«, sagte ich zu Sage. »Der Barbie-Mann ist ihm auf den Fersen.«

»Ich habe nur auf seinem Motorrad gesessen, weil er mich auf dem Weg zur Bushaltestelle zufällig gesehen hat.«

Wir kamen am Chick-Fil-A vorbei, wo Marie ihren ersten Ferienjob gehabt hatte – Hühnerfilets anrichten und Zitronen für die hausgemachte Limonade auspressen –, und an einem Geschäft für Herrenmode. Gleich dahinter kam der Space Port. Ellen hielt die ganze Zeit den Kopf gesenkt, sie wollte nichts sehen und nicht gesehen werden. Als wir an der Spielhalle vorbeikamen, warf ich einen Blick hinein. Ein schwarzes Loch an diesem sonnigen Nachmittag. Die Videospieler waren bloß Umrisse in der Dunkelheit. Nur eine Gestalt sprang mir ins Auge, ganz hinten. Sein Arm in der Schlinge war weggestreckt wie ein Fledermausflügel und leuchtete lila im UV-Licht. Ich griff nach Beatrices Hand. Ellen sah immer noch zu Boden.

»Sage.« Ich hätte mich fast an ihrem Namen verschluckt. »Da ist er.«

Sage schaute durch die Tür des Space Port, dann sah sie mich an.

»Lauft«, sagte sie nur. Nicht einmal Beatrice fragte noch, warum. Wir rannten einfach durch die Mall, durch die ganze lange Halle, vorbei an den künstlichen Oasen, hinein ins Kaufhaus, vorbei an der Parfumabteilung, der Damenunterwäsche und den Badeanzügen, alle drei rannten wir, als ginge es um unser Leben, raus aus dem Hintereingang, hinein ins gleißende Licht.

16

Die Leuchtkäfer flogen schon. Thomas hatte mir mal erzählt, der Leuchtkäfer – in anderen Bundesstaaten auch Glühwürmchen genannt – sei das offizielle Staatsinsekt von Pennsylvania, und es sei einer Gruppe Schulkinder aus unserer Gegend zu verdanken, dass er als Wahrzeichen gewählt worden sei. Das machte mich seltsam stolz. Als ich unsere Straße entlangging, hing im Westen noch ein schwacher Klecks Gold an den Wolken. Obwohl wir den Barbie-Mann in der Mall gesehen hatten und wussten, dass er höchstwahrscheinlich wieder an den Berg kommen würde, musste ich mich trotzdem zu Fuß auf den Weg zu den Bouchers machen. Als ich am »Manson-Haus« vorbeikam, beschloss ich, diesmal den Bewegungsmelder für die Außenbeleuchtung auszulösen, für den Fall, dass mir jemand folgte. Ich hatte meine neuen Chucks an und sprintete los. Stehenzubleiben und mich umzuschauen brachte ich nicht fertig. Sobald ich die Scheinwerfer eines Autos auftauchen sah, würde ich mich im Wald verstecken.

Als wir am Nachmittag im Bus saßen, Beatrice am Fenster, ich am Gang und Ellen auf der anderen Seite, hatte Ellen nur ein Wort gesagt: »Wilson?«

»Ja.«

Sie hatte es sich zusammengereimt. Wir hörten Beatrice zu, die uns auf alles Mögliche draußen hinwies, konnten aber vor ihr nicht reden. Am Fuß des Bergs stiegen wir aus und gingen direkt den Hang hinauf, ohne noch lange auf der Hauptstraße herumzutrödeln.

Das Haus war leer. Ellen und Beatrice verzogen sich gleich nach oben, um an dem Kostüm für den Unabhängigkeitstag zu arbeiten. Für den Rest des Nachmittags saßen sie auf dem Fußboden und rissen die neu erworbenen Stoffe in lange Streifen. Ellen stopfte Beatrices weiße Strumpfhose mit Zeitungspapier aus und machte sich an die mühselige Aufgabe, die blauen und roten Streifen anzunähen. Das Zeitungspapier sollte verhindern, dass sie die Strumpfbeine zusammennähte. Ich setzte mich zu ihnen auf den Boden und nähte auch einen blauen Streifen an. Meine Naht war schrecklich ungleichmäßig, und ständig glitt mir der Faden aus der Nadel. Ellen arbeitete schweigend, aber ihre Finger waren geschickt und flink, ihre Nähte ordentlich. Beatrice und ich gaben schnell auf, aber Ellen nähte weiter. Ich wusste, dass sie sich von den Vorfällen in der Mall ablenken wollte. Beatrice plapperte fröhlich, machte Vorschläge. Sie nahm einen roten und einen blauen Streifen und fädelte sie durch die obersten Löcher ihrer Turnschuhe, um sie zu riesigen Schleifen zu binden.

»Das sieht super aus«, sagte Ellen. Beatrice strahlte.

Als es Zeit für mich wurde, zum Babysitten aufzubrechen, hatten Ellen und ich immer noch nicht darüber gesprochen, dass der Barbie-Mann in der Mall gewesen war und was Wilson mit ihm gemacht hatte.

Bei den Bouchers tanzte ich mit Bruce durch die Küche – er stand auf meinen Füßen –, während Mrs Boucher ihre Sachen für den Abend zusammensuchte. Ich sang »Ich hab getanzt heut Nacht«, und Bruce konnte sich kaum aufrecht halten, weil er so lachen musste. »Was ist denn das bitte für ein Tanzpartner, der mir die ganze Zeit auf den Füßen steht?« Peter versuchte immer wieder, Bruce wegzuschieben, und rief: »Ich auch, ich auch!« Später setzte ich mich aufs Sofa und schaute fern. Ein paar Mal probierte ich es bei Sage, um mit ihr über das zu reden, was in der Mall passiert war, aber Charlotte meinte, sie sei unterwegs.

Um viertel vor eins erhellten Scheinwerfer das große Fenster und verloschen dann. Ich wartete ein paar Minuten, dann ging ich in Mrs Bouchers Bad, ohne Licht zu machen. Ich drückte das Gesicht ans Fenster und schaute hinaus, konnte aber nicht einmal den Umriss des Wagens erkennen, und schließlich ging ich ins Wohnzimmer zurück, um weiter auf den stummgeschalteten Fernseher zu starren. Diesmal hörte ich keine Autotür schlagen, aber um halb zwei gingen die Scheinwerfer wieder an, und der Wagen kam über die lange Einfahrt auf mich zu gerollt.

Mrs Boucher trat in die Küche, goss sich ein Glas Wasser ein, lehnte sich ans Spülbecken und trank. Sie trug ein rotes Wickelkleid, tief ausgeschnitten, aber geschmackvoll. Dazu eine lange Kette, große verschränkte Kreise aus gehämmertem Silber. Die Riemchen ihrer hochhackigen Schuhe umschlossen ihre Knöchel. Das dunkle Haar fiel ihr glatt über den Rücken. Sie war wunderschön. Wahrscheinlich die hübscheste erwachsene Frau, die ich kannte.

»Wie war es heute?«, fragte sie.

»Gut. Prima«, sagte ich. Ihr Ex-Mann hatte angerufen und ließ ihr ausrichten, dass er die Jungs am nächsten Tag erst mittags abholen könne, dazu sagte sie nur: »Schön – dann können wir alle ein bisschen ausschlafen ...« Die Jungs verbrachten jeden zweiten Samstag bei ihrem Vater.

Sie öffnete ihre Handtasche und zählte meine zehn Dollar ab. Ich kam mir immer ein bisschen komisch vor, wenn ich das Geld einsteckte, weil ich nicht zu habgierig wirken wollte. Also wartete ich, bis wir draußen im Dunkeln waren, bevor ich die Hand mit dem Geld in die Tasche meiner Jeans schob.

Wir stiegen in den Volvo. Ein Hauch Alkohol, gemischt mit Rasierwasser, hing in der Luft. Und weil Mrs Boucher im Auto rauchte, roch es auch immer nach abgestandenem Rauch. Auf der Fahrt schwiegen wir beide. Als wir uns über die Horseshoe Trail Road dem Forge Mountain Drive näherten, sahen wir vor uns etwas auf der Straße. Ein Wagen. Konnte das der Camaro sein? Eine Sekunde lang verschwamm mir alles vor den Augen. Das Auto parkte, die Fahrertür war offen, und mitten auf der Straße, übergroß im Licht der eigenen Scheinwerfer, stand ein Mann. Ich zwang mich, tief einzuatmen. Unsere Sportlehrerin hatte uns erklärt, dass Amerikaner meistens ausatmen, wenn sie in Stress geraten, während Schweden in solchen Fällen einatmen. Sie meinte, das entspreche einer unterschiedlichen Haltung zu dem, was einem bevorstand. Wir müssten lernen, einzuatmen und an uns zu glauben. Zum Kampf bereit zu sein.

»Ach herrje«, sagte Mrs Boucher und hielt ein gutes Stück entfernt von dem Wagen an. Sie kurbelte ihr Fenster herunter. »Ich mag es überhaupt nicht, nachts auf der Straße Hindernissen zu begegnen. Verriegel deine Tür.«

Ich verriegelte meine Tür und auch die hinter mir. Angestrengt blickten wir beide ins Dunkel. Der Mann sah riesig aus, und ich versuchte zu erkennen, ob es der Barbie-Mann war.

»Ob er einen Unfall hatte?«, überlegte Mrs Boucher laut. »Ich weiß nicht, ob ich näher ranfahren soll.«

Ich hatte Angst. Und wusste auch nicht, was wir tun sollten. Ich malte mir zwielichtige Gestalten aus Pottstown aus, die sich um uns herum im Wald versteckten.

»Fahren Sie einfach schnell weiter«, sagte ich. »Wir kommen an ihm vorbei.« Mrs Boucher sah mich an. Es war ihr nicht entgangen, wie sehr ich mich fürchtete.

Jetzt hatte der Mann uns gesehen und winkte, wie um uns zu signalisieren, an ihm vorbeizufahren. Mrs Boucher legte den Gang ein, und wir näherten uns dem Mann und dem Wagen mit der offenen Tür sehr viel langsamer, als mir lieb gewesen wäre.

»Fahren Sie schneller. Das ist eine Falle. Das ist der Mann, der Ellen mitgenommen hat!« Ich merkte, dass ich immer lauter wurde.

Mrs Boucher trat aufs Gas. Wir waren noch keinen Meter weiter, da sah ich, wer es war.

»Warten Sie. Halt! Ich kenne ihn. Alles gut. Tut mir leid.«

»Ich finde, wir sollten doch weiterfahren«, sagte sie. Jetzt sah ich zu ihr. Sie hielt das Lenkrad mit beiden Händen umklammert. Ich hatte ihr Angst gemacht.

»Schon gut. Das ist Doktor Adams. Der Vater von meiner Freundin Sage. Wir sollten anhalten.«

Trotzdem schien sie noch einmal kurz beschleunigen zu wollen, bevor sie bremste. Wir blieben schweigend sitzen. Grady Adams kam auf uns zu, und Mrs Boucher stellte versehentlich die Scheibenwischer an und bemühte sich hektisch, sie wieder auszuschalten. Er stand jetzt vor ihrem Fenster, sie ließ es ein ganz kleines Stück herunter und sah zu ihm hoch. Er beugte sich vor, um durch den schmalen Spalt zu sprechen.

»Tut mir wirklich leid, wenn ich Ihnen Angst gemacht habe, aber ich habe ein Reh angefahren.« Man sah ihm an, wie sehr ihn das mitnahm. Er fuhr sich mit der Hand durchs Haar, schüttelte den Kopf. »Verdammt«, sagte er, langsam und gedehnt und kaum hörbar. Sage sprach mit der gleichen südlichen Bedächtigkeit. Einen Moment lang unternahmen wir gar nichts, während er vor dem Fahrerfenster stand.

»Ich steige aus«, sagte ich.

»Warte, Libby!« Mrs Boucher streckte die Hand nach mir aus, aber ich stand schon auf der Straße. Ich ging um den Wagen der Adams' herum. Er war leer, Charlotte war nicht mit dabei. Ich betrachtete das Tier, das auf der Fahrbahn lag. Grady trat neben mich.

»Es ist einfach aus dem Nichts aufgetaucht und direkt vor mein Auto gesprungen.«

Hinter uns setzte Mrs Boucher zurück, parkte und schaltete die Warnblinkanlage ein. Dann kam sie zu uns, stand auf ihren hohen Absätzen da.

»Ich habe ein Reh angefahren«, sagte er zu ihr. Das hatte er uns doch schon erzählt. Ich überlegte, ob er wohl unter Schock stand. Er wirkte aufgewühlt, ganz anders als sonst.

»Ist es tot?«, fragte Mrs Boucher.

»Ich bin mir nicht sicher.«

Ich fragte mich, ob ich sie einander vorstellen sollte oder ob das unter den gegebenen Umständen irgendwie unpassend war.

»Können Sie feststellen, ob es tot ist?« Mrs Boucher klang gereizt.

Im Scheinwerferlicht kniete Grady sich hin und warf einen verzerrten Schatten auf die Straße. Das Tier war ein dunkles Etwas am Boden, rund um seinen Kopf wuchs eine noch dunklere Blutlache, wie ein schwarzer Heiligenschein. Seine Körperhaltung wirkte unnatürlich, halb nach hinten verdreht. Grady hielt eine Hand vor das Maul des Tieres.

»Ich spüre keinen Atem«, sagte er, als würde ihn das überraschen.

Ich trat einen Schritt näher, neben Grady, und beugte mich hinunter. Die Augen des Tieres standen offen und starrten mich an. Einen Augenblick lang glaubte ich, etwas darin aufblitzen zu sehen. Aber als ich zurückwich, merkte ich, dass es nur mein eigenes Spiegelbild gewesen war. Es war ein junger Weißwedelhirsch. Ein Weibchen. Es hatte dichte Wimpern und einen schlanken Hals. Früher hatten wir immer vom Wohnzimmerfenster aus das Rotwild im Wald beobachtet, und Dad hatte mir beigebracht, dass ein schlanker Hals und hohe Beine auf ein Jungtier hinwiesen.

»Es ist auf jeden Fall tot. Ich muss es von der Straße schaffen.« Grady richtete sich wieder auf. »Sonst kollidiert womöglich noch jemand damit.« Hier am Berg gab es keine Straßenbeleuchtung.

Zu dritt standen wir um das tote Tier herum. Erst dachte ich noch, wie still es doch war, aber dann nahm ich plötzlich das Zirpen der Grillen wahr, so laut, dass mir schleierhaft war, wieso ich es nicht schon vorher gehört hatte. Als würde die ganze Natur einen Trauergesang anstimmen.

»Ich muss es von der Straße schaffen«, sagte Grady noch einmal. Er machte einen Schritt über die Hirschkuh hinweg, so dass er über ihr stand, dann fasste er sie an den Vorderbeinen, dem schmalen Teil direkt über den Hufen. Er wollte ziehen, stolperte aber, und die Beine entglitten ihm. »Großer Gott, das ist echter Frevel«, sagte er. »Es tut mir so leid.«

»Ich helfe Ihnen. Ich nehme dieses Bein«, sagte ich und griff nach dem rechten. »Wenn Sie das andere nehmen, können wir gemeinsam ziehen.« Ich wusste, wie man schwere Dinge verräumte. Ich zählte uns ein und zog dabei jedes Mal schon leicht am Bein. »Eins, zwei, drei ...« Wir zogen beide, und die Hirschkuh bewegte sich vielleicht fünfzehn Zentimeter. Ich zählte noch einmal, und diesmal brachten wir sie ein paar Meter weit. Es war entsetzlich, ihren toten Körper über den Rollsplitt auf der Fahrbahn zu zerren, ihren Frieden zu stören. Wir hatten es schon fast bis zum grünen Seitenstreifen geschafft, und nachdem wir ein letztes Mal gezogen hatten, betteten wir die kleine Hirschkuh ins Gras.

Grady sank zu Boden, ließ den Oberkörper über die angezogenen Knie hängen und atmete schwer. Seine Hände baumelten kraftlos vor dem gesenkten Kopf herab, und ich bemerkte die silberne Kette, die er immer trug und die ihn von den anderen Vätern hier oben am Berg unterschied, selbst jetzt, im Dunkeln. »Es ist einfach vor mir aufgetaucht, als ich um die Kurve kam«, sagte er noch einmal.

Ich sah mir seine Stoßstange an. Sie hatte eine ordentliche Beule, daneben dunkle Schlieren. Ich fragte mich, ob das Hirschblut war.

»Es ist eine Hirschkuh«, sagte ich. »Ein Weibchen.«

»Ach ja?«, fragte er. Vielleicht gab es ja kein Rotwild in der Gegend von Mississippi, aus der er stammte, aber er lebte doch schon so lange hier, länger als ich. Eigentlich müsste er so etwas wissen.

»Ja, eine Weißwedelhirschkuh. Die männlichen Hirsche haben ein Geweih. Sie ist noch jung.« Gleich darauf wünschte ich mir, ich hätte das nicht gesagt, er sollte sich ja nicht noch schlechter fühlen.

Grady legte die Hand auf das Hinterteil des Tieres und ließ sie einen Augenblick dort ruhen. »Ich mache mir wirklich Vorwürfe. Es tut mir so leid, Mädchen.« Das sagte er zu der Hirschkuh. Und mein Herz flog ihm zu, dort draußen in der Dunkelheit, weil ihn der Tod dieses Tieres so erschütterte. Sage sagte immer, ihr Vater sei deswegen so beliebt, weil er bescheiden sei, sich fast schon seiner eigenen Existenz schämte, dafür mochten die Patienten ihn. Die Menschen fühlten sich wohl bei ihm, obwohl er sich mit sich selbst nicht ganz wohl fühlte. Es war seltsam, so mit ihm im Licht der Autoscheinwerfer dazusitzen, als wären wir beide nicht wir selbst.

Mrs Boucher, die die ganze Zeit kaum ein Wort gesagt hatte, brach jetzt das Schweigen, in das wir versunken waren. »Es tut mir ja leid, Libby, aber ich glaube, wir sollten jetzt fahren. Ich mache mir Sorgen, wenn die Jungs so lang alleine im Haus sind.«

Ich rappelte mich hoch und klopfte mir den Hintern der Jeans ab. »Was passiert denn jetzt mit dem Tier?« Ich machte mir Sorgen, dass Hunde oder Füchse auftauchen würden, und wollte die kleine Hirschkuh nicht einfach den Aasfressern überlassen.

»Ich rufe morgen bei der Gemeinde an«, sagte Grady. »Die kümmern sich darum.«

»Na, dann. Gute Nacht, Doktor Adams«, sagte Mrs Boucher. Wir setzten uns wieder in ihren Volvo, dessen Motor immer noch lief. Grady war aufgestanden, machte aber noch keine Anstalten, ins Auto zu steigen. Er blieb einfach im Licht seiner Scheinwerfer am Straßenrand stehen, vertieft in das, was er angerichtet hatte.

Mrs Boucher legte den Gang ein, und wir fuhren los. Sie warf mir einen prüfenden Seitenblick zu, sagte aber nichts. Mit einer Hand kramte sie in der Handtasche, zog eine Zigarette heraus und zündete sie an. Beinahe hätte ich sie auch um eine gebeten. Ich war hibbelig und redete wie ein Wasserfall. Ich fragte sie, ob sie den Mann aus Yellow Springs gekannt habe, der im Jahr zuvor ein Rotwild überfahren hatte und dabei umgekommen war. Das Tier war mit voller Wucht durch seine Windschutzscheibe geflogen und hatte ihm den Schädel gespalten. Mrs Boucher sagte, sie habe davon gehört. Oben an der Straße ließ sie mich aussteigen.

»Warte kurz, Libby«, sagte sie, bevor ich die Autotür wieder schließen konnte. »Warum dachtest du, dieser Wagen am Straßenrand könnte dem Mann gehören, der Ellen mitgenommen hat?« Sie schaute mich an.

Ich sah die Lampe am Ende unserer Einfahrt, die Ellen für mich hatte brennen lassen. Jetzt könnte ich Mrs Boucher alles erzählen, und die Angst wäre nicht mehr nur unsere. Andere wären dafür zuständig. Aber immer, wenn ich jemandem etwas erzählte, machte das alles nur noch viel schlimmer.

»Ich hatte einfach Angst. Ich weiß selber nicht, wo das herkam.«

»Es ist also wirklich alles in Ordnung?«

»Ja. Entschuldigung noch mal.«

Ich schloss die Autotür und rannte auf das Licht in der Einfahrt zu, immer noch voller Furcht vor dem, was im Wald lauern konnte.

In der Waschküche wusch ich mir die Hände, dann ging ich nach oben in unser Zimmer. Auf Ellens Teil des Ausziehbetts hörte ich Beatrice leise schnorcheln, Ellen lag in Maries Bett. Beatrice schlief immer noch am liebsten bei uns im Zimmer. Ich machte kein Licht, wollte mich im Dunkeln ausziehen und setzte mich zu ihr auf das untere Bett, um meine Turnschuhe aufzuschnüren. Als ich in etwas Warmes, Klebriges oben am rechten Turnschuh griff, hob ich die Hand automatisch ans Gesicht. Sie roch nach Erde und Metall. Mit den Schuhen in der Hand ging ich ins Bad und machte Licht. Der rechte meiner neuen weißen Chucks war mit Blut verschmiert, das bereits bräunlich geronnen war. Als ich in den Spiegel schaute, sah ich, dass auch auf meiner Wange ein Streifen war, wo ich mir ins Gesicht gefasst hatte. Ich drehte das heiße Wasser auf und wusch mir mehrmals Gesicht und Hände. Dann legte ich die Schuhe ins Waschbecken und wollte sie mit dampfend heißem Wasser abspülen, bis mir wieder einfiel, dass man Blut besser mit kaltem Wasser auswusch. Mir war seltsam zumute da im Badezimmer, kurz vor drei Uhr morgens: Als würde das alles einer anderen passieren, die vor dem Waschbecken stand, mit dem durchdringenden Eisen- oder Metallgeruch des Rotwilds in der Nase, aber auch noch etwas anderem, einem Duft wie von Fichtennadeln.

Über Beatrice hinweg kletterte ich in mein Bett und legte mich im Dunkeln hin, während sie nur wenige Zentimeter unter mir weiterschnorchelte.

»Libby?« Das war Ellen. »Was hat Wilson gemacht?«

17

Ich hatte lange geschlafen. Aus der Küche drangen die Stimmen meiner Schwestern und meiner Mutter herauf. Als ich die Augen aufschlug, brauchte ich einen Moment, um die Gestalt scharf zu stellen, die am anderen Ende des Zimmers hockte. Ich stützte mich auf den Ellbogen. Ellen hatte Beatrices Kostüm für die Parade schon fast vollendet. Sie hatte eine lebensgroße, kopflose Schneiderpuppe gebaut, indem sie die Beine mit Zeitungspapier und das Oberteil mit Kissen ausgestopft hatte. Die saß jetzt mir gegenüber auf Maries Bett. Die Beine waren rot-weiß-blau gestreift. Die blauen Jeans-Shorts und das weiße T-Shirt, die die Puppe trugen, gehörten Ellen. Außerdem hatte sie aus den roten und blauen Stoffstreifen eine Weste genäht, die über dem T-Shirt getragen werden sollte. Sie musste die halbe Nacht dafür aufgeblieben sein. Auf ihrer Kommode lag ein riesiger blauer Zylinder, den sie aus der Pappe gebastelt hatte; den einen Bogen hatte sie zusammengerollt und in den kreisrunden Ausschnitt des anderen gesteckt. An der Wand lehnte ein großes weißes Pappschild, auf dem ein Zitat aus dem berühmten Kinderbuch von Dr. Seuss stand: I AM SAM, SAM I AM. Beatrice würde als Uncle Sam auf ihrem Fahrrad fahren.

Ich ging nach unten, wo die drei am Tisch saßen. Ellen und Beatrice löffelten ihr Müsli, unsere Mutter nippte an einer Tasse Tee.

»Ellen fährt ins Kunstcamp!«, rief Beatrice mir entgegen.

»Echt?«, fragte ich und sah erst Ellen, dann unsere Mutter an.

Ellen zeigte ihre Freude praktisch nie offen, aber jetzt glühte sie sichtlich vor Glück. »Mom hat mich angemeldet. Ich muss allerdings zwei Wochen lang bei den Gambinos wohnen, weil ich von dort aus zu Fuß hingehen kann.« Als sie die Gambinos erwähnte, verdrehte sie die Augen, konnte ihre Begeisterung aber trotzdem nicht verbergen. Ich bekreuzigte mich zum Scherz. Die Gambinos waren die erzkatholischste Familie, die wir kannten. Ihr Sohn Gabriel, der in meinem Alter war, wollte Priester werden. Nach jedem Besuch der Gambinos liefen Marie und Thomas wild gestikulierend durchs Haus und redeten wie Vito Corleone im *Paten*. Lorenzo und Sofia Gambino waren mit dem Schiff aus Italien hergekommen. Sie waren älter als unsere Eltern, aber Dad hatte Lorenzo auf dem Bau kennengelernt, als er selbst gerade frisch in den USA angekommen war. Sofia arbeitete in einer Dosensuppenfabrik.

»Mein Gott, zwei Wochen mit Gabriel Gambino, das nenne ich eine Strafe«, sagte ich. Gabriel war sonderbar. Selbst zu Hause trug er nur Anzüge, das Hemd immer bis zum Hals zugeknöpft, und man traf ihn selten ohne seine Mutter an. Ich hatte ihn noch nie in farbigen Sachen gesehen, immer nur in Schwarz und Weiß. Obwohl auch sein Vater genau wie unserer nur ein einfacher Arbeiter war, sah Gabriel uns immer an, als wären wir wilde Tiere. Er war ein echter Musterknabe.

»Nicht frech werden, Libby«, sagte Mom. »Immerhin tun sie uns einen Gefallen.«

»Und weißt du was?«, sagte Beatrice. »Ich fahre für zwei Wochen ins Sommerlager und schlafe auch da!«

»Was denn für ein Sommerlager? Wo soll das sein?« Beatrice war noch nie von zu Hause fort gewesen und auch noch nie in einem Sommerlager, erst recht in keinem, wo man übernachtete.

»In North Carolina. Oben in den Bergen, man schläft in einer Hütte. Es ist ein ganz tolles Lager, und Mom kommt auch mit. Dann kann sie mich sonntags immer besuchen.«

»Die lassen Mütter mit ins Lager?«

»Neeeee!« Beatrice lachte mich aus. »Sie wohnt irgendwo in der Nähe.«

»Das Lager heißt Arrowhead«, sagte Mom. »Es ist in den Blue Ridge Mountains, ganz in der Nähe von Asheville.«

»Ist sie mit sieben nicht noch ein bisschen klein dafür?«

»Die nehmen dort Kinder ab sechs. Beatrice wird also bestens zurechtkommen.«

»Und was ist mit uns?«

»Thomas und du, ihr haltet hier die Stellung, es sei denn, du kannst zu Sage?« Die stumme Frage, die darin mitklang, lautete: *Kannst du bitte selber bei den Adams' fragen, du weißt ja, ich kann das nicht?*

»Nein, ich kann nicht zu Sage. Sie arbeitet. Ich bleibe mit Thomas hier.« Ich war sauer, weil sie mir das Fragen aufbürden wollte. »Und wo kommst du dann unter?«

»In der Nähe.«

»Das heißt?«

»In Asheville.«

»Aber wo genau? In einem Motel? In einer Holzhütte? Auf einer Schweinefarm?«

»Es gibt da eine Unterkunft, die günstig liegt.«

Sie wich mir aus. Sie wollte es uns nicht sagen, und dafür konnte es nur einen Grund geben. *Er* fuhr mit. Diese Lager, in die Ellen und Beatrice auf einmal durften, ließen ihr den Raum, gaben ihr die Freiheit, Zeit mit ihrem Freund und ohne uns zu verbringen, und das machte mich wütend. Ich wollte ihr Lügengebäude zertrümmern. Wir wussten doch alle, was sie uns verschwieg. Beatrice drehte sich Locken ins Haar, Ellen hatte sich in das Muster auf der Tischdecke vertieft.

»Dann komme ich mit euch mit.«

»Du weißt genau, dass das nicht geht.« Mom klang müde. Zerstreut und sorgenvoll knibbelte sie am Schildchen ihres

Teebeutels herum, und ich fühlte mich schrecklich. *Es stimmt schon,* dachte ich. *Mich interessiert nicht, ob sie glücklich ist. Ich will es verhindern.*

»Bitte, Libby.« Das kam von Ellen. Verbündete sie sich jetzt mit Mom? Ich wollte sie schon anblaffen, dann sah ich ihr Gesicht. Sie hatte die Möglichkeit, von hier und vom Barbie-Mann wegzukommen, und ich gefährdete das gerade. Es ging nicht mehr nur um das Kunstcamp. In den letzten vier Wochen war sie praktisch nicht aus dem Haus gegangen. Sie hatte Angst. Wenn sie verreiste, wäre das Problem gelöst. Auch für mich. Ich müsste mir nicht mehr rund um die Uhr Sorgen machen. Sie wäre in Sicherheit. Ich war im Begriff, das kaputt zu machen. Ich musste einlenken.

Ich setzte mich neben Beatrice an den Tisch. »Ich muss ja sowieso babysitten. Sommerlager in den Bergen klingt doch toll. Wann fahrt ihr alle?«

»Nächsten Samstag«, sagte Mom. »In aller Frühe.«

»Aber die Fahrrad-Parade! Ellen hat Beatrice extra ein Kostüm genäht.«

»Tut mir leid. Das wird nicht klappen. Zuerst muss ich Ellen zu den Gambinos bringen, und dann müssen wir noch bis nach North Carolina, das dauert mindestens neun oder zehn Stunden.«

Die Parade ging erst mittags los. Es half nichts. Ellen musste ins Kunstcamp, Beatrice würde in ihr Übernachtungs-Sommerlager aufbrechen, wo sie mit anderen Mädchen in einer Hütte schlafen und ihre Tage mit Kanu fahren, reiten, Lagerfeuer machen und Geschichten erzählen verbringen würde. Das war alles richtig so, das Kostüm war unwichtig, unsere Mutter gab sich endlich etwas Mühe, sie wollte Ellen das Camp ermöglichen und sich wieder mit ihr versöhnen, was für Motive sie auch sonst noch haben mochte.

»Ellen«, sagte ich. »Gerade fällt mir was ein. Wir könnten das Kostüm, das du genäht hast, Peter Boucher geben. Er liebt Dr. Seuss.«

»Ehrlich?« Sie überlegte kurz. »Es ist aber auch noch wichtig, wie er geschminkt wird, damit auch wirklich alles stimmt. Das ganze Gesicht muss weiß sein, und dann wollte ich die amerikanische Flagge in Herzform auf die Wangen malen.«

»Das ist eine tolle Idee.« Mom sah sehr dankbar aus.

»Also, ich muss Mrs Boucher natürlich erst fragen. Ich weiß nicht mal, ob sie überhaupt mitmachen bei der Parade.«

Nun war alles geklärt, und es war, als hätte der ganze Raum einmal tief Luft geholt und erleichtert aufgeatmet. Wir hatten uns alle wieder beruhigt.

Es war Hochsommer geworden. Das Blätterdach verhüllte fast den ganzen Himmel, aber ich konnte sehen, dass sich die Baumwipfel dort, wo der Weg verlief, nicht ganz trafen. Diese Linie mochte ich besonders, sie war wie ein strahlender Fluss über mir, dem ich folgen konnte, als hätte der Weg sich dem Himmel eingeschrieben. Alles wirkte üppig und lebendig. Eigentlich hätte ich glücklich sein müssen. Meine Mutter würde zwei Wochen fort sein. Thomas und ich würden das Haus für uns haben. Ellen wäre in Sicherheit. Stattdessen empfand ich etwas, das ich nicht recht benennen konnte, eine Art Trauer.

Ich blickte auf meine Füße. Der Blutfleck war immer noch zu sehen, eine dunkle Schliere im sanften Weiß des Schuhs. Bei einem der letzten Male, als wir Ellen mit zur Arbeit genommen hatten, waren wir bei Leuten im Einsatz gewesen, die wir noch nicht kannten, ein einmaliger Auftrag auf dem Land. Dad war das seltsam unangenehm, als müssten diese

Leute doch eigentlich selbst auf ihrem Weideland das Heu machen, wozu sollten dann wir ihre große, unebene Wiese mähen? Die Frau, die uns öffnete, war jung und von einem Haufen Kinder umringt. Sie erinnerte mich an Laura Ingalls Mutter aus der Serie *Unsere kleine Farm*. Obwohl es Ende der Siebziger war, sah diese Frau an der Tür aus wie einem anderen Jahrhundert entsprungen.

Dad hatte sich einen Sitz für seinen Gravely-Rasenmäher besorgt. Ein Lenkrad gab es nicht, wir mussten das Gerät über die Hebel am Griff steuern, aber es gab einen Sitz, den wir anschrauben konnten. Es war das erste und einzige Mal, dass wir einen Rasenmäher besaßen, der auch nur entfernt Ähnlichkeit mit einem Aufsitzmäher oder Traktor hatte. Ellen hatte schon den ganzen Tag gebettelt, damit fahren zu dürfen. Ihre Handgelenke waren zwar schmaler als der Rasenmähergriff, trotzdem ließ sie nicht locker. Dad und Thomas steuerten den Mäher über die riesige, zwei Hektar große Wiese. Niemand hatte sich um das Gras gekümmert, es war kraftlos und gelblich. Die papierdünnen Halme reichten mir bis zu den Oberschenkeln. Wir versuchten gar nicht erst, das Gras aufzusammeln; die Frau wollte nur, dass wir mähten. Ich umrundete ein paar gewaltige Eichen und ihre knubbeligen Wurzeln mit dem Kantenschneider. Aber Ellen wollte unbedingt den großen Mäher ausprobieren, und schließlich überließ Dad ihr den Sitz für ein paar Runden und ging neben ihr her, während sie fuhr. Sie war gerade halb durch die zweite Runde, als er plötzlich über sie hinweg griff und den Motor ausschaltete. Er sagte, sie solle herunterkommen und zurückbleiben.

Sie hatte etwas überfahren.

Ellen kletterte vom Sitz, schaute zurück auf die Schneise, die sie in das Gras geschlagen hatte, dann schrie sie auf und wich zurück. Thomas und ich rannten hin. Es war ein Kaninchennest gewesen. Die Kleinen lagen in Fetzen zwischen den goldenen Stoppeln auf der Wiese verstreut. Wir waren alle starr vor Entsetzen. Ellen wurde vor Schreck kreideweiß. Ich hatte immer geglaubt, sie sei stärker als ich, ruppiger und dickhäutiger. Aber als sie die Kaninchen überfuhr, gab ihr das einen Knacks. Noch Tage später beteuerte sie, sie denke gar nicht daran, erinnere sich nicht bewusst daran, aber das Gefühl sitze ihr immer noch im Körper, und jedes Mal, wenn sie überlege, was los sei, was mit ihr nicht stimme, falle es ihr wieder ein.

Nach Dads Tod lernte auch ich dieses Gefühl kennen, dass die Trauer im Körper sitzen kann, auch wenn sie gerade nicht im Kopf sitzt. Vielleicht kam Ellen ja deshalb danach nicht mehr so oft mit uns zur Arbeit. Ich war wegen der Kaninchen natürlich traurig gewesen und noch trauriger, weil es Ellen so belastete, weil sie sich schuldig fühlte, und trotzdem hatte ich ganz anders reagiert als sie. Unbeteiligter. Bei der Hirschkuh gestern Nacht war es genauso gewesen. Ich war traurig, dass so etwas passieren musste, aber nicht so bestürzt. Vielleicht war es ja etwas anderes, wenn man die Katastrophe selbst herbeigeführt hatte. Hätte ich damals auf dem Gravely gesessen oder am Steuer von Grady Adams' Mercedes, wäre ich vielleicht auch am Boden zerstört gewesen.

Im Königreich pflückte ich ein Eichenblatt und legte mich auf den Rücken, die Beine am Stamm entlang nach oben gestreckt. Am rechten Schienbein hatte ich blaue Flecken und ein paar aufgekratzte Mückenstiche. Ich hielt das Blatt ins Licht. Es stammte von einer Roteiche. Die Unterseite war hellgrün. Die Blattspreite gezackt, ein schlanker Stängel und ganz feine Haarbüschel entlang der Mittelrippe. Die Blätter der Roteiche werden bis zu fünfundzwanzig Zentimeter lang und bis zu siebzehn Zentimeter breit. Ihre Rinde sieht aus wie von glänzend silbrigen Streifen durchzogen. In diesem Teil des Waldes war sie besonders verbreitet. In vielen antiken Kulturen galt die Eiche als heiliger Baum, das Rascheln ihrer Blätter wurde in Nachrichten von Zeus und anderen Göttern übersetzt. Plötzlich hörte ich ein Knattern, ganz in der Nähe. Ich ließ das Blatt fallen und lauschte. Das musste Wilson McVay sein.

Ich ließ die Beine sinken, drehte mich auf den Bauch und hielt den Kopf gesenkt. Das Motorrad wurde heruntergeschaltet, verlangsamte, knatterte leiser. Dann blieb es stehen.

»Hallo?«

Ich drückte das Gesicht ins weiche Moos und rührte mich nicht.

»Libby?«

Ich hielt mich absolut still; Angst hatte ich keine, musste aber wohl der Tatsache ins Auge sehen, dass er mir tatsächlich folgte, vielleicht sogar uns allen, was reichlich seltsam war. Er brachte auf Schritt und Tritt Gefahr mit sich, weil er gesucht wurde. Inzwischen waren es nicht mehr so sehr seine Taten, die mich beunruhigten, als das Wissen darum, dass er nicht ganz richtig im Kopf war und zu Gewalt neigte. Ich bekam das Bild nicht aus dem Kopf, wie er seine Nachbarn terrorisiert, ihre Fenster eingeschlagen und dann nackt und blutüberströmt im Dunkeln gestanden hatte.

Das Motorrad wurde wieder angelassen und fuhr ein Stück weiter den Weg entlang. Ich blieb, wo ich war, wartete, dass der Lärm sich langsam entfernte, aber dann war seine Stimme plötzlich ganz nah.

»Libby? Marie hat mich angerufen. Wegen der Mall.« Verflixt! Marie hatte ihn tatsächlich anrufen wollen. Ich hatte sie gebeten, es zu lassen. Er wusste, dass ich hier irgendwo sein musste. Verstecken war sinnlos.

»Hier – ich bin hier drüben.«

Wilson kämpfte sich durch das Unterholz, brach direkt hindurch, anstatt die Lücke hinten zu nutzen. Als er auf die Lichtung kam, wäre er fast über mich gestolpert.

»Warum zum Geier liegst du denn auf dem Boden?«

»Ich habe mir den Himmel angeguckt.«

»Dafür liegst du aber falschrum.«

»Stimmt. Als ich dein Motorrad gehört habe, wollte ich mich verstecken.«

»Wie ein Kind, das sich die Augen zuhält und glaubt, dann sieht es keiner.« Er legte den Helm ab, als hätte er irgendein Wohnzimmer betreten, und ließ sich neben mich auf den Moosteppich plumpsen. »Wow! Super Entdeckung!« Er lehnte sich zurück, sah sich um. »Wie ein richtiges kleines Fort.«

»Es ist auch unser Fort. Oder war es bis jetzt. Meines und Sages.«

»Ich wollte warten, bis eure Mutter wegfährt, aber das hat sie nicht getan. Sonst ist sie samstags um diese Zeit schon längst weg.«

Na bravo, er kannte ihren Zeitplan, sogar am Wochenende. »Es ist kein Schwimmtraining mehr. Dann beobachtest du also unser Haus? Das machst du echt?«

»Sieht so aus. Ja.«

»Ist dir eigentlich klar, wie gruselig das ist?« Eigentlich hätte ich viel mehr Angst haben oder wütender sein müssen, aber im Grunde hatte ich ja schon die ganze Zeit gewusst, dass er uns beobachtete und dass irgendwas mit ihm nicht stimmte. Wahrscheinlich beobachtete er auch noch andere Leute.

»Na ja. Dass ich bei euch nicht Rasen mähen oder euch sonst wie helfen soll, hast du mir ja sehr klar gesagt, aber gestern Abend hat mich Marie angerufen und gemeint, ihr hättet in der Mall ein bisschen Ärger gehabt.«

»Bitte lass uns in Ruhe.«

»Marie sagt, der Typ war auch hier oben?«

»Thomas hat ihn gesehen. Er sucht irgendwen mit einem grünen Impala.«

»Scheiß-Kowalski. Dieser Idiot.« Ich fragte nicht, was er damit meinte, aber er sagte es mir trotzdem. »Musste unbedingt noch mal ganz dicht vorbeifahren, als der Typ am Boden lag, und ihn aus dem Fenster beschimpfen. Nur deshalb hat der den Wagen überhaupt gesehen.«

Ich wollte es gar nicht genauer wissen. Das schlug mir nur auf den Magen. Jugendliche, die einen Psychopathen jagten und dann noch einmal umdrehten, als er schon verletzt am Boden lag, um ihn weiter zu reizen und zu provozieren.

»Er ist nicht wegen Craigs Wagen nach Valley Forge Mountain gekommen. Ellen hat ihm im Auto gesagt, dass sie hier wohnt.«

»Oh.« Ganz offensichtlich hatte Wilson davon nichts gewusst, verstand jetzt aber, warum sich der Barbie-Mann hier herumtrieb. »Ich hatte mich schon gewundert, so ein Impala ist ja ein ziemlich gängiger Wagen, den findet man nicht so leicht.«

»Ist ja auch egal. Marie hat dich nur angerufen, um dich zu warnen, dass er dich sucht. Wir wollen da nicht mit drinhängen.«

»Tut ihr aber«, sagte Wilson.

»Ich will das alles nicht. Bitte!« Ich sah ihn direkt an, als ich das sagte.

»Wo ist Ellen?«

»Zu Hause, aber nächste Woche fährt sie ins Sommerlager, dann ist sie aus der Schusslinie.«

»Gut.«

Plötzlich hatte ich das Gefühl, als würde der Himmel sich über mir drehen. Ich setzte mich auf. Wilson lag ausgestreckt neben mir, ganz entspannt auf die Ellbogen gestützt. Ich zog die Knie an die Brust.

»Neue Chucks?« Das war nicht mal meiner Mutter aufgefallen.

»Ja. Aber sie sind schon im Eimer.« Ich deutete auf den Fleck. »Blut.«

»Woher?«

»Von einer Hirschkuh, die gestern Nacht angefahren wurde.«

»Suchst du jetzt nachts auf der Straße nach totgefahrenen Tieren? Oder hast du es selbst mit dem Fahrrad von deinem Bruder umgemäht?«

»Nein. Jemand hat es auf der Horseshoe Trail Road überfahren. Wir kamen zufällig auf dem Heimweg vom Babysitten vorbei.« Ich erzählte ihm von dem Zusammentreffen mit Grady Adams auf der Straße.

Ich wusste selbst nicht, warum ich überhaupt ein richtiges Gespräch mit ihm angefangen hatte. Schließlich machte er uns doch mit seinem Wahnsinn das Leben kaputt und hatte gerade zugegeben, dass er uns beobachtete.

»Ich muss los«, sagte ich. Und ließ ihn zwischen dem Bergloorbeer und den Rhododendren zurück, lang ausgestreckt auf dem Moosteppich, als wäre es sein Königreich.

18

Sage hatte angerufen und gesagt, ich solle vorbeikommen. Seit Grady Adams mich nach Hause gefahren und nach Ellen gefragt hatte, war ich nicht mehr bei ihr gewesen. In anderen Sommern war ich ständig bis spätabends dort, hatte mit Sage, ihren Brüdern und anderen Kindern vom Berg im Dunkeln *Kick the Can* gespielt oder mit ihr im Souterrain *Love Boat* und *Fantasy Island* geguckt, dazu Salzbrezeln aus den Familienpackungen gemampft, die sie immer als Großbestellung orderten, draußen heimlich ein paar von Charlottes Kents geraucht und 8-Spur-Kassetten von den Stones gehört. Jetzt ging ich, angespannt und wachsam, durch die Dämmerung zu Sage. An meinem Ohr surrte es; als ich das Tier wegwedelte, streiften meine Finger klamme Haut. Der Mond war nicht zu sehen. Bevor ich aus dem Haus gegangen war, hatte Thomas auf den Mondkalender gedeutet, der über dem Küchentisch hing. Neben Mittwoch, dem ersten Juli, war ein schwarzer Kreis: Neumond. »Es ist der erste Tag«, hatte er gesagt, »du wirst ihn also gar nicht zu sehen kriegen.« Er war am Nachmittag von der Küste zurückgekommen, braungebrannt und erholt. Er meinte, es sei toll gewesen, und ich fragte nicht viel mehr.

Thomas machte jedes Jahr so einen Mondkalender. Dad hatte uns erzählt, in seiner Kindheit hätten alle die Mondphasen genau gekannt und gewusst, wie sich die Gezeiten im Einklang mit dem Mond änderten. Dieses Wissen hätten sie fürs Fischen und das Fangen von Schalentieren gebraucht, aber hier in Amerika interessiere sich ja kein Mensch mehr dafür, wie alles zusammenhing.

In den letzten ein, zwei Jahren vor seinem Tod war es mir unangenehm gewesen, wenn er so auf »Amerika« und »die

Amerikaner« schimpfte. Er schien oft wütend zu werden, weil die Amerikaner keine Ahnung von Geographie hatten und nicht mal wussten, wo die Oliven für ihren Martini herkamen oder wie man selber etwas anbaute. Sie würden bloß konsumieren, meinte er – konsumieren und wegschmeißen. Wenn er mich in so einer Stimmung, womöglich noch befeuert vom Alkohol, bei Freunden oder von einem Hockey-Spiel abholte, wirkten meine Freunde, deren Eltern oder wer sonst gerade da war, immer peinlich berührt. Ich merkte es daran, dass sie schwiegen oder ihm ganz allgemein zustimmten, damit er aufhörte. Sie wollten nicht mit ihm diskutieren, dabei wäre das viel besser gewesen, es hätte seinen Ansichten zumindest etwas Respekt gezollt. Aber sie blockten nur ab. In solchen Momenten schämte ich mich für ihn, und ich glaube, das hat er gewusst, er merkte es daran, dass ich wegschaute, ihn mit dem Hinweis unterbrach, wir müssten jetzt aber los, oder selber schwieg und ihn mit dem Thema, in das er sich verrannt hatte, allein ließ.

Kurz bevor mein Vater nach New York ging, sagte Sage zu mir, sie finde, er habe sich verändert, früher habe er immer gelächelt und sei fröhlich gewesen, aber in letzter Zeit sei das nicht mehr so. »Vielleicht ist er ja unglücklich«, sagte sie. »Vielleicht sollte er nach Irland zurückgehen.« Allein die Erinnerung daran tat mir weh. Sage und ihre Ehrlichkeit. Ich wusste, dass mich auch das schon gegen sie aufgebracht hatte, dass ich ihr übelnahm, wie nah sie an uns dran war, so nah, dass sie Dinge sah, die ich nicht sehen konnte oder nicht sehen wollte. Ich hasste mich selbst dafür, ihr überhaupt etwas erzählt zu haben, und sie dafür, dass sie zuhörte, dass sie bezeugte, was geschah, und es mir dann manchmal später wieder servierte.

Um den Neumond rankt sich einiges an Aberglauben. Man darf ihn nur draußen, unter freiem Himmel, betrachten. Bei unserer letzten Reise nach Irland hatten wir gewartet, bis die Sonne komplett untergegangen war – fast bis Mitternacht, denn so weit im Norden sind die Tage im Sommer sehr lang. Dann waren wir nach draußen gegangen, hatten uns auf das Feld hinter dem Haus gestellt und versucht, die zunehmende Sichel zu erspähen, denn den Neumond durch ein Fernglas zu betrachten, bringt Unglück. Gleich nachdem die Sonne untergegangen war, erschien sie, ein dünner silbriger Bogen vor einem dunklen Umriss. Wir standen da und schauten, bis sie verblasste und schließlich wieder verschwand. Ich wollte wieder ins Haus zurück, aber Dad sagte, bleib noch und horch. Erst hörte ich gar nichts, dann aber doch: ein Grollen in weiter Ferne.

»Das Geräusch fehlt mir am meisten, wenn ich nicht hier bin«, sagte er.

»Was ist das?«

»Das Meer.«

Wir horchten, und nach einer Weile drang noch ein anderes Geräusch aus dem langen Gras rund um die Kiefern, wo die Fasane nisteten, ein durchdringendes Krächzen. Ich dachte, es müsse das Fasanenweibchen sein, das er mir immer wieder gezeigt hatte und dessen Ruf an ein heiseres Bellen erinnerte. Aber da lag ich falsch.

»Der Wachtelkönig«, sagte mein Vater, so leise, dass ich ihn kaum verstand. Dann kam es wieder, es klang wie ein krächzendes Quaken, und ich merkte ihm an, wie froh er war, diesen Laut zu hören und ihn benennen zu können.

Auf dem Weg zu Sage horchte ich auf das Zirpen der Grillen am Waldrand, auf das leichte Wispern der Bäume, die Geräusche des Bergs, als gäbe es noch eine weitere Frequenz, die ich erlauschen und von der ich mich leiten lassen konnte. Ob ich wohl auch einmal eine so quälende

Sehnsucht nach diesem Ort empfinden würde, so wie mein Vater nach den Lauten, mit denen er aufgewachsen war?

Ich hatte Sage zuletzt an dem Freitag in der Mall gesehen, als sie uns bis zu den Glastüren vom Wanamaker's gebracht hatte, von wo aus wir fast am Bus waren. Ihre Lüge stand immer noch zwischen uns, trotzdem brauchte ich sie, und sie fehlte mir. Ich rannte, um schneller zu ihrem Haus zu kommen. Vorne an der Einfahrt lagen ein paar Fahrräder übereinander. Eine Gruppe Jungs spielte mit Sages Brüdern draußen Basketball. Sie nahmen kaum Notiz von mir, als ich mitten über ihr Spielfeld zur Hintertür ging. Drinnen saßen Grady und Charlotte vor dem Fernseher.

»Hallo, Libby – lange nicht gesehen!« Charlotte stand auf und legte den Arm um mich, während sie mit der anderen Hand ihre Zigarette von mir weghielt.

»Hallo, Mrs Adams. Hallo, Doktor Adams.«

Grady schaute auf. »Hallo, Libby.« Dann wandte er sich wieder dem Fernseher zu. Die Nachrichten liefen: Es ging um Charles und Diana und ihre bevorstehende Hochzeit Ende Juli.

»Die Süße«, sagte Charlotte und deutete auf Diana, die auf dem Bildschirm schüchtern unter ihren Haaren hervor in die Kamera blickte. »So hübsch. Aber er ... Prinz hin oder her, mit dem Gesicht kann ihn doch wirklich nur eine Mutter lieben.«

Solche Aussprüche hatte ich früher immer meinem Vater zitiert. Er liebte Charlottes Direktheit und ihre Südstaaten-Sprüche. »Jetzt bin ich aber voll wie eine Zecke«, sagte sie beispielsweise nach einem Abendessen, von dem sie kaum einen Bissen gegessen hatte, oder: »So hochnäsig, wie die ist, ertrinkt sie beim nächsten Platzregen.« Lauter Äußerungen, die seines Erachtens so oder ähnlich auch nach Irland gepasst hätten: »Der dicke Hals reicht auch für zwei Köpfe.« Und wenn jemand etwas gegen das britische Königshaus sagte, freute er sich auch jedes Mal. Für ihn war die königliche Familie immer nur »diese üble Clique«, worüber Marie und ich jedes Mal lachen mussten: Monarchen als nervige Schickimickis.

»Mir kommt es vor, als hätten wir uns ewig nicht gesehen«, sagte Charlotte. »Wo warst du denn den ganzen Sommer?«

Ich war schon drauf und dran zu sagen: *Ach, Doktor Adams habe ich ja neulich nachts gesehen*, aber irgendetwas hielt mich davon ab, es auszusprechen oder Grady nach der Hirschkuh zu fragen. Er saß nur da, ganz auf den Fernseher konzentriert, und sah nicht zu mir hin. Auch Sage hatte am Telefon nichts davon erwähnt. Vielleicht wollte er ihnen ja nicht erzählen, dass er etwas so Schönes getötet und dass es ihn so erschüttert hatte.

»Sage ist in ihrem Zimmer«, sagte Charlotte. »Geh nur gleich runter.«

Schon im Flur dröhnte mir »Wild Horses« entgegen, Sages absoluter Lieblingssong. Angeblich handelte er davon, wie Marianne Faithfull nach einer Überdosis aus dem Koma aufgewacht war und den Satz aus dem Refrain zu Mick Jagger gesagt hatte. Eine andere Version der Geschichte lautete, Keith Richards habe den Song geschrieben. Wir wussten nicht, was stimmte. Sage konnte nicht richtig erklären, warum es ihr Lieblingssong war, aber das Gefühl darin sprach sie an: dem Menschen zu vergeben, der einen so tief verletzt hatte, und ihn immer noch zu lieben. Dieses Frühjahr hatten wir beide *Up and Down with the Rolling Stones* von Tony Sanchez gelesen. Sage zog sich seither so an wie Marianne Faithfull und Anita Pallenberg, Oberteile mit weiten Ärmeln, Hüfthosen und Federn. Mich hatte das Buch eher erschreckt. Brian Jones, Hexenmeister, Voodoo, Flüche und Schwarze Magie, Gram Parsons, der im Hotelzimmer gestorben war, und seine Freunde, die daraufhin seine Leiche gestohlen hatten, um sie zu verbrennen: Für mich sprach das alles von chaotischen und dunklen Mächten, die uns ständig umgaben. Ein falscher Schritt, schon stürzte man in den Abgrund.

Ich klopfte drei Mal an die Zimmertür, dann trat ich ein. Sage saß auf dem Bett und drehte die Stereoanlage leiser.

»Libby, na endlich! Los, komm, wir gehen zu den Türmen.« Sie trug ein rotes Schlauch-Top und abgeschnittene, verwaschene Jeansshorts, die teilweise nur noch aus weißen Fäden bestanden. Ihre Ohrringe baumelten ihr bis unters Kinn, die dicht geschichteten silbernen Blättchen daran klimperten leise. Ich schaute auf meine Chucks, meine Beine, die vom Wald voller Schorf, blauen Flecken und Kratzern waren. Ich hatte mich noch nicht getraut, sie mir zu rasieren. Marie hatte mir mal erzählt, wenn ich damit anfinge, würden die Haare schwarz und stoppelig nachwachsen. Sister Benedict trug immer hautfarbene Strumpfhosen, und die Haare an ihren Beinen waren so dick, dass sie sich durch den durchsichtigen Nylonstoff bohrten. Es sah aus, als säßen lauter Spinnen dicht gedrängt in einem Netz gefangen. Also machte ich um jeden Rasierer einen weiten Bogen. Jetzt sah ich mir Sages Beine an. Sie waren glatt, selbst an den Oberschenkeln.

Ich wollte nicht zu den Türmen. Ich hatte geglaubt, Sage und ich würden bei ihr im Zimmer sitzen, reden und alles klären. Ich wollte mich bei ihr entschuldigen, nicht nur für das Telefongespräch, sondern für alles.

»Na komm«, sagte sie, fasste mich am Handgelenk und zog mich zur Tür. »Irgendwer will Bierfässer organisieren. Es werden jede Menge Leute da sein.«

Ich schüttelte ihre Hand ab und blieb kurz stehen, um mich in ihrem Spiegel zu mustern. Meine Haare waren weder gewaschen noch gekämmt. Ich fuhr mit den Fingern hindurch, um sie zu glätten. Vor dem Spiegel hatte Sage Schmuck und Schminkutensilien in kleinen Körbchen arrangiert. Ich nahm mir ein Döschen Lipgloss, tunkte den Finger hinein und beugte mich vor, dicht an den Spiegel, verrieb das transparente Glanzgel auf meinen Lippen. Es schmeckte nach Erdbeeren. Dann trat ich einen Schritt zurück. Ich trug eins von den T-Shirts, die Marie dagelassen hatte, mit dem Cover des Talking Heads-Albums *Remain in Light.* Sie hatte es so oft angehabt, dass die roten Masken der vier Gesichter rosa Schlieren über den weißen Stoff gezogen hatten. Meine Haare waren so lang geworden, dass sie inzwischen bis zum Saum des T-Shirts reichten, und rings um mein Gesicht hatte die Sonne ein paar Strähnen ausgebleicht.

»Du siehst wunderschön aus, Libby. Wild und geschmeidig. Wie eine von diesen Wildkatzen am Berg. Wie heißen die noch? Wie ein Rotluchs.« Sage konnte solche Dinge sagen, sie konnte Komplimente machen, genau wie Charlotte. In meiner Familie wussten wir nicht, wie man sich gegenseitig etwas Nettes sagte. Ich glaube, unsere Gesichter hätten sich krampfhaft verzogen und die Sätze wären uns im Hals stecken geblieben, wenn wir es auch nur versucht hätten. Es fiel mir schwer, mir meine Mutter vorzustellen, wie sie sagte: *Das steht dir aber gut!* Beim Reinkommen hatte ich mir gedacht, dass Sage absolut umwerfend aussah, aber ich hatte nichts gesagt, und wenn ich es jetzt noch tat, würde es rüberkommen, als ob ich ihr Kompliment nur zurückgeben wollte. Ich versuchte es anders.

»Du schaffst es wirklich immer, mir ein gutes Gefühl zu geben, obwohl ich genau weiß, dass ich aussehe wie ein wilder Waschbär.«

Oben an der Einfahrt blieb Sage stehen und umfasste mein Handgelenk. »Libby, ich habe Grady wirklich nichts von Ellen erzählt.«

»Okay«, sagte ich. Ich wollte nicht wieder davon anfangen. Ich hatte sie so vermisst.

»An dem Tag neulich war ich noch mal im Space Port. Das wollte ich dir erzählen.«

»Warum denn? Nachher wärst du ihm noch aufgefallen, und er hätte dich wiedererkannt. Da drin, mit deiner Kellnerinnenuniform.«

»Ich kenne den Geschäftsführer. Er ist Stammgast bei uns im Diner. Ich habe mich ein bisschen mit ihm unterhalten. Der Barbie-Mann hat ein paar Spiele gemacht, aber die meiste Zeit hat er sich nur umgeschaut, als würde er jemanden suchen.«

»Vielleicht, weil er weiß, dass manchmal auch Jugendliche vom Berg da rumhängen, wenn sie in der Mall sind, und er hofft, irgendwen zu erkennen?«

»Das dachte ich mir auch. Aber es waren nur welche aus Upper Merion da. Ich bin noch vor ihm gegangen. Arme Ellen. Ich muss ständig daran denken, wie sie mit ihm im Auto gesessen hat. Wie der aussieht!«

Als wir uns durch den Wald den Türmen näherten, hörten wir Gelächter und Gejohle. Sage und ich blieben kurz stehen, um alles auf uns wirken zu lassen. Hinten auf der Lichtung brannten fünf, sechs kleine Lagerfeuer, ein ganzer Berg Äste und Zweige, der am Waldrand aufgeschichtet lag, bot genügend Nachschub, um sie zu schüren. Obenauf stand einer der De Martinos und warf den anderen, die unten warteten, Äste zu, die sie dann zu den Feuern schleppten; die trockenen Fichtennadeln explodierten in Funkenregen. Drei Jungs rollten Bierfässer über den Schotter; eines stand bereits angezapft rechts vom Zaun des Wasserturms, der am weitesten von der Straße entfernt war. Rund um die verstreuten Feuer scharten sich die Jugendlichen.

Abbey kam auf uns zu, einen Plastikbecher mit Bier in der Hand. »Da seid ihr ja. Ich dachte schon, ihr kommt nicht mehr.« Sie küsste Sage auf die Wange, dann sah sie zu mir und drückte mir die Schulter. »Na, Gallagher, auch mal wieder unter den Lebenden?«

Ich nickte halbherzig, dann fiel mir auf, dass ich quasi hinter Sage stand, wie ein schüchternes Kind, das sich hinter seiner Mutter versteckt. Ich trat zur Seite, gab mir Mühe, mich aufrecht zu halten und nicht die Arme vor der Brust zu verschränken, laut Marie ein untrügliches Signal, das zu einer ungünstigen Verschiebung des Machtgefälles führt.

Die anderen hatten die Zufahrtsstraße mit einer Schranke aus Ästen und alten Autoreifen versperrt. Es würden keine Streifenwagen durchkommen.

»Die werden ewig brauchen, um das alles wegzuräumen, und bis dahin haben wir uns schon längst in den Wald verflüchtigt. Wie die Geister.« Abbey machte eine Handbewegung, um zu demonstrieren, wie wir alle in der Dunkelheit verschwinden würden. »Da sind wir. Und wusch! sind wir weg. Einfach so.« Sie hielt kurz inne, um zu sehen, wie das auf uns wirkte. Offenbar war sie schon ziemlich betrunken. Ich hätte sie gern gefragt, was die Bullen denn davon abhalten sollte, einfach aus dem Streifenwagen zu steigen, den hinderlichen Berg zu umrunden und den Weg zu Fuß raufzukommen?

»Wenn du so weitermachst, verflüchtigst du dich aber nirgendwo hin«, sagte Sage. »Dann sitzt du einfach nur auf dem Hintern im Dreck, die Beine nutzlos von dir gestreckt, und wartest, bis ein netter Polizist dich nach Hause bringt.«

Abbey lachte und gab Sage einen Schubs. »Holt euch Bier. Gibt genug für alle.« Sie deutete auf die Fässer. »Und dann kommt ihr rüber ans Lagerfeuer.« Sie zeigte auf das letzte, das der Zufahrtstraße am nächsten lag, und torkelte wieder dorthin zurück. Sage und ich näherten uns dem Fass am Zaun.

Dort standen ein paar ältere Jungs in Grüppchen herum. Sage füllte ihren Becher als Erste, und ein Typ mit fettigen, strähnigen Haaren fing an, »You Shook Me All Night Long« von AC/DC zu singen, was offenbar ihr gelten sollte, allerdings fielen ihm nur ein paar Textfetzen über Oberschenkel ein, die er immer wieder sang. Als ich meinen Becher füllen wollte, kam nur Schaum heraus. Ich drehte den Zapfhahn einmal ganz auf und wieder zu, dann wieder auf, aber es geschah nichts. Jemand aus dem Grüppchen hinter Sage und dem AC/DC-Typen kam herüber und schüttelte das Fass.

»Da muss ein bisschen mehr Druck drauf«, sagte er. »Halt den Becher tiefer.«

Ich brauchte gar nicht hinzusehen, um zu wissen, dass es Jack Griffith war.

»*Once in a lifetime*«, sagte er.

»Was?« Ich sah ihn an. Hier oben, unter all den Valley Forge-Mountain-Leuten, sah er adrett und ordentlich aus, die meisten anderen Jugendlichen trugen Harley-Abzeichen, Jeans- oder Armeejacken mit abgeschnittenen Ärmeln und lange, wilde Haare. Ich hatte keine Ahnung, was er damit meinte. Es klang irgendwie tiefgründig, als müsste ich es verstehen.

Er zeigte auf mein T-Shirt, und ich sah an mir herunter. »Oh. Ach so. Die Talking Heads. Das ist gar nicht meins, es ist von Marie.« Mein Becher war jetzt voll, ich trank ungeschickt davon, nahm einen zu großen Schluck und musste husten. Ich wischte mir mit dem Handrücken den Mund ab.

Sage sah zu uns herüber. »Komm, Libby«, sagte sie. »Abbey wartet.«

»Bis dann«, sagte ich zu Jack und ging auf die schwarzen Baumreihen am anderen Ende der Lichtung zu, während die Türme ihr rot blinkendes Licht immer wieder über die versammelten Gesichter hinweg schickten.

19

Die Funken der brennenden Äste stoben auf und schwebten durch die Nacht, die Lichter der Türme blinkten ihren gleichförmigen Takt; über uns, am weiten Himmel, ließ das fehlende Mondlicht die zahllosen Sterne noch größer wirken. Irgendjemand hatte eine Gitarre ausgepackt und sang. So voll mit jungen Leuten wirkte die Lichtung um die Türme gleich weniger bedrohlich. Ich war mir bewusst, dass Jack an einem anderen Feuer saß, bei Freunden von seiner High School, mit denen Thomas früher auch viel zusammen gewesen war. Bei uns am Feuer spielte Tony De Martino den Pfadfinder, schaffte Äste und Holzscheite heran und schnitzte mit einem Messer Spieße für uns. Ich war verblüfft. Sonst hatte ich ihn immer nur mit einem ölverschmierten Lumpen in der Hand an Motorrädern und Rasenmähern herumschrauben oder den Lauf eines Luftgewehrs reinigen sehen. Ich wusste zwar nicht, was wir mit unseren Stöcken aufspießen sollten, aber wir hielten sie alle in Richtung Feuer. Sage hatte mir noch einen Becher Bier geholt.

»Kennt irgendwer eine Gruselgeschichte?«, fragte Abbey. »So was wie das Spukhaus an der High Point Lane?«

»O nein, erzähl die nicht«, sagte Sage. »Da müssen wir nachher auf dem Heimweg noch vorbei.« Es gab ein Haus in dieser Straße, von dem alle behaupteten, dass es dort spukte, und selbst als ich die Geschichten noch gar nicht kannte, hatte ich immer ein schlechtes Gefühl gehabt, wenn ich daran vorbeiging. Es war das erste Haus, das man auf dem Weg zurück von der Lichtung mit den Türmen passierte, ein ganz normales Schindelhaus aus den Fünfzigerjahren, das sich kaum von den anderen unterschied. Nur dass es eben doch anders war. Ich hatte dort nie einen Menschen gesehen, und selbst an Halloween traute sich niemand von uns zu klingeln. Eine Geschichte besagte, ein Mann habe in dem Haus seine Frau umgebracht, eine andere, ein Mann habe mehrere Frauen im Keller gefangen gehalten, und man habe sie erst gefunden, als er längst gestorben war und die neuen Besitzer eine falsche Wand entdeckten. Dahinter fanden sich die staubigen Überreste von fünf Frauen. Meine Mutter sagte immer, an diesen Geschichten sei nichts Wahres dran, es seien nur Lügenmärchen, weil das Haus eben einem Mann gehöre, der sehr zurückgezogen lebe. »Wie Boo Radley«, hatte Marie daraufhin gesagt. »Hier oben kann man eben kein Leben in Ruhe und Einsamkeit führen, ohne gleich zum Monster gemacht zu werden.« (Und ich hielt von da an jedes Mal, wenn ich dort vorbeiging, nach Bäumen mit Astlöchern Ausschau und stellte mir vor, ich wäre Scout damals in Alabama, die sich fragt, ob dort drinnen wohl jemand sitzt, der dringend Kontakt sucht, aber nicht gesehen werden will.) Die Fenster des Hauses waren immer dunkel - ein Haus, das niemanden hereinschauen ließ. Der Rasen blieb ungemäht, so wie unserer. Es stand an einer Stelle, wo die Sonne offenbar nicht hinkam, der Wald hüllte es von allen Seiten in Schatten.

»Ihr wisst ja, dieser Berg war für die Indianer einst ein geweihter Ort.« Abbey machte sich selbst ans Geschichtenerzählen. »Er war der Friedhof für ihre Toten, heiliger Boden.« Ich hatte schon oft gehört, dass unsere Häuser auf alten Grabstätten erbaut wären. Immer wieder berichteten die Leute vom Berg von ungewöhnlichen Lauten und Lichtsignalen aus dem Wald, manche hörten auch Stimmen, Schreie. »Dann, vor etwa hundert Jahren, kamen die Weißen und fingen an, Minen und Steinbrüche anzulegen und Häuser zu bauen. Sie gruben und bohrten mitten hinein in die uralte Unterwelt, störten die Geister auf und vertrieben sie aus ihrer Ruhestätte.«

Abbey war betrunken, aber für ihre Erzählung erwies sich das als echter Vorteil. Die Worte kamen nur langsam aus ihrem Mund, sie ließ sich Zeit und sprach leise. Wir mussten uns alle vorbeugen, um sie zu hören, unsere Gesichter halb im Licht und halb im Schatten des Feuers, das knisterte und Funken in den Nachthimmel schickte.

»Und wisst ihr, der ganze Quarz hier überall am Berg? Wahrscheinlich ist das der Grund, warum die Indianer ihre Toten hier begraben haben. Ihr wisst schon, dieses Glitzern. Das sollte den Toten den Weg weisen und auch den Lebenden, wenn sie herkamen, um ihre Toten zu besuchen. Aber dann rückten die Weißen an und gruben den Quarz aus dem Boden, und sie haben die Geister damit blind gemacht, denn ohne ihre Quarzpfade fanden sie sich in der Unterwelt nicht mehr zurecht.«

Abbey hielt inne und sah uns alle, die wir ums Feuer saßen, der Reihe nach an. »Siehst du, Sage, darum fällt bei euch in der Straße auch ständig der Strom aus. Die Geister irren umher und mischen sich in alles ein.« Es hieß, auf jener Seite des Bergs gebe es eine Art elektrisches Feld, weshalb immer wieder der Blitz einschlug. Bei Sage zu Hause standen auch im Sommer immer Kerzen bereit, für den Fall, dass das Licht ausging. »Und Tony, da, wo du wohnst, gibt es in fast jeder Familie jemanden, der nicht ganz richtig im Kopf ist.« Abbey versuchte gar nicht erst, das höflich zu formulieren, und hielt sich auch nicht zurück. Ich fand, sie ging ein bisschen weit, aber es stimmte schon. In der Straße der De Martinos standen nur sieben Häuser, und bei den psychisch Kranken kam man auf die gleiche Anzahl, das betraf auch die Familie De Martino selbst. Einer von Tonys Brüdern hatte von einer Überdosis Heroin einen bleibenden Schaden zurückbehalten, aber es hieß, er habe schon Stimmen gehört, bevor er überhaupt Drogen nahm, habe deswegen überhaupt damit angefangen. Tony nickte nur, als würde er Abbey zustimmen.

Ich fröstelte. *Bitte lass sie nichts über uns und unsere Straße sagen,* betete ich.

»Habt ihr das gehört?« Tony De Martino sprang alarmiert auf und schaute zum Wald hin, wo die Barrikade errichtet worden war. Ein Grollen war zu hören, dann krachte es im Dickicht. Sage und ich schrien auf, ohne recht zu wissen, warum. Rund um das Feuer waren alle aufgestanden. »Pscht!«, machte Tony.

»Was ist das?«, flüsterte jemand.

»Die Bullen?«

Alle blieben still. Am Feuer neben uns verstummte der Gesang, auch dort waren alle aufgesprungen und schauten zu uns, die wir in den dunklen Wald hineinstarrten. Ich sah Licht zwischen den Bäumen aufflackern und wieder verschwinden. Am liebsten wäre ich weggelaufen – einige taten das bereits. Da war ein Licht, und es kam auf uns zu.

»Scheiße, hast du mich erschreckt«, sagte Tony, als Wilson zwischen den Bäumen auftauchte und seine Yamaha neben sich herschob. Er trug seine Wildleder-Fransenjacke, eine schwarze Jeans und schwarze Stiefel. »Was kommst du denn nicht einfach über den Weg, Mann?«

»Der ist versperrt«, sagte Wilson.

»Klar, damit keine Autos durchkommen. Aber mit der Maschine hättest du doch außen rum gekonnt. Anstatt dich so anzuschleichen.«

Ein paar Leute waren nähergekommen, darunter auch Jack.

»Kommt dein Freund nach dir sehen, Libby?«

Ich sah Abbey an. Wie konnte sie so etwas sagen, vor allen anderen? Warum sagte sie es überhaupt? »Was soll denn das heißen?«

Sofort hasste ich Wilson wieder. Dass sein Name überhaupt mit mir in Verbindung gebracht wurde. Und dass sie es vor Jack gesagt hatte. Ob Sage Abbey gegenüber erwähnt hatte, dass Wilson sich bei uns rumtrieb?

»Ich mach doch nur Spaß«, sagte Abbey.

Ich drängte mich zwischen den Umstehenden hindurch und ging hinüber zum anderen Ende der Lichtung. Ich hob einen leeren Becher vom Boden auf, spülte ihn mit ein bisschen Bier aus und füllte ihn. Dann ließ ich mich ein paar Meter weiter auf dem Kies nieder, den Rücken an den Maschendrahtzaun gelehnt. Tony De Martino und seine Brüder waren schon wieder am Holzstapel zugange, dirigierten und organsierten die Verteilung der Äste für die Feuer. Meine Wangen brannten. Ich fand es schrecklich, was Abbey gesagt hatte, und ich fand es schrecklich, dass Wilson hier war. An dem Nachmittag, als er während des Gewitters bei uns war, hatte ich Marie erzählt, wie sehr es mich beunruhigte, dass Wilson ständig mit Leuten rumhing, die so viel jünger waren als er, dass er auf Partys auftauchte und blöd herumstand. Marie meinte, der Grund dafür sei doch offensichtlich. Ich wusste nicht, was sie meinte. Sie sah mich an, als wäre ich schwer von Begriff.

»Er dealt«, sagte sie.

»Wilson dealt mit Drogen?«

»Na klar.«

Abbeys Bemerkung war der Beweis: Alle am Berg wussten, dass Wilson bei uns herumlungerte. Was mich nicht nur störte, weil er ein Psycho war, der Drogen verkaufte, sondern vor allem, weil ich nicht wollte, dass wir mit ihm in Verbindung gebracht wurden, so lange er auf der Abschussliste stand.

Das dritte Fass war angezapft worden. Einer von Abbeys älteren Brüdern stand darauf, stieß ein Kriegsgeheul aus und trommelte sich auf die nackte Brust. Er war sogar noch älter als Wilson. Fast dreißig. Er war in Vietnam gewesen und stand seither immer mit einem Bein im Knast. Meist trug er seine Erkennungsmarke um den Hals und seine alte Armeejacke, von der er die Ärmel abgeschnitten hatte, ohne etwas drunter. Er hatte schulterlange braune Haare, um die ihn jedes Mädchen beneidet hätte. Marie meinte, er sehe haargenau so aus wie Jackson Browne. Aber irgendwas war bei dem Kriegseinsatz mit seinem linken Auge passiert, denn die Pupille war dauerhaft erweitert, so wie bei David Bowie, nur dass es bei Abbeys Bruder eben nicht interessant wirkte, sondern gestört.

»Libby!« Sage war am Rand des Zauns aufgetaucht und rief nach mir. »Libby! Komm zurück.«

Ich sah die Umrisse der anderen, als ich wieder zum Feuer ging: Wilson stand am Rand herum, anstatt sich hinzusetzen wie ein normaler Mensch, Tony De Martino tanzte umher wie ein Feuergott und warf Äste in die Flammen, Abbey erzählte immer noch zugedröhnt ihre Geschichten. Auch Jack war da. Sage saß in der Nähe von Wilson. Der einzige freie Platz war zwischen ihr und Jack.

»Abbey erzählt immer noch ihre Gruselgeschichten von dem Indianerfriedhof, auf dem wir leben«, sagte Sage.

»Wie in *Amityville Horror*«, sagte Tony.

»Das war aber doch kein Indianerfriedhof, oder?«, flüsterte ich Sage zu. »War das nicht, weil in dem Haus Leute ermordet worden sind?« Sage hatte das Buch gelesen und auch den Film gesehen.

»Es war eine ganze Familie, die ermordet worden ist«, sagte Wilson. »In Amityville auf Long Island, Ocean Avenue 112. Sechs Menschen. Mutter, Vater, zwei Söhne und zwei Töchter. Alle umgebracht von ihrem dreiundzwanzigjährigen Bruder, Ronald DeFeo junior.«

»Was musst du uns damit Angst machen, dass du solchen Kram weißt?«, platzte ich heraus, weil ich nicht wollte, dass die anderen, vor allem Jack, ihn für einen totalen Freak hielten, weil er sich solche Einzelheiten merkte.

»Steht alles so in dem Buch, ich hab's halt gelesen. Und es kommt auch in dem Film vor, den hier wahrscheinlich so ziemlich jeder außer dir gesehen hat.« Die anderen nickten. Sie kannten die Einzelheiten auch.

»Es hieß, die Sache in Amityville – dass Ronald durchgedreht ist und das alles – wäre daher gekommen, dass das Haus auf einem alten Indianerfriedhof stand.« Tony wollte anscheinend unbedingt eine Verbindung ziehen.

»Abbey, was ist denn nun mit der Frau passiert, von der du erzählt hast, die krank war?«, fragte Sage. »Erzähl das doch mal weiter.« Mit dem Haus an der High Point Lane waren sie wohl inzwischen durch.

»Tja, nach Monaten des Lärmens, Pochens und der Stimmen war sie so richtig krank und schwach. Sie ging durch die Hintertür in den Wald hinaus, nur im Nachthemd. Seit Wochen war sie nicht mehr aus dem Bett aufgestanden. Und dann hat sie sich auf einen Baumstumpf gesetzt und zu den Geistern draußen gesprochen. Sie sagte: ›Ich bin sehr krank, ich glaube, ich werde sterben, und ich bitte euch, mir dabei zu helfen, es so gut wie möglich durchzustehen. Denn bei all dem Lärm kann ich das nicht.‹ Sie bat die Geister, damit aufzuhören. Ihr Mann fand sie, als sie wieder aus dem Wald hereinkam, sie zitterte und war ganz bleich und nass bis auf die Haut, aber sie lächelte. ›Sie werden aufhören‹, sagte sie. ›Sie haben mir versprochen, dass sie aufhören.‹ Und das taten sie auch.«

»Wer war die Frau?«, fragte Sage.

»Mrs Carlson vom Hamilton Drive, du weißt schon, das Haus mit der wahnsinnig langen Einfahrt, direkt zum Wald hin?« Alle schwiegen. Ich kannte die Carlsons. Die Frau war tatsächlich schwerkrank gewesen und gestorben. Als ich am Gänseblümchen-Tag Geld für die Krebsforschung sammeln ging, hatte Mrs Carlson mir ein Gänseblümchen abgekauft. Sie öffnete die Tür im Bademantel und war so dünn, dass ihr Gesicht richtig ausgehöhlt wirkte. Als ich Marie davon erzählte, sagte sie, ich hätte da nie klingeln und sie aus dem Bett holen dürfen, um sie um eine Spende zu bitten. »Die Frau hat doch selber Krebs. Warum bist du überhaupt dahin gegangen? Ausgerechnet!« Aber Mrs Carlson hatte sich bei mir bedankt – richtig bedankt –, und ich wusste, dass sie es ernst gemeint hatte, gerade weil sie selbst krank war, sie fand, ich sammelte in gewisser Weise für sie, und dieses Gefühl hatte ich auch.

Abbey erzählte weiter: »Aber ich habe auch gehört, dass die Geister ihr noch etwas gesagt haben, als sie draußen im Wald mit ihnen gesprochen hat.« Sie hielt inne, und wie gebannt warteten wir alle darauf zu hören, was die Geister der Indianer Mrs Carlson im Wald erzählt hatten. Abbey beugte sich vor und sprach noch leiser. »›Hab keine Angst.‹ Das haben sie ihr gesagt. Und sie meinte, es habe ihr geholfen. Es habe ihr wirklich geholfen.«

Ich fröstelte wieder.

»Das waren meine Nachbarn«, sagte Jack neben mir.

Niemand fragte ihn, ob es stimmte oder ob er den Lärm auch gehört hatte, als wollten wir gar nicht, dass die Geschichte widerlegt würde, weil es uns mit dem Gedanken besser ging, dass die Geister im Wald mit sich reden ließen, dass sie Erbarmen zeigten, wenn man sie nur darum bat.

»Was für Indianer haben hier eigentlich gelebt? Sioux oder Cherokee?«, fragte Tony.

»Delaware«, sagte Jack.

»Nein«, mischte sich Wilson ein, »so haben die weißen Siedler sie genannt, weil sie ihren Namen nicht aussprechen konnten. Es waren Lenape.« Von denen hatte ich noch nie gehört.

»Was ist aus ihnen geworden?«, fragte Tony.

»Sie wurden vernichtet. Sie haben Krankheiten bekommen, und die meisten von ihnen wurden nach Westen vertrieben.« Wilson hatte sich jetzt doch ans Feuer gesetzt, neben Abbey.

Einen Moment blieb es still, dann sprach Wilson weiter.

»Aber sie haben einen echt coolen Schöpfungsmythos. Ihr Schöpfer hat die Erde geträumt und einen besonderen Baum darauf gepflanzt. Aus den Wurzeln des Baums entstand der erste Mann. Danach hat dieser aus dem Baum geborene Mann die Erde geküsst, und so entstand die erste Frau. Die ganze Menschheit stammt also eigentlich aus Baumwurzeln.«

Wahrscheinlich hatte niemand hier am Feuer Wilson McVay jemals am Stück so lang reden hören.

»Solche Hippie-Geschichten hätte ja kein Mensch von dir erwartet«, sagte Sage. »Woher weißt du denn das alles?«

»Das denkt er sich doch bloß für unser Baummädchen aus«, sagte Abbey und sah zu mir herüber. Was zum Teufel war los mit ihr, warum erzählte sie diesen ganzen Mist über mich und Wilson? Und dann auch noch vor Jack, der womöglich Thomas davon berichten würde.

Wilson sah sie an. »Ich habe mir das nicht ausgedacht. Meine Mutter ist Anthropologin. Sie erzählt ständig solche Sachen.« Ich musste an den Beutel Tabletten denken, den er in unserem Zimmer dabeigehabt hatte, an die Bemerkung, der Medizinschrank seiner Mutter sei so voll davon, es würde ihr gar nicht auffallen.

Niemand sagte etwas, und wahrscheinlich dachten alle

ungefähr das Gleiche wie ich: wie seltsam es doch war, sich Wilson McVay mit einer Mutter vorzustellen, geschweige denn einer, die ihm Schöpfungsmythen erzählte.

»Warum sitzt ihr Pioniere hier eigentlich alle mit Speeren rum?«, fragte Wilson. »Wollt ihr mit euren spitzen Stöckchen auf die Polizei losgehen?«

»Ach, stimmt, hab ich ganz vergessen!« Tony sprang auf und rannte zu dem Holzstapel hinüber.

»Vielleicht hat er ja mit seinem Luftgewehr ein Eichhörnchen erlegt, das wir jetzt braten sollen«, sagte Sage.

»Oder eine Schlange«, sagte Abbey.

»Mokassin oder Strumpfband?« Sage und Abbey lachten sich kaputt.

Tony kam grinsend zurück, in der Hand eine braune Papiertüte vom Supermarkt. Er zog kleine Plastikpäckchen daraus hervor, die er uns zuwarf. Eins landete in meinem Schoß. Marshmallows. Ich sah Sage an, und wir prusteten beide los. Unglaublich! Tony sah hochzufrieden aus, er setzte sich wieder, spießte zwei Marshmallows auf den Stock, den er sich zum Speer geschnitzt hatte, und gab Sage, die neben ihm saß, zwei weitere. Ich riss mein Tütchen auf, nahm einen Marshmallow heraus und spießte ihn auf. Die Leute reichten die Päckchen herum, also gab ich meines an Jack weiter.

»Tony hat uns Spieße geschnitzt«, sagte ich.

»Das sehe ich«, sagte er. Er schien sich über irgendetwas zu ärgern. Dann beugte er sich zu mir und sagte: »Kann ich kurz mit dir reden? Also, irgendwo, wo wir unter uns sind?«

»Ja, klar.« Ich stand auf und ging los, bevor Sage irgendetwas sagen konnte. Ich spürte, wie Wilson uns nachsah, als wir über die Lichtung gingen. Ich ging voraus bis zum Wanderweg und musste an den Abend denken, als wir uns hier oben zusammen mit Thomas den Schnee angesehen hatten, an den Abend im Schwimmclub und daran, dass, was immer Sage auch über ihn sagte, da doch etwas zwischen uns gewesen war.

20

Ich lief schnell durch die Dunkelheit, trotz des Biers immer noch trittfest. Unter mir spürte ich den Wanderweg, die Wurzeln, die wie abgeknickte Arme hervor ragten und einen zu Fall bringen konnten, das Rückgrat aus spitzwinkligen Felsen, und ich wusste blindlings, wo sie waren. Die gelben Rechtecke, die in manchen Nächten an den Bäumen aufleuchteten, waren heute kaum zu sehen. Ich hatte den Eindruck, als wäre uns etwas auf den Fersen. Abbeys Geschichten von Gräbern und aufgestörten Geistern machten mir keine Angst. Wenn hier und überall um mich herum tatsächlich Geister waren, dann wussten sie, dass ich den Boden nicht aufreißen und keine Bäume abholzen würde. Die Geschichte über Mrs Carlson glaubte ich sofort. Genauso hatte sie auf mich gewirkt, wie ein Mensch, der allein hierherkam, sich erklärte und lauschte.

»He! Langsam! Ich sehe überhaupt nichts. Es ist stockdunkel«, rief Jack hinter mir. Ich ging einfach weiter. »Herrgott, Libby, bleib doch mal stehen.«

Ich drehte mich um, wartete auf ihn. »Setzen wir uns hierher.« Gleich neben dem Weg lag ein flacher Felsbrocken. Jack setzte sich neben mich, rutschte dann aber gleich ein Stück von mir weg. Sein Atem ging schnell, als wäre er gerannt, und er erschien mir anders als der Jack, mit dem ich im Schwimmclub gewesen war. Steif und aufrecht saß er da, sein entspanntes Selbstvertrauen war wie weggeblasen. Die Nacht war dunkel und inzwischen praktisch windstill. Ich wandte mich ihm zu, aber er sah starr geradeaus, und mir wurde klar, dass er nicht mit mir hier war, weil er auf mich stand.

»Was läuft da zwischen dir und Wilson McVay?«

So weit weg vom Feuer fror ich plötzlich. Wieso war eigentlich alle Welt auf einmal so besessen von mir und Wilson?

»Rein gar nichts.«

»Thomas hat mir erzählt, dass er sich ständig bei euch rumtreibt. Und Abbey hat auch was gesagt.«

»Nein. Großer Gott, nein.«

»Wilson ist zwanzig!«

»Weiß ich ... Aber so ist das nicht. Ich weiß doch auch nicht, warum er bei uns rumhängt. Er ist irgendwie mit Marie befreundet. Ich glaube, er denkt, er passt auf uns auf oder so was.«

»Na, das ist doch mal schön ironisch. Ein Typ mit einem kompletten Dachschaden als Schutzengel der Gallaghers!«

»Er ist nicht unser Schutzengel. Und er hat auch keinen kompletten Dachschaden.« Ich staunte selbst, dass ich das sagte. Ich wusste wirklich nicht, warum ich Wilson McVay plötzlich verteidigte und das auch noch ernst meinte. Aber Jack machte mich einfach wütend mit seiner Voreingenommenheit und diesem unerwarteten Großer-Bruder-Gehabe.

»Die meisten Leute hier am Berg glauben das aber.«

»Er hat mir und meinen Geschwistern bei was geholfen. Das ist alles.«

»Beim Rasenmähen?«

»Wie kommst du jetzt darauf?«

»Hat Thomas erzählt.«

»Es war was anderes, aber ist ja auch egal. Und unseren Rasen können wir selber mähen.«

»Ich meine ja auch nur, du solltest dich von ihm fernhalten. Die meiste Zeit ist er doch nur auf Koks und verpasst irgendwelchen Leuten Kopfnüsse.« Ich fragte mich, ob das stimmte, ob Wilson wirklich solche Drogen nahm. Ob Jack das mit Pottstown gehört hatte? Garantiert.

»Ist das jetzt dein Ernst? Du hast mich bis hierher laufen lassen, nur wegen Wilson?«

»Nein. Ich weiß gar nicht, warum ich ihn überhaupt erwähnt habe. Er ist ein Arschloch.«

»Okay. Worüber wolltest du denn reden?«

»Ach, gar nichts. Ist egal.« Er stand auf. »Ich muss nach Hause.«

»Von mir aus. Dann eben nicht«, sagte ich.

Er blieb noch einen Moment vor mir stehen, die Hände tief in den Taschen seiner Jeans vergraben, die Schultern hochgezogen.

»Schaffst du es allein zu den anderen zurück?«

Da war er wieder, der besorgte große Bruder. Ich antwortete nicht.

»Na gut. Ich geh dann mal.« Er drehte sich um und ging ein paar Schritte den Weg hinunter.

»Und übrigens«, rief ich ihm nach, »du kannst mich mal. Du warst es doch, der unbedingt reden wollte.«

»Jetzt will ich's eben nicht mehr.«

»Habe ich irgendwas getan?«

Vielleicht, weil ich Wilson verteidigt hatte? Irgendwie hatte ich trotz allem geglaubt, wir wären hergekommen, um allein zu sein.

Jetzt fing er doch wieder an. »Hast du mit Thomas geredet?«

»Klar. Mach ich schon mein Leben lang.«

»Ich hatte mich nur gefragt, ob du ihm irgendwas erzählt hast.« Er hielt inne. »Also, von mir.«

»Nein. Was denn?«

»Du weißt schon.«

»Nein. Du?«

»Nein. Natürlich nicht.«

Ich konnte es nicht fassen. Wir standen hier im Wald, weil er mir vorschreiben wollte, meinem Bruder nicht zu erzählen, dass wir uns geküsst hatten. Ich kam mir blöd vor, weil ich mich überhaupt in ihn verknallt hatte, und fühlte mich noch viel schlechter, weil ihm das offensichtlich so peinlich war.

»Kommst du wirklich gut da wieder rauf?«

Ich wandte mich stumm ab und ging den Weg hinauf, zurück zu den Türmen. Schon ein paar hundert Meter weiter hörte ich die Party und sah die blinkenden Lichter der Türme zwischen den Bäumen, wie einen Pulsschlag. Ich suchte mir noch einen leeren Becher, füllte ihn aus dem Fass und machte mir nicht mal mehr die Mühe, ihn vorher auszuspülen. Unser Feuer brannte noch. Tony De Martino hatte den Arm um Sage gelegt, und sie ließ ihn, Wilson saß zurückgelehnt da, im Schneidersitz, und fühlte sich offenbar viel zu wohl. Ich setzte mich, versuchte, Sages Blick aufzufangen, aber sie war zu sehr damit beschäftigt, sich von Tony einen Marshmallow von seinem Spieß füttern zu lassen. Als hätte während der paar Minuten, die ich im Wald gewesen war, jemand die ganze Wirklichkeit umgeschrieben.

»Du hast die Marshmallows verpasst«, sagte Abbey.

»Hier«, sagte Wilson. Er beugte sich vor und reichte mir den Stecken, den Tony mir vorher gegeben hatte. Darauf steckte ein weißer Marshmallow. »Ich habe dir einen gerettet. Diese bekifften Barbaren hätten sonst alles aufgefressen.« Ich hielt meinen Marshmallow über die Flammen, sah zu, wie die zuckrige Hülle schmurgelte und Blasen warf.

Dann wollte ich den Marshmallow essen, aber mein Mund war ganz trocken, und es fühlte sich an, als würde ich klebrige Spachtelmasse kauen. Ich warf ihn mitsamt dem Spieß ins Feuer.

»Das ist jetzt aber nicht nett«, sagte Wilson.

»Viel zu süß«, sagte ich. Ich sah erneut zu Sage hinüber, beschwor sie innerlich, zu mir herzusehen, aber sie benahm sich immer noch so bescheuert mit Tony De Martino. Ich hörte, dass sie jetzt über das Stones-Konzert in Philly im September sprachen. Er wollte auch hin.

»Die Wurzeln der Bildung sind bitter, ihre Früchte aber sind süß.« Wilson sah mich an.

»Was soll denn das heißen?« Glaubte Wilson, ich bekäme hier gerade eine Lektion erteilt? Über meinen Platz im Leben?

»Das ist von Aristoteles. Hat unser Griechischlehrer auf der Militärschule immer zitiert.« Noch so ein Informationsfetzen über Wilson. Da war er also die ganzen Jahre gewesen.

»Und worin besteht meine bittere Bildung?« Ich sah ihn durchdringend an.

»Das musst du selbst herausfinden.«

Ich wollte nach Hause, hatte aber Angst, allein zu gehen. Mir kam es vor, als gäbe es nichts mehr, worauf ich mich freuen konnte.

»Macht ihr am Samstag bei der Parade mit?« Die Frage kam von Abbey.

»Nein. Beatrice fährt ins Sommerlager. Ellen hatte schon ein Kostüm und ein Schild für sie gemacht, aber das kriegt jetzt Mrs Bouchers kleiner Sohn für sich und sein Big Wheel-Dreirad.«

»So niedlich«, sagte Abbey. »Die kleinen Patrioten auf ihren Rädern.« Wilson und sie hatten offenbar gekifft, während ich weg war. Wilson blickte grinsend ins Feuer, und Abbey konnte kaum noch die Augen offenhalten, so zugedröhnt war sie.

»Passt du immer noch auf die auf?«, fragte Abbey.

»Auf meine Schwestern?«

»Nein, auf die Sprösslinge der schönen Mrs Boucher.« Ich musste daran denken, was sie an dem Abend zu Beginn der Sommerferien gesagt hatte, dass es da jemanden gebe, der Mrs Boucher besonders schön finde. Was hatte sie bloß damit gemeint?

Ich sah zu Tony und Sage hinüber. Er flüsterte ihr gerade etwas ins Ohr, und sie lachte. Im Schein des Feuers wirkte Tony gar nicht mal so unattraktiv, und sein ganzes Pfadfindergetue hatte sich offenbar ausgezahlt, denn Sage lehnte sich an ihn und hatte die Hand auf seinem Oberschenkel.

Abbey piekste Wilson mit ihrem Marshmallowspieß ins Bein. »Hey, Wilson, warum bist du eigentlich nicht um die Barrikade herumgefahren? Warum bist du aus dem Wald gekommen wie so ein Geist und hast uns allen Angst gemacht?«

Wilson lachte nur. Seltsam, dass er hier bei uns saß, wo doch überall auf der Lichtung an anderen Feuern Leute in seinem Alter hockten, mit denen er eigentlich zusammen sein müsste, mit denen er sicher auch mal befreundet gewesen war, als Kind, bevor er so anders wurde. An diesem Feuer war er der Älteste, und ich war die Jüngste und wurde vermutlich nur geduldet, weil ich mit Sage befreundet war. Ich schaute zu Abbey hin, ihre wilden Locken glänzten im Feuerschein, die Lider hingen immer noch auf Halbmast. Sie sah aus wie eine Wahrsagerin. Sage und Tony hatten angefangen zu knutschen; er hatte die Hand an ihrer Wange, hielt ihr Gesicht zu sich hingedreht. Ich wandte mich ab.

Ich überlegte, ob Mrs De Martino wohl Angst vor ihren Söhnen hatte, die vor dem Haus Bier tranken und von ihren Liegestühlen aus mit ihren Luftgewehren auf vorbeilaufende Kinder schossen. Zu Beginn der Sommerferien hatte ich sie mit ihrem Ältesten gesehen, dem mit der Überdosis; sie hatte ihn am Arm zum Auto geführt, sein Gang unsicher, das Gesicht bleich und aufgedunsen. Vor zwei Jahren, als ich das erste Mal vor dem Zaun Schmiere gestanden hatte, während die anderen in den Schwimmclub einbrachen, hatte ich ihn und seine Freunde noch nackt vom Fünfmeterbrett springen sehen, junge, kräftige Körper, die johlend durch die Luft wirbelten, beim Auftauchen die Wasseroberfläche durchstießen, die langen, nassen Haare schüttelten. Sie sahen aus, als gehörten sie eigentlich in einen Kinofilm. Jetzt wirkte er klein neben seiner Mutter, obwohl sie nur knapp über eins fünfzig war, von Licht und Luft entwöhnt, völlig abhängig von dieser zierlichen Person.

Marie meinte, Sage habe einen Klassenkomplex, sie fühle sich zur Arbeiterschicht hingezogen. Sie meinte, damit wolle Sage ihrer Familie eins auswischen, sich allen Vorgaben widersetzen. Aber ich glaubte das nicht. Sage mochte Menschen wie Tony und Abbey und uns einfach lieber. Tony tat mir leid, wahrscheinlich hatte er die ganze Woche damit verbracht, Holz zu sammeln, und dann hatte er auch noch Marshmallows besorgt, weil er wusste, dass Sage hier sein würde. Er hatte ganz offensichtlich nur darauf gewartet, dass sie kam. Und sie würde ihm höchstwahrscheinlich das Herz brechen.

Allmählich wurde mir schwummerig von dem ganzen Bier. Ich hatte nicht mitgezählt, wie viel es gewesen war. Vier oder fünf Becher. Am liebsten hätte ich Sage auf die Schulter getippt und ihr gesagt, sie solle mich nach Hause begleiten, sie gefragt, was eigentlich mit Jack los war. Wilson spürte das offenbar.

»Na, komm«, sagte er. »Ich fahr dich nach Hause.«

»Auf dem Motorrad?«

»Klar.«

»Nein. Du bist doch total bekifft.«

»Falsch. Nur leicht bekifft und absolut zurechnungsfähig Ich fahre auch langsam.«

Ich wollte nach Hause. Mir war nicht gut. Sage war hier sicher nicht so schnell fertig, und ich hatte einfach keine Lust, noch länger zu bleiben. Es war sonst niemand in meinem Alter da, und mir schwirrte der Kopf.

»Und du machst auch keinen Quatsch wie Sprünge oder Wheelys?«

»Auf keinen Fall. Erst recht nicht, wenn du besoffen hinter mir sitzt. Ich hänge an dieser Jacke. Die will ich mir nicht vollkotzen lassen.«

Wir stiegen auf Wilsons Yamaha. Er ließ sie im Stehen an, dann setzte er sich, und ich schwang mich hinter seinem breiten Rücken auf den Sitz. Er wendete auf dem Schotter, dann fuhren wir in den Wald, zischten über die Zufahrtsstraße, vorbei an Zweigen und Blättern, vorbei an der Barrikade, die die anderen errichtet hatten, und auf die Horseshoe Trail Road. Wilson schaltete einen Gang herunter, und wir glitten gemächlich bergab und kamen um die Kurve, wo Grady Adams vor ein paar Tagen die Hirschkuh überfahren hatte. Am Straßenrand sah man noch Spuren im Schotter. Aufgewühlte Erde. Wahrscheinlich war die Gemeinde mit irgendwelchen Maschinen angerückt, um das Tier hochzuheben. Ich wandte den Kopf ab und ließ meine Wange ganz kurz an Wilsons Rücken ruhen. Wir bogen nach links in den Forge Mountain Drive ab, und ich legte mich mit Wilson und dem Motorrad in die Kurve und schaute nach vorne, wo unser Scheinwerfer ein kleines Stück Straße ausleuchtete. Das Knattern des Motors unter mir, das Scheinwerferlicht auf der Straße, ein leichter Fahrtwind an meiner Haut und in meinem Haar und Wilson, der so stabil vor mir saß – ich fühlte mich gut und geborgen. So rauschten wir minutenlang durch die Nacht, fest verbunden mit der

Straße, der Luft und der Dunkelheit. Als wir hinter der Rock Hill Lane um die Kurve bogen, wenige hundert Meter vor meiner Straße, tippte ich Wilson auf die Schulter. Er wurde langsamer, blieb stehen und hielt das Motorrad mit beiden Beinen auf dem Boden aufrecht. Dann drehte er leicht den Kopf, um mir zuzuhören.

»Ich steige hier ab. Damit meine Mutter nichts mitkriegt.« Außerdem war mir klar, dass ich noch ein Stück laufen musste, bevor ich ins Haus ging. Falls sie aufwachte und mich so sah, würde sie sofort erkennen, dass ich Alkohol getrunken hatte, und dann war ich geliefert.

Ich versuchte, mich so vom Motorrad zu schwingen, als machte ich das ständig, musste dann aber auf einem Bein hüpfen, um das andere vom Sitz zu kriegen, meine Haut klebte am Leder fest. Ich blieb neben dem Motorrad stehen.

»Danke.« Ich überlegte kurz, dann setzte ich noch hinzu: »Ich wollte dir noch was sagen. Der Typ war im Space Port und hat sich dort umgesehen. Vielleicht hat er ja einen von euch gesucht.«

»Ich weiß. Sage hat es mir erzählt.« Ich versuchte, mich zu erinnern, ob ich sie am Feuer hatte reden sehen.

»Heute?«

»Nein. Vor ein paar Tagen. Am Telefon.«

»Ach so.«

»Bis dann«, sagte er, beugte sich auf dem Motorrad vor, stieß sich ab und ließ es ohne Motor bergab rollen. Ich sah ihn schon nicht mehr, hörte nur das Geräusch der immer schneller werdenden Reifen. Ich ging rasch. Als ich in meine Straße einbog, hörte ich den Motor der Yamaha starten und aufheulen, ein dumpfer, ferner Laut, der im Wegfahren verklang.

Unser Haus war dunkel. Am Ende der Einfahrt schob ich mir einen Kaugummi in den Mund. Ich roch nach Bier. Ich versuchte es an der Hintertür, drückte die Klinke. Nicht abgeschlossen. Thomas musste sie für mich offen gelassen haben. Dann war sie also nicht zu Hause, sie hätte sonst abgeschlossen. Ich ging durchs Wohnzimmer und öffnete die Tür zur Garage. Nur Leere, wo eigentlich das Auto stehen sollte. In der Küche machte ich kurz Licht. Die Uhr über der Spüle zeigte zehn nach eins. In unserem Zimmer streifte ich meine Chucks ab und kletterte über Beatrice hinweg ins Bett.

Ich legte mich auf die Seite, mit dem Gesicht zur Wand. Es war alles so verwirrend. Jack schämte sich offenbar für das, was geschehen war, aber irgendwie war er wohl auch eifersüchtig auf Wilson. Ich war überzeugt gewesen, Wilson zu hassen, aber dann hatte ich ihn vor Jack verteidigt. Sage hatte Wilson angerufen und mir nichts davon erzählt. Sie kannte seine Nummer, die in keinem Telefonbuch stand. Und sie wusste, dass ich nichts mit ihm zu tun haben wollte, dass ich mir wünschte, er würde sich von uns fernhalten. Warum hatten sie dann so viel zu bereden? Und es gab noch etwas, das ich nicht einordnen konnte. Eine Erkenntnis, die sich mir noch entzog. Thomas hatte mir einmal erklärt, dieses Gefühl, eine Art sechster Sinn, habe nichts mit außersinnlicher Wahrnehmung und diesem ganzen pseudowissenschaftlichen Quatsch zu tun. Es sei ein weiterer Bestandteil der Kampf-oder-Flucht-Reaktion des sympathischen Nervensystems. So etwas passiere, meinte er, wenn der Körper etwas wisse, das dem Kopf noch nicht klar sei. Ein Tier im Dschungel nimmt ein Knacken, ein Rascheln oder sonst eine Bewegung im Busch zuerst mit dem Körper wahr und reagiert darauf, bevor sein Kopf das überhaupt verarbeiten kann. So sichert es sein Überleben. Das Gleiche passiert, wenn Gefahr droht, die der eigene Körper wahrnimmt, und man so ein Gefühl im Bauch hat, ein schlechtes

Gefühl, lange, bevor der Kopf überhaupt begreift, was los ist. Der Körper hört, riecht, spürt, und der Instinkt löst auf Grundlage all dieser ganz realen Informationen das Gefühl aus, das man in einer solchen Situation haben muss. Während ich im Bett lag und noch einmal über den Abend nachdachte, nahm dieses Etwas nun eine Gestalt an, die ich begreifen konnte. Und obwohl ich im Dunkeln allein im Bett lag, schlug ich die Hand vor den Mund. Ich wusste jetzt Bescheid über Mrs Boucher.

21

Thomas hatte Beatrice geholfen, die Koffer vom Speicher zu wuchten. Sie sollte am nächsten Morgen ins Sommerlager aufbrechen und musste entscheiden, welcher sich am besten für ihre Sachen eignete.

Thomas sah auf, als ich ins Wohnzimmer kam. Er versuchte gerade, den Reißverschluss des kleinsten Koffers freizukriegen, der sich im Futterstoff verhakt hatte. Ich holte noch Luft, um zu sagen, woran der Anblick der Koffer mich erinnerte, da reagierte er schon, als hätte er meine Gedanken gelesen: »Ja, ich weiß.«

Der einzige Anlass, aus dem sie sonst alle unten standen, war eine bevorstehende Reise nach Irland. Dad nahm uns in der Regel nur einzeln mit, weil wir es uns nicht leisten konnten, alle zusammen hinzufliegen. Wenn die Koffer von der Reise zurückkehrten, steckten wir alle den Kopf hinein und atmeten den Geruch von dort – Torffeuer, in der Meeresbrise getrocknete Kleider, frisches Heu. Der große, blaugrün karierte Koffer gehörte Dad, den nahm er immer mit, randvoll mit Baumwollbettwäsche, Overalls, Strümpfen und Unterwäsche von Sears für seine Geschwister und riesigen Büchsen Folgers-Kaffee und Lesebrillen für das halbe Dorf. In den Wochen vor einer Reise in die Heimat machte er immer wie wild Besorgungen, kaufte etwas für jeden, der ihm einfiel. Einen Werkzeugkasten für diesen Bruder, ein Topfset für jene Schwester. Was dieser Koffer schon alles transportiert hatte!

Meistens war er auch um diese Jahreszeit hingereist, wenn die Sonne so heiß schien, dass das Gras verdorrte und er sich für ein, zwei Wochen nicht um irgendeinen Rasen kümmern musste. Wenn ich dachte, uns sei gar nichts von ihm geblieben, vergaß ich immer diese Koffer auf dem Dachboden.

»Schau mal, was ich noch gefunden habe.« Thomas deutete mit dem Kopf auf einen kleinen Kasten, aus Kunststoff, aber mit einem Muster, das aussah wie ein Gewebe. Oben hatte er einen Griff und eine Klappe, die vorne einrastete. Dads altes Magnettonbandgerät. Es musste mindestens sieben oder acht Jahre her sein, seit ich es zum letzten Mal gesehen hatte. Er hatte es Anfang der Sechzigerjahre gekauft, als Marie noch ein Baby war. Jedes Jahr am Silvesterabend holte er es hervor, und um Mitternacht durften wir alle etwas in das Mikrofon sagen. »Die Tonbänder sind auch noch da.« Ich sah den Stapel quadratischer Kästchen, in denen die Tonbänder steckten. Jedes war in Dads krakeliger Schreibschrift mit Titel und Datum versehen.

»Ist Mom schon wieder von der Arbeit zurück?«, fragte ich.

»Nein. Sie wollte noch die Sachen von Beatrices Sommerlagerliste besorgen.«

»Eine Taschenlampe, Batterien und Insektenschutz«, zählte Beatrice auf. »Und eine Feldflasche, für wenn wir in den Bergen wandern gehen. Habt ihr gewusst, dass es im Süden überhaupt Berge gibt?«

»Was glaubst du denn, wo die Appalachen und die Blue Ridge Mountains sonst aufhören, du Knalltüte? Bringen eure Lehrer euch heutzutage keine Erdkunde mehr bei?« Thomas schob Beatrice, die im Schneidersitz vor ihm saß und ihm zusah, den Koffer wieder hin. »Hier, probier mal.«

Sie zog den Reißverschluss auf und wieder zu und drehte dann eine Runde durch das Wohnzimmer, den leeren Koffer in der Hand, der fast so groß war wie sie.

»Hast du sie dir angehört?«

Thomas schüttelte den Kopf.

»Wollen wir?«

Er öffnete den Kasten. Das Gerät wirkte altmodisch und riesengroß im Vergleich zu einem Kassettenrekorder oder auch nur einem 8-Spur-Gerät. Thomas nahm das Tonband mit der Aufschrift *31. Dezember 1972.* Ich hatte keine Ahnung, wie man das Gerät bediente, aber er legte die Spule ein, fädelte das Band durch einen Schlitz ganz unten, zog es auf der anderen Seite wieder heraus und wickelte es auf eine leere Spule. Dann drückte er den Schalter. Nichts geschah.

»Es ist nicht eingestöpselt«, bemerkte Beatrice, als sie mit dem Koffer in der Hand am Sofa vorbeikam.

Thomas stöpselte den Stecker ein und drückte noch einmal den Schalter. Jetzt drehten sich die Spulen. Ich musterte ihn, wie er da mit gesenktem Kopf vor dem Gerät auf dem Boden saß und wartete. Ich legte mich auf den Teppich und blickte in die andere Richtung, weil ich nicht sehen wollte, wie er es sich anhörte. Erst kam nichts, dann ertönte ein Knacken, als der Aufnahmeknopf gedrückt wurde, und flüsternde Stimmen. Ein hörbar kleines Kind fragte: »Ist es an? Ist es an?« Mein Vater räusperte sich, ganz formell in seiner Ansprache an die Zukunft.

»Hallo. Hier spricht Martin Gallagher aus Ardmore, Pennsylvania, am 31. Dezember 1972.« Der Klang seiner Stimme hier im Wohnzimmer fand seinen Widerhall an meinen Rippen und in meinem Magen, sie klang blechern und weit weg und sehr viel irischer, als ich sie in Erinnerung hatte.

»Heute ist es für die Jahreszeit sehr mild. Regen bei knapp siebzehn Grad. Es ist jetzt halb zwölf, bald dürfen wir das Jahr 1973 einläuten. Ich bin hier mit meiner Frau Faye und den Kindern Marie, Thomas, Libby und Ellen. Sie werden alle ein paar Worte sagen, angefangen mit der Jüngsten, Ellen Gallagher.« Er klang ebenso scheu wie ernst.

Es folgte eine Pause und gedämpfte Geräusche, während er das Mikrofon an Ellen weitergab.

»Hallo. Ich ... Ich heiße Ellen Gallagher. Ich bin drei und ...« Wieder eine Pause. Wahrscheinlich hatte sie nicht mehr weitergewusst. »Frohes neues Jahr!« Jemand flüsterte von hinten: »Sag noch, was du dir wünschst.« Anscheinend hielt sie das Mikrofon ganz dicht an den Mund, denn man hörte jeden Atemzug. »Ich wünsche mir ... weiß ich nicht mehr.« Noch eine Pause, dann wurde die Aufnahme unterbrochen. Als Nächstes musste ich dran sein. Wieder das Knacken, als der Aufnahmeknopf gedrückt wurde. Ich schmiegte die Wange an den Teppich und lauschte.

»Hallo. Ich bin Libby Gallagher. Ich bin sechseinhalb Jahre alt und gehe in die erste Klasse. Meine Lehrerin heißt Miss Collins. Sie ist sehr nett. Ihr würdet sie bestimmt mögen.«

Thomas schnaufte. Unsere Mutter sagte immer, ich hätte als Kind geredet wie ein Wasserfall.

»Gerade nehmen wir die Planeten durch. Wir sollen unseren Lieblingsplaneten malen und eine Seite dazu schreiben. Ich habe mir Pluto ausgesucht, weil Thomas sagt, der ist am weitesten von der Sonne weg, das fand ich so traurig, und darum habe ich mir Pluto ausgesucht, weil es da so kalt und alles voller Eis ist. Und weil er der kleinste Planet ist.«

»Gott, du hältst ja ein richtiges Referat, du komischer Kauz«, sagte Thomas, aber wir mussten beide lachen. Mir liefen Tränen über die Wangen.

»Ich möchte allen auf der Welt ein frohes neues Jahr wünschen. Und ich wünsche mir, dass ich mal auf einem Pferd reiten darf, dass ich ein Fahrrad bekomme, dass der Vietnamkrieg endlich aufhört und der graue Star von meiner Großmutter wieder weggeht.«

»Als Nächstes kommst du, Thomas«, sagte Beatrice, die jetzt auch vor der Maschine saß.

Der kleine Thomas räusperte sich zuerst, genau wie Dad. Während ich regelrecht ins Mikrofon gebrüllt hatte, flüsterte er, und wir mussten genau hinhören, um ihn zu verstehen.

»Mein Name ist Thomas Gallagher aus Ardmore, Pennsylvania. Ich bin acht Jahre alt und der einzige Junge in unserer Familie. Ich gehe in die dritte Klasse der katholischen Schule St. Colman's. Für 1973 wünsche ich mir ein Teleskop, und außerdem wünsche ich mir, dass ich 1973 mit meinem Vater zum Angeln gehen kann und vielleicht einen Fisch fange oder dass er mit mir Boot fährt, auf einem See oder auf dem Meer.«

Ich wollte eine blöde Bemerkung machen, traute aber meiner Stimme nicht. Seine Wünsche machten mich traurig.

Das Band spulte sich weiter ab, und Marie hatte bereits mit ihrem Vortrag begonnen. »Ich heiße Marie Gallagher. Ich bin neun und von allen Kindern die Älteste.«

»Da hört ihr's«, kommentierte Thomas.

»Ich gehe in die vierte Klasse. Ich mag Kunst und Musik und Sport. Mein Wunsch für das neue Jahr ist, dass meine jüngeren Geschwister sich benehmen und mich nicht immer so nerven, aber am allerliebsten möchte ich die Beatles kennenlernen.«

»Typisch Marie«, sagte ich.

»Und jetzt werde ich ein Lied singen, zusammen mit meinem Vater, Martin Gallagher.«

Ich glaube, wir hatten diese Bänder danach nie wieder angehört. Ich konnte mich an das Ritual erinnern, aber nicht an die Aufnahmen selbst. Und ich hatte meinen Vater noch nie bewusst singen hören.

»Das Lied heißt ›In My Life‹, und es ist das einzige Lied von den Beatles, das Martin Gallagher halbwegs gefällt und das er überhaupt lernen wollte. Faye Gallagher singt nicht mit, weil sie, wie Martin immer sagt, keinen geraden Ton halten kann.« Und dann fingen sie an und sangen gemeinsam das ganze Lied. Wir saßen wie festgeschraubt an unserem jeweiligen Platz auf dem Wohnzimmerboden, voneinander abgewandt, und hörten unserem Vater und Marie beim Singen zu. Seine Stimme klang so, wie man das von manchen irischen Sängern kennt, nasal und ein bisschen wacklig. Sie schien aus einer längst vergangenen Zeit zu kommen. Maries chorgeschulte Kinderstimme gesellte sich süß zu seiner, und ich hörte ihr an, wie glücklich sie darüber war, dieses Lied gemeinsam mit ihrem Vater zu singen und wie ernst sie es nahm, weil sie in ein Mikrofon sangen und aufgenommen wurden. Und ich hatte keine Ahnung, wann und wie sie es einstudiert hatten. Wo war ich währenddessen gewesen? Marie musste so viele Erinnerungen an uns alle zusammen haben, an so etwas wie ein Familienleben, von dem Thomas und ich nichts mehr wussten, weil wir noch zu klein gewesen waren. Mit was für einer Selbstverständlichkeit sie von Mom und Dad erzählt hatte, davon, wie Martin Faye immer aufzog. Solche Erinnerungen besaß ich nicht. Keine einzige.

Thomas schaltete das Tonband ab. »Meine Güte. Damit hatte ich jetzt nicht gerechnet«, sagte er.

Ich wandte ihm immer noch den Rücken zu. »Ich auch nicht.«

»Ich würde ihm so gern noch ein paar Dinge sagen«, murmelte er.

»Was denn für Dinge?«, fragte Beatrice. Jetzt drehte ich mich doch um, so dass ich sie sehen konnte. Sie hielt immer noch den Griff ihres Koffers fest und schaute Thomas an.

»Ich würde ihm gern sagen, dass er ein guter Vater war«, sagte Thomas. »Ich glaube, das hat er gar nicht gewusst.«

So ging es mir auch.

»Wir räumen das lieber weg, bevor Mom nach Hause kommt«, sagte ich. Thomas spulte das Tonband zurück, indem er den Bandteller mit dem Finger rückwärts drehte. »Bea, erzähl ihr bitte nicht, dass wir uns das angehört haben. Ich glaube, sie weiß gar nicht mehr, dass die Bänder noch da oben sind.«

»Können wir uns die anderen auch anhören? Irgendwann, wenn mein Sommerlager vorbei ist?«

Ich warf Thomas einen Blick zu.

»Ich denke schon«, sagte er. »Dafür hat Dad sie ja gemacht.«

Ich hatte mich auf die Verandastufen gesetzt und behielt die Einfahrt im Blick, darauf gefasst, jeden Moment einen schwarzen Camaro die Straße entlangkriechen zu sehen. Sage hatte Wilson hinter meinem Rücken von der Space Port-Sache erzählt. Sie hatte schon vor mir gewusst, dass Jack den Abend im Freibad am liebsten wieder vergessen würde, und aus der Schule wusste sie noch andere Dinge über ihn. Ich fühlte mich ausgeschlossen, klein und verbittert. Alle steckten voller Geheimnisse. Sage, meine Mutter, ich. Und jetzt kannte ich auch das von Mrs Boucher. Aber ich brauchte Gewissheit.

An der Abzweigung zum Paul Lemen Drive zögerte ich kurz, ging aber trotzdem weiter. Ich hatte noch nie vor der Tür der McVays gestanden. Selbst wenn ich am Gänseblümchen-Tag Spenden sammeln ging, hatte ich dieses Haus immer ausgelassen, weil Wilson dort wohnte. Die Einfahrt und das Haus lagen im Schatten riesiger Schwarzpappeln. Auf dem Weg zum Haus hob ich einen abgefallenen Zweig auf. Durch die Scheiben des Wintergartens sah ich einen großen Fernseher, einen Kamin und schöne Polstermöbel. Draußen allerdings wirkte alles ungepflegt, eine Vernachlässigung, die durchaus an unsere erinnerte: Hinter den Beeten spross Unkraut an der Hausmauer entlang, und die ganze Erde war von Bluthirse überwuchert. Das Springkraut verdorrte. Aus den Rissen in der asphaltierten Einfahrt drängte sich Gras hervor. Es war Freitagnachmittag, und ich überlegte, ob Wilsons Eltern wohl schon zu Hause waren und wie ich ihnen erklären sollte, weshalb ich hier aufkreuzte. Die Haustür hatte einen großen Türklopfer, aber eine Klingel konnte ich nicht finden. Jetzt war ich schon so weit gekommen. Ich griff nach dem Klopfer, betätigte ihn drei Mal und wartete. Niemand öffnete.

Ich trat von der Tür weg, zerbrach den Zweig in meiner Hand und sah mir das Sternenmuster in seinem Innern an. Man findet es nur bei abgefallenen Zweigen oder Ästen der Pappel, nicht bei den lebenden am Baum. Die Geschichte dazu besagt, dass die Nacht sich Sterne wünschte und den Wind um Hilfe bat, und der Wind schüttelte die Pappeln, bis ihre Zweige abfielen und die verborgenen Sterne freigaben.

»Was machst du denn hier?« Die Stimme kam von hinten und jagte mir einen Schreck ein. Hinter mir stand Wilson mit einem Lappen und einer Dose Schmieröl in der Hand. Jetzt sah ich auch den Schuppen mit dem Stellplatz und die Yamaha. Er musste mich gesehen haben, als ich zur Tür ging.

»Herrgott, hast du mich erschreckt!«

»Willst du meine Eltern besuchen?«

»Nein, natürlich nicht.« Ich hielt ihm die beiden Zweighälften entgegen. »Ihr habt Pappelzweige in der Einfahrt.«

»Wolltest du was Bestimmtes?« Es schien ihn zu ärgern, dass ich hier vor seinem Haus stand, dabei war er doch mehrmals in unseres eingedrungen.

»Du musst mir einen Gefallen tun.«

»Ist was passiert? Hast du ihn noch mal gesehen?«

»Nein, das ist es nicht. Ich ...«

Wilson sah mich nur an und wischte sich mit dem Lappen das Öl von den Händen.

»Könntest du heute Nacht was für mich überprüfen?«

Ich bat ihn, die Horseshoe Trail Road bis zur Nike-Basis abzufahren, vorbei am Sun Bowl, und mir zu berichten, ob dort irgendwelche Autos parkten oder jemand zu Fuß auf der Straße unterwegs war. Es müsse um Punkt ein Uhr sein, nicht früher und auch nicht später. Er solle aber keinesfalls die Zufahrt zu den Bouchers hinunterfahren oder auch nur dorthin schauen. Manchmal stand sie um diese Zeit schon wieder in ihrer Einfahrt. Ob ich mich darauf verlassen könne, dass er niemandem jemals auch nur ein Sterbenswörtchen sagen würde?

»Dann machst du jetzt also einen auf Detektiv Libby Rockford und spionierst den Leuten hinterher?«

»Bist du nicht selber gut in so was?«

»Vielleicht geht es dich ja nichts an, was andere Leute nachts da oben treiben.«

»Das sagt der Richtige.«

»Aus manchen Sachen hält man sich besser raus.« Und ich merkte, dass er wusste, was ich wissen wollte, und dass er die Antwort bereits kannte. Aber wollte er mich hier ernsthaft über die Privatsphäre anderer Leute belehren, die er selbst tagtäglich verletzte, vor allem meine?

»Gut, ich muss wieder los.« Ich ging über die Einfahrt zurück zur Straße und hob noch zwei Zweige auf. Einen, um ihn Beatrice zu zeigen, und einen, den sie mit ins Sommerlager nehmen konnte. Dann fragte ich mich, wo eigentlich Wilsons Hund steckte. »Wo ist denn dein Hund?«, rief ich ihm zu.

»Wer?«

»Dein Hund. Samson.«

»Ich hab keinen Hund.«

»Oh.« Kurz blieb mir das Herz stehen. Und mir kam der Gedanke, dass Wilson ein höchst überzeugender Lügner war.

Als ich wieder zu Hause war, hatten sowohl Ellen als auch Beatrice ihre Koffer bereits gepackt und im Wohnzimmer für die Abreise am folgenden Morgen bereitgestellt. Mom hatte alles von Beatrices Liste besorgt und eine Packung Bleistifte und Zeichenkohle sowie einen Skizzenblock für Ellen. Sie sagte, es gebe eine Planänderung. Sie hatte mit den Gambinos vereinbart, dass sie Ellen am Sonntag abholen würden, sodass sie sich noch selbst um Peters Kostüm kümmern und bei der Parade dabei sein könne. Ich wusste, das hatte sie für mich getan; sie gab sich wirklich Mühe. Ich sah, wie sie versuchte, meine Reaktion an meiner Miene abzulesen. Zuerst war es wohl Enttäuschung – ein weiterer Tag, an dem wir uns wegen des Barbie-Manns Sorgen machen mussten. Aber Ellen strahlte und fing sofort an zu organisieren: Sie müsse am Abend mit mir zum Babysitten kommen, um bei Peter Maß zu nehmen und die Weste anzupassen, er müsse alles anprobieren, und dann könne sie sich auch gleich ansehen, wie sich das Schild am besten an seinem Dreirad befestigen ließ, und ob sie am Abend auch noch mit zum Sun Bowl dürfe, zum Feuerwerk?

Auf dem Weg zu den Bouchers sprachen Ellen und ich kein Wort, beide blieben wir wachsam, als wir die Straße hinaufeilten, um die Abkürzung durch den Wald zu nehmen. Auf der Lichtung mit den Türmen fanden sich noch letzte Spuren der Party ein paar Abende zuvor. Im Schein der blinkenden Lichter sahen die sechs großen, schwarzen Ringe, die die Lagerfeuer auf dem Schotter hinterlassen hatten, wie Mondkrater aus. Weiter vorne war der Weg immer noch von Ästen, ein paar rostigen Fahrrädern und Autoreifen versperrt.

Ellen trug eine Plastiktüte mit Peters Kostüm, Nähzeug und weiterem Material. Sie hatte Wimpel und Stoffstreifen, buntes Krepppapier und Klebeband eingesteckt, um das Fahrrad zu dekorieren. Eigentlich hätte sie über das Kostüm reden müssen, darüber, wie es sein würde, bei den Gambinos und Gabriel zu wohnen, oder über den Kunstkurs, an dem sie teilnehmen würde. Stattdessen war sie angespannt und nervös. Ich hatte ihr nicht erzählt, dass Thomas den Barbie-Mann am Berg gesehen hatte. Noch ein letzter Tag hier oben, dann brauchten wir alle für zwei ganze Wochen nicht mehr daran zu denken. Und bei der Parade morgen wären wir den ganzen Tag von Menschen umgeben.

Ich hatte Angst, Mrs Boucher zu begegnen, Angst, sie könnte ihr eigenes Geheimnis in meinem nervösen Geflatter wiedererkennen – weil ich zu viel redete, fahrig war. Es fiel mir schwer, mich normal zu verhalten.

Mrs Boucher hatte Peters Big Wheel im Wohnzimmer bereitgestellt, und er versuchte immer wieder, damit herumzufahren. Er wollte vor Ellen angeben, die bereits Wimpel und Stoffbahnen aus ihrer Tüte holte.

Peter stieg ab und kam an den Tisch. »Sind die für mein Rad?«

»Ja«, sagte Ellen. »Und du kannst mir auch gleich damit helfen, aber jetzt probieren wir erstmal dein Kostüm an.«

Ellen passte den Hut an, der fast so groß war wie der ganze Peter. Das Schild lag auf dem Tisch, und Mrs Boucher sah es sich an.

»Ach, das ist ja eine tolle Idee, Ellen. Doktor Seuss. Du siehst die Welt mit den Augen einer Künstlerin.«

Ellen wurde ganz rot vor Stolz.

Ich wusste nicht, wie Mrs Bouchers Leben mit Mr Boucher gewesen war. Ich hatte ihn nur das eine Mal mit seiner jetzigen Verlobten gesehen und ein paar Mal mit ihm telefoniert, trotzdem spürte ich, dass es nicht besonders gut gewesen sein konnte. Er wirkte oberflächlich, nur an sich selbst interessiert. Vielleicht hatte sie es ja schwer hier am Berg, in ihrem Haus tief im Wald, allein mit zwei Kindern. Jetzt, wo ich darüber nachdachte, erschienen mir meine Mutter und Mrs Boucher gar nicht mehr so verschieden. Sages Worte gingen mir wieder durch den Kopf: *Willst du denn nicht, dass sie glücklich ist?* Mrs Boucher war jung, wahrscheinlich noch unter dreißig. Sie hatte nicht nur Arbeit, sondern einen richtigen Beruf. Aber das hieß noch lange nicht, dass *sie* ein Recht auf eine Affäre hatte und meine Mutter nicht. Mrs Boucher behauptete von sich, Feministin zu sein, was meine Mutter eindeutig nicht war. Aber auch das verwirrte mich. Wenn Mrs Boucher das Beste für alle Frauen wollte, warum nahm sie es dann in Kauf, eine einzelne so zu verletzen?

Mrs Boucher gab Bruce, der auf dem Sofa lag und Ellen bei der Arbeit zusah, einen Kuss. »Gute Nacht, mein kleinstes Küken!« Dann wandte sie sich an Peter. »Und du sei lieb zu Ellen und markier hier nicht immer den wilden Mann.« Sie blieb noch einen Augenblick stehen und sah Ellen zu. Irgendwie wirkte sie müde oder auch bedrückt, und es tat mir schon jetzt leid, dass ich ihr nachspionierte. Dann strich sie sich mit beiden Händen den Rock glatt. »Na, dann. Ich muss los. Gute Nacht, die Damen.«

Ich brachte Bruce ins Bett, während Ellen und Peter auf dem Boden saßen und rote, weiße und blaue Krepppapierstreifen an seinem Big Wheel befestigten. Peter trug schon seinen Doktor Seuss-Hut, an dem rot-weiß-blaue Wimpel steckten. Ellen hatte Pfeifenreiniger benutzt, um sie ein wenig standfester zu machen.

Ich griff nach Mrs Bouchers *New York Times*. Manchmal hörten wir morgens die Radionachrichten, aber nur die Freitagabende bei Mrs Boucher brachten mich richtig in Kontakt mit der Welt. Bei ihr gab es Zeitungen, Zeitschriften und einen Fernseher. Auf fast jeder Seite ging es um Ronald Reagan. Wir waren keine Anhänger von ihm. Unsere Mutter hatte für Jimmy Carter gestimmt. Reagan wollte mehr Geld in Atomwaffen investieren, und er unterstützte weder die Arbeiter noch den Umweltschutz. Dad war gestorben, bevor Reagan der offizielle Präsidentschaftskandidat wurde, aber er hatte mit mir über ihn gesprochen, weil Reagan zu den Schauspielern gehörte, die während der McCarthy-Prozesse gegen andere ausgesagt hatten. Das nahm mein Vater ihm nachhaltig übel. Er sagte, Reagan habe keine Ehre im Leib.

Eines Nachmittags, im Sommer vor der Wahl, fuhren wir die Lancaster Avenue entlang, und Marie entdeckte auf der Fahrspur neben uns einen Wagen mit dem Aufkleber *Wyman hatte recht*. Ich brauchte einen Moment, um zu begreifen, was das heißen sollte: dass nämlich Reagans erste Frau, die Schauspielerin Jane Wyman, recht damit gehabt hatte, sich von ihm scheiden zu lassen. Wer immer da am Steuer saß, hatte auch nichts für Reagan übrig. An der nächsten Ampel hielten wir direkt neben dem Wagen, Mom hupte, und wir winkten alle und reckten den Daumen hoch. Der Fahrer blickte stur geradeaus. Er muss uns wohl für verrückt gehalten haben.

In der Zeitung stand nur deprimierendes Zeug: Reagan war dabei, sämtliche Reformen rückgängig zu machen, die die Bürgerrechtsbewegung in den Sechzigern und die Umweltschutzbewegung in den Siebzigern erreicht hatten. Den Arbeitern ging es schlecht. Die Fluglotsen bereiteten einen Streik vor, in New Jersey streikte bereits die Müllabfuhr und der Abfall türmte sich auf den Straßen.

Die kleinen Patrioten auf ihren Rädern hatte Abbey neulich abends gesagt, und ich dachte mir, dass ich immer mehr wie Dad wurde, dass es mir gegen den Strich ging, was mit Amerika passierte. Was da in der Zeitung stand, das waren wir, das war es, wozu die Vereinigten Staaten wurden. Alles, was uns wichtig war, wurde zerstört, die Wälder ebenso wie die Wasserversorgung, und wir saßen hier und bastelten Fahrradschmuck, um eine Idee von uns zu feiern. Ich wusste, genau das hatte meinen Vater von den anderen irischen Einwanderern aus unserem Bekanntenkreis unterschieden, die all diese Dinge aus vollem Herzen bejahten und behaupteten, Amerika sei das großartigste Land der Welt. Für sie war das auch so. Sie waren ein Teil davon geworden, hatten die Einbürgerungsprüfung absolviert, gute Stellen gefunden, Hypotheken aufgenommen. Nur wir saßen fest. Mein Vater brachte es nicht über sich, so zu reden, und obwohl er klug war und fleißiger als jeder andere, hatte er doch immer zu kämpfen gehabt

Bald würde Wilson die Horseshoe Trail Road entlangfahren, weil ich es ihm aufgetragen hatte. Hätte ich das bloß nicht getan! Es war exakt so, wie mein Vater es immer gesagt hatte, wenn die einen die anderen ausspionierten: Das sind die eigentlichen unamerikanischen Umtriebe. Am liebsten hätte ich Wilson angerufen und gesagt: *Nein, lass es.* Aber ich hatte ja seine Nummer nicht, und sie stand nicht im Telefonbuch. Und Sage konnte ich schlecht danach fragen.

Als ich Peter endlich im Bett hatte, war Ellen auf dem Sofa eingeschlafen. Ich sah ohne Ton fern und behielt dabei die Uhr im Auge. Um halb eins fiel Scheinwerferlicht auf die Fenster und verharrte dort für ein paar Sekunden. Und für einen kurzen Moment dachte ich: *Gott sei Dank, sie hält nicht an.* Aber dann verlosch das Licht doch. Ich hatte einen schrecklichen Fehler gemacht. Ich versuchte, mich wieder zu beruhigen. Wilson hatte ja nichts von der Idee gehalten, und er hatte auch gar nicht gesagt, dass er es wirklich machen würde.

Um viertel nach eins gingen die Scheinwerfer wieder an und näherten sich, so dass es aussah, als wanderten die Stämme der Bäume durchs Zimmer. Gleich würde Mrs Boucher mir Geld geben, und ich hatte ihr nachspioniert. Und morgen früh musste ich mit Ellen wiederkommen, um Peter für die Parade fertig zu machen. Ich rüttelte Ellen wach und war wirklich froh, sie bei mir zu haben. Allein hätte ich Mrs Boucher kaum ins Gesicht sehen können.

Auf der Heimfahrt rauchte Mrs Boucher, und Ellen schlief immer noch halb. Mir fiel nichts ein, was ich hätte sagen können, ich saß nur aufrecht und wachsam da und rechnete insgeheim die ganze Zeit damit, dass Wilson uns überholen oder dass der Barbie-Mann zwischen den Bäumen hervortreten und das Auto anhalten würde. Mrs Boucher ließ uns oben an der Straße raus. Als wir ausgestiegen waren, kurbelte sie noch einmal das Fenster runter.

»Dann bis morgen früh. Vielen Dank, Ellen, dass du das für Peter machst. Ich hätte gar nicht gewusst, wo ich anfangen soll.«

Ellen murmelte, das mache sie gern. Wir waren erst ein paar Meter gegangen, da sah ich, dass auf dem großen Quarz in unserer Einfahrt jemand saß.

»Ellen, Wilson sitzt in unserer Einfahrt.« Ich hatte Angst, dass sie schreien würde, wenn ich sie nicht vorher warnte. Aber bei seinem Namen wurde sie gleich wieder wach und winkte ihm im Dunkeln zu. Als wir fast da waren, stand Wilson auf. Und noch bevor ich *Sag's mir nicht, ich hab's mir anders überlegt* herausbekam, redete er schon.

»Vor der Nike-Basis. Ein Mercedes W123 von null Uhr fünfundzwanzig bis viertel vor eins.« Ich hatte es schon gewusst, trotzdem blieb mir die Luft weg. Warum hatte ich ihn darum gebeten? Warum hatte ich Beweise gewollt?

»Was meinst du, Wilson?«, fragte Ellen.

»Ach, nichts. Ich war gerade in der Gegend und dachte mir, ich sag mal der Stuntfrau Hallo, auch bekannt als Wonder-Woman, auch bekannt als Ellen.«

»Mitten in der Nacht? Du bist schon seltsam.« Und dabei sah sie ihn an, als wäre sein seltsames Verhalten das Tollste überhaupt.

22

Wir standen mit Beatrices gepacktem Koffer in der Einfahrt und warteten darauf, dass unsere Mutter den Wagen rückwärts aus der Garage fuhr. Es war sechs Uhr morgens. Ellen und Thomas hatten sich im Bett von Beatrice verabschiedet, aber ich war mit nach unten gegangen. Im Osten, über den Bäumen hinter dem Haus der Walkers, färbte der Sonnenaufgang den Himmel rosa. Es war kühl, auf den Blättern und den zu langen Grashalmen lag noch der Tau; genau die Zeit am Morgen, zu der wir früher immer zum Rasenmähen aufgebrochen waren, die Geräte in Dads Pickup geladen, uns für den Arbeitstag bereitgemacht hatten. Im Hartriegelstrauch neben dem Haus sang sich eine Schwarzkopfmeise die Seele aus dem Leib. Einmal hatten wir bei einer Frau Rasen gemäht, der die Meisen immer aus der Hand fraßen, wenn sie mit Futter in den Garten kam, so zutraulich waren sie. Diese Frau hatte uns erzählt, dass Meisen den Menschen manchmal Hinweise gäben. Sie warnten vor einer drohenden Gefahr, sagten aber auch Glück voraus. Ich wies Beatrice auf den Vogel im Strauch hin, die grauen Federn an der Seite und am Schwanz, die schwarze Haube und den schwarzen Latz, die weißen Wangen und den weit offenen Schnabel.

Beatrice war noch nie von zu Hause fort gewesen. Am liebsten hätte ich sie an mich gedrückt und nicht mehr losgelassen. North Carolina schien so weit weg. Sie kannte dort niemanden. Womöglich waren die anderen Kinder im Lager alle mit Schulfreunden dort, aus allen möglichen Orten im Süden, und sie wäre ganz allein.

»Denk immer daran, dass du manchmal auch ein Gespräch anfangen und den anderen Mädchen Fragen stellen musst, um sie näher kennenzulernen.« Beatrice schaute, als würde sie darüber sehr ernsthaft nachdenken. »Und vergiss nicht, in den Südstaaten sind die Menschen immer höflich.«

»Das bin ich doch auch.«

»Klar, aber die sind ... übertrieben höflich, sozusagen. So wie Sage, aber doppelt und dreifach. Du musst also praktisch ständig total aus dem Häuschen sein. So sind die dort.«

»Okay. Ich werd's versuchen.« Sie sah verunsichert aus. Es klang aber auch anstrengend. Ihre Haare waren zu zwei tief angesetzten Zöpfen gebunden. Sie sah so ernst aus und so jung.

Mom trug einen kurzen Jeansrock mit Wildledergürtel, eine weiße Bauernbluse und ihre Holzsandalen von Doktor Scholl. Sie sah aus wie ein Teenager. Die Sachen, die sie trug, waren neu, wahrscheinlich hatte sie sie extra für den Urlaub gekauft. Ich verstaute den Koffer im Kofferraum, dann standen wir noch kurz zu dritt in der Einfahrt und sahen einander an.

»Denk dran, Libby, Ellen muss morgen um punkt neun fertig sein, wenn die Gambinos kommen, weil sie noch in die Zehn-Uhr-Messe wollen. Donnerstags müsst ihr den Müll rausstellen. Und unter keinen Umständen kommt mir irgendwer ins Haus, solange ich weg bin. Du bist jeden Abend um neun hier, Thomas um zehn. Ihr müsst immer damit rechnen, dass ich um die Zeit anrufe.«

»Heute ist das Feuerwerk am Sun Bowl. Das ist erst nach neun vorbei.«

»Gut, dann heute ausnahmsweise.« Und damit kam sie mit ausgebreiteten Armen auf mich zu, und ich umarmte sie ungelenk. Es fiel uns nicht leicht. Wir waren das nicht gewöhnt. Ich hätte ihr gern viel Spaß gewünscht, da, wo sie hinfuhr, ihr gesagt, dass sie es verdient hatte, aber ich brachte die Worte einfach nicht über die Lippen. Ich musste daran denken, wie sie einmal einen Tag ganz allein an den Strand gefahren war, um ein bisschen Ruhe zu haben, und in den Dünen eingeschlafen war. Als sie wiederkam, hatte sie einen entsetzlichen Sonnenbrand, mit Blasen und allem, und es ging ihr tagelang schlecht.

»Wir sind ganz brav, versprochen.« Wir ließen uns wieder los, und ich deutete mit dem Kopf auf Beatrice, die grüne Shorts und ein passendes Oberteil von Danskin trug. »Die Leute im Süden laufen heute sicher alle in Flaggenfarben herum. Vielleicht sollte Bea auch irgendwie in Rot, Weiß oder Blau ankommen.«

»Ach herrje! Der vierte Juli. Wir besorgen unterwegs noch was.«

Dann umarmte ich Beatrice, ihr kleiner Körper schmiegte sich an mich, und ich drückte sie absichtlich so fest, dass sie keine Luft mehr bekam und lachen musste. »Stampf immer gut auf, um die Klapperschlangen zu verscheuchen, und geh nur ins Wasser, wenn ein Rettungsschwimmer in der Nähe ist. Viel Spaß!«

»Tschüß, Libby!« Sie kletterte auf den Rücksitz und winkte aus dem Fenster, bis sie aus der Einfahrt bogen.

Ich zuckte zusammen, als das Signalhorn des Feuerwehrwagens aufheulte. Die rote Leuchte drehte sich, und alle Umstehenden brachen in Jubel aus. Die Parade begann am Sun Bowl und sollte dort auch wieder enden, und obwohl die Strecke nur knapp zwei Kilometer lang war, würde es anderthalb Stunden dauern, sie mit Kindern auf Big Wheels, Dreirädern und in Leiterwagen zurückzulegen. Wir waren von Anfang an dabei. Ellen hatte kurzfristig beschlossen, zusammen mit Meredith Hunter, die aus dem Urlaub zurück war, auch eins von unseren Fahrrädern zu schmücken und mitzufahren. Ich hatte die Aufgabe, in Peters Nähe zu bleiben und ihn bei Bedarf auf seinem Big Wheel zu schieben. Von den etwas über zwanzig Rädern, die sich am Sun Bowl versammelt hatten, war das von Peter mit Abstand das beste. Ellen hatte das Schild noch um eine weitere Seite ergänzt, so dass man die Aufschrift I AM SAM, SAM I AM jetzt von vorne und hinten lesen konnte. Oben auf dem Zylinder und am Lenker flatterten die Wimpel in Rot, Weiß und Blau. Ellen hatte eine dünne Schicht weißer Schminke auf Peters Gesicht verteilt und ihm auf jede Wange ein Herz mit rot-weiß-blauen Streifen gemalt. Er trug ein weißes T-Shirt, dazu die Weste, die Ellen genäht hatte. Um den Hals hatte er eine riesige rote Schleife aus Krepppapier, und zwei ähnliche Schleifen zierten seine Turnschuhe. Die anderen Gefährte waren mit Wimpeln, Krepppapier und glitzernden Windrädern geschmückt, aber Peter und Ellen stachen heraus. Sie hatte sich ebenfalls Herzen auf die Wangen gemalt, trug auch ein weißes T-Shirt und eine kleine Weste aus den Stoffresten.

»Ist das nicht süß?«, hörte ich eine der Mütter sagen, während das Feuerwehrauto uns schon die Horseshoe Trail Road entlang zum Forge Mountain Drive führte. Die Kinder ließen ihre Klingeln ertönen, und ich hielt auf dem Weg bergab Peters Sattel fest, damit er nicht zu schnell wurde. An der Ecke zum Forge Mountain Drive wartete noch ein Grüppchen weiterer Räder mit Wimpeln und dazu zwei Kleinkinder in Sportkarren, von ihren Vätern geschoben, die riesige Babyflaschen und ein großes Schild mit der amerikanischen Flagge trugen. Immer mehr Kinder schlossen sich der Parade an, wenn wir an ihren Häusern vorbeikamen. Hinter uns fuhr eine hupende Autokolonne, vorweg das heulende Feuerwehrauto. Marie hätte das Ganze bestimmt als Hölle auf Erden bezeichnet, aber mich packte es immer wieder, wenn sich große Gruppen von Menschen zusammenfanden, und ich war sehr gerührt. Am Paul Lemen Drive stieß der erste ernsthafte Konkurrent zu uns. Sein Rad war wie ein Kampfjet gestaltet, und auf seinem Schild stand *Wir ehren unsere tapferen Soldaten.* Wahrscheinlich war der Vater Ingenieur oder etwas Vergleichbares, das Ganze war wirklich gut gemacht. Peter strampelte wie verrückt, aufgekratzt von all dem Lärm und der Aufregung und den älteren Kindern auf ihren BMX-Rädern. Wir passierten unsere Straße, und als wir auf den Hamilton Drive kamen, erschien ein weiterer Junge in Rot, Weiß und Blau auf einem Big Wheel. Wie Peter war auch er weiß geschminkt, aber sein Gesicht sollte traurig aussehen. Dicke schwarze Tränen rannen aus den Kinderaugen. Er zog eine fast zwei Meter lange Flagge aus Pappmaché hinter sich her und ein Schild mit der Aufschrift *Bitte verbrennt meine Flagge nicht!*

»Glaubst du, der mit der Flagge gewinnt?«, fragte Ellen, die ihr Fahrrad neben mir herschob.

»Anzunehmen. Aber solche Eltern, die alles machen, sollte man eigentlich disqualifizieren. Das ist unfair.«

»Na ja, wir haben Peter auch nicht gerade viel machen lassen.«

Zurück am Sun Bowl drehten die Kinder noch ein paar Runden vor den Preisrichtern um das Basketballfeld. Ellen und ich saßen mit Bruce auf der Schaukel, während Mrs Boucher mit Peter den Dreibeinlauf absolvierte. Ich hatte ihr den ganzen Tag nicht in die Augen sehen können. Ich wusste gar nicht, wen ich mehr hasste, sie oder mich. Jemand verkündete über ein Megaphon, die Preise würden jetzt verliehen, alle Kinder sollten mit ihren Fahrrädern kommen und die Sieger dürften eine Ehrenrunde um das Spielfeld fahren. Es gab vier Kategorien: beste Leistung, originellste Gestaltung, patriotischste und fantasievollste – dieser Preis ging an die beiden Väter mit den Riesenfläschchen. Sie joggten um das Spielfeld, als hätten sie gerade einen Marathon gewonnen, Bierflaschen in der einen, die Riesenfläschchen in der anderen Hand, und wir applaudierten ihnen.

Dann stand der Mann mit dem Megaphon wieder auf. »Nun vergeben wir den ersten, zweiten und dritten Platz. Den dritten Preis für seine originelle und kreative Darstellung zweier großer amerikanischer Sams gewinnt Peter Boucher mit I AM SAM, SAM I AM.«

Ein paar Leute jubelten, und Mrs Boucher half Peter, seinen Zylinder wieder aufzusetzen und sein Big Wheel bis zum Spielfeldrand zu schieben. Sie sah zu Ellen herüber und reckte schüchtern den Daumen hoch, und ich spürte, wie es mich innerlich zerriss. Sie war immer so nett zu uns.

»Der zweite Preis«, fuhr der Megaphon-Mann fort, »für einen patriotischen Gruß an unsere Kriegshelden geht an Scott Jacobs mit *Wir ehren unsere tapferen Soldaten.*« Ein großer Jubel brach aus, und eine Gruppe Männer klopfte sich gegenseitig auf die Schultern. Einer davon, vermutete ich, musste wohl Scotts Vater sein.

»Und schließlich«, verkündete die Megaphon-Stimme, »der erste Preis, der uns wohl allen ans Herz gegangen ist: Duke Costello mit *Bitte verbrennt meine Flagge nicht!*« Die erwachsenen Männer johlten und skandierten »Duke – Duke – Duke!«, und es gab noch mehr Schulterklopfen und Jubel, während die drei kleinen Jungs, die die Preise gewonnen hatten, auf ihren Fahrzeugen das Basketballfeld umrundeten. Ich sah ihnen zu, wie sie strampelten, drei Vorstellungen von Amerika, die ihre Ehrenrunde begleitet vom Jubel längst erwachsener Männer drehten.

Ich musste an Abbeys älteren Bruder denken, der neulich am Lagerfeuer so gejohlt hatte und mehrfach in Vietnam stationiert gewesen war. Seine Freunde und er waren nicht hier. Ich war mir nicht sicher, ob sich das mit der brennenden Flagge auf die Anti-Kriegs-Demos hier in den USA bezog oder auf die Verbrennung der amerikanischen Fahne im Iran.

»Ellen hätte gewinnen müssen.« Thomas stand neben mir. Ich staunte, dass er überhaupt gekommen war. »Es ist das einzige Rad, dem man wirklich ansieht, dass alles selbstgemacht ist. Die anderen sehen doch aus wie von Profidesignern hergestellt.«

Peter stand bei Ellen und Mrs Boucher und hielt eine weiße Schleife mit der Aufschrift »3. Platz« und einen kleinen Bronzepokal in der Hand.

»Gut gemacht, Sam«, sagte Thomas.

Peter wollte ihn schon verbessern, aber dann grinste er. »Danke«, sagte er.

Mrs Boucher war bereits im Aufbruch. Sie wollte nicht bis zum Picknick bleiben. Ich wusste, dass ihr das alles hier nicht sehr behagte. Sie umarmte Ellen. »Tausend Dank! Ich glaube, du hast ihm den schönsten Tag seines Lebens bereitet.« Ich schaute zu Boden und murmelte ein paar Abschiedsworte. Ich fühlte mich furchtbar.

Eine Zeit lang streiften Thomas, Ellen und ich zusammen herum. Über das Baseballfeld liefen Kinder mit Eiern auf Löffeln, es gab Schubkarrenrennen, viele Familien hatten Picknickdecken ausgebreitet und Liegestühle aufgestellt. Oben auf dem Hügel hatten ein paar Männer ihre Gartengrills postiert, die sie jetzt anwarfen. Später würde es Hot Dogs und Hamburger geben, während wir alle auf das Feuerwerk und den Einbruch der Dunkelheit warteten.

Am späten Nachmittag kamen immer mehr Jugendliche. Ellen wollte mit Meredith eine Runde drehen. Ich ließ den Blick über die Menge wandern. Überall Nachbarn, Familien. Weit und breit war niemand zu sehen, der auch nur an den Barbie-Mann erinnerte. Ich schärfte ihr ein, im Sun Bowl zu bleiben. Thomas verschwand mit einem Jungen, den er vom Schwimmen kannte. Ich roch den Duft der Hot Dogs und Hamburger, sah ein paar Jugendliche die Böschung herunterkommen. Auf dem Spielfeld wurde es allmählich dunkel, der sandsteinfarbene Hügel erstrahlte von der Sonne, die dahinter versank. Ich ging nach oben und holte mir zwei Hot Dogs, auf denen ich Senf und Ketchup verteilte. Auf dem Weg zurück nach unten traf ich Abbey. Ich fragte mich, wie sie wohl von Mrs Boucher erfahren hatte und ob noch andere Bescheid wussten.

»Du wirst ja richtig gesellig, Libby Gallagher.«

»Genau«, sagte ich, den Mund voller Hot Dog. »Ich bin hier am Berg das Partygirl vom Dienst.«

»Pass bloß auf, manche Wünsche gehen in Erfüllung«, sagte sie.

Ich wartete, bis sie sich ihren Hot Dog geholt hatte, dann setzten wir uns oben auf dem Hügel vor den Schwimmclub, lehnten uns an den Zaun und warteten auf den Sonnenuntergang. Auf dieser Seite des Zauns, die auf den Sun Bowl hinausging, hatte sich das Geißblatt durch das Gestrüpp gearbeitet und sich am Maschendraht hochgerankt, an manchen Stellen bis hinauf zum Stacheldraht. Sein Duft hing schwer in der Luft. Ich pflückte eine Blüte, legte sie auf die Handfläche und sog ihren Geruch ein. In Irland soll das Geißblatt, das sich rund um Häuser und Türen rankt, die bösen Geister abhalten. Ich drückte die Blüte unten zusammen und zog das Staubgefäß mit dem Nektar heraus. Eigentlich hatte ich meinen Vater nie für abergläubisch gehalten, aber so viel von dem, was er mir beigebracht hatte, drehte sich darum, wie die Natur als Botschafterin zwischen dieser und anderen Welten diente.

Neben mir baute Abbey einen Joint, ohne sich davon stören zu lassen, dass es unter uns auf dem Spielfeld nur so von Eltern wimmelte. Sie gab sich nicht einmal besonders Mühe, ihn zu verstecken, zündete ihn an, hielt ihn zwischen Daumen und Zeigefinger und kniff die Augen zusammen, während sie daran zog. Sie behielt den Rauch in der Lunge, die Lippen fest geschlossen, und hielt mir den Joint hin. Ich schüttelte den Kopf. Abbey ließ den Rauch noch ein paar Sekunden wirken, dann atmete sie aus und hob den Joint hoch über den Kopf, um irgendwem zuzuwinken.

»Da ist ja unser Goldkind!«

Sage kam über das Spielfeld und sah zu uns herauf. Ich wollte sie abfangen, bevor sie zu uns kam.

»Abbey, ich muss kurz mit Sage reden. Es ist echt wichtig. Wir kommen dann wieder her.« Ich rannte den Hang hinunter.

»Hey«, sagte Sage. Sie trug ihr Rolling Stones-T-Shirt von 1976, auf dem die Zunge die amerikanische Flagge zeigt.

»Sehr patriotisch«, bemerkte ich.

»Charlotte hat mich richtiggehend angefleht, es heute nicht anzuziehen.«

Es schmerzte mich, Charlottes Namen zu hören. Ich wusste gar nicht, wo ich anfangen sollte. Ich konnte Sage ja nicht sagen, was ich herausgefunden hatte. Aber ich wollte immer noch wissen, was sie Wilson über den Barbie-Mann erzählt hatte und über mich, vielleicht auch über Jack. Wilsons Bemerkung von der »bitteren Bildung« ging mir nicht mehr aus dem Kopf. Ich wusste einfach nicht, wie ich diese ganzen Gefühle in Worte fassen sollte.

»Was läuft denn da mit dir und Wilson?« Mein Ton war daneben. Es klang wie ein Vorwurf.

»Was meinst du denn? Nichts. Du bist doch neulich nachts mit ihm auf seiner Yamaha weggefahren.«

»Du hast ihn angerufen und ihm vom Space Port und dem Barbie-Mann erzählt. Und mir hast du nichts davon gesagt.«

»Muss ich dir jetzt jedes Mal Bericht erstatten, wenn ich mit Wilson rede?« Sage verschränkte die Arme. Wir standen voreinander am Spielfeldrand.

»Woher hast du überhaupt seine Nummer? Die steht nicht im Telefonbuch.«

»Herrgott, Libby! Ich habe seine Nummer, weil er sie mir gegeben hat. Ich kaufe nämlich Gras bei ihm. Und weil du bei solchen Sachen immer so verkrampft bist, hab ich dir nichts davon erzählt.«

Ich hörte ihr an, dass ich mich kindisch aufführte.

»Aber wenn es um den Barbie-Mann geht, hättest du es mir erzählen müssen, nicht ihm. Er hat doch alles nur noch schlimmer gemacht.«

Die Dunkelheit senkte sich jetzt ganz über uns, über den Hügel, wo Rauchschwaden von den Grills aufstiegen, über die Schaukeln, und sie sank auch in mich hinein.

»Langsam ist es ziemlich schwer, dir überhaupt noch was zu erzählen«, sagte Sage. »Bei dir muss ich ständig einen Eiertanz aufführen. Wir dürfen Faye nicht sagen, was Ellen passiert ist. Wir dürfen nicht über Faye reden. Oder über deinen Vater. Vor allem nicht über deinen Vater. Ich weiß ja, dass er dir fehlt, aber irgendwie bist du dabei blind für die ganzen anderen Sachen geworden und dafür, wie er deine Mutter behandelt hat. Du tust immer so, als wäre er perfekt gewesen. Alles ist nur Fayes Schuld, Faye ist das Monster.«

Ich spürte die Angst, dass sie wieder etwas sagen würde, was wir niemals sagten. Ich musste ihr als Erste wehtun.

»Dein Vater ist auch nicht so perfekt, weißt du das? Frag ihn doch mal nach Mrs Boucher.«

Der Satz hing kurz zwischen uns in der Luft, und ich wollte auf Zurückspulen drücken, ihn wieder in mich hineinziehen, denn jetzt konnte er nie mehr ungesagt sein, nie mehr zurückgenommen werden.

Anstatt mir ins Gesicht zu springen, sagte sie nur: »Was redest du denn da? Was soll ich ihn über sie fragen?«

Scham durchströmte mich. Ich fühlte mich so klein wie noch nie. Sage stand weiter kopfschüttelnd da, als hätte ich ihr eine schwierige Matheaufgabe gestellt, dann fing sie plötzlich an zu lachen und sah an mir vorbei.

»Ach du Scheiße!« Ich drehte mich um. Tony kam mit breitem Grinsen auf uns zu, zwei Liegestühle, eine Decke und eine Kühltasche in der Hand. »O Gott, er glaubt, das ist ein Date. Ich hatte ihm gesagt, dass wir uns das Feuerwerk zusammen anschauen könnten.«

Und einfach so hatte sie offenbar alles wieder vergessen, was ich gerade zu ihr gesagt hatte, und alles, was zwischen uns vorgefallen war, ohne die Bedeutung zu erkennen, die es für sie hatte. Tony sah tatsächlich aus, als hätte er sich für ein Date zurechtgemacht. Er trug ein Flanellhemd, das er sich in die Jeans gesteckt hatte, die Haare hatte er sauber seitlich gescheitelt und zurückgekämmt. Er sah aus wie Richie aus *Happy Days*, und trotz meines flauen Gefühls im Magen musste ich grinsen.

»Sage Adams, darf ich um die Ehre bitten, heute Abend mit dir dem Himmelsspektakel beizuwohnen?« Er deutete eine Verbeugung an.

Sage warf mir einen Blick zu, in Sorge, dass es mich vielleicht kränken würde, wenn sie mich einfach so stehen ließ; sie hatte gar nicht mitbekommen, dass ich gerade versucht hatte, sie bis ins Mark zu verletzen.

»Alles okay. Ich sehe es mir mit Abbey an.«

Tony und Sage richteten sich auf dem Spielfeld ein, wo die Familien saßen. Abbey und ich gingen zum Karussell hinüber. Dort legten wir uns auf den Rücken, drehten uns langsam und warteten. Ich ließ meine Haare bis zum Boden herunterhängen und sah in den Himmel hinauf. So viel war passiert. Ich kriegte die Gedanken in meinem Kopf einfach nicht sortiert. Ich fragte Abbey, ob sie wisse, wo der Polarstern war. Irgendwo hatte ich gelesen, dass man sich immer an ihm orientieren könne, so wie die Seeleute. Aber sie wusste es nicht. Und hatte auch keine Lust zum Reden. Es gab Millionen Sterne zur Auswahl. Weit hinten auf dem Hügel wurde eine Rakete abgefeuert, und über uns explodierten weiße Sterne. Gleich darauf prasselte der ganze Himmel. Flammen schossen durch die Nacht, stürzten herab und erloschen über uns.

Hinterher, als alles vorbei war, blieb ich noch auf dem Karussell liegen, sah nach oben und ließ es kreisen. Ich hörte die Menschen ringsum, die ihre Liegestühle zusammenklappten, Kinder und Räder einsammelten. Familien, die gemeinsam nach Hause zurückkehrten. Plötzlich war mir kalt. Tränen brannten mir in den Augen. Alles Schöne ging vorüber.

Abbey meinte, sie müsse los, und ich verabschiedete mich, ohne vom Karussell aufzustehen. Ich wollte nach Hause.

Ellen. Ich hatte gar nicht mehr an Ellen gedacht. Ich setzte mich auf und sah mich um. Seit Stunden hatte ich sie nicht mehr gesehen. Rasch sprang ich auf und rannte los, erst Richtung Spielfeld, dann zum Spielplatz zurück. Ich konnte sie nirgends finden. Neben der Wippe lag ihr Fahrrad, aber sie war nicht zu sehen. Ich hatte ihr doch gesagt, sie solle im Sun Bowl bleiben. Die Menschen bewegten sich in Mengen durch das Dunkel, drängten zum Tor hinaus. Auf der Straße und am Zaun hockten Jugendliche, und ich schob mich an ihnen vorbei, immer auf der Suche nach Ellen. Am Tor war es viel zu voll, darum kroch ich unter dem Zaun hindurch auf die Straße hinaus, um zu sehen, ob Ellen oder Thomas dort waren. Wie hatte ich sie bloß vergessen können?

Dicht an dicht mit der Menge lief ich die Straße entlang, und da sah ich es plötzlich. Gut dreißig Meter vor der Zufahrt zum Schwimmclub. Das Auto stand fast am Eingang zum Wanderweg - ein schwarzer Camaro. Am liebsten hätte ich laut nach Ellen gebrüllt. Ich sah mich um. Überall Menschen und Autos, die aus ihren Parklücken setzten, nur keine Ellen. Das Herz hämmerte mir gegen den Brustkorb. Ich ging auf den Camaro zu. Die Scheiben waren dunkel. Ich hatte Angst, näher ranzugehen. Von der anderen Straßenseite starrte ich hinüber. Ich las das Nummernschild: *Pennsylvania 3F5-727*. Ellen. An der Stelle, wo die Markenplakette hätte sein müssen, war eine Delle, und Wilson stand mir vor Augen, mit einem Hammer in der Hand. Das war *sein* Wagen. Er gehörte eindeutig dem Barbie-Mann. Im Vorbeigehen spähte ich hinein. War er leer? Im Dunkeln konnte ich mir nicht sicher sein. Am liebsten wäre ich wieder einfach auf die Knie gesunken. Wo war Ellen? Ich rannte los.

23

Immer mehr Menschen strömten auf die Straße, mit Kindern, Big Wheels und Liegestühlen unter dem Arm. Ich rief jetzt in der Menge nach Ellen, rief in den Wald hinein, über den Sun Bowl hinweg, rannte. Die Einfahrt zum Schwimmclub hinauf. Autos setzten zurück, wendeten, schalteten ihre Scheinwerfer ein. Dann sah ich die Hunters, die gerade in ihren Kombi stiegen.

»Meredith!«, rief ich und stürzte, völlig außer Atem, auf sie zu. »Wo ist Ellen?«

Meredith zuckte die Achseln. »Ich habe sie nicht mehr gesehen, seit das Feuerwerk losgegangen ist.«

»Habt ihr es denn nicht zusammen angeschaut? Wo hast du sie das letzte Mal gesehen?« Ich hatte sie an den Schultern gefasst, schüttelte sie.

»Hier oben. Wir waren hier, als das Feuerwerk anfing, aber dann meinte Ellen, dass sie es lieber mit dir anschauen will, und ist wieder runter zum Sun Bowl gegangen.«

»O Gott!« Meredith wich vor mir zurück. Mir war klar, dass ich komplett gestört wirken musste, aber ich konnte nicht anders, konnte keinen klaren Gedanken fassen. »Wo lang, Meredith? *Denk nach*! Wo ist sie lang gegangen?« Ich schrie beinahe.

»Libby, ist alles in Ordnung?« Mrs Hunter war um den Wagen herumgekommen und zwischen mich und Meredith getreten. »Was ist denn los?«

»Ich kann Ellen nicht finden. Sie ist weg. Ich muss sie unbedingt finden.«

»Sie ist sicher irgendwo zwischen den Leuten.«

»Nein.« Ich schüttelte den Kopf. »Nein, Mrs Hunter, ihr ist etwas passiert. Etwas Furchtbares.«

Ich wartete ihre Nachfrage nicht ab, sondern rannte weiter zum Maschendrahtzaun. Direkt den Hang hinunter ging es am schnellsten. Es gelang mir nicht einmal, den Trampelpfad zu finden; ich brach einfach stolpernd durch das Brombeergestrüpp. Die Dornen kratzten mir Beine und Gesicht auf, verfingen sich in meinen Haaren, rissen sie aus. Ich fiel hin, Kletten hefteten sich an meine Jeans-Shorts, an Haare und Hände. Von oben hörte ich Mrs Hunter nach mir rufen. Ich schrie nach Ellen. Längst liefen mir die Tränen über die Wangen. Als ich mich im Sun Bowl aus dem Dickicht kämpfte, war dort fast niemand mehr. Hier und da eine Handvoll Leute, vor allem Jugendliche. Ich rief immer wieder nach Ellen. Die Autonummer hallte mir durch den Kopf. *3F5-727.*

Draußen auf dem Spielfeld sah ich zwei Liegestühle – Sage und Tony. Ich rannte zu ihnen. »Sage!« Ich rief ihren Namen, immer wieder. Beide standen auf, als ich auf sie zu gerannt kam. »Ellen. Ich kann sie nicht finden. Der Barbie-Mann ist hier. Sein Camaro steht oben am Wanderweg. Ich kann sie nicht finden. O Gott, bitte hilf mir! Ich weiß nicht, was ich machen soll.«

»Beruhige dich, Libby. Vielleicht ist sie ja nach Hause gegangen.«

»Nein, ihr Fahrrad liegt noch bei der Wippe.«

»Dann ist sie sicher oben am Schwimmclub und kommt gleich.«

»Meredith sagt, Ellen hätte zu mir gewollt, als das Feuerwerk anfing. Sie muss ihm auf dem Weg vom Schwimmclub runter begegnet sein.«

»Bist du sicher, dass er hier ist? Woher weißt du, dass es sein Wagen ist? Hast du ihn gesehen?«

»Sage. Es ist sein Wagen. Glaub mir.«

»Los, komm«, sagte Sage. »Wir suchen zusammen.« Zu dritt liefen wir über das Feld zum Spielplatz hinüber. Die

Fahrräder, die dort nebeneinander gestanden hatten, waren alle weg, nur Ellens war noch da, es lag auf der Seite, die Wimpel dreckverschmiert. Sage blieb stehen, sah es sich an. »Tony, wer wohnt hier am nächsten?«

»Die Bouchers und die Millers«, sagte er. »Die Millers sind näher an der Straße.«

»Dann geh jetzt sofort zu den Millers und sag ihnen, sie sollen die Polizei rufen.«

»Was?«

»Kein Witz.« Sage hatte ihren Alles-hört-auf-mein-Kommando-Ton angeschlagen. »Das hier ist wirklich ernst. Sag ihnen, ein Mädchen ist verschwunden, und dass ein Mann hier gesehen wurde, der sie schon mal belästigt hat.«

»Wie? Was zum Geier?«

»Das ist kein Witz«, wiederholte sie. »Los. Lauf!« Tony verschwand, und Sage fing an, nach Ellen zu rufen. Sie hielt Leute an, die vorbeikamen, sagte: »Wir brauchen Hilfe – ein Mädchen ist verschwunden.« Sie klang wie eine besorgte Erwachsene. »Ein Kind ist verschwunden. Sie heißt Ellen. Bitte helfen Sie uns!« Immer mehr Leute riefen nach ihr.

Dann waren wir an der Straße, und ich schrie wieder nach Ellen. Ich hörte, wie die Leute redeten – »ein kleines Mädchen ist verschwunden« –, und mir war klar, dass sie glaubten, sie wäre vielleicht drei oder so.

»Sie ist zwölf, aber sehr klein für ihr Alter. Das ist ein Notfall«, sagte ich zu einer Frau, die nach Ellen rief. Als wir den Hang hochkamen, sah ich Mrs Hunter im Gespräch mit dem Megaphon-Mann von der Mountain Association, der gerade die Grillutensilien in den Kofferraum lud. Ich hörte, wie unten auf dem Spielfeld Leute nach Ellen riefen. Auch vom Schwimmclub hörte ich ihren Namen.

Sage war neben mir, als wir ganz oben auf den Hügel kamen, wo der Camaro geparkt hatte. Er war weg.

»O Gott! Da stand er. Er hat sie mitgenommen!«

»Wer? Wer hat sie mitgenommen?« Das war der Mann mit dem Megaphon.

Mrs Hunter stand neben ihm und legte mir die Hand auf die Schulter. »Libby, versuch mal, dich zu beruhigen, und sag uns, was passiert ist.«

»Hier war ein Mann mit einem Camaro. Er hat Ellen schon mal etwas getan. Er hat sie mitgenommen.« Ich zeigte auf die Stelle, wo der Wagen geparkt hatte. »Vor ein paar Minuten stand er noch hier.«

Plötzlich war Thomas da. »Libby, was ist passiert? Warum rufen alle nach Ellen?«

»Thomas! Sie ist weg. Sie hat ihr Fahrrad hiergelassen, und dieser Mann hat sie mitgenommen.« Allmählich bildete sich eine Menschenmenge um uns.

»Was für ein Mann? Wovon redest du? Sage, was ist los mit ihr?«

»Zu Beginn der Sommerferien hat ein Mann Ellen angegriffen und versucht, ihr was anzutun«, sagte Sage. »Libby hat seinen Wagen gesehen, und wir können Ellen nicht finden.«

»Thomas, das war der Mann, den du gesehen hast. Dieser schreckliche, seltsame Mann, der dich angesprochen hat, als du den Rasenmäher geholt hast. Der.«

»Das verstehe ich nicht.«

»Ellen saß bei ihm im Auto, er wollte sie nicht aussteigen lassen, und da ist sie bei voller Fahrt rausgesprungen.« Sages Stimme klang hell und ruhig.

»Was redet sie da, Libby?«

Ich erzählte Thomas alles, was an dem Abend damals auf der Straße passiert war, dass Ellen getrampt war und der Mann sie angefasst hatte, dass sie aus dem Wagen gesprungen war. Dass wir es niemandem erzählen wollten. Vor den ganzen Leuten, die zuhörten, konnte ich nicht sagen, dass wir Angst gehabt hatten, Mom könnte Ärger kriegen, weil sie Ellen überhaupt im Dunkeln aus dem Auto geworfen hatte.

Thomas drehte sich zu dem Mann mit dem Megaphon um. »Wir brauchen die Polizei. Kann bitte jemand die Polizei rufen? Bitte. Wir brauchen Hilfe.«

»Ruft Marie an.« Noch während ich es sagte, spürte ich, wie mir übel wurde. Ich stolperte zum Straßenrand und erbrach mich in die Zierbüsche, die vor dem Eingang zum Schwimmclub gepflanzt waren. Ich hörte, wie Sage mit Thomas redete, wie er sagte, wenn Ellen etwas passiert sei, dann sei das seine Schuld; er habe die Verantwortung. Ihre Stimmen klangen zugleich viel zu laut und wie aus weiter Ferne. Im Hintergrund riefen immer noch Nachbarn und Fremde nach Ellen, und ich hörte Polizeisirenen. Überall um uns herum redeten und flüsterten die Leute, eine Frau erklärte einer anderen: »Das sind diese Kinder von der anderen Bergseite – Sie wissen schon, die Iren ohne Vater.«

Dann trafen zwei Streifenwagen ein, und die Menge trat ein Stück beiseite. Anscheinend gab ihnen der Mann mit dem Megaphon einen ersten Überblick über die Lage. »Die Schwester ist da drüben«, sagte jemand. Ein Polizist kam zu mir, aber ich zitterte plötzlich so heftig, dass ich kein Wort herausbekam.

»Hat jemand eine Decke?«, rief er. »Ich bin Officer Day. Wir finden deine Schwester. Aber du musst dich jetzt erstmal beruhigen und mit uns zusammenarbeiten. Kannst du versuchen, etwas langsamer zu atmen?«

Ich atmete tief durch die Nase ein, versuchte, die Luft langsam wieder entweichen zu lassen.

»Gut so«, sagte er. »Schön langsam. Noch ein paar Mal.« Ich atmete, und er legte mir die Hand auf den Rücken und führte mich zu Thomas und Sage zurück. »Also dann«, sagte er. »Wir werden sie finden. Als Erstes brauche ich eine Beschreibung eurer Schwester und eine Beschreibung des Mannes, von dem ihr glaubt, dass er sie mitgenommen hat.«

Jemand brachte eine Picknickdecke und legte sie mir um die Schultern.

»Unsere Schwester heißt Ellen Gallagher. Sie ist zwölf Jahre alt«, sagte Thomas.

»Aber sehr klein für ihr Alter«, ergänzte ich. »Sie wiegt keine dreißig Kilo. Sie reicht mir nur bis hier« – ich hielt mir die Hand auf die Mitte des Oberarms –, »höchstens etwas über eins zwanzig.«

»Gut. Und der Mann, von dem ihr glaubt, er könnte ihr etwas angetan haben?«

»Groß. Wirklich sehr groß. Er hat lange blonde, fast silberweiße Haare. Bis zur Hüfte. An der rechten Hand hat er lange Fingernägel.«

»Wie alt?«

»Etwa dreißig?« Officer Day schrieb alles in sein Notizbuch. »Ich weiß aber noch mehr. Er fährt einen schwarzen Camaro. Er wohnt in Pottstown, und sein Kennzeichen ist Pennsylvania 3F5-727.«

Thomas starrte mich an, als wäre mir ein zweiter Kopf gewachsen. »Woher weißt du denn das alles?«

Officer Day wandte sich an einen seiner Kollegen: »Könnt ihr das überprüfen?« Ich hörte, wie die Informationen im Streifenwagen weitergegeben wurden: »Verdächtige Person ... schwarzer Camaro ... Kennzeichen ...« Dann das Knistern des Funkgeräts. Officer Day drehte sich wieder zu mir um. »Kennst du den Mann?«

»Vor etwa einer Woche habe ich ihn gesehen, da waren wir in der King of Prussia-Mall. Wir haben ihn bei Friendly's im Untergeschoss gesehen und dann noch einmal oben im Space Port.«

»Und du sagst, der Verdächtige wohnt in Pottstown. Hat er das deiner Schwester erzählt?«

Ich zögerte. »Ich glaube nicht, dass er ihr das erzählt hat. Ich glaube, das haben wir nur gehört. Meine älteste Schwester und ich, wir haben mitbekommen, dass es in Pottstown einen Mann gibt, auf den die Beschreibung genau passt.«

»Dann habt ihr also doch jemandem von dem Vorfall erzählt?«

Ich hatte es Mrs Boucher erzählt, die als Juristin arbeitete. Sie hatte es aber nicht gemeldet und auch meiner Mutter nichts davon gesagt. Grady Adams war Arzt. Er hatte auch davon gewusst und es niemandem erzählt. Wilson war über achtzehn. Sogar Marie war inzwischen volljährig. Ich würde endlos viele Menschen in Schwierigkeiten bringen.

»Nein. Nicht so direkt. Wir haben es niemandem erzählt. Aber meine ältere Schwester kennt viele Leute, und wir haben gehört, dass es in Pottstown so jemanden gibt.«

»Marie wusste Bescheid?« Thomas sah mich an, als wäre ich Judas höchstpersönlich. »Libby, hör endlich auf mit dem Scheiß. Das ist eine ernste Sache. Sag ihnen alles.« Er wusste, dass ich etwas verschwieg, und er hatte ja recht. Ich musste ihnen alles sagen.

Da unterbrach uns der Polizeifunk: »Bestätigung für das Kennzeichen Pennsylvania 3F5-727. Ein Camaro. Das Fahrzeug ist zugelassen auf Julius Korhonen, Ash Drive, Pottstown. Over.« Ein Knistern. »Einheiten sind unterwegs. Over.« Der zweite Streifenwagen setzte zurück und fuhr den Hang hinunter, mit eingeschaltetem Blaulicht, aber ohne Sirene.

Officer Day sah mich wieder an. »Sind eure Eltern zu Hause? Sie müssen eine Vermisstenanzeige für Ellen aufgeben.« Ich schüttelte den Kopf. »Gibt es eine Telefonnummer, unter der wir sie erreichen können?« Ich sah Thomas an. Wir wussten beide nicht, wo Mom übernachten würde.

»Unser Vater lebt nicht mehr«, sagte Thomas. »Und unsere Mutter bringt gerade unsere jüngste Schwester ins Sommerlager nach North Carolina. Marie, meine älteste Schwester, ist volljährig. Sie hat die Verantwortung. Sie ist gerade in Philadelphia.«

»Wenn ihr keine Telefonnummer von eurer Mutter habt, gebt ihr uns dann bitte die von eurer Schwester?«

»Die ist zu Hause«, sagte Thomas. »Ich weiß sie nicht auswendig.«

»Weiß dieser Mann, wie Ellen heißt und wo sie wohnt?«, wollte Officer Day von mir wissen.

»Ihren Namen kennt er nicht, aber als sie zu ihm ins Auto gestiegen war, bevor er etwas gemacht hatte, hat sie ihm erzählt, dass sie nach Valley Forge Mountain muss. Und ihren Namen hat er vielleicht herausgefunden, weil sie die Uniform unserer Schule trug.«

»Um welche Zeit hast du den Wagen hier gesehen?«

»Gleich nach dem Feuerwerk, vielleicht vor einer halben Stunde oder vierzig Minuten, aber etwa zehn Minuten später war er wieder weg.«

»Warum, glaubst du, hat er gerade heute nach ihr gesucht?«

Ich wollte schon sagen, dass er wohl eher nach anderen gesucht hatte, da trat Officer Day beiseite, um jemanden vorbeizulassen. Es war Grady Adams.

»Sage? Was ist mit Ellen?« Er war gerannt und ganz außer Atem.

Ich konzentrierte mich auf Officer Days Frage. Der Barbie-Mann war gekommen, um Wilson umzubringen. Aber dann musste er Ellen gesehen haben und … vielleicht hatte er sie sich geschnappt, damit sie ihm Wilsons Namen verriet. Ihn vielleicht zu ihm führte? Aber danach, was würde er dann mit ihr anstellen?

Ich musste ihnen alles erzählen. »Jemand hat uns geholfen, nachdem Ellen angegriffen worden war. Also, er dachte, er hilft uns, jedenfalls war er es, der herausgefunden hat, wer der Mann ist, und dann ist er mit ein paar Jungs hier aus der Gegend nach Pottstown gefahren, sie haben den Mann verprügelt und seinen Wagen beschädigt und ihm ein Stück von seinen Haaren abgeschnitten. Ich glaube, diese Jungs hat er eigentlich gesucht.«

Thomas stampfte mit dem Fuß auf. »Seid ihr jetzt alle total verrückt geworden? Was ist eigentlich los mit dir, Libby?«

»Wer war das, der euch geholfen hat?« Officer Day hatte den Bleistift schon gezückt.

»Es war Wilson«, sagte Thomas. »Stimmt's?«

Die beiden Polizisten wechselten einen Blick. »Wilson McVay?«, fragte Officer Day.

»Ja«, sagte ich.

»Wir müssen von jedem von euch eine Aussage aufnehmen, auf dem Revier in Phoenixville. Und wir müssen eure ältere Schwester benachrichtigen, damit sie auch dorthin kommt.«

Grady Adams trat einen Schritt vor. »Ich kenne die Kinder. Ich kann sie gern begleiten.«

Officer Day schüttelte den Kopf. »Tut mir leid, aber es muss entweder ein Erziehungsberechtigter oder ein anderes Familienmitglied sein.«

Thomas trat einen Schritt von mir weg, und Sage kam näher heran und legte den Arm um mich. Auch Tony war da, in der Hoffnung, sich irgendwie nützlich zu machen.

»So, Herrschaften«, sagte Officer Day zu den Leuten, die sich immer noch um uns drängten, »wenn Sie keine unmittelbaren Informationen zu dem Vorfall haben, möchte ich Sie bitten, zu Ihren Fahrzeugen zurückzukehren und den Schauplatz zu verlassen.«

Die Menge wich ein wenig zurück. Ich sah Abbey, die dabeistand und herüberschaute, obwohl sie doch schon vor Ewigkeiten gegangen war. Bestimmt hatte sie die Streifenwagen gehört.

Officer Day wandte sich wieder mir zu. »Kannst du mir zeigen, wo genau der Camaro geparkt hat?« Die Stelle war nur wenige Meter entfernt, und alle folgten uns, als ich dem Polizisten zeigte, wo genau ich den Wagen gesehen hatte. Officer Day wandte sich an einen anderen Polizisten und verlangte Licht. Das gleiche Flutlicht, mit dem sie in der Nacht, als wir in den Schwimmclub eingebrochen waren, das Becken ausgeleuchtet hatten. Jetzt beleuchtete es die Straße, und Officer Day und sein Partner gingen umher. Während sie die Stelle untersuchten, ging ich ein Stück zur Seite. Jemand zupfte an meiner Decke. Abbey.

»Dein Bruder ist weg«, flüsterte sie. »Er ist den Wanderweg runter.«

Ich schaute zu Sage. Sie hatte es auch gehört. Plötzlich fühlte ich mich schwach und setzte mich einfach auf den Boden. Wo wollte er hin? Nachsehen, ob Ellen zu Hause war? Nein. Er wusste, dass sie das Fahrrad nicht einfach liegen gelassen hätte.

Sage setzte sich neben mich und legte den Arm um mich. Und plötzlich hatte ich sie wieder unendlich lieb, weil sie das alles einfach verstand, ohne dass ich viel reden musste, und weil sie mich liebhatte. Auch Grady kam zu uns. Er hockte sich vor mich, nahm mein Handgelenk und fühlte mir den Puls. Dann drückte er mir den Arm.

»Sie werden sie finden, Libby. Es wird alles gut. Ich wünschte nur, ich hätte gleich etwas gesagt. Zu deiner Mutter oder zu sonst jemandem. Es hat mir überhaupt nicht behagt, darüber zu schweigen.«

Sage sah mich an und schüttelte den Kopf, um mir zu

signalisieren, dass sie es nicht gewesen war. Aber das wusste ich ja bereits. Zum zweiten Mal an diesem Abend beobachtete ich, wie sie versuchte, etwas zu greifen, ein Bild, das sich kurz scharf stellt und dann doch wieder verschwimmt.

»Sage«, bat ich, »sagst du Wilson Bescheid? Dass Ellen verschwunden ist und der Barbie-Mann ihn sucht?«

Die beiden Polizisten halfen mir auf den Rücksitz des Streifenwagens. »Wo ist der Bruder?«, fragten die Leute um uns herum. Ich hörte, wie sein Name durch die Reihen ging: »Thomas Gallagher ... eben war er noch da ...«

»Hast du gesehen, wo dein Bruder hingegangen ist?«, fragte mich Officer Day.

»Nein. Er stand doch neben mir. Vielleicht ist er nach Hause gegangen, um nachzusehen, ob sie dort ist?«

Officer Day sagte seinem Kollegen, er solle es durchgeben, und ich lauschte: Thomas' Name, Ellens Name, wiederholt von einer Stimme, die knarzend den Wagen füllte, während wir in drei Zügen wendeten und dann die Horseshoe Trail Road hinunterfuhren. Am Straßenrand standen noch viele Familien, die zu mir in den Streifenwagen schauten, als wir vorbeifuhren. Ich erwiderte ihre Blicke verzweifelt, dicke braune Kletten hingen mir in den zerzausten Haaren, mein Gesicht war schmutzig und zerkratzt. Tränen liefen mir über die Wangen, dabei weinte ich gar nicht richtig. Ich wollte zu meiner Mutter. *Bitte hilf mir.* Was würde er Ellen bloß antun? Eigentlich hätte sie heute Abend doch schon bei den Gambinos sein sollen, mit Gabriel Kuchen backen und Vanillesoße kochen, beide mit umgebundener Schürze. Das war alles meine Schuld. Was würde er ihr antun? Ich durfte gar nicht daran denken, sie so klein und schmal und er so riesig, wie er ihr wehtat. Ich musste auf dem Rücksitz trocken würgen, und Officer Day sagte: »Halt an, ihr wird schlecht.«

Am Straßenrand erbrach ich mich ins Gras, und Officer Day sagte: »Bleib noch einen Moment hier draußen an der frischen Luft.« Ich gab mir Mühe, ruhiger zu atmen. Autos auf dem Rückweg vom Feuerwerk fuhren an mir vorbei, während ich vorgebeugt dastand, die Hände auf den Knien, und versuchte, mich wieder in den Griff zu kriegen. Es war fast genau an der Stelle, wo ich vor gerade mal einer Woche mit Grady Adams und Mrs Boucher und der toten Hirschkuh gestanden hatte. Ich dachte daran, wie Ellen in jener Nacht aus dem Auto gesprungen war. Und was trieb Thomas jetzt gerade? Ich dachte daran, dass ich mich damals, bei Jessie Warren, nicht mal gewehrt hatte. Wo immer Ellen gerade sein mochte, sie würde kämpfen. Vielleicht hatte sie den Barbie-Mann ja gesehen, war um ihr Leben gelaufen und versteckte sich irgendwo. Sogar Thomas, der sonst kaum aus seinem Zimmer kam, war jetzt da draußen im Dunkeln und versuchte, sie zu retten. Ich musste mich zusammenreißen. Ich musste mich beruhigen, damit ich handeln konnte.

Alles kam wie verzögert bei mir an, das Rauschen der Bäume, das Zirpen der Grillen, die Leute, die abbremsten und langsam vorbeifuhren, damit sie durch die abgedunkelten Scheiben glotzen konnten, ich, die ich zurückschaute, immer auf der Suche nach Ellens bleichem Gesicht. Die Walkers fuhren vorbei, die ganze Familie, und alle blickten starr geradeaus, als würden sie mich nicht kennen. Ich atmete ein, so, wie meine Sportlehrerin es uns beigebracht hatte, um mich dafür bereit zu machen, dem Gegner gegenüberzutreten, um tapfer zu sein.

»Es geht wieder«, sagte ich zu Officer Day, der sich ein Stück entfernt hatte, um mir ein bisschen Privatsphäre zu geben. Er reichte mir ein Taschentuch. Ich putzte mir die Nase, und wir stiegen zurück in den Streifenwagen.

»Können wir zuerst bei mir vorbeifahren?«, fragte ich. »Ich muss die Telefonnummer meiner Schwester in Philadelphia raussuchen.«

Das Haus war komplett dunkel, und es beruhigte mich, dass Officer Day und sein Kollege mit mir hineingingen. Ich rüttelte am Garagentor, bis es aufging, und schob es dann nach oben.

»Das solltet ihr aber reparieren lassen«, sagte Officer Day. Wir traten in den Flur vor dem Wohnzimmer.

»Ellen?«, rief ich »Thomas?« Keine Antwort. »Ich bin gleich wieder da«, sagte ich.

Ich eilte die fünf Stufen zum nächsten Flur hinauf und ging in unser Zimmer. Maries Nummer stand auf einem Zettel, der im Bücherregal lag. Ich steckte ihn in die Tasche, dann zog ich mein rot-weiß gestreiftes Oberteil aus und öffnete die Schublade mit den Sachen, die Marie uns dagelassen hatte. Ich brauchte etwas Dunkles. Ich nahm mir ein schwarzes T-Shirt und öffnete den Schrank. Holte die B. Altman-Geschenkschachtel mit der Marksman-Luftpistole heraus. Wir hatten nur ein paar Mal im Wald damit geschossen. Marie fürchtete, Thomas könne sauer werden, weil sie die Waffe bekommen hatte und nicht er, darum hatten wir ihm nie davon erzählt. Und Mom hätte erst uns umgebracht und anschließend Dad. Ich schob die Pistole in meine Gesäßtasche, steckte mir eine Handvoll Federbolzen in die andere und zog das T-Shirt darüber. Dann ging ich wieder in den Flur.

»Ich komme gleich«, rief ich. »Muss nur noch schnell ins Bad.«

Im Bad schloss ich die Tür ab, drehte den Wasserhahn auf, damit sie etwas hörten, zog die Toilette ab, und schob, während sie spülte, das Schiebefenster auf. Ich kletterte auf das schmale Fensterbrett und sprang auf das darunter liegende Dach über dem Esszimmer hinunter. Ich kam auf Händen und Knien auf, spürte das Brennen einer Abschürfung am rechten Knie und betete, dass sie den Aufprall nicht gehört hatten. Ich krabbelte über das Dach, bis zur niedrigsten Stelle, die direkt an den Wald grenzte, dann sprang ich wieder. Diesmal landete ich auf den Füßen und rannte sofort los, in den Wald hinein. Vor mir lag der Horseshoe Trail.

24

Am Forge Mountain Drive überquerte ich die Straße und verschwand direkt im Wald, anstatt noch weiter über die Straße zu gehen. Dieser Teil des Wanderwegs war noch naturbelassener als der direkt hinter unserem Haus. Bei Regen entstand in der Mitte ein kleiner Bach, und wenn es richtig schüttete, wurde der Weg teilweise weggeschwemmt, seine Gestalt änderte sich, Felsbrocken wurden mehrere Meter weit fortgetragen, lockere Steinchen zu Bänken zusammengespült und der Wasserlauf umgeleitet, sodass der Boden noch tiefer ausgewaschen wurde.

Ich hielt mich dicht an den Bäumen und dem Unterholz, um nicht in die Furche zu geraten, die den Weg verschluckt hatte. Vor mir wuchsen Platanen. Ich spürte die Streifen abgefallener Rinde unter den Füßen. Wie eine Schlange wirft die amerikanische Platane ihre Rinde ab. Wegen ihrer geisterhaften, weißlich grauen Äste wird sie oft auch Waldgespenst genannt. Einmal hatten wir den Rasen eines Hauses im Penn Valley gepflegt, vor dem lauter Platanen standen, und wenn der Rasenmäher die abgefallenen Rindenstücke zerhäckselte, blieb mir der Staub in der Kehle hängen, und ich wurde ihn tagelang nicht los.

Die wächsernen Blätter der Rhododendren streiften meine nackten Beine. Ich dachte an die Mokassinschlangen, die vielleicht unter den Steinen neben mir lauerten, die Vibrationen meiner Schritte spürten und eingerollt wie Sprungfedern auf den richtigen Moment zum Angriff warteten. Im Unterholz neben mir bewegte sich etwas, und ich fuhr zusammen. Was immer es gewesen war, ich hörte es im Gestrüpp verschwinden, Rotwild vielleicht oder ein Fuchs, den ich aufgestört hatte. Oder ein Kojote? Einmal hatten

Thomas und ich ein helles Heulen aus dem Wald gehört. Kein einzelnes Tier, sondern einen ganzen Chor aus Geheul und Rufen. »Sind das Hunde?«, wollte ich wissen. Thomas vermutete Kojoten. Er meinte, davon gebe es im ganzen Bundesstaat immer mehr, aber ich bräuchte mich nicht zu fürchten, Menschen täten sie nichts.

Ich folgte weiter dem Weg, bis er sich wieder der Straße näherte, und nahm dann die Abkürzung über ein Privatgrundstück, um zur High Point Lane zu kommen. Den Rest des Weges musste ich auf der Straße zurücklegen. Ich lief den kleinen Hang zum Forge Mountain Drive hinunter, bog nach links ab und rannte bis zum Paul Lemen Drive. Als ich aus der Ferne Scheinwerfer den Berg hochkommen sah, zog ich mich in den Wald hinter den Häusern zurück und wartete, bis das Auto vorbei war. Durch das dichte Unterholz kämpfte ich mich auf ein erleuchtetes Fenster zu. Dort stand eine Frau, umrahmt wie ein Gemälde, und trank ein Glas Wasser. Ich wartete. Sobald sie sich abwandte und wegging, eilte ich durch ihren Garten bis zur Hausecke. Zwischen den Vorhängen schimmerte das bläuliche Licht des Fernsehers hervor. Ich duckte mich tief, bis mein Kopf unterhalb der Fensterbank war, und drückte mich an die Hauswand. Die Klimaanlage surrte, es war so ein Modell, das draußen neben dem Haus steht, sich dreht und die Stimme ganz komisch verzerrt, wenn man hineinspricht.

Neben dem Gerät an die Hauswand gedrückt, zog ich die Marksman und einen der Bolzen aus meiner Hosentasche. Ich öffnete den Schlittenverschluss, hielt den Lauf nach oben und zog den Schlitten zurück, bis ich ein Klicken hörte. Dann schob ich ihn wieder ganz nach vorne und wartete auf das zweite Klicken. Nun war die Waffe gespannt. Ich sicherte den Abzug und drückte den Ladeknopf, bis das Spezial-Laufteil abkippte. Die Marksman verfügt über zwei

Öffnungen. Mit den Fingern tastete ich danach und fasste an die untere, in die die Bolzen kamen. Ich klaubte den Bolzen von meinem T-Shirt und schob ihn tief in den Lauf hinein. Meine Hände zitterten, waren kalt und feucht, konnten die Pistole kaum halten. Ich legte sie in den Schoß und wischte mir die Handflächen an Maries T-Shirt ab, dann löste ich die Abzugssicherung. Jetzt war die Waffe schussbereit. Ich passte auf, dass ich nicht aus Versehen an den Abzug kam, als ich nach ihr griff. Ich wusste nicht einmal, ob der Bolzen überhaupt jemanden verletzen konnte. Im Wald prallten die Geschosse an den Bäumen ab, wenn sie aus großer Entfernung abgefeuert wurden, aber schon aus fünf Metern Entfernung durchschlugen sie die Rinde und bohrten sich fast ganz in das Kernholz hinein, bis zum Schaft. (Daraufhin hatte ich Marie erklärt, dass wir meinetwegen auf alles Mögliche schießen könnten, aber nicht mehr auf Bäume.) Sollte ich heute noch schießen müssen, dann musste es aus nächster Nähe sein.

Weiterhin geduckt schob ich mich dicht an der Hauswand entlang, und als ich an der vorderen Ecke war, schaute ich auf die andere Straßenseite zum Grundstück der McVays hinüber. Die Straßenbeleuchtung war aus, und durch die Bäume konnte ich nichts erkennen. Ich hatte Wilson beim Feuerwerk nicht gesehen. Vielleicht schliefen ja alle schon. So schnell ich konnte, rannte ich über die Straße bis zu ihrer Einfahrt, dann weiter in den Wald zwischen ihrem Grundstück und dem der Nachbarn. Ich wusste, dass der Schuppen mit dem Stellplatz auf dieser Seite lag; dort hatte ich Wilson arbeiten sehen. Wenn sein Motorrad dort stand, war er zu Hause, und ich würde klingeln. Beim Näherkommen sah ich eine einzelne Arbeitsleuchte, die neben dem Haus brannte.

Um ein Haar wäre ich gegen den Schuppen gerannt, bevor ich ihn in der Dunkelheit ausmachte. Die Marksman immer noch in der Hand, lehnte ich mich an seine Rückwand. Ich glaubte, Zigarettenrauch zu riechen, und fragte mich, ob Wilson wohl im Schuppen war, aber gleich neben mir befand sich ein Fenster, und drinnen war alles dunkel. Die Einfahrt war leer. Auch der Buick von Wilsons Vater fehlte.

Aus der Ferne hörte ich Motorengeräusch. Ein Motorrad, das den Hang herunterkam und in der Kurve des Forge Mountain Drive langsamer wurde. Irgendwo neben mir raschelte es, vielleicht saß unter dem Schuppen oder auf der anderen Seite eine Katze. Ich rührte mich nicht, lauschte. Dann glaubte ich, ein leises Husten zu hören, als würde sich jemand räuspern, um dann auszuspucken. Scheinwerferlicht fiel durch die Bäume in die Einfahrt. Wilson. Ich schob die Pistole wieder in die Gesäßtasche. Das Motorrad fuhr an mir vorbei und wendete am Ende der Einfahrt. Ich tastete mich am Schuppen entlang darauf zu, die Hand immer an der Holzverkleidung. Wilsons Scheinwerfer blendeten mich, und ich blieb stehen. Auf dem Motorrad saßen zwei Menschen. Ellen war es nicht, dafür war die zweite Person zu groß. Als sich meine Augen an das grelle Licht gewöhnt hatten, sah ich, dass es Thomas war. Ich wollte schon rufen, aber sie schauten beide woanders hin. Ihre Reglosigkeit griff auf mich über. Im Scheinwerferlicht fiel ein dunkler Schatten, hoch wie ein Baum, quer über den Rasen bis hin zu mir. Jemand kam auf sie zu, und die Scheinwerfer vergrößerten den Schatten enorm: der Barbie-Mann. Er musste auf der anderen Seite des Schuppens gewartet haben. Jetzt trat er vor, und am liebsten hätte ich gebrüllt: *Fahr los, Wilson! Hau ab, Thomas!* Warum taten sie denn nichts? Er kam direkt auf sie zu. Sein linker Arm lag immer noch in der Schlinge, aber in der rechten Hand hielt er eine Pistole.

»Motor aus!«, brüllte er.

Das Knattern verstummte. Der Scheinwerfer erlosch flackernd, und alle drei waren nur noch dunkle Umrisse im Schein der trüben Lampe an der Hauswand.

»Runter. Auf die Knie!«

Thomas glitt vom Sattel und kniete sich hin, die Arme neben dem Körper. Wilson beugte sich auf der Yamaha zur Seite, als wollte er etwas aus seinem Motorradstiefel ziehen.

»Runter von dem Motorrad! Die Hände so, dass ich sie sehen kann.« Der Barbie-Mann kam näher und wedelte mit der Waffe in der gesunden Hand. Das Motorrad kippte um, als Wilson sich herunterschwang. Aus derselben Bewegung heraus stürzte er sich auf den Barbie-Mann und riss ihn um. Sie fielen beide zu Boden, der Barbie-Mann landete auf dem gebrochenen Arm und brüllte. Thomas wollte aufstehen, da ertönte ein Klicken, es blitzte, und ein Knall erschütterte alles ringsum, wie ein Nachbeben. Der Barbie-Mann hatte die Waffe abgefeuert. Er hatte auf Wilson geschossen.

Wilson lag am Boden, versuchte, seitlich vom Barbie-Mann wegzurobben. Er wirkte verblüfft, schaute auf sein Hemd. Der Barbie-Mann saß halb aufrecht, hielt die Pistole auf ihn gerichtet. Wilson war unverletzt. Der Barbie-Mann hatte ihn verfehlt.

»Knie dich auf den Boden, verdammt! Dahin, neben ihn!« Wilson rappelte sich hoch und machte ein paar zögernde Schritte rückwärts, dorthin, wo Thomas schon kniete.

Der Barbie-Mann versuchte, aufzustehen. Sogar im Dunkeln sah ich, dass ihm das Blut schwarz aus der Nase lief. Den Arm in der weißen Schlinge hielt er fest an den Körper gedrückt, er stolperte, richtete die Waffe aber weiter auf Thomas und Wilson. Er hatte sichtlich Schmerzen. Zwei Mal ging er halb zusammengekrümmt im Kreis, blieb schließlich stehen und drehte sich um. Dann stürmte er urplötzlich auf sie zu, mit großen Schritten, er rannte fast und trat

Wilson mit seinem schweren schwarzen Stiefel ins Gesicht. Ich hörte ein Krachen, das Splittern von Knochen. Der Barbie-Mann nahm noch einmal Anlauf und platzierte einen weiteren Tritt, diesmal in die Rippen, und Wilson sackte zu Thomas hin. Am liebsten hätte ich Thomas zugerufen: *Geh weg da, weg von den beiden!* Wilson lag zusammengesunken auf Thomas' Knien. Der Barbie-Mann raste vor Wut. »Scheiße!«, brüllte er und trat gegen die umgestürzte Yamaha, zertrümmerte ihren Scheinwerfer.

Wilsons Nachbarn gegenüber, in dem bläulich schimmernden Zimmer, mussten den Schuss und das Gebrüll gehört haben. *Bitte, ruft die Polizei,* beschwor ich sie stumm. Thomas hatte sich über Wilson gebeugt, flüsterte ihm etwas zu, wollte ihm helfen, sich wieder aufzurichten. Ich schlich ein paar Schritte näher heran.

»Lass ihn los, verdammt!«, brüllte der Barbie-Mann Thomas an. Er wedelte wie wild mit der Waffe. »Geh weg von ihm.«

Wir sind alle geliefert, dachte ich.

Der Mann sprang wieder auf die beiden zu und trat Wilson ein zweites Mal in die Rippen. Wilson gab keinen Laut von sich.

»Verdammter Wichser, glaubt, er kann einfach so in meiner Stadt auftauchen und mich vermöbeln!«

Ich hatte die Marksman jetzt gezückt.

Der Barbie-Mann riss sich das Bandana vom Kopf. »Warst du das, du Drecksau?«, schrie er. »Hast du an mir rumgesäbelt?«

Er ging zu der umgestürzten Yamaha hinüber, die Waffe immer noch auf Wilson und Thomas gerichtet. Er drehte den Verschluss des Benzintanks ab, tunkte mit einer Hand das Tuch hinein und verspritzte überall Benzin. Dann klemmte er sich die Waffe unter den verletzten Arm und zog ein Feuerzeug aus der Tasche. Er zündete das benzingetränkte Bandana an, sprang zurück. Thomas kroch wieder auf Wilson zu, wie um sich und ihn vor dem zu schützen, was gleich passieren würde. Auch ich wich zurück. Eine weiße Flamme zuckte auf, dann folgte eine Explosion wie von einer Rakete, und ein Feuerball schoss nach oben. Ein paar Flammen züngelten zu Boden, verloschen zischend im Gras. Der Benzintank der Yamaha sah aus wie eine zerrissene Konservendose, und die letzten Flammen flackerten weiter. Der Barbie-Mann stand jetzt keine zwei Meter vor mir und brüllte weiter herum. Was mochte er in so einer Verfassung Ellen angetan haben?

»Zurück!«, brüllte er Thomas an. »Weg von ihm!« Thomas rutschte auf den Knien rückwärts, beide Arme erhoben, und der Barbie-Mann zerrte Wilsons schlaffen Körper an der Wildlederjacke ein Stück zu sich und hockte sich dann neben ihn. Wollte er ihn umbringen?

Ich trat vor. Ich stand jetzt im Vorgarten, außerhalb der Bäume. Mit raschen, leisen Schritten eilte ich zu ihnen, bis ich nur noch einen knappen halben Meter vom Barbie-Mann entfernt war. Ich hob die Marksman. In dem Moment sah mich Thomas; sein Blick traf meinen für den Bruchteil einer Sekunde, dann schaute er wieder weg. Der Barbie-Mann hatte sich über Wilson gebeugt, und ich spürte, wie mir das Adrenalin durch den Körper schoss. Wenn ich ihn am Schädel traf, prallte das Geschoss vielleicht ab; ich musste auf den Hals zielen, auf das empfindliche Fleisch und die zarten Adern dort. Unvermittelt griff er nach hinten, schob sich die Pistole in den Jeansbund und zog ein Messer aus der Scheide, die außen an seinem Stiefel befestigt war. Ich sah den Streifen weißes Fleisch am Rücken, unterhalb seines T-Shirts. Was wollte er Wilson mit dem Messer antun? Meine Hände zitterten. Ich musste jetzt zwei Dinge gleichzeitig tun:

schießen und mir seine Pistole schnappen. Fest abdrücken und gut zielen. Einatmen. Mit zwei Fingern drückte ich den Abzug. In dem Moment, als sich die Druckluft entlud, zog ich ihm die Waffe aus dem Hosenbund und stolperte zurück. Der Barbie-Mann sackte auf Wilson zusammen, und fast im selben Moment stürzte sich Thomas auf ihn.

Ich hielt jetzt zwei Waffen in der Hand. Der Barbie-Mann brüllte.

Thomas wälzte sich von ihm weg und richtete sich auf. Der Barbie-Mann lag auf dem Boden, die linke Handfläche durchbohrt und am Boden fixiert. Er sah aus wie ein aufgespießtes Insekt, das nur noch einen Flügel hat, ein Exponat im Naturkundemuseum des Grauens. Er wollte sich aufrichten, aber das ging nicht. Er drehte sich zur Seite, wollte nach dem Messer greifen, aber Thomas war schneller, zog es heraus und schleuderte es quer über den Rasen Richtung Wald. Blut sprudelte aus Barbie-Manns Handfläche, tropfte von seinen Haaren, wo der Bolzen ihn am Hals getroffen hatte. Hatte Thomas ihm wirklich das Messer in die Hand gerammt? Ich gab die Pistole an ihn weiter.

Dem Barbie-Mann lief immer noch das Blut aus der Nase, er wollte sich auf die rechte Hand aufstützen, sank aber wieder zurück auf den Ellbogen.

»Wo ist sie?«, fragte Thomas. »Wo?«

Am Boden murmelte Wilson etwas.

»Der Wagen«, sagte Thomas. »Libby, sieh in seinem Wagen nach. Neben dem Schuppen.«

Der Camaro stand auf dem Stellplatz neben dem Schuppen der McVays. Als ich die Fahrertür öffnete, ging das Innenlicht automatisch an. Im Wagen roch es nach Zigaretten und Patschuli. Am Rückspiegel hing eine gelbe Hasenpfote. Auf dem Beifahrersitz lagen ein schwarzer Kamm, mit weißlichen Haaren und Schuppen zwischen den Zinken, und ein rosa Plastikspiegel, wie ihn Kinder benutzen, darauf ein Plastiktütchen mit irgendeinem Pulver.

Ich kniete mich auf den Fahrersitz und schaute in den hinteren Fußraum. Ich musste daran denken, wie Ellen an dem Abend hier neben ihm gesessen hatte, wie verängstigt sie gewesen sein musste. Wo war sie?

»Hier ist sie nicht«, rief ich.

»Schau in den Kofferraum.«

Ich ging um den Wagen herum, schob die Zweige der Kiefern weg. Einen Moment lang zögerte ich, aus Angst, was ich wohl vorfinden würde. Dann öffnete ich den Kofferraum. Bis auf ein paar welke Blätter war er leer.

»Hier ist sie auch nicht«, rief ich wieder.

Am liebsten hätte ich den Barbie-Mann umgebracht, wäre auf seiner blutenden Hand herumgetrampelt. Ich ging zu den anderen zurück. Wilson lag reglos da. Er atmete, aber es klang nicht normal. Seine Augen waren offen, und er sah mich an. Ein Stück weiter hatte sich der Barbie-Mann auf den Ellbogen gestützt; aus seiner Hand sprudelte immer noch das Blut.

»Wo ist sie?«, fragte Thomas ihn erneut.

»Leck mich doch.«

»Libby, schieß noch mal auf ihn.«

»Wenn du das machst, bist du tot, verdammte Scheiße!« Der Barbie-Mann versuchte, sich weiter aufzurichten.

Thomas trat zurück. »Keine Bewegung«, sagte er. Dann winkte er mich heran. »Bleib vor ihm, für den Fall, dass ich schießen muss. Ziel auf die Augen oder vorne auf den Hals.«

Ich zog einen weiteren Bolzen aus der Gesäßtasche und lud die Luftpistole. Es brauchte ein paar Anläufe, weil meine Hände so zitterten.

»Wo ist sie?«, fragte ich. »Was hast du mit ihr gemacht?« Ich ging näher heran, versuchte zu zielen.

»Teufel noch mal, von wem redest du?«

In der Ferne erklangen Polizeisirenen. Auch der Barbie-Mann hörte sie. Halbherzig holte er nach mir aus, und genau in dem Moment explodierte eine Feuerwerksrakete.

Der Barbie-Mann schaute an sich herunter. An seinem T-Shirt war Blut.

»O Gott, Thomas! Du hast ihn erschossen!«

Der Barbie-Mann sackte zusammen, krümmte sich. Hatte Thomas ihn wirklich umgebracht?

»Aber ich habe in Richtung Bäume geschossen«, sagte Thomas.

Da zog der Barbie-Mann mit der rechten Hand einen Bolzen aus seinem T-Shirt. Ich war es gewesen: Ich hatte ein zweites Mal mit der Marksman auf ihn geschossen, ohne es selbst zu merken.

»Sag uns, wo sie ist«, rief ich.

»Keine Ahnung ... wovon ihr redet ...« Er war benommen; seine Stimme klang schleppend, und er wollte sich wieder hinlegen. Sein Gesicht war kalkweiß.

»Nein, nicht einschlafen«, schrie ich. Ich ging zu ihm hin, und für einen entsetzlichen, ekelerregenden Moment fasste ich ihm mit der Hand in die Haare, um ihn hochzuziehen.

Das Sirenengeheul kam jetzt näher, und ein Streifenwagen bog in die Einfahrt der McVays ein, sein Blaulicht flackerte zwischen den Bäumen, die Scheinwerfer beleuchteten uns: Thomas mit der Pistole in der Hand, Wilson zusammengekrümmt am Boden, den Barbie-Mann, halb benommen auf der Seite liegend, und mich, über ihn gebeugt, immer noch mit der Marksman in der Hand.

Eine Stimme rief: »Runter mit der Waffe.« Officer Day.

»Wir können sie nicht finden. Er will uns nicht sagen, wo er Ellen hingebracht hat.« Ich konnte die Panik in meiner Stimme hören. Ich machte ein paar Schritte auf den Streifenwagen zu.

»Halt! Erst die Waffe weg!« Ich schaute auf die Marksman in meiner Hand.

»Das ist nur eine Luftpistole. Keine echte«, rief ich, ließ sie fallen und hob die Hände. »Im Wagen ist sie nicht. Er will uns nicht sagen, wo sie ist.«

»Er atmet irgendwie so komisch.« Thomas hatte sich über Wilson gebeugt.

Ich hörte, wie sie einen Krankenwagen riefen. Weitere Streifenwagen trafen ein. Der Suchscheinwerfer auf dem Dach des einen tauchte uns alle in irrealen, weißen Schein. Wir sahen aus wie die Gespenster. Ein Polizist verband dem Barbie-Mann die Hand und drückte auf die Wunde, ich sah seine Finger mit den langen Fingernägeln, unter denen sein eigenes Blut klebte. Andere Polizisten schauten in den Camaro und in den Kofferraum, vielleicht suchten sie nach Hinweisen, dass Ellen dort gewesen war. Thomas hockte immer noch neben Wilson, und ich setzte mich zu ihnen ins Gras. Ein Polizist sprach mit Wilson und gab seine Aussagen über Funk weiter. »Verdacht auf traumabedingten Pneumothorax. Er darf sich nicht bewegen, bis der Notarzt da ist«, sagte die Stimme aus dem Funkgerät. Wilson war bleich, sein Atem ging rasch. Ich wollte, dass sie den Barbie-Mann zwangen, uns zu sagen, was er mit Ellen gemacht hatte – sie sollten ihn zum Reden bringen, nicht behandeln.

»Libby …« Wilsons Stimme war nicht einmal ein Flüstern.

»Ja?« Ich beugte mich über ihn.

»Wo. Würd sie. Hingehen.« Es klang, als würde er jedes Wort verschlucken. Als das Licht auf sein Gesicht fiel, erschrak ich. Es war so zugeschwollen, dass seine Augen fast darin verschwanden, bloße Striche auf einem unförmigen Luftballon. »Wohin. Denk nach.«

Ich schüttelte den Kopf. Sicher nicht zu den Bouchers. Da war ich ja nicht. Und auch nicht zu anderen Nachbarn.

Dann fiel mir plötzlich der einzige Ort ein, an den ich nicht gedacht hatte.

»Ich weiß es«, sagte ich. »Ich glaube, ich weiß es.« Ich drehte mich zu Thomas um. »Wenn sie weggelaufen ist, dann weiß ich, wohin.«

25

Von meinem Vater hatte ich zum ersten Mal gehört, dass es ursprünglich keine Pferde und Lasttiere in Nordamerika gegeben hatte. Sie waren mit den Siedlern aus Europa gekommen. Einzelheiten wie diese interessierten ihn an Amerika besonders. Keine Pferde oder Maultiere, das hieß, die Ureinwohner waren hauptsächlich zu Fuß unterwegs gewesen, und obwohl sie hin und wieder Kanus und Einbäume zum Einsatz brachten und ihre Lasten von Hunden schleppen ließen, waren sie über viele tausend Jahre hinweg gelaufen. Sie hatten Pfade ausgetreten. Mein Vater fand das wunderbar – wie sie den Wald erspürt, ihm gelauscht hatten, wie sie Rotwild und Füchse beobachtet haben mussten und ihren Spuren durch das Unterholz gefolgt waren, wie sie immer wieder die trockensten und direktesten Wege ausgekundschaftet hatten. Er meinte, ihre Schritte hätten sich der Landschaft bis heute eingeprägt, Spuren, die davon zeugten, was für ein Verhältnis der Mensch eigentlich zur Erde haben sollte – leise, instinktiv und respektvoll.

Ich dachte daran, dass all die Wege, denen wir schon unser ganzes Leben lang folgten, von den Menschen erschlossen worden waren, die als Erste hier gelebt hatten; fast jede Straße war einmal einer ihrer Pfade gewesen. Dad hatte immer gesagt, *auf dem Kriegspfad sein* sei nicht nur eine Redensart – es beziehe sich auf einen ganz konkreten Pfad, einen realen Ort. Vielleicht war es ein Pfad, der den Kriegern einen Vorteil verschaffte, wenn sie sich dem Feind stellen mussten, und dieses Wissen, über welchen Weg man am besten in den Kampf zog, war ihnen von ihren Vorfahren vermittelt worden.

Ich führte Officer Day und einen weiteren Polizisten, der sich als Officer Schuster vorgestellt hatte, über den Wanderweg – früher, bevor er zum Reit- und Wanderweg wurde, vermutlich auch ein Pfad der Lenape – bis zum Königreich. Officer Day hielt seine Taschenlampe direkt vor uns auf den Boden, sein Kollege leuchtete mit einem Handscheinwerfer ein Stück voraus, der die Bäume und den Weg in geisterhaftes Weiß tauchte, wie in einem Horrorfilm. Thomas und ich gingen vorneweg, und immer, wenn wir aus dem Lichtkreis der Lampen gerieten, baten uns die Polizisten, langsamer zu gehen.

Vor uns tauchte der krumme Baum auf, er war bereits zu erkennen, bevor der Schein der Polizeilampen auf ihn fiel. Ich sah seine Krümmung, den ausgestreckten Arm, und es kam mir vor, als würde etwas, das an diesem Ort lebte, uns den Weg zu Ellen weisen, und was immer es auch sein mochte, ich flehte es an, dass wir sie dort finden würden.

»Hier lang«, sagte ich und führte sie vom Horseshoe Trail weg, um von hinten ins Königreich vorzudringen. Wir duckten uns unter den Zweigen hindurch, zwängten uns durch den Berglorbeer auf die Lichtung unter dem Blätterdach.

»Was ist das für ein Ort?«, fragte Thomas.

»Das Königreich. Es gehört Sage und mir. Ellen kennt es auch. Sie war mal mit hier.«

»Ellen?« Thomas rief ihren Namen leise, fast fragend.

Officer Day ließ den Strahl seines Scheinwerfers einmal um die Lichtung wandern. Nichts. Wir standen schweigend da und lauschten. Langsam ließ er den Lichtstrahl noch einmal zurückwandern, leuchtete die Baumstämme von oben bis unten ab, als könnten wir sie womöglich oben in den Ästen oder unten im Gewirr der Rhododendronwurzeln erblicken.

»Sie ist nicht hier«, sagte Thomas. »Großer Gott, Libby, sie ist nicht hier.«

»Wir müssen euch beide jetzt aufs Revier bringen«, sagte Officer Day. »Es sieht nicht aus, als wäre sie hier gewesen.«

»Doch. Sie ist garantiert hergekommen. Da bin ich mir sicher. Als Sage und ich die Sachen hier deponiert haben, da haben wir ihr erzählt, dass es das allerbeste Versteck für den Notfall ist.« Ich kniete mich vor die Roteiche, fegte die Erde vom Brett und hob es an. »Können Sie bitte mal hier reinleuchten?«, sagte ich. Da waren die Konserven mit Bohnen und Hühnercremesuppe von Campbell's, eine Tube Zahnpasta und zwei zusammengerollte Schlafsäcke. Einer fehlte. Eindeutig.

»Ist das euer Plan, um den Weltuntergang zu überleben?«, fragte Thomas.

»Sie war hier. Ich bin mir ganz sicher. Der *Lone Ranger*- und der Garfield-Schlafsack sind noch da, aber der mit dem *Krieg der Sterne*-Motiv ist weg. Es müssten drei sein. Außer Sage weiß niemand davon, und sie kommt in letzter Zeit kaum noch her.« Die Schlafsäcke hatten Sages Brüdern gehört, wir hatten sie aus den Tüten für die Altkleidersammlung stibitzt, die Charlotte in ihrem Kofferraum verstaut hatte.

»Bist du sicher?«, fragte Thomas.

»Absolut. Bestimmt ist sie nach Hause gegangen. Sie hat hier gewartet, dass wir sie holen kommen, und als wir nicht aufgetaucht sind, ist sie irgendwann nach Hause gegangen.«

»Es waren ganz sicher drei?« Thomas traute sich nicht zu hoffen. Marie nannte ihn den »Ungläubigen Thomas«, meinte aber, das würde ihn zu einem guten Wissenschaftler machen, weil er die Dinge immer in Frage stellte und dadurch mögliche Fallstricke ausmachen konnte.

»Bitte!« Ich wandte mich an Officer Day und Officer Schuster. »Wir müssen zum Haus zurück.«

»Wir haben eine Streife vor dem Haus postiert. Die hätte uns benachrichtigt, wenn Ellen dort aufgetaucht wäre.«

»Dann wartet sie irgendwo auf uns. Auf Thomas und mich. Sie wollte nach Hause, hat den Streifenwagen in der Einfahrt gesehen und jetzt hat sie Angst. Können wir erst dort vorbeigehen? Bitte!«

Um zu unserem Haus zu kommen, mussten wir zurück auf den Wanderweg, aber von dort waren es nur noch wenige hundert Meter. Falls Ellen tatsächlich nach Hause gegangen war, dann waren wir ihr schon ganz nahe. Thomas und ich legten fast den ganzen Weg im Laufschritt zurück, die beiden Polizisten blieben dicht hinter uns. Wir bogen rechts vom Weg ab, auf den Pfad, der zum Haus hinunterführte, und rannten los, riefen ihren Namen. Im Bad, wo ich vor mehreren Stunden aus dem Fenster geklettert war, sah ich noch Licht brennen. Auch die Küche war erleuchtet. In der Einfahrt parkte mit eingeschaltetem Standlicht ein Streifenwagen.

»ELLEN! ELLEN!«, brüllte ich, und Thomas stimmte ein. Dort, wo der Pfad in die Stufen überging, die zu unserer Einfahrt führten, blieben wir stehen. »ELLEN!« Ich schaute Thomas an, sah seine hoffnungsvolle Miene. Wo war sie bloß?

»Hier bin ich.«

Die Stimme kam zwischen den Hartriegelbüschen auf dem kleinen Hügel hervor, wo wir unseren Kater beerdigt hatten, den Goldfisch, eine Kröte und anderes totes Getier, das wir so fanden, Vögel und Streifenhörnchen. Ich sah, wie sie versuchte, sich in dem *Krieg der Sterne*-Schlafsack unter den tief herabhängenden Zweigen aufzurichten.

Thomas war als Erster bei ihr. Er hob sie mitsamt dem Schlafsack auf und machte ein paar Schritte die Böschung hinunter, die eingehüllte Gestalt in den Armen. Dann sank er mit ihr zu Boden und drückte sie in ihrem Kokon an sich, ich setzte mich zu ihnen, und so warteten wir, bis die Polizisten uns eingeholt hatten.

Auf dem Polizeirevier in Phoenixville wartete Marie. Als Thomas, Ellen und ich den Gehweg entlangkamen, stieß sie beide Flügel der Glastür auf und rannte uns entgegen.

»Wie kommst du denn hierher?« In der Hosentasche tastete ich nach dem Zettel mit ihrer Nummer. »Ich habe ihnen deine Nummer doch gar nicht gegeben.«

»Sage hat mich angerufen, und dann haben Grady und sie mich abgeholt. Sie sind noch hier.«

Ich musterte Marie und fragte mich, was die Polizisten wohl von ihr hielten, ob sie sie überhaupt als vollwertige Erwachsene anerkannten. Sie trug Docs, einen schwarzen Minirock und ein bauchfreies T-Shirt mit ein paar Rissen. Ellen war immer noch für den Unabhängigkeitstag kostümiert; die herzförmigen Flaggen, die sie sich, passend zu denen von Peter, auf die Wangen gemalt hatte, waren längst verschmiert und erinnerten an Blutergüsse. Ihre dünnen blonden Haare waren zerzaust, das weiße T-Shirt dreckverschmiert. Aber Maries entsetzter Blick galt nicht Ellen, sondern mir.

»Mein Gott, deine Haare!«

Ich fasste mir zu beiden Seiten an den Kopf, ertastete eine einzige verfilzte Masse. Dann sah ich an mir herunter. Meine Arme waren voll mit getrocknetem Blut. Sogar rund um die Fingernägel klebte es. »O Gott! Marie, das ist nicht mein Blut. Bitte, mach es weg!« Wieder spürte ich Panik, als würde ich mir jeden Moment die eigene Haut abreißen. »Ich will das weg haben.«

»Ich muss mit ihr in den Waschraum«, sagte Marie zu Officer Day. Im Wartebereich saßen Sage und Grady Adams auf zwei Plastikstühlen, sahen aber nicht einmal zu uns hin. Nicht nur, weil sie uns in Ruhe lassen wollten – ich hatte irreparablen Schaden angerichtet. Ich erkannte es daran, wie Sage auf ihrem Stuhl saß, daran, dass Grady nicht wie gewohnt den höflichen Südstaaten-Vater spielte. Sie hockten auf ihrem eigenen Trümmerfeld, und ich war der Grund dafür.

Der Spiegel auf der Reviertoilette zeigte mir, wie entsetzlich ich wirklich aussah. Auch im Gesicht hatte ich sein Blut, vielleicht war es teilweise auch mein eigenes. Meine Haare waren voller Kletten und Zweige.

»Die wirst du abschneiden müssen«, sagte Marie. Sie drehte das heiße Wasser auf und gab mir ein Stück Seife. »Wasch dir Gesicht und Hände, richtig gründlich, und wenn du wieder zu Hause bist, nimmst du ein Bad.« Sie zog eine Zahnbürste aus ihrem Rucksack. »Die kannst du als Nagelbürste verwenden, wir schmeißen sie hinterher weg. Sieh nur zu, dass du alles abkriegst.«

Es dauerte mehrere Stunden, bis alle Aussagen aufgenommen waren. Wir saßen zusammen in einem Zimmer, Marie war bei uns. Grady und Sage saßen immer noch im Wartebereich. Die Polizisten brachten uns Coladosen und kleine Tüten mit Kartoffelchips aus dem Automaten. Später, gegen vier Uhr früh, gingen Ellen und ich gemeinsam auf die Toilette. Sie war vor mir fertig und schon wieder nach draußen gegangen. Als ich auf den Flur kam, hielt Sage sie im Arm, sah aber nicht zu mir hin. Ich deutete das als Signal, mich von ihr fernzuhalten. Und konnte es ihr auch nicht verdenken.

Wir erzählten unsere Geschichten. Ellen musste bei dem Abend anfangen, als Julius Korhonen sie mitgenommen hatte. Officer Day fragte sie, warum sie überhaupt dort gewesen sei, aus welchem Grund sie aus dem Wagen gestiegen sei und im Dunkeln am Straßenrand gestanden habe.

»Es war schon fast dunkel. Aber noch nicht ganz. Um die Zeit ist das ja eher noch Dämmerung«, sagte Ellen. »Ich hab mich furchtbar aufgeführt, ich war fuchsteufelswild und meine Mutter konnte mich nicht mehr bändigen …« Ich warf Marie einen Blick zu. Uns beiden war klar, dass Officer Day sich fragen musste, was für eine Mutter ein so zierliches Mädchen einfach am Straßenrand stehen ließ.

Marie sagte aus, sie wisse nichts darüber, wer mit Wilson nach Pottstown gefahren und was genau dort vorgefallen sei.

Ich fing unwillkürlich an, Wilson zu verteidigen. »Er wollte uns nur helfen«, sagte ich.

Ellen berichtete vom Feuerwerk, wie sie über den Parkplatz vor dem Schwimmclub gegangen war, um mich zu suchen. Meredith Hunter wollte unbedingt einer Gruppe Jungs aus ihrer Schule hinterher, und Ellen war genervt von ihr. Sie hatte nicht den Wagen des Barbie-Manns gesehen – sondern ihn selbst, wie er auf der Straße stand und sich umschaute, alle überragte. Da hatte sie gedacht, er halte nach ihr Ausschau, also war sie direkt zum Wanderweg gelaufen, an den Türmen vorbei und immer weiter. Sie hatte sich im Königreich versteckt, und als sie ganz sicher war, dass sie lange genug gewartet hatte, dass Thomas und ich längst zu Hause wären, war sie zum Haus gegangen, wo sie den Streifenwagen in der Einfahrt vorfand. Sie hatte nicht gewusst, was sie machen sollte, und so war sie auf die Idee gekommen, sich unter den Hartriegelbüschen zu verstecken, bis einer von uns auftauchen würde.

Thomas hatte sich direkt zu Wilson aufgemacht, weil er überzeugt war, der Barbie-Mann werde Ellen zwingen, ihn zu Wilson zu führen. Sie hatten sich mit der Yamaha aufgemacht, um nach Ellen zu suchen oder nach dem schwarzen Camaro, und schließlich waren sie wieder zu Wilsons Haus zurückgekehrt, für den Fall, dass der Barbie-Mann dort auftauchte, hatten aber nicht damit gerechnet, dass er schon auf sie wartete. Noch weniger hatte Thomas allerdings damit gerechnet, mich aus dem Wald kommen zu sehen, mit einer Waffe in der Hand.

»Einer Waffe?«, fragte Marie.

»Die Marksman.«

»Im Ernst? Du hast dich mit einer Spielzeugpistole bewaffnet?«

»Es ist keine Spielzeugpistole, und im Dunkeln sieht sie sehr echt aus.«

Wir mussten wiederholt schildern, wie es dazu gekommen war, dass irgendwann ein Messer in der Hand des Barbie-Manns steckte. Mir war das schleierhaft. Es war sein Messer gewesen. Thomas hatte geglaubt, er wolle Wilson erstechen oder ihm die Kehle durchschneiden, so außer sich vor Wut, wie er gewesen war.

Dann fragte Officer Day Marie nach der Telefonnummer unserer Mutter in North Carolina.

»Es tut mir wirklich leid«, sagte Marie. »Wir sind so überstürzt aus meiner Wohnung aufgebrochen, dass ich meine Handtasche liegen gelassen habe, und darin ist das Blatt mit den Kontaktdaten und Notfallnummern, das meine Mutter mir gegeben hat. Ich würde ja meine Mitbewohnerin anrufen, aber sie ist im Augenblick auch nicht da.«

Ich wusste, dass Marie log, um unsere Mutter zu schützen, trotzdem war ich in Sorge, dass wir der Polizei schon viel zu viel erzählt hatten und Mom womöglich Ärger bekommen würde. Ob sie uns ihr wegnehmen würden? Uns trennen? Was sollte dann aus Beatrice werden?

Die Polizisten fragten im Krankenhaus nach. Wilson hatte einen Kieferbruch erlitten, und eine gebrochene Rippe hatte die Lunge verletzt, deshalb war ihm das Atmen so schwergefallen. Aktuell wurde in einer Operation sein Kiefer fixiert. Er würde ein paar Tage im Krankenhaus bleiben müssen, aber höchstwahrscheinlich wieder ganz gesund werden. »Und was ist mit … dem anderen?«, fragte Thomas.

Und Officer Day antwortete: »Keine Sorge, Junge, du hast niemanden umgebracht.«

Nach der Befragung standen wir noch eine Zeit lang draußen auf dem Flur.

»Das ist mein T-Shirt«, sagte Marie. Ich sah an mir herunter. Es war das schwarze T-Shirt, das ich übergezogen hatte, bevor ich aus dem Badfenster geklettert war.

»Stimmt. Hab ich mir geliehen.«

»Das mag ich besonders gern«, sagte Marie. Ich sah es mir genauer an. Es war ein Shirt mit dem Cover der Ramones-Single »Blitzkrieg Bop«. Rund um das Große Siegel der Vereinigten Staaten standen die Worte: »*Hey ho, let's go!*«.

Im Licht des frühen Morgens traten wir aus dem Polizeirevier. Der Schuylkill River war in Rosa und Gold getaucht, von unsichtbaren Bäumen oder Felsvorsprüngen herab zwitscherte ein ganzer Vogelchor, und die Welt war wie reingewaschen. Wir waren zusammen und in Sicherheit. Vor uns gingen Grady und Sage. Trotz allem, was ich getan hatte, waren sie immer noch da und hatten gewartet, um uns nach Hause zu fahren. Grady sagte Thomas, er solle sich auf den Beifahrersitz setzen. Ich kletterte auf den Rücksitz des Mercedes und rutschte bis zur gegenüberliegenden Tür hinüber. Marie setzte sich neben mich, dann folgte Ellen. Sage stieg als Letzte ein.

Wir fuhren am Fluss entlang, und ich drückte das Gesicht an die Scheibe und sah ihm dabei zu, wie er an uns vorbeifloss. In der Ferne waren die Kühltürme des Atomkraftwerks Limerick zu sehen. Schon in ein paar Monaten würden Dampfwolken daraus hervor wabern. Sage und ich hatten Petitionen unterschrieben und Briefe an verschiedene

Abgeordnete geschickt, um den Bau zu verhindern. Hinter Phoenixville fuhren wir durch Ackerland, und ich ließ das Gesicht an der Scheibe, damit ich Sage nicht ansehen musste.

Während der Fahrt döste Ellen an Sages Schulter ein. Als wir in unsere Straße einbogen, gab Marie ihr einen Stups. »Aufwachen, Ellen, wir sind gleich zu Hause.«

In unserer Einfahrt stand ein Wagen, und vor dem missglückten Ringelblumenbeet, das ich hatte pflanzen wollen, hockte eine Gestalt. Vor der Haustür stand eine auffallend kleine Frau und blickte am Haus empor.

»Wer ist das denn?«, fragte Thomas. Ich beugte mich ein Stück vor und zur Seite, um durch die Windschutzscheibe zu spähen.

»O Gott, die Gambinos! Die hatte ich ja total vergessen. Ellen sollte doch heute Morgen mit ihnen mitfahren, zum Kunstcamp. Egal, was ihr macht, erzählt ihnen bloß nichts!« Ich konnte mir nicht vorstellen, dass Mrs Gambino Verständnis für die ganze Geschichte haben würde.

»Wie kommen wir denn da jetzt wieder raus?«, fragte Marie.

»Nein, bitte! Ich will da hin.« Ellen richtete sich auf, plötzlich wieder hellwach. »Ich habe schon alles gepackt. Sagt ihnen einfach, ich hätte auswärts übernachtet und müsste heute ausschlafen.«

»Bist du auch wirklich sicher, Ellen?«, fragte Grady. »Nach all dem solltest du vielleicht besser zu Hause bleiben.«

Wir taumelten aus dem Wagen und bedankten uns bei Grady. Ellen rannte direkt zur Garage, um ihre Sachen aus dem Haus zu holen. Marie ging zur Haustür, um mit Mrs Gambino zu reden, und Thomas und ich stellten uns verlegen zu Gabriel.

»Hallo, Gabriel.« Ich merkte, wie er meine Haare und meinen Aufzug musterte. Er trug ein gestärktes weißes

Hemd mit Schulterpolstern, seine Haare waren gescheitelt und mit Gel zurückgekämmt wie beim Sohn der Familie Munster. Irgendwie fand ich, dass er auch ein bisschen nach New Wave aussah, aber das musste wohl ein Versehen sein. Er war ein eigenartiger Junge.

»Die haben's hinter sich«, sagte er und zeigte auf unsere Ringelblumen. Ich betrachtete das zu hohe, immer noch gelbe Gras, die schlammige Stelle hinten im Garten, wo die Klärgrube überlief, das Unkraut zwischen den Stufen zum Wald, so hoch inzwischen, dass man die Stufen eigentlich gar nicht mehr erkennen konnte.

»Stimmt«, sagte ich. Von der anderen Straßenseite hörte ich, wie Mr Walker seinen Rasentraktor anwarf. Ich registrierte all die vielen Hinweise auf unser Chaos, darauf, dass wir nicht klarkamen.

»Was ist denn mit deinen Haaren passiert?«, fragte Gabriel.

26

Wir versuchten es mit Pflegespülung und Mayonnaise, lösten die Haare sanft, Strähne für Strähne, von den Kletten, schnitten sie sogar heraus, aber es wurde nur noch schlimmer, und die verfilzten Stellen wanderten immer höher Richtung Kopfhaut. Wenn wir früher an einem der Häuser einer bestimmten Sackgasse im Penn Valley Rasen mähten, hatte Dad uns immer eingeschärft, uns vor der Großen Klette in Acht zu nehmen, die mit ihren lila Blütenkörben an der Böschung zum Schuylkill Expressway wucherte. Wir beobachteten, wie ihre im Sommer grünen Kletten im Herbst, wenn wir den Garten winterfest machten, braun wurden. Manchmal hakten sie sich an meinen Strümpfen oder meinem Pullover fest, aber bis gestern war ich noch nie kopflos einen ganzen Abhang hinuntergestürzt, auf dem sie wuchsen. Marie legte mir ein Handtuch um die Schultern und drückte mir einen Spiegel in die Hand, den ich halten sollte, während sie mir in dicken Strähnen die Haare abschnitt.

Wir waren alle todmüde, aber Marie unkte, wenn ich mit diesen Haaren ins Bett ginge, würde sie sie mir anschließend so kurz schneiden müssen wie die von Annie Lennox. »Bitte mehr wie Belinda Carlisle«, bettelte ich. Jetzt, wo Marie da war, fühlte ich mich zu Hause wieder sicher, als gäbe es für alles eine Lösung. Ich blieb ganz still sitzen, während sie schnitt, und sah zu, wie immer mehr Haarnester auf unseren Zimmerboden fielen. Am Ende kam eine Art kurzer Bob dabei heraus, der mir bis knapp unters Kinn reichte und leicht durchgestuft war. Marie meinte, mein Gesicht werde so viel mehr betont, und fand, es stehe mir ausgesprochen gut. Ich war so müde, dass es mir eigentlich auch schon egal war. Die abgeschnittenen Haare ließen wir auf dem Boden liegen, ohne sie zusammenzufegen, und gingen am hellen Vormittag ins Bett.

Als ich aufwachte, duftete es nach Pfannkuchen. Die Nachmittagssonne fiel durch die Blätter herein und warf Muster an die Wand neben meinem Bett. Für einen kurzen Moment, irgendwo zwischen Schlaf und Wachwerden, hatte ich alles vergessen. Ich legte die Hand an den Nacken, und seine Blöße war wie ein Schock, der die vergangene Nacht zurückbrachte.

Thomas und Marie saßen in der Küche. Marie stellte zwei Pfannkuchen und eine Flasche Ahornsirup von Aunt Jemima vor mich hin.

»Wo hast du denn die Zutaten her?« Sonst ernährten wir uns von Erdnussbutter und Marmelade, Campbell's-Suppen und Fertignudeln mit Fleischsoße – wir kochten praktisch nie.

»Also, Milch und Butter waren im Haus. Und für den Rest bin ich einfach zu den Walkers rübergegangen, habe geklopft und gesagt: ›Hallo, Mr Walker, ich bin leider nicht zum Einkaufen gekommen. Hätten Sie netterweise drei Tassen Mehl und zwei Eier für uns und vielleicht auch etwas Ahornsirup?‹ Und er sagt: ›Aber ja, natürlich, kein Problem‹, und dann hat er noch gefragt: ›Wie geht es denn deiner Schwester?‹ Ich frage, welcher, und er sagt: ›Ellen.‹ Worauf ich antworte: ›Oh, bestens.‹ Und weil er offensichtlich noch mehr hören wollte, habe ich ihm erzählt: ›Sie ist heute früh zu einem sehr angesehenen Kunstcamp aufgebrochen.‹«

Thomas mampfte sich durch einen Stapel aus vier oder fünf Pfannkuchen. Mit vollem Mund sagte er: »Schmecken doch gleich viel besser, wenn sie von den Walkers sind.«

Marie hatte in Beatrices Sommerlager angerufen und dem Leiter erzählt, sie habe den Namen des Hotels verlegt, in dem unsere Mutter abgestiegen sei. Er hatte ihr die Telefonnummer gegeben, und Marie hatte angerufen und an der Rezeption die Nachricht hinterlassen, es handele sich um einen Notfall, ob sie ihr bitte ausrichten könnten, sie solle schnellstmöglich zu Hause anrufen. Darauf warteten wir jetzt, besprachen die vergangene Nacht und alles, was passiert war und womöglich noch passieren könnte, und überlegten, was genau wir Mom erzählen sollten. Als das Telefon klingelte, wurden wir alle drei still.

Marie nahm ab, und ich wusste sofort, dass es nicht Mom sein konnte, weil sie so freundlich und höflich blieb. Thomas und ich ließen sie nicht aus den Augen, und Marie warf mir einen Blick zu. »Ja, sicher, Mrs Boucher. Oh, uns geht's gut, wirklich. Ich richte es ihr aus. Vielen Dank, dass Sie Bescheid sagen.«

Sie legte auf, und ich wartete, dass sie es aussprach.

»Mrs Boucher braucht dich nächsten Freitag nicht zum Babysitten. Sie klang ein bisschen komisch.«

Mein ganzes Gesicht wurde heiß. Marie und Thomas sahen mich unverwandt an.

»Was ist denn, Libby? Was ist los?« Marie merkte gleich, dass mehr dahintersteckte. »Will sie dich etwa nicht mehr in der Nähe ihrer Kinder haben, weil wir in diese Sache verwickelt sind, oder was?« Sie klang aufgebracht.

Ich schüttelte den Kopf. »Das ist es nicht. Ich hab da was gemacht.« Und ich erzählte ihnen von den Scheinwerfern, die an all den vielen Abenden verloschen waren, davon, dass ich schon eine Zeit lang geahnt hatte, dass sie sich mit jemandem traf und das geheim halten wollte. Ich zählte ihnen all die Gründe auf, aus denen ich vermutet hatte, es müsse Grady Adams sein, dass er von Ellen gewusst hatte, von der Nacht mit der Hirschkuh.

»Das heißt doch noch nicht gleich, dass sie eine Affäre

haben«, sagte Thomas. »Deine Geschichte ergibt gar keinen Sinn. Du hast keine Beweise, nichts.«

»Das ist das Allerschlimmste. Ich hab mir Beweise verschafft.«

Marie starrte mich fassungslos an. »Was hast du?«

»Ich weiß ja.« Ich spürte die Scham im ganzen Körper. »Letzten Freitag hab ich ... ich habe Wilson gebeten, vorbeizufahren und nachzusehen, ob an der Horseshoe Trail Road irgendwo ein Auto steht. Ich komme mir total beschissen vor.«

Marie musterte mich angewidert. »Wenn Mrs Boucher eine Affäre mit Grady Adams hat, dann geht dich das gar nichts an. Ernsthaft.«

»Ich weiß. Ich weiß.«

»Und was hat Wilson gesagt?«, fragte Thomas.

»Es war ein Mercedes. Genau wie der von Grady Adams, er stand vor der Nike-Basis.«

»Ich kapier's immer noch nicht«, sagte Thomas. »Warum will Mrs Boucher dich nicht mehr als Babysitterin? Hast du ihr was erzählt?«

»Nein. Ich habe es Sage erzählt.«

»O Scheiße, Libby!« Marie ließ den Kopf in die Hände sinken.

»Es tut mir leid.«

»Hat sie deswegen gestern auf dem Revier nicht mit dir geredet?«

»Ja. Ich glaube schon. Er muss es ihr gegenüber zugegeben haben, als sie in die Stadt gefahren sind, um dich abzuholen, ich konnte sehen, dass sie geweint hat. Sie hat mich nicht mal angeschaut.«

»Das hättest du nicht tun dürfen«, sagte Marie. »Es geht nur die zwei etwas an, nicht dich – oder Sage. Und jetzt wird es Charlotte auch wissen.« Bei der Vorstellung, Charlotte wehzutun, krampfte sich alles in mir zusammen. Sie war immer so nett zu mir gewesen, und ich liebte sie heiß und innig dafür, dass sie meinen Vater gemocht hatte.

Ich brachte es nicht über mich, Thomas und Marie zu gestehen, dass ich es Sage nur erzählt hatte, um ihr Bild von ihrem Vater zu zerstören, weil ich glaubte, sie stelle meinen in Frage.

Wir warteten den ganzen Tag auf Moms Rückruf. Als es schon fast dunkel war, rief ich bei der Auskunft an und ließ mir die Nummer des Krankenhauses in Phoenixville geben, wählte sie und fragte, ob ich mit Wilson McVay sprechen könne. Ich wurde ins Schwesternzimmer durchgestellt, wo mir eine Frau erklärte, er könne keine Anrufe entgegennehmen. Marie rief ihren Chef an, um ihm zu sagen, dass sie die nächsten paar Tage nicht zur Arbeit kommen könne; ihre jüngeren Geschwister seien Opfer eines Verbrechens geworden, und unsere Mutter sei bisher nicht zu erreichen.

Um neun endlich rief Mom an. Marie sprach mit ihr und gab ihr einen Überblick über alles: was Ellen passiert war, nachdem Mom sie aus dem Auto geworfen hatte, wie der Barbie-Mann beim Feuerwerk aufgetaucht war, wie Thomas und ich uns als Bürgerwehr betätigt, auf den Mann eingestochen und ihn mit Bolzen beschossen hatten, aber letztlich doch nicht gründlich genug gewesen waren, ihn umzubringen. Marie gab sich Mühe, die Fakten möglichst witzig zu präsentieren. Als wäre sie die Mutter, als müsste sie Mom versichern, dass alles halb so schlimm war und es uns trotz allem bestens ging. Unsere Mutter blieb sehr still am Telefon. Sie hörte sich alles an, dann sagte sie, sie sei schon unterwegs. Sie würde sofort in North Carolina aufbrechen und die Nacht durchfahren. In neun Stunden wäre sie am Berg.

Wilson saß aufrecht im Bett, als wir ihn besuchten, Marie, Thomas, Mom und ich. Jeder Millimeter Haut in seinem Gesicht war grün und blau verfärbt, selbst die Augenlider. Durch die Schwellung waren seine Gesichtszüge nicht mehr zu erkennen. Er hatte eine Operation hinter sich, bei der sein gebrochener Kiefer fixiert worden war, und sie hatten ihm eine Thoraxdrainage gelegt, um die Luft rund um den Lungenflügel abzusaugen, der von der gebrochenen Rippe verletzt worden war. Wilson würde sich wieder erholen, aber es würde den Rest des Sommers dauern.

»Libby«, röchelte er, als wir hereinkamen. »Meine Ritterin ohne Furcht und Tadel! Haben sie dir als rituelle Strafe die Haare abgeschnitten?« Er war noch heiser von der Operation und schwer zu verstehen, weil er den Mund nicht aufbekam.

»Du siehst schrecklich aus.« Marie sprach aus, was wir alle dachten.

»Besten Dank auch«, sagte Wilson.

»Hallo, Wilson.« Thomas stand noch nah an der Tür und wusste nicht recht, wie er sich verhalten sollte.

»Hey, Thomas. Danke, Mann. Dir und Libby.«

Als Antwort senkte Thomas nur leicht den Kopf, schüchtern und stolz. Ich dachte an das, was er getan hatte, was ich getan hatte, wir beide in dieser Nacht. Obwohl ich mich wegen mancher Entscheidungen, die ich getroffen hatte, immer noch furchtbar fühlte, wusste ich jetzt doch, dass ich kämpfen konnte, wenn es nötig war.

Mom schwieg. Sie stand neben Thomas am Fuß von Wilsons Bett und hielt sich mit beiden Händen am Fußteil fest. Ich merkte ihr an, wie sehr es sie erschreckte, Wilson so zu sehen; er ließ all die Gewalt sichtbar werden, die wir hatten ertragen müssen. Wilsons gebrochene Knochen und sein verschwollener Körper machten es real.

Wilson sah sie direkt an. »Es tut mir so leid, Faye«, sagte er.

»Nein. Mir tut es leid. Es tut uns allen unendlich leid. Ich bin schuld, dass du da reingeraten bist.« Sie wollte noch etwas sagen, brach ab und setzte erneut an. »Wenn ich könnte, würde ich alles anders machen. Ich wünschte, ich könnte rückgängig machen, was ich getan habe.« Zu uns hatte sie das nicht gesagt, aber Wilson konnte sie es sagen, und wir standen immerhin daneben. Später sollte ich Ellen erzählen: »Mom wird sich nie verzeihen, dass sie dich auf der Straße zurückgelassen hat, auch wenn sie es nicht aussprechen kann.«

Marie plauderte mit Wilson über ein paar Bands. Als eine Schwester hereinkam, um seinen Blutdruck zu messen, wandten wir uns zur Tür. Wilson murmelte etwas Unverständliches.

»Wie bitte?«

»Libbys Frisur. Voll New Wave. Super.«

Ich fasste mir an den bloßen Nacken. »Ich glaube, ich bleibe trotzdem ein Hippie.«

»Daran arbeiten wir noch«, sagte Marie.

Als wir aus dem Krankenhaus kamen, machte Mom den Vorschlag, uns im Guernsey Cow noch ein Eis zu holen. Wir nahmen jeder zwei Kugeln, dann schlenderten wir durch die Scheune, wo es nach sauer gewordener Milch roch. Anschließend setzten wir uns ins Auto, und Mom ließ das Radio laufen, bis wir unser Eis aufgegessen hatten. Als »She's a Rainbow« gespielt wurde, sang sogar Thomas mit. Die Sonne ging allmählich unter, tauchte uns – Mom, Marie, Thomas und mich – und alles ringsum in ihr golden-orangefarbenes Licht. Äcker, Kühe, Zäune und Silos färbten sich rosa, fingen ein letztes Mal vor der aufziehenden Dunkelheit die Sonne ein. Alles war schön, und für diesen einen Augenblick hielt uns die Sehnsucht zusammen, wieder so zu sein, wie wir früher einmal gewesen waren. Ich sah meiner Mutter zu, wie sie sang. Ich sah ihr Gesicht, sah, wie sehr sie in vieler Hinsicht einem Kind glich. Sie hatte nicht geschlafen und den ganzen Tag auf dem Polizeirevier verbracht, und ich überlegte, wie intensiv sie wohl dazu befragt worden war, warum sie Ellen aus dem Auto geworfen hatte, warum sie ihre Kinder allein zu Hause ließ. Sie musste sich wie auf der Anklagebank gefühlt haben. Und trotzdem saß sie jetzt hier und aß ihr Eis. Sie war die ganze Nacht durchgefahren, zurück zu uns. Ich wusste, dass sie uns so liebte, wie es ihr eben möglich war. Und im Augenblick größter Angst hatte ich nur zu ihr gewollt. Da saß sie jetzt mit uns im Auto und sang, und jedes Mal, wenn im Liedtext vom Haarekämmen die Rede war, prusteten wir alle los, wegen meiner Haare.

Am Mittwochmorgen fuhr Mom zurück nach North Carolina. Wir sagten nichts dazu, dass sie wieder fuhr. Ich war weder wütend noch verbittert. Mir war klar, dass sie sich an dem, was passiert war, nicht beteiligt fühlte, dass sie nicht wusste, wie sie das Ruder übernehmen sollte, dass es ihr nur Schuldgefühle verursachte, hier zu sein. Sie musste sich wieder dem widmen, was sie so unvermittelt zurückgelassen hatte. Sie würde bei Beatrice sein, und auf irgendeine Art war das auch in Ordnung. Marie kümmerte sich ja schon um alles. Vor ihrem Aufbruch war Mom noch zu den Gambinos gefahren. Ellen und sie hatten ein zweites Mal bei der Polizei aussagen müssen, und hinterher war sie mit Ellen ins Gullifty's nach Rosemont gefahren, und sie hatten sich ausgesprochen, nur sie beide. Hinterher erzählte Ellen uns, Mom habe sich bei ihr entschuldigt und ihr gesagt, wie tapfer sie gewesen sei, viel tapferer, als man sich das bei irgendwem in einer solchen Lage denken könnte.

Ellen meinte, es sei alles bestens gelaufen, bis Mom ihr erklärt habe, sie müsse lernen, ihren Jähzorn in den Griff zu bekommen.

Bevor Mom ins Auto stieg, um nach North Carolina zurückzufahren, stand ich noch kurz mit ihr in der Einfahrt.

»Ich habe an dem Abend auch nach ihr gesucht, Libby«, sagte sie. »Ich hab den Wagen genommen, bin losgefahren und habe sie gesucht.«

»Ich weiß. Marie hat dich aufbrechen hören. Da haben wir uns gedacht, dass du sie suchst.«

»Ich wünschte, ihr hättet genug Vertrauen zu mir, um mir solche Dinge zu erzählen.«

Ich sah zu Boden.

»Ich bin stolz auf alles, was du getan hast, Libby. Und dein Vater wäre es auch gewesen.«

Diesmal ließ sie uns vierzig Dollar da, und Marie und ich fuhren mit dem Bus in die Mall, um dort im Supermarkt einzukaufen. Und ausgerechnet da begegneten wir Sage und Charlotte Adams.

Wir hatten einen Einkaufswagen genommen, auch wenn wir, weil wir alles in unseren Rucksäcken wieder den Berg hinaufschleppen mussten, gar nicht so viel kaufen konnten. Marie hatte angekündigt, sie wolle richtig für uns kochen, und wir kauften Filetsteaks, grüne Bohnen und Kartoffeln. Auch drei Maiskolben nahmen wir mit. Unser Vater hatte früher immer ganze Papiertüten voller Maiskolben bei den Ständen im Hinterland von New Jersey besorgt und sie uns zu Hause zum Schälen überlassen. Das machten wir draußen, wegen des ganzen Abfalls. Marie und ich legten Mehl, Eier und Ahornsirup in den Einkaufswagen, um sie den Walkers vorbeizubringen, denn Marie meinte, sie dürften uns auf keinen Fall irgendwie in der Hand haben. Niemals. Wir standen noch im Gang mit den Backzutaten.

Marie hatte sich in das Brownie-Rezept hinten auf einer Tafel Hershey's-Blockschokolade vertieft. Ich sah die Packungen mit den Brownie-Fertigmischungen durch, zu denen man nur noch Eier und Wasser hinzufügen musste, und als ich mich umdrehte, kamen Charlotte und Sage mit ihrem Einkaufswagen auf uns zu, Charlotte mit Sonnenbrille. Sage hatte ihre Kellnerinnenuniform an. Charlotte trug einen Golfrock aus kariertem Madrasstoff und ein rosafarbenes Polohemd, aber als sie näherkamen, bemerkte ich, wie zerzaust sie aussah, und ich wusste, dass sie es wusste. Sie waren stehen geblieben, hatten mich aber noch nicht entdeckt. Sage beugte sich zu ihr, redete ernst und eindringlich auf sie ein. Genau in dem Moment, als ich wieder wegsehen wollte, drehte Charlotte sich um und entdeckte mich.

»Libby«, sagte sie, und es klang wie ein Schluchzen. Ich machte einen Schritt auf sie zu. »Libby, deine Haare. Ich habe dich ja gar nicht erkannt. Kannst du dir vorstellen, dass er uns so etwas antut?« Und Charlotte Adams schloss mich in die Arme und drückte mich an sich, und dann weinte sie, im Gang mit den Backzutaten im Supermarkt. Ich legte die Arme um ihren schmalen Körper, versuchte, die Umarmung zu erwidern, und kam mir ungelenk und viel zu groß vor. Bisher hatte ich Charlotte nur elegant und distanziert gekannt. Sie war immer sehr nett gewesen, aber doch zurückhaltend, und das hier war ein roher, ungefilterter Gefühlsausbruch; sie zeigte uns, wie tief verletzt sie war. Ihre Haare waren an den Seiten und am Hinterkopf plattgedrückt, als wäre sie eben erst aufgestanden, und sie kam mir mit einem Mal klein vor, reduziert.

»Hör auf, Charlotte«, sagte Sage. »Bitte. Komm. Lass den Wagen einfach stehen. Wir gehen zurück zum Auto.«

»Es tut mir so leid, Mrs Adams. Es tut mir so schrecklich leid.«

»Das weiß ich, Libby.« Sie weinte so sehr, dass ihre Schultern bebten. »Ich habe immer gespürt, dass ihr, du und dein Vater … dass ihr mitfühlende Menschen seid.«

»Charlotte. Mom.« Sage nahm sie bei der Hand und zog sie von mir weg, und dann gingen sie, und Sage hatte den Arm um ihre Mutter gelegt, als nähme sie sie unter ihre Fittiche.

Marie und ich blieben im Gang stehen, betrachteten den Einkaufswagen, den die beiden zurückgelassen hatten, und unseren, der halbvoll war. Wann immer jemand meinen Vater erwähnte, ging es mir durch und durch. Ich hatte all diesen Menschen wehgetan, die mich als eine der Ihren betrachteten, mir ihre Türen geöffnet hatten. Ein Zittern überfiel mich. Ich hatte das Bild zerstört, das sie von mir und meinem Vater hatte.

Draußen setzte ich mich auf eine Bank, sah dem Verkehr zu, der in beiden Richtungen über die Route 202 schoss, und weinte. Alles war voller Autos, der Parkplatz, der Highway, überall Bauarbeiten und Lärm. Kipplaster zogen ihre Staubwolken vom Asphaltwerk zu den Baustellen und wieder zurück. Presslufthammer schepperten gegen Steine, metallene Schaufeln von Planierraupen kratzten kreischend über das Straßenpflaster. Die Sonne schien grell und heiß. Ich konnte nicht aufhören zu weinen. Immer wieder ging mir der Stones-Song »Paint It Black« durch den Kopf. Selbst in der prallen Sonne schien alles getrübt und befleckt. Ganz besonders ich. Nichts würde je wieder in Ordnung kommen. Marie war noch drinnen, um unsere Einkäufe zu bezahlen, und als sie den Wagen nach draußen schob, packten wir die Tüten in unsere Rucksäcke und gingen zur Bushaltestelle hinüber. Alle paar Schritte musste ich mir die Nase wischen, die unaufhörlich lief, und Marie ging neben mir und wusste, dass es besser war, nichts zu sagen.

27

Thomas war am Berg zu einer Art Berühmtheit geworden. Überall kursierten Geschichten darüber, wie Wilson und er den Riesen mit der Pistole überwältigt hatten, wie Thomas ihm das Messer entwunden und ihn damit niedergestochen hatte. Meredith Hunter kam vorbei, um nach Ellen zu sehen, und obwohl Ellen gar nicht da war, blieb sie und erzählte uns die vielen Varianten der Geschichte, die sie gehört hatte. Einer der Walkers, berichtete sie, habe ihr erzählt, Thomas hätte immer und immer wieder auf den Mann eingestochen.

»Na, kein Wunder, dass sie mir die Zutaten für die Pfannkuchen praktisch nachgeworfen haben«, sagte Marie.

Ich kam in all diesen Geschichten kaum vor. Es ging immer nur darum, wie Wilson und Thomas Ellen und mich gerettet und den Kerl mit dem Messer festgesetzt hatten.

»Mach dir nichts draus«, sagte Marie. »Alle machen immer nur die Männer zu Helden. So wird die Welt einfach verständlicher für sie.«

Mir war das egal. Ich war auf nichts von alldem stolz, mir wäre es lieber gewesen, die Leute hätten gar nicht gewusst, dass ich dabei war. Aber für Thomas war das alles auf merkwürdige Weise heilsam, es führte ihn wieder zurück ins Leben. Eines Abends kam er zurück nach Hause, nachdem er mit den anderen in den Schwimmclub eingebrochen war. Und er verbrachte wieder mehr Zeit mit Jack.

»War Sage auch da?«, fragte ich. Aber er sagte nur, er habe sie seit der Nacht auf dem Polizeirevier nicht mehr gesehen.

Etwa eine Woche, nachdem Wilson aus dem Krankenhaus entlassen worden war, bog er in unsere Einfahrt ein, auf einem neuen Motorrad, das ihm der Händler ausgeliehen hatte.

»Solltest du nicht eigentlich noch im Bett liegen? Ich dachte, du hast Fahrverbot.«

»Mir geht's prima. Ich drehe auch nur eine kleine Runde. Und dachte mir, du willst vielleicht mit.« Seine Stimme klang dumpf zwischen den Drähten hervor, die seinen Kiefer fixierten. Er nahm den Helm ab, und ich sah sein Gesicht, das wieder die alte Form hatte, auch wenn es an vielen Stellen noch gelblich-orange verfärbt war.

»Woher weiß ich, dass du deine Schmerzmittel nicht einfach so zum Spaß einwirfst?«

Wilson lachte. »Die habe ich nicht mal im Ernst eingeworfen. Die taugen sowieso nichts. Unser Medizinschrank zu Hause ist da viel besser sortiert.«

Ich musterte ihn so missbilligend wie möglich.

»Ich habe gar nichts genommen, versprochen. Seit Tagen nicht. Keine Gefahr.«

»Wohin fahren wir denn?«, fragte ich.

»An einen Ort ohne Bäume.«

»Ich glaube nicht, dass es mir da gefällt.«

»Ich will ihn dir aber zeigen.«

Durch Licht und Laub schaute ich zum blauen Himmel hoch und dachte an den Abend zurück, als wir mit dem Motorrad von den Türmen zurückgekommen waren, daran, wie ich mich dabei gefühlt hatte.

»Na gut«, sagte ich und nahm den zweiten Helm vom Sattel der Maschine.

»Nein, du musst dir erst was anderes anziehen. Lange Jeans, keine Shorts. Und Stiefel, falls du welche hast.«

»Ich habe nur meine Wellies.«

»Was?«

»Gummistiefel, wie man sie in Irland trägt. Mein Vater hat sie uns immer von dort mitgebracht.«

»Gut, dann die und Jeans und eine leichte Jacke.«

Ich zog ein weißes T-Shirt an, eine grüne Cordjacke, Jeans und meine schwarzen Gummistiefel. Seit meine Haare kürzer waren, trug ich Ohrringe, an diesem Tag große Silbercreolen, tatsächlich ein bisschen wie Belinda Carlisle, obwohl ich gar kein Fan der Go-Go's war. Ich hatte auch Kajal aufgetragen und mir die Wimpern getuscht. Marie meinte, es sei ein völlig neuer Look, kantiger als meine ätherischen, langen, glatten Crystal-Gayle-Haare, aber ich könne ihn gut tragen. Bisher hatte ich mich damit noch nirgendwo sehen lassen, lief nur zu Hause so herum. Aber als ich jetzt draußen neben Wilsons Motorrad stand, kam ich mir viel erwachsener vor, fühlte mich wohl mit meinen albernen Stiefeln und meinen kurzen Haaren, mit meiner ganz eigenen Welt in mir.

Als ich mich hinten auf das Motorrad schwang, dachte ich nicht daran, dass Wilson verletzt war, und hielt mich an seinem Oberkörper fest. Ich spürte, wie ihm der Schmerz durch den Körper schoss, wie er zusammenzuckte.

»Nein«, sagte er, »weiter unten«, also hielt ich mich stattdessen an seinen Hüften fest, und als wir auf der Route 23 waren, hatte ich die Finger in die Gürtelschlaufen seiner Jeans gehakt und vertraute darauf, dass ich schon nicht herunterfallen würde.

Wir fuhren nach Westen, durch Phoenixville und noch weiter auf die Route 724, vorbei an Schindelhäusern, in deren Vorgärten die amerikanische Flagge wehte, und durch kleinere Ortschaften, wo die Unabhängigkeitstagsgirlanden noch kreuz und quer über den Straßen hingen. Wir sahen Mais auf den Feldern, Kühe auf den Weiden, Vorgarten- und sonstige Flohmärkte, stapelweise rostigen Schrott und noch mehr Mais. Ich spürte, wie die Sonne heiß auf meinen bloßen Nacken schien, wie der kühlere Schatten der Bäume auf die Straße unter mir fiel. Ich war so in die Landschaft versunken, dass ich ihn fast übersehen hätte: den Namen Pottstown auf den Straßenschildern. Fuhr Wilson etwa mit mir nach Pottstown? Ich tippte ihm auf die Schulter, und er fuhr an den Straßenrand und hielt.

»Ich will nicht nach Pottstown.«

»Da fahren wir auch nicht hin. Es ist nur eine Stadt auf unserem Weg. Im Übrigen ist er auch gar nicht da. Er ist im Knast.«

»Bist du sicher?«

»Ja. Er wurde noch im Krankenhaus verhaftet, die Bullen haben meine Aussage aufgenommen und eure hatten sie ja schon. Sie hatten einen Durchsuchungsbeschluss für sein Haus und haben alles Mögliche gefunden. Letzte Woche wurde er schuldig gesprochen. Ohne Kaution. Wegen ihm brauchen wir uns also keine Sorgen mehr zu machen.« Wilson fasste sich an den Kiefer.

»Woher weißt du das?«, fragte ich ihn.

»Von meinem Anwalt.«

»Hast du wegen der ganzen Geschichte Ärger?« War meine Mutter während der paar Tage, die sie hier war, etwa auch bei einem Anwalt gewesen? Brauchte sie einen?

»Nein. Also, vielleicht, weil ich ihn ja als Erster verdroschen habe, aber den Anwalt hatte ich schon lange vorher wegen anderer Sachen.«

»Klar«, sagte ich, als wüsste ich, was er damit meinte. Vielleicht ja den Raubüberfall oder die Nacht, als er die ganzen Fenster eingeschlagen hatte, vielleicht aber auch die Drogen, mit denen er immer noch dealte.

Ich stieg wieder auf, und wir fuhren weiter nach Westen.

Hinter Reading kamen wir an Minersville vorbei. Mir war bereits vorher klar, dass wir ins Bergbaugebiet gekommen waren. Alles ringsum wirkte wie leicht zusammengesackt, sogar der Himmel hing durch, und wir sahen immer mehr Kohlelaster, anthrazitfarbene Schilder und Unmengen amerikanischer Flaggen. Ein paar Kilometer hinter Buck Run bog Wilson von der Hauptstraße ab. Wir fuhren zwei kleinere Straßen entlang und auf eine Schotterpiste, von der weißer Staub aufwirbelte und uns einhüllte wie Asche. Der Weg endete vor einem maschendrahtbewehrten Tor, einem Schild mit der Aufschrift *Betreten verboten!* und einem weiteren mit der Aufschrift *Vorsicht! Sprengarbeiten!*. Gleich links vom Tor war ein ganzer Abschnitt flach zu Boden gedrückt, andere Fahrzeuge hatten den Zaun bereits überwunden und Wilson tat es ihnen gleich. Nach dem Tunnel aus Bäumen, durch den wir gekommen waren, war nun nichts mehr vor uns und um uns herum – kein Gestrüpp, keine Bäume, keine Farben. Wilson fuhr immer weiter, aber das Land blieb komplett kahl.

Wir erklommen einen Hang, aber je höher wir kamen, desto weniger Halt fanden die Räder auf dem Untergrund. Es war ein Gefühl, als würden wir versinken. Wilson hielt an, und wir stiegen beide ab. Unter mir bewegte sich der Boden, als wäre da gar nichts Festes mehr, und meine Wellies sanken mehrere Zentimeter tief ein.

»Was ist mit dem Boden los? Was ist das hier?« Vielleicht ein Steinbruch, dachte ich mir.

»Ein Tagebau.«

»Und was heißt das?«

»Anstatt zu graben, sprengen sie hier den Boden weg, um an die Kohle zu kommen. So, als würden sie der Erde Haut, Fettschicht und Muskeln wegreißen, um die Knochen zu erreichen. Manchmal machen sie ganze Berggipfel platt, sprengen sie einfach weg, um direkt auf den Kohleflöz zu-

zugreifen. Zweihundert Höhenmeter oder mehr, und anschließend laden sie alles hier ab.«

Es mussten viele hundert Hektar sein, komplett kahlgefegt, wie eine riesige Narbe. Nichts würde hier je wieder wachsen. Es war auf ewig tot. In der Ferne konnte ich Wälder erkennen, eine bläulich-grüne Fata Morgana, wogend wie ein weites Meer, aber hier hatte der Boden überall dasselbe blasse Braun. Es war mucksmäuschenstill. Kein Vogel. Kein Wasserplätschern. Nichts.

Wir stiegen bis zum höchsten Punkt des leeren Hügels hinauf und setzten uns auf den seltsamen Untergrund. Ich rechnete fast damit, dass er mich in sein Nichts hineinsaugte. So würde sich also eine Welt ohne Bäume anfühlen: keine Struktur, kein Unterbau, keine Wurzeln oder Verbindungen, die für Zusammenhalt sorgten, keine Geschichte, nichts als der Eindruck von Zerfall. Noch nie war ich an einem derart trostlosen Ort gewesen.

»Wie kann man so was bloß erlauben?«

»Keine Ahnung«, sagte Wilson. »All die schönen Bäume. Das macht mich echt krank.«

Ich sah zu ihm hinüber, wie er dort saß, inmitten dieser weiten, leeren Welt. »Hast du unseren Kater getötet?«

»Was?«

»Hast du unseren Kater Mr Franklin getötet?«

»Das ist jetzt aber nicht sehr kohärent.«

»Ich weiß nicht, was das heißen soll.«

»Es heißt, dass deine Bemerkung nichts mit dem zu tun hat, worüber wir vorher gesprochen haben. Ich habe weder euren noch sonst einen Kater getötet. Tieren habe ich noch nie etwas getan.«

»Was hast du denn dann angestellt, dass alle solche Angst vor dir haben, dass du bei der Polizei bekannt bist, eine Akte hast und mit neunzehn schon deinen eigenen Anwalt?«

»Das fragst du dich?«

Ich wartete, hob etwas von der seltsamen Erde auf und ließ sie durch die Finger rieseln.

»Es war nicht nur eine Sache. Die Liste ist ziemlich lang. Willst du mein ganzes Vorstrafenregister?«

»Sag mir nur das Schlimmste.«

»Ich weiß gar nicht, was das wäre. Die meisten würden wohl den bewaffneten Raubüberfall nennen oder eine von den Anklagen wegen Drogenmissbrauch. Ich hab ziemlich viel Blödsinn gemacht. Aber besonders schlecht fühle ich mich wegen der Sachen, die ich gemacht habe, als ich ganz irre vor Wut war, so irre, dass ich nicht mehr richtig denken konnte und Menschen und Dinge zerstört habe.«

»Und warum warst du so wütend?«

»Keine Ahnung. Vielleicht wegen meinem Vater? Wegen mir. Ich wollte einfach etwas zerstören und, ich weiß auch nicht ... dafür weggesperrt werden.«

Hätte ich bloß nicht gefragt. Ich musste daran denken, wie Marie mir erzählt hatte, Wilson habe eine beschissene Kindheit gehabt, und von seiner tobsüchtigen Seite wollte ich eigentlich gar nichts wissen.

»Ganz schön verdreht«, sagte ich.

»Stimmt. Ich war bei mehreren Seelenklempnern. Die finden das auch.«

»Glauben die, es könnte wieder besser werden?«

»Vielleicht. Sie meinen, anderswo würde es mir besser gehen, weg von meinem Vater – und auf der Militärschule war das auch so. Aber ich weiß nicht ... ich kann meine Mutter nicht allein lassen.«

Ich hätte ihn gern gefragt, ob er sie vor seinem Vater beschützen wollte, aber ein anderer Teil von mir wollte nicht noch mehr hören.

Ich faltete meine Jacke zum Kissen und ließ mich rücklings auf den Erdhügel sinken. Wilson tat es mir gleich, musste sich allerdings erst auf die Ellbogen stützen und sich dann ganz langsam hinlegen. Wir lagen nebeneinander wie zwei gestrandete Lebewesen auf einem fremden Planeten.

»Wilson?«

»Ja?«

»Hast du Sage mal gesehen?«

»Ja. Vor ein paar Tagen ist sie mit Tony De Martino bei mir vorbeigekommen.«

»Ach.« Dann zog Sage also immer noch mit Tony rum. Ich hätte ihn gern gefragt, wie es ihr ging, ließ es dann aber.

Es war warm in der Sonne, und ich hörte an Wilsons Atemzügen, dass er eingeschlafen war. Ich drehte mich auf die Seite, sah ihn an. Sage hatte schon recht, er sah gut aus. Scharf geschnittene Züge, braungebrannt, und wenn er lachte, bildeten sich zu beiden Seiten seines Mundes ein paar Fältchen. Seine dunklen Haare waren von der Sonne mit Blond durchsetzt. Im Schlaf wirkte sein Gesicht entspannt, aber man sah noch die vollen Lippen und den zwar verschwollenen, aber doch kräftigen Kiefer. Ein Mann, kein Junge, wie Sage sagen würde. Er war attraktiv, aber weil er so verrückt war, machten die Mädchen trotzdem einen Bogen um ihn. Ich überlegte, ob er wohl je eine Freundin gehabt hatte. Ich selbst war immer noch auf der Hut vor ihm. Ich wusste, dass mit ihm etwas nicht stimmte, aber gleichzeitig vertraute ich ihm mein Leben an. Was wohl aus ihm geworden wäre, wenn er einen anderen Vater gehabt hätte?

Ich nickte selbst ein bisschen ein und wurde von einem Grollen wach, das überall zu spüren war. Ich setzte mich auf. Wilson war schon wieder unten, beim Motorrad, und ich hörte und fühlte ein weiteres Grollen. Fast wie ein Donner, dessen Schallwellen unter mir vibrierten, aber die Sonne schien weiterhin. War das ein Erdbeben? Ich griff nach meiner Jacke und lief den Hang hinunter, zu Wilson. Es kam mir vor, als würde ich durch eine Schneewehe laufen.

»Was ist das?«

»Sprengungen.«

»Hier in der Nähe? Auf dem Schild stand, dass wir nicht hier sein dürfen.«

»Nein. Mindestens anderthalb Kilometer weg. Aber wir sollten trotzdem wieder los.«

In Reading hielten wir an einer Tankstelle, und ich kaufte mir einen Hot Dog mit Senf und eine Tüte Kartoffelchips. Wilson trank Kakao durch einen Strohhalm. Als wir wieder auf der Route 23 waren, wurde es bereits dunkel. Wir hielten in der Einfahrt. Neben uns stand ein Datsun.

»Das ist Jack Griffith. Kommst du noch mit rein? Und kann ich den Helm mitnehmen? Nur für den Effekt. Verhalt dich einfach ganz normal.«

»Klar, mit deinen irischen Gummistiefeln, der Cordjacke und dem ganzen Staub siehst du auch total nach Rockerbraut aus.«

Wir gingen direkt ins Wohnzimmer, wo Thomas und Jack saßen. Obwohl sie über das, was passiert war, nie gesprochen hatten, herrschte zwischen Thomas und Wilson seit dieser einen Nacht ein Einverständnis, und ich sah, wie Thomas strahlte, als Wilson hereinkam. Jack brummte ein »Hallo«, und wir begrüßten ihn mit »Hey«.

»Wilson!«, rief Thomas. »Geht's dir wieder besser? Ist die Drainage raus?« Dann musterte er mich. »Wo kommt ihr denn her? Und wieso trägst du mitten im Juli Wellies?«

Wilson gab sich ganz vertraut. Er setzte sich Jack gegenüber auf das Sofa, ich ließ mich neben ihn plumpsen und hörte, wie er kurz nach Luft schnappte. Immer vergaß ich seine gebrochenen Rippen. Wir hielten beide unsere Helme auf dem Schoß.

»Wir sind Richtung Buck Run und Centralia gefahren«, sagte Wilson, »hinter Reading, und haben uns dort den Tagebau angesehen – für Libbys Baumforschungen, du weißt schon.« Es klang, als säße ich an meiner Doktorarbeit. Ich erzählte den beiden vom Tagebau, von dem seltsamen Gelände, das aussah wie eine Mondlandschaft, und wie trostlos es dort gewesen war.

»Was hast du mit deinen Haaren gemacht?«, fragte Jack mich. Wir sahen ihn alle an.

»Das ist jetzt aber nicht sehr kohärent«, sagte ich und spürte, wie Wilson grinste.

Ich sah Jack direkt an, es fiel mir gar nicht schwer, und ich schämte mich für nichts mehr, was passiert war. Thomas unterbrach uns und wollte noch mehr über den Tagebau wissen, was für Sprengkörper verwendet würden, wie hoch die Gefahr von Überflutungen und Erdrutschen sei, wenn dort kilometerweit nichts wuchs. Er fragte Wilson, ob er ihn auch mal mit dorthin nehmen würde.

»Klar doch. Nächste Woche vielleicht«, sagte Wilson. Man verstand ihn zunehmend schlechter durch den verdrahteten Mund, und als ich ihn ansah, merkte ich, wie erschöpft er war.

»Du solltest lieber mal nach Hause ins Bett und nicht mehr so viel reden«, sagte ich.

»Das mache ich auch.« Er stand auf, und ich sagte, ich wolle ihn noch nach draußen bringen. In der Einfahrt blieben wir stehen, und ich befestigte den Helm wieder hinten am Sattel des Motorrads.

»Danke«, sagte ich.

»Gern geschehen. Auch diesmal wieder.«

Ich lachte. Er wirkte müde und blass, und ich merkte ihm an, dass er Schmerzen hatte. Rasch drückte ich ihm die Schultern. »Nein, im Ernst – danke. Also, für alles.«

Dann ging ich wieder durchs Wohnzimmer, sagte »Nacht, ihr Luschen« zu Thomas und Jack, wie in den alten Zeiten, als sie noch zwei Streber waren, die einen Parcours für ihre Murmeln bauten, und es noch keinen Tod, keinen Ehebruch, keine Geheimnisse und Betrügereien und Heldentaten und Tagebaugebiete in unserem Leben gegeben hatte, und dann ging ich die Treppe hoch, ohne mich um meine Wellies, meine Haare oder meinen Dreck zu scheren.

28

Damals, in jenem Sommer, als ich so verzweifelt versuchte, uns alle zusammenzuhalten, war mir noch nicht klar, welche Kräfte uns auseinandertrieben. Ich wusste noch nicht, dass es mein letzter Sommer am Berg sein würde, dass ich nie wieder mit meiner Mutter und meinen Geschwistern unter einem Dach leben würde, dass Thomas und ich bis zum Ende unserer High-School-Zeit bei anderen Familien unterkommen und Ellen und Beatrice das neue Schuljahr in einem anderen Bundesstaat beginnen würden. Ich wusste noch nicht, dass meine Mutter mit ihnen wegziehen würde, dass wir alle den Berg verlassen würden, sie vielleicht, um näher bei Bill zu sein, vielleicht aber auch nicht. Das hielt sie immer noch vor uns verborgen.

Aber auch wenn ich noch nicht ahnte, dass all das geschehen würde, wünschte ich mich schon jetzt zurück in die Zeit davor, wollte, dass wir alle wieder im Auto durch die Pennsylvania-Dutch-Region fuhren, so eng und untrennbar vereint, dass ich nicht hätte sagen können, wo meine Haut aufhörte und die meiner Schwestern begann; ich wollte wieder auf der Ladefläche von Dads Pickup sitzen, nur wir und die Geräte, auf dem Weg zurück nach Hause, nachdem wir den Tag mit Rasenmähen verbracht hatten, im kühlen Fahrtwind, umweht von aufgewirbelten Grashalmen und Blättern, oder auf dem Wohnzimmerboden liegen, jeder an seinem Platz, und den alten Tonbändern aus einer Zeit lauschen, als wir noch so neugierig darauf waren, wer wir in Zukunft sein würden. Ich wollte uns alle dort festhalten. Zusammen. Sommerabende, an denen wir in der Einfahrt im Wettlauf mit der Dämmerung *Kick the can* spielten, uns aus den Azaleen- und Hartriegelbüschen zuriefen, über die

Wege rannten. Ich wollte wieder auf dem Moosteppich im Königreich liegen und mit Sage Charlottes Zigaretten rauchen oder im Oktober, schon im Pullover wegen der Kälte, durch das Blätterdach eines Ahorns schauen und durch das Herbstlaub stapfen. Ich wollte Beatrice neben mir im Bett haben, wollte, dass sie sich meine Haare um den Finger wickelte und mich irgendwie brauchte, Ellen zusammengerollt neben uns, abgewandt von der Welt; ich wollte Marie zurück, auf der anderen Seite des Zimmers, die uns half, alles zu begreifen, und Thomas oben in seinem Zimmer unter dem schwebenden Sonnensystem. Selbst heute möchte ich noch manchmal über die 252 nach Westen fahren, und dann sinkt Ellens müder Kopf an meine Schulter, und ich schiebe sie nicht weg, und sie bleibt bei uns, dort im Auto; ich möchte, dass wir wieder, alle zusammen, die Brücke mit dem Dach überqueren, die Holzplanken unter den Rädern spüren, den Berg erklimmen, jede Kurve so vertraut, dass man sie im Gefühl hat, und nach Hause fahren.

Beatrice kehrte mit lauter kleinen Zöpfchen auf dem Kopf aus dem Lager zurück, behängt mit Armbändern, die ihre neuen Freundinnen für sie geknüpft hatten. Sie hatte einen Beutel voller Stickgarn dabei und fertigte emsig Armbänder und Fußkettchen für uns alle an. Sie war Kanu gefahren, hatte Wildwasserfahrten gemacht, einen Berg bestiegen, Klapper- und Wassermokassinschlangen gesehen und sich einen Südstaaten-Slang zugelegt. Sie war gewachsen und gebräunt. Und erklärte, es sei die tollste Zeit gewesen, die sie je erlebt habe.

»Ich war praktisch der einzige Yankee dort«, sagte sie.

»Haben die dich wirklich so genannt?«, fragte Thomas. »Yankee?«

»Ja. Das waren nur ich und noch ein Mädchen aus New York.«

»Du hast uns hoffentlich keine Schande gemacht«, sagte Thomas.

»Sie haben mich ständig das Wort ›*water*‹ sagen lassen. Und dann haben sie mich nachgemacht: ›*wudder, wudder*‹.«

»Ich seh schon, du hast ihnen echt gezeigt, wo der Hammer hängt«, sagte Thomas.

»Dabei ist es ganz typisch Philadelphia, das so auszusprechen«, warf ich ein. Wie oft hatte ich schon von Sage gehört, wir würden dieses Wort massakrieren!

Ellen kehrte von den Gambinos und dem Kunstcamp zurück und verkündete, sie wolle bis an ihr Lebensende, von ihr aus auch noch länger, nichts mehr von Ravioli, Canneloni, Panna Cotta oder Prosciutto hören.

»Gib nicht so an«, sagte Thomas. Uns lief allein bei der Schilderung, was sie dort zu essen bekommen hatte, das Wasser im Mund zusammen. Gabriel hatte ihr beigebracht, wie man Tiramisu macht, Löffelbiskuits in Kaffee und Amaretto einweicht, die Mascarponecreme anrührt und zum Schluss mit dem Kartoffelschäler Schokolade darüber raspelt. Außerdem hatten Gabriel und sie Potpourris für alle gemacht. Wir bekamen jeder unser Säckchen. Ellen meinte, er habe Rosenblätter, Lavendel, Orangenschalen, Minze, Waldmeister und Rosenöl dafür verwendet.

Im Kunstcamp hatte Ellen einige Aufmerksamkeit erregt. Einer der Dozenten dort unterrichtete an einer Privatschule in Maryland, die über den besten Kunstfachbereich an der gesamten Ostküste verfügte. Der Lehrer hatte mit der Schule Rücksprache gehalten, und ein oder zwei Wochen nach Ellens Rückkehr bekam unsere Mutter den Anruf, dass man Ellen dort ein Vollstipendium anbot. Ich hätte nicht im Traum damit gerechnet, dass sie es annehmen würde.

Für den Rest des Sommers hörten Thomas und ich morgens, nachdem Mom ins Krankenhaus aufgebrochen war, in der Küche Radio, bis Beatrice oder Ellen wach wurden. Ende Juli fand die königliche Hochzeit statt, und offenbar gab es bei den Sendern kein anderes Thema mehr. In den Tagen nach der Hochzeit starben in Nordirland drei Menschen im Hungerstreik. Ich hörte im Radio davon und dachte mir, wie aufgebracht Dad darüber gewesen wäre, dass viel mehr über Prinzessin Dianas Hochzeitskleid gesprochen wurde als über diese drei jungen Männer, die gestorben waren.

Den August hindurch streifte ich über den Berg. Ich drehte meine Runden über den Forge Mountain Drive, ging die Wege ab und setzte mich ins Königreich. Ich folgte dem Wanderweg nach Nordwesten bis zur alten Flaschenfabrik und über das Plateau dahinter. Irgendwo im Nirgendwo stieß ich auf einen alten Steinbruch. Abends drehte ich mir über dem Waschbecken die Zecken aus der Kopfhaut und zerdrückte sie mit dem Daumennagel auf der beigefarbenen Keramikoberfläche. Ich ging auch nach Süden und gelangte durch den Wald bis zum Valley Creek, unweit der überdachten Brücke. Immer wieder wanderte ich über den Berg, prägte mir seine Struktur ein, so, als wüssten meine Füße schon vor mir, dass ich nie mehr dorthin zurückkehren würde. Durch ein Fenster mit verrottetem Rahmen brach ich in den Bunker der Nike-Basis ein. Atomare Geheimnisse fand ich dort keine, nur Spinnweben, Spinnen, einen kaputten Bürostuhl und eine tote Maus, die in ihrer Falle auf dem Linoleumboden schon fast zu Staub zerfallen war, nur der lange Schwanz war noch ganz intakt. Manchmal saß ich auch einfach nur dort oben herum und betrachtete die Winde, die allmählich den Zaun erstickte, den verblühten Löwenzahn, die Wegwarten. Ich rechnete nach, wie lang es schon her war, seit ich zuletzt mit meinem Vater Unkraut gejätet hatte – ein Jahr und elf

Monate. Ich schrieb diese Arbeitstage mit ihm im Kopf so um, dass ich Zypergras und Kermesbeere erkennen, die Plane mit dem toten Laub ganz allein tragen und ihm damals, in der Vergangenheit, von all dem Baumwissen erzählen konnte, das ich seither angesammelt hatte.

Charlotte Adams verließ den Berg als Erste. Wilson hatte das mitbekommen. Sie hatte ein Haus in einem Neubaugebiet unweit des Gateway Shopping Center angemietet.

»Aber warum ist nicht Grady gegangen?«, wollte ich wissen. »Warum Charlotte?«

»Keine Ahnung«, sagte Wilson. »Er hat hier oben seine Praxis. Ist vielleicht zu schwierig, damit umzuziehen. Vielleicht wollte Charlotte auch einfach weg von allem hier.«

»Was ist mit Sage und den Jungs? Wo werden die wohnen?«

»Keine Ahnung. Vielleicht im Wechsel, bei beiden.«

Einmal, als es gerade fertig war, waren wir durch das Neubaugebiet gefahren, abends, auf dem Heimweg von der Schule. Die Häuser sahen alle gleich aus. Ich hatte es schon abgelehnt, bevor es überhaupt gebaut war, weil dort früher eine wunderschöne Wiese gewesen war, die nun Stück für Stück von Zementmischern und Planierraupen zerstört wurde.

Wann immer ich an Charlotte Adams dachte, war es, als würde mir jemand das Innerste nach außen stülpen. Am Abend nach der Begegnung im Supermarkt hatte ich Marie erzählt, dass es mir Angst machte, Charlotte so zu sehen, so unbeherrscht, so gar nicht sie selbst. Sie hatte immer diese vornehme Zurückhaltung gehabt, von der ich glaubte, dass sie zu ihr gehörte, weil sie doch aus dem Süden kam und kultiviert war und das alles. Aber Marie meinte, sie möge Charlotte Adams seit dem Supermarkt noch viel lieber.

»Es wäre doch viel beängstigender, wenn wir ihr begegnet wären und sie nicht zerstört und aufgelöst gewesen wäre, sondern perfekt und ausdruckslos. So eine Stepford-Frau. Sie wurde betrogen, verdammt noch mal, sie ist fix und fertig, und das hat sie gezeigt. Sie ist echt.«

Eines Nachmittags ließ ich mich von Thomas und Jack nach Paoli mitnehmen. Dort ging ich in den Schreibwarenladen, um eine Karte für Charlotte Adams zu kaufen. Ich sah das gesamte Sortiment durch. *Viel Glück im neuen Heim* erschien mir taktlos. Eine Dankeskarte war auch irgendwie seltsam. Schließlich entschied ich mich für eine neutrale Grußkarte mit Blumen im Monet-Stil. Ich hatte keine Ahnung, was ich ihr schreiben sollte.

Die acht Kilometer zurück zum Berg ging ich zu Fuß, über die North Valley Road bis zur Diamond Rock Road und von dort bergauf, vorbei an dem achteckigen Schulhaus und weiter die Horseshoe Trail Road hinauf. Die Anwohner hier versuchten alles, damit die Straßen nur noch für Anlieger frei waren, und schikanierten mitunter Autofahrer, die versuchten, durchzufahren. Ob ich wohl auch Ärger bekommen würde? Ich ging und ging. Der Weg war mit Schotter bestreut und voller Schlaglöcher. Ich schaute auf meine Chucks hinunter, die vom Tragen und Waschen ganz grau geworden waren. Als ich schon fast an der Stelle war, wo der Wanderweg unterhalb der Nike-Basis über den Berggipfel führt, hörte ich hinter mir Reifen über den Schotter knirschen. Ein Auto, das sehr langsam fuhr. Ich wich auf die grasbewachsene Böschung aus, um es vorbeizulassen, drehte mich aber nicht um, für den Fall, dass es einer der verrückten Anwohner war, die hier alles abriegeln wollten. Aber das Auto fuhr nicht weiter. Ich blieb stehen, und auch das Auto hielt. Der Motor wurde abgestellt; ich hörte die Lüftung weitersurren. Dann öffnete sich die Fahrertür.

»Libby?«

Ich drehte mich um. In der offenen Tür ihres Volvos stand Mrs Boucher.

»Ich dachte doch, dass du das bist. Ich war mir nicht sicher, wegen deiner Frisur.«

Wenn mich jemand auf meine verlorenen Haare ansprach, reagierte ich automatisch immer gleich: Ich fasste mir an den Nacken.

Ich versuchte ein Lächeln, aber mein Mund wollte nicht so wie ich, und ich spürte, wie meine Lippen zuckten.

»Geht es euch gut, dir und Ellen, nach allem, was passiert ist? Ich habe davon gehört. Ich hätte längst mal nach euch sehen sollen.« Mrs Boucher war nervös, das merkte ich ihr an.

»Ja«, sagte ich. Es ging uns allen bestens. Auch Wilson erholte sich allmählich. Letzte Woche waren die Drähte entfernt worden, jetzt tastete er sich wieder an feste Nahrung heran. »Wie geht es Peter und Bruce?«

»Gut. Sie machen gerade Ferien in Florida, bei ihrem Vater und seiner neuen Frau.«

»Ach ja. Die Hochzeit.« Das hatte ich ganz vergessen.

»Ja. Vor ein paar Wochen. Am selben Tag wie Charles und Diana. Und zwar mit voller Absicht.« Sie lachte ihr süffisantes Lachen. Und ich verdrehte die Augen, wie um zu sagen: *Meine Güte, wie kitschig.* Sie machte die Fahrertür zu und ging um den Wagen herum. »Wollen wir uns einen Moment setzen?«, fragte sie.

Ich zuckte die Achseln. Mir war nicht klar, was wir noch zu bereden hätten. Wollte sie von mir wissen, warum ich es Sage erzählt hatte? Wir setzten uns auf einen Baumstamm am Straßenrand. Mrs Boucher zog ein Päckchen Marlboro Lights aus der Handtasche und zündete sich eine Zigarette an. Ihre Hand zitterte. Und ich war auf einmal unendlich müde. Ich war kilometerweit gelaufen, es war heiß, und in meiner Tasche steckte eine Karte für Charlotte. Ich wollte nach Hause und ihr schreiben.

»Es tut mir wirklich leid, Libby. Ich habe dich und Ellen im Stich gelassen. Ich hätte gleich melden sollen, was du mir erzählt hast. Aber ich hatte diesen Sommer zu viel anderes um die Ohren. Es ist alles ein großes Chaos, und ich hatte das Gefühl, dir und deiner Mutter nicht unter die Augen treten zu können. Ich habe mich einfach davor gedrückt. Dabei habe ich mir solche Vorwürfe gemacht.«

»Ach, aber das ist doch nicht so schlimm«, sagte ich. Mit so etwas hatte ich nun wirklich nicht gerechnet. »Haben Sie jetzt eine andere Babysitterin?«

»Was? Nein. Oh – Libby, nein. Ich bin einfach nicht mehr ausgegangen, und die Jungs hatten ja die Hochzeit vor sich und die Reise nach Florida, es war einfach viel zu viel los.«

»Ich dachte, Sie wären sauer auf mich.«

»Nein. Warum in aller Welt sollte ich denn sauer auf dich sein?«

Ich atmete tief ein, und dann sagte ich es einfach. »Weil ich Sage von Ihnen und ihrem Vater erzählt habe.«

Mrs Bouchers Hand mit der Zigarette hielt auf halbem Weg inne.

»Du hast es gewusst?«

»Ja.« Ich fühlte mich furchtbar und legte den Kopf auf die Knie. »Ich habe das Gefühl, ich habe ihnen das ganze Leben ruiniert.«

»Na, da sind wir schon zwei.«

Ich dachte darüber nach, darüber, dass Charlotte Adams fortziehen würde. »Stimmt. Sie fühlen sich wahrscheinlich noch schrecklicher.«

Mrs Boucher ließ so etwas wie ein Lachen hören. »O ja, das kannst du mir glauben.« Und ich glaubte es ihr. Sie wirkte unglücklich, anders. Ob meine Mutter auch unglücklich mit ihrer Lage war? Es gab mir einen Stich, wenn ich daran dachte, dass sie bereit war, sich mit den paar Fitzelchen Liebe zufriedenzugeben, die ihr jemand schenkte, wo ich doch genau wusste, dass sie mehr verdient hatte.

Mrs Boucher rauchte weiter, dann sagte sie: »Ich wusste nicht, dass du es Sage erzählt hast. Wahrscheinlich weiß auch Grady nichts davon. Er wollte es ihnen sowieso sagen. Dich trifft also keine Schuld, das musst du begreifen. Ich bin mir sicher, dass Sage das auch klar ist.«

»Sage und ich sind keine Freundinnen mehr.«

»Das ist wirklich schade. Es tut mir so leid, das zu hören. Sie hätte dich bestimmt gebraucht.«

Hatte Sage mich gebraucht? Als mein Vater starb, war sie schon kurz danach bei mir gewesen. Hatte ich sie angerufen, oder war sie von sich aus gekommen? Ich wusste es nicht mehr. Sie war einfach da gewesen, jeden Tag, für lange Zeit. Charlotte und sie hatten uns schwarze Kleidung vorbeigebracht, und Sage hatte Beatrice für die Beerdigung frisiert. Das eine Mal, als Thomas doch ein ersticktes Schluchzen entfuhr, war es Sage, die quer durchs Zimmer zu ihm ging. Charlotte saß mit meiner Tante in der Küche, redete mit ihr und hörte sich ihre Geschichten über unseren Vater an, weil Mom das nicht fertigbrachte. Während sich alle anderen in diesen Tagen von uns fernhielten und respektvollen Abstand wahrten, war Sage auf uns zugekommen. Unsere irische Tante staunte über das leere Haus. Wo waren denn die ganzen Nachbarn und Freunde? Niemand kochte Tee für uns, kam vorbei, brachte uns etwas zu essen. Amerika war ihr schleierhaft. Alles an unserer Welt kam ihr falsch vor – bis auf Sage und Charlotte, die jeden Tag vorbeischauten. Sie waren die Einzigen gewesen, deren Verhalten sie verstand.

Ich hatte immer abgewartet, dass Sage auf mich zukommen würde. Zurück in meinem Zimmer zog ich die Karte für Charlotte hervor und schrieb sie stattdessen an Sage. Nur eine Textzeile, die sie garantiert erkennen würde: »*Lord, I miss you*«. Auf den Umschlag schrieb ich ihren Namen und darunter *Königreich, bevor es dunkel wird?* Ich nahm die Abkürzung über den Wanderweg zum Hamilton Drive und ging bis zu ihrem Haus. Draußen standen keine Jugendlichen unter dem Korb und spielten Basketball, in der Einfahrt parkte kein Mustang. Der Mercedes stand auf der anderen Seite, vor der Praxis. Ich klopfte an die Küchentür, aber niemand öffnete. Den Umschlag klemmte ich zwischen Scheibe und Metallrahmen der Schwingtür. Ich hatte keine Ahnung, ob Sage mit Charlotte umgezogen war oder ob sie arbeitete, aber wenn sie den Brief heute nicht bekam, dann an einem der nächsten Tage, und dann würde sie wissen, dass ich endlich auf sie zugekommen war.

Anschließend lief ich weiter zum Königreich. Es war jetzt fast anderthalb Jahre her, seit der Anruf von Dads Cousin aus New York gekommen war. Ich sehe diesen Tag wie in Zeitlupe vor mir. Ich war mit Ellen draußen auf der Straße, Thomas hatte nach uns gerufen, und wir waren den Pfad zwischen den Azaleen entlanggerannt. Es gab den Moment vor dem Pfad, als wir draußen auf der Straße mit den Hunters Four Square spielten, den Moment dazwischen, als wir im Nachmittagslicht auf die Kiefer oben auf dem Hügel zurannten, wo Thomas wartete, und dann sein Gesicht, das uns sagte, dass etwas Schreckliches, auf ewig Schreckliches, passiert war. Wir waren über diesen Pfad gerannt; als wir losrannten, waren wir noch das eine, und als wir ankamen, nach nur wenigen hundert Metern, waren wir zu etwas anderem geworden. Der Weg zurück zum Haus, Marie auf dem Wohnzimmerfußboden, unsere Mutter oben auf ihrem Bett, schluchzend.

Vor mir ragte der krumme Baum auf. Als mein Vater ihn mir das erste Mal gezeigt hatte, bezeichnete er ihn als Wegweiser und erzählte mir, die Indianer hätten den Baum als Schössling gekrümmt, als er noch biegsam genug war und der Belastung standhielt. Galt ich in Baumjahren gerechnet jetzt nicht mehr als Schössling? Ich wartete auf Sage im *Lone Ranger*-Schlafsack ihres Bruders und musste wohl eingeschlafen sein, denn als ich aufwachte, war es dunkel. Sie war nicht gekommen.

Ich ging nach Hause zurück. Die Grillen zirpten schon, die Lichter unseres Hauses schimmerten zwischen den Bäumen hindurch, als ich vom Wanderweg abbog. Entweder Ellen oder Thomas hatte die Außenlampe eingeschaltet, und ich sah, dass das Gras schon wieder fast kniehoch stand. Ich dachte daran, was seit dem Tag auf dem Azaleenpfad aus uns geworden war, wie wir jeder für sich versucht hatten, die Welt zu ermessen, sie auf unsere Art zu sortieren, zu benennen oder zu zeichnen, Listen zu erstellen, uns gegen ihr Chaos zu wehren, indem wir uns ihre Galaxien erschlossen, ihre Wege erwanderten. Ich wollte mein kleines Stück dieser Welt in Ordnung bringen, es erhalten, mich darum kümmern.

Drinnen saß Ellen am Küchentisch. Ich ging zu der Schublade neben dem Herd und nahm die Küchenschere heraus.

»Sage hat angerufen«, sagte sie. »Sie ist bei ihrer Mutter. Ich soll dir ausrichten, dass ihr Bruder ihr die Karte am Telefon vorgelesen hat.

Und sie sagte, ich soll etwas für dich aufschreiben. Was immer das heißen soll.« Ellen reichte mir ein gefaltetes Blatt Papier.

Ich setzte mich auf die unterste Stufe im Flur und klappte es auf.

»Wild Horses«
Nicht heute oder morgen, aber bald.

Mit der Schere in der Hand ging ich zurück nach draußen, bis dahin, wo die Einfahrt begann. Im Lichtkreis der Außenlampe kniete ich mich auf den Boden und fing an, das Gras zu schneiden.

DANKSAGUNG

Es gibt so viele Menschen, denen ich aus tiefstem Herzen dankbar bin, aber den ersten Dank schulde ich immer meinen sieben Geschwistern, mein Wolfsrudel und mein Heimatland. Grainne, Maeve, Brian, Kieran, Deirdre, Aideen und Siobhan, ich danke euch.

Meiner mutigen und immer unangepassten Mutter bin ich ungeheuer dankbar: Du hast dir stets deinen eigenen Weg gebahnt und dabei so viele Gaben hinterlassen. Meiner Bande von Nichten und Neffen, ihr seid die Coolsten, die ich kenne. Allesamt. Meiner Cousine Mary Devins Felton bin ich dankbar, weil du mir gezeigt hast, wie voll das Glas ist.

Einige Szenen aus diesem Buch wurden im Rahmen der Sandy Field Writers Group in Sligo erstmals zu Papier gebracht und mit der großherzigsten Gruppe Lesender und Schreibender geteilt, vor allem mit Nora McGillen, Rose Jordan, Niamh MacCabe, Julianna Holland, Mairead McCann und Bernie Meehan.

Mike McCormack, der mich dazu ermutigt hat, einen Roman zu schreiben, Sinéad Gleeson, deren Großherzigkeit mich auf diese Reise geführt hat, und Mia Gallagher, die einen sehr frühen Teil gelesen hat, bin ich unendlich dankbar.

Dankbar bin ich auch meinen Kolleginnen und Kollegen, Freundinnen und Freunden am IT Sligo, vor allem Tommy Weir, Rhona Trench und Jo und Frank Conway, ohne die ich verloren wäre. Ich danke Eoin McNamee und Alice Lyons, nicht nur für eure Freundschaft, sondern auch für eure Worte. An alle Studierenden und an das Kollegium aus den Studiengängen Writing + Literature und Performing Arts geht ein großer Dank, weil sie mich jeden Tag neu inspirieren.

Ewig dankbar bin ich Lisa Johnson Viveros, Thérèse O'Loughlin, Julie Ellwood und Molly McCloskey für ihre absolute Freundschaft, auch dann noch, wenn ich einmal nachlässig war, und dafür, dass sie mich immer wieder auf den Boden zurückgeholt haben. Louise Kennedy, die in meinem Leben ein echter Fels in der Brandung ist, danke ich für ihre tagtägliche Unterstützung durch alle Panikanfälle und Schreibängste hindurch. Dank geht auch an Cecilia Mace Hardy, Isabel Grayson, Catherine McGlinchey, Mary Quill Eglinton und an Siobhan und die anderen Hennessys aus Sooey.

Die River Mill in County Down hat mir Raum und Nahrung zum Schreiben verschafft. Vielen Dank, Paul.

Ich danke meinem Agenten Peter Straus für seinen festen Glauben und seine unschätzbaren Ratschläge, und allen bei Rogers Coleridge & White, die so unglaublich großherzig und hilfreich waren, unter anderem Eliza Plowden, Stephen Edwards und Tristan Kendrick. Ich schätze mich glücklich, euch an meiner Seite zu haben.

Louisa Joyner, meiner Lektorin bei Faber: Mit deiner Entscheidung für *Licht zwischen den Bäumen* hast du meine Wirklichkeit neu geschrieben. Ich danke dir für deine kenntnisreichen Lektoratsvorschläge, für deinen Rat und deine Begeisterung. Du und Libby Marshall, ihr seid Heldinnen. Mein Dank geht auch an Lizzie Bishop und Josephine Salverda von Faber. Ich danke Noah Eaker, meinem Lektor bei HarperCollins, für die wohlüberlegten Ideen und die verlegerische Sorgfalt. Mary Gaule und allen bei HarperCollins bin ich ungeheuer dankbar. Euer Input hat das Buch besser gemacht.

Inzwischen bin ich mit der hohen Kunst des Redigierens aus erster Hand vertraut und bin Silvia Crompton und Miranda Ottewell auf ewig dankbar für ihre behutsame Sorgfalt und ihr Fachwissen.

Meinen ältesten Freundinnen Crissy Cline Ortlieb und Jeannie McGovern Fogal: Es war ein Segen, meine Jugend mit euch im Wald zu verbringen. Ihr habt eine Bessere aus mir gemacht.

Der Familie, die ich selbst gegründet habe, meinen Kindern Dúaltagh, Brónagh und Aoibhín – weil es euch gibt, ist alles gut. Michael, ich danke dir, für alles.

Und zur guter Letzt bin ich auch denen unendlich dankbar, die nicht mehr da sind – meinen Großeltern und meinem Vater.

© James Conolly

Una Mannion wurde als sechstes von acht Kindern in Philadelphia, Pennsylvania geboren, wo sie auch aufwuchs. Viele Sommer ihrer Kindheit verbrachte sie mit ihren Geschwistern in Irland, dem Heimatland ihres Vaters. In den 1990er Jahren siedelte Una Mannion ins County Sligo über. Sie lehrt am Institute of Technology in Sligo und gibt gemeinsam mit Louise Kennedy und Eoin McNamee die Literaturzeitschrift *The Cormorant* heraus. Für ihre Gedichte und Kurzgeschichten wurde sie mehrfach mit Preisen ausgezeichnet. *Licht zwischen den Bäumen* ist ihr erster Roman.

Tanja Handels, geboren 1971 in Aachen, übersetzt zeitgenössische englischsprachige Literatur, u.a. von Zadie Smith, Bernardine Evaristo, Charlotte McConaghy und Anna Quindlen. Ihre Übersetzungen wurden mehrfach ausgezeichnet, zuletzt mit dem Heinrich Maria Ledig-Rowohlt-Preis. Sie lebt und arbeitet in München.

Titel der englischen Originalausgabe
»A Crooked Tree«, erschienen bei
Faber & Faber Limited, London 2021

Erste Auflage August 2021
Zweite Auflage November 2021

Lektorat: Claudia Glenewinkel
Buchgestaltung: Rahel Bünter / Steidl Design
Umschlaggestaltung: Paloma Tarrío Alves / Steidl Design
Gesetzt aus der Utopia und Futura
Gesamtherstellung und Druck: Steidl, Göttingen

Steidl
Düstere Str. 4
37073 Göttingen
Tel. +49 551 49 60 60
mail@steidl.de
steidl.de

ISBN 978-3-95829-973-3
Printed in Germany by Steidl